D1748688

Koczian · Unterwegs nach Atlantis

Johanna von Koczian

Unterwegs nach Atlantis

Abenteuer in der Vollmondnacht
Der geheimnisvolle Graf

C. Bertelsmann Verlag

»Abenteuer in der Vollmondnacht« erschien erstmals 1977
»Der geheimnisvolle Graf« erschien erstmals 1979

© C. Bertelsmann Verlag GmbH, München 1982/5 4 3 2 1
Einbandfoto von Arthur Grimm, Berlin
Hintergrundillustration von Regina Kragler
Einbandgestaltung von Heidrun Nawrot
Gesamtherstellung Mohndruck Graphische Betriebe GmbH, Gütersloh
ISBN: 3-570-03834-3 · Printed in Germany

Inhaltsübersicht

Abenteuer in der Vollmondnacht
Seite 13

Der geheimnisvolle Graf
Seite 155

Abenteuer in der Vollmondnacht

INHALT

Erstes Kapitel
Eine Vollmondnacht – Ein seltsamer Besucher – Eine Geburtstagstorte, die nicht gegessen wurde – Und eine ganz unglaubliche Erscheinung
Seite 15

Zweites Kapitel
Ein Geständnis – Dinge, die sich nicht erklären lassen – Was Rhonn braucht und Mark ihm nicht geben kann – Und wo sie es schließlich finden – Ein aufregendes Angebot
Seite 36

Drittes Kapitel
Die Zeitmaschine – Eine Begegnung in der Luft – Wer ist der Graf von Saint Germain? – Wo ist Mozart? – Der Start ins Abenteuer
Seite 54

Viertes Kapitel
Noch eine Begegnung in der Luft – Die Maronibraterin und das Findelkind – Die unheimliche Kutsche – Der graue Bote – Die Ouvertüre, die noch nicht geschrieben ist
Seite 70

FÜNFTES KAPITEL
Auf der Suche nach Heinrich VIII. – Vorsicht, wilde Tiere – Bess – Eine Bootsfahrt – Warum Bess niemals heiraten will – Der Bote der Königin
Seite 97

SECHSTES KAPITEL
Wann lebte Archimedes, das Universalgenie der Antike? – In Athen – Sokrates und Xanthippe – Wird die Heimkehr gelingen? – Am nächsten Morgen
Seite 119

ERSTES KAPITEL
Eine Vollmondnacht – Ein seltsamer Besucher – Eine Geburtstagstorte, die nicht gegessen wurde – Und eine ganz unglaubliche Erscheinung

Mark wachte plötzlich auf, ohne sich den Grund dafür erklären zu können. Die Glieder noch schwer und schlaftrunken, versuchte er mit geschlossenen Augen, sich an das zu erinnern, was er gerade geträumt hatte, aber es gelang ihm nicht. Wie spät mochte es sein? Mark war zu träge, sich auf die Seite zu drehen, um auf die Uhr zu schauen. Aber er wußte, daß er wach war. – Durch das geöffnete Fenster zum Garten hin drangen die Geräusche der warmen Augustnacht. Die Grillen zirpten, und aus der Ferne hörte er das nächtliche Konzert der Frösche. Hin und wieder verstummten sie, machten Pause, um dann wie auf ein geheimes Zeichen erneut wieder einzusetzen. Mark wartete auf den Schrei des Käuzchens aus dem nahen Wald. Er konnte nicht verstehen, daß es Menschen gab, die daran etwas Unheimliches fanden. Für ihn waren die einsamen Rufe etwas Vertrautes, das ihn beruhigte und zum Träumen anregte. Der Nachtwind raschelte ab und zu leise in den Birken vor dem Haus. Mark lag immer noch regungslos und dachte an seinen Geburtstag, der heute gewesen war.

Diesmal waren seine Eltern mit ihm und seiner Schwester Judy nicht verreist, wie sonst jedes Jahr in den großen Ferien. Sein Vater bereitete sich auf eine große Konzertreise vor. Das bedeutete, daß er sich täglich stundenlang in seinem Studio einschloß und an seinem Flügel arbeitete. Marks Freunde waren alle nicht da, aber seine Mutter, gewohnt, jeder Situation die beste Seite abzugewinnen, meinte, es sei sehr erholsam, einmal den Sommer zu Hause in München zu verbringen und sich nicht der allgemeinen Reisewelle anzuschließen, die zuletzt doch nur in Unruhe und Anstrengung ausartete. Schließlich wohnten sie ja außerhalb der Stadt im Grünen, und der Garten, der das Haus umgab, war groß. Mark, der sich zwar gut mit sich selbst beschäftigen konnte, fand das Alleinsein auf die Dauer doch ziemlich langweilig. Er und Judy hingen einerseits aneinander, befanden sich aber andererseits ständig im Kriegszustand. Wenn Judy gar nichts mehr einfallen wollte, womit sie Mark aufziehen konnte, dann neckte sie ihn wegen seiner vielen Sommersprossen und freute sich diebisch, wenn sie sah, daß er sich jedesmal aufs neue darüber ärgerte. Natürlich hatte sie mit ihren siebzehn Jahren ganz andere Interessen als er. Aber zur Feier seines Geburtstages war sie immerhin bereit gewesen, zwei Stunden Tischtennis mit ihm zu spielen, bevor ihr Freund sie abholte, um mit ihr ins Kino zu gehen. Die beiden wollten ihn nicht mitnehmen, weil sie meinten, der Film sei nichts für einen Zwölfjährigen. Aber Mark wurde den Verdacht nicht los, daß die zwei ganz einfach allein sein wollten. Judy hatte ihm ein langgewünschtes Buch über Raumfahrt geschenkt, und darin hatte er dann den ganzen Abend gelesen, bis er müde wurde.

Jetzt war Mark hellwach. Er hatte das merkwürdige Gefühl, nicht allein im Zimmer zu sein. Ein leises Geräusch war an sein Ohr gedrungen, das aus der Richtung des Fensters, aber nicht von draußen kam.

Wenn es ein Einbrecher ist, überlegte Mark, dann sollte man ihm die Möglichkeit geben, ebenso unauffällig zu verschwinden, wie er gekommen war. Er hob die Arme und verschränkte sie hinter seinem Kopf. Dann streckte er sich und gähnte vernehmlich, so, als würde er gerade aufwachen. Er wartete. Nichts rührte sich. Kein Laut war zu hören. Mark öffnete blinzelnd die Augen. Der Vollmond tauchte sein Zimmer in ein grelles, unwirkliches Licht, und die Zweige der Bäume draußen warfen bizarre Schattenspiele an die Wand. Langsam drehte Mark den Kopf zum Fenster. Dann hielt er erschrocken den Atem an.

Auf dem Fensterbrett kauerte reglos eine Gestalt. Es waren nur ihre Umrisse zu erkennen, weil sie das Mondlicht im Rücken hatte. Mark glaubte seinen Herzschlag im Kopf dröhnen zu hören. Die ständige Angst seiner Mutter davor, daß einmal jemand einsteigen könne, obwohl das Grundstück von einer hohen Hecke umgeben war, fiel ihm ein. Er dachte an ihre Ermahnungen, nur die Luftklappe ganz oben geöffnet zu lassen und das Fenster stets zu schließen, bevor er schlafen ging. Er hatte es wieder einmal offen gelassen. Man sollte einen großen Wachhund haben, schoß es ihm durch den Kopf. Er sah im Geiste eine zähnefletschende Dogge vor sich, deren bloßer Anblick jeden Einbrecher sofort in die Flucht schlagen würde. Mark zwang sich, ruhiger zu atmen, bis das Dröhnen in seinem Kopf verstummte und er wieder die Stille um sich herum wahrnahm. Langsam richtete er sich auf. Er sah, daß die Gestalt sich immer noch nicht bewegte. Um mehr von ihr erkennen zu können, legte er schützend eine Hand über seine Augen, weil der Mond ihn mit seinem silbernflirrenden Licht blendete. Es war ein Junge, der mit hochgezogenen Knien zu ihm herüberstarrte. Jetzt konnte Mark auch die leisen Atemzüge vernehmen. Beide sahen sich an, ohne etwas zu sagen, bis Mark versuchte, seine Furcht zu bezwingen und die unheimliche Stille zu unterbrechen.

»Wer bis du? Was machst du hier?« flüsterte er.

Der fremde Junge blickte immer noch unverwandt zu ihm hin, ohne zu antworten.

»Wie bist du hier hereingekommen?« Mark ärgerte sich über seine Frage, kaum daß er sie ausgesprochen hatte. Es war klar, wie der Junge hereingekommen war. Er überlegte, ob er um Hilfe rufen sollte oder ob er notfalls stark genug wäre, den anderen zu überwältigen.

»Was hast du hier zu suchen?« Marks Stimme wurde lauter.

Mit einer schnellen Bewegung knipste er die Nachttischlampe an. Auf dem Wecker, der dabei mit einem klirrenden Geräusch umfiel, war es kurz vor elf.

Jetzt kam plötzlich Leben in die reglose Gestalt des fremden Jungen. Er legte hastig einen Finger auf den Mund.

»Vorsicht!« flüsterte er beschwörend. »Sei leise, damit uns niemand hört!«

Marks ängstliches Unbehagen machte einem Gefühl von Neugier Platz. »Bist du ein Einbrecher?«

»Nein«, sagte der andere schnell. »Ganz bestimmt nicht. Es tut mir leid, wenn ich dich erschreckt habe.«

»Was machst du dann hier mitten in der Nacht?« fragte Mark mißtrauisch.

»Ich sitze ziemlich in der Klemme«, sagte der fremde Junge leise und ließ die Beine ins Zimmer baumeln.

Mark musterte ihn von oben bis unten. Der Junge schien in seinem Alter zu sein, vielleicht war er auch etwas älter. Er hatte dunkles Haar und sehr große grüne Augen, die seinem Blick offen standhielten. Einen winzigen Augenblick glaubte Mark den anderen irgendwoher zu kennen, ihn schon irgendwo gesehen zu haben. Doch das Bild verwischte sich sofort wieder, bevor es wirklich Gestalt annahm.

»Wie heißt du?« fragte Mark. Er hatte keine Angst mehr. Der Junge sprang mit einem federnden Satz vom Fensterbrett ins Zimmer.

»Mein Name ist Rhonn. Und wie ist deiner?«

»Ich heiße Mark«, antwortete dieser und fuhr sich mit den Fingern glättend durch sein verstrubbeltes blondes Haar. »Woher kommst du? Ich habe dich hier in der Gegend noch nie gesehen.«

»Das konntest du auch nicht«, antwortete Rhonn mit einem seltsamen Ausdruck in den Augen. Dann sagte er zögernd: »Ich werde dir sagen, woher ich komme. Es wird nicht leicht sein, aber ich muß es versuchen. Ich brauche Hilfe.«

»Warum kommst du ausgerechnet zu mir, wenn du Hilfe brauchst? Du kennst mich doch gar nicht!« Mark war immer noch mißtrauisch.

»Ich habe dich beobachtet«, sagte Rhonn ernst. »Dein Fenster stand offen. Ich habe gewartet, bis alles im Haus still wurde und die Lichter hier und in der Nachbarschaft verlöschten.« Er blickte auf das Buch, das auf dem Nachttisch lag. »Darf ich mal sehen?« Mark nickte.

»Geheimnisse im All«, las Rhonn. »Interessierst du dich für diese Dinge?«

»Ja! Sehr!« sagte Mark. »Vielleicht gehe ich später mal nach Amerika zur NASA und werde Astronaut oder Forscher. Warum fragst du?«

»Ich habe dich das Buch lesen sehen. Ich dachte, jemand, der so etwas liest, wird vielleicht Verständnis für meine Lage haben und bereit sein, mir zu helfen.« Rhonn blätterte in dem Buch und mußte lächeln. »Oh, auf diese Fragen haben wir schon längst die Antwort gefunden. Wir sind ...« er stockte plötzlich und biß sich auf die Lippen.

Mark fühlte sich unbehaglich, weil er nicht wußte, worauf der andere hinauswollte. »Sag doch endlich, woher du kommst und was du hier willst!« rief er ärgerlich.

Schweigend legte Rhonn das Buch beiseite. Wieder hatte er den seltsamen Ausdruck in den Augen. »Es wird schwer für mich sein, dir alles zu erklären, und schwer für dich, mir zu glauben!«

»Du machtst es aber spannend«, sagte Mark. »Nun schieß doch endlich los!«

Rhonn sah Mark durchdringend an. »Ich komme aus der Zukunft! – Ich bin mit einer Zeitmaschine aus der Zukunft gekommen!«

Marks Augen wurden rund vor ungläubigem Staunen. »Hör auf, mich zu verkohlen!« rief er und schnappte nach Luft.

»Es ist die Wahrheit«, sagte Rhonn mit Nachdruck. »Du mußt mir glauben, auch wenn es dir nicht leichtfällt. Versuch es wenigstens. Hör mir zu!«

»Eine Zeitmaschine?« rief Mark fassungslos. »Was ist das?«

»Mein Vater ist Wissenschaftler«, erwiderte Rhonn. »Er hat diese Maschine erfunden. Man kann damit in die Vergangenheit reisen, um sie zu erforschen.«

»Aber man hat doch die Geschichte«, sagte Mark ungläubig. »Ich meine, man hat Bücher. Geschichtsbücher. Es gibt Bilder und Aufzeichnungen und die vielen alten Funde!«

Rhonn lächelte. »Nicht alles, was in den Geschichtsbüchern steht, entspricht der Wahrheit. Manches wurde von zeitgenössischen oder späteren Historikern mit Absicht verfälscht. Manches hat sich durch Überlieferung im Laufe der Jahrhunderte oder gar der Jahrtausende verändert und verwischt, während sich die Ursprünge in grauer Vorzeit verlieren. Es gibt Völker und Kulturkreise, von denen man nichts weiß, außer daß sie existiert haben. – Und Menschen, berühmte Persönlichkeiten, von denen man fast alles weiß, nur nicht, ob sie wirklich gelebt haben.«

Mark lauschte atemlos, und Rhonn fuhr fort. »Es gab Zivilisationen, die untergingen und ihr Wissen und ihre Erkenntnisse mit ins Grab nahmen. Versunkene Kontinente, wie zum Beispiel Atlantis, deren Kultur und Wissenschaft auf einer viel höheren Stufe standen als unsere und deren Blüte nie wieder erreicht wurde. All das soll im Laufe der Zeit entdeckt und erforscht werden.«

»Das ist toll«, entfuhr es Mark fast gegen seinen Willen. »Willst du damit sagen, daß man mit dieser Maschine überallhin, in jedes Land und in jede Zeit fliegen kann?«

»Ja, das kann man«, antwortete Rhonn nicht ohne Stolz. »Aber so leicht, wie es sich im Augenblick anhört, ist es nun wieder nicht. Um bei Atlantis zu bleiben: Man kann nicht einfach sagen, jetzt fliegen wir dahin, wenn man nicht genau weiß, wo es lag und wann es existierte. Die Zeitmaschine wird unter anderem von einem Computer gesteuert, der mit Daten gefüttert wird. Mit Jahreszahlen und geographischen Angaben. Wenn die vorhanden sind, kann man sich ziemlich genau in die Vergangenheit versetzen lassen. Genau dorthin, wohin man will. Dabei ist es übrigens streng verboten, sich und die Zeitmaschine in Gefahr zu bringen.«

»Was soll das heißen, sich in Gefahr zu bringen?« fragte Mark verwundert. »Ich stelle mir vor, daß so eine Reise in die Vergangenheit an sich schon nicht ungefährlich ist.«

»Das ist richtig«, erwiderte Rhonn. »Mit Gefahren ist immer zu rechnen. Ich meine etwas anderes. Es ist verboten, sich bewußt in Katastrophen irgendwelcher Art zu begeben. Verstehst du?«

»Nein«, antwortete Mark wahrheitsgemäß.

»Denk mal an den Untergang von Pompeji! Wir wissen genau, wann die Stadt vom Vesuv verschüttet wurde. Der Vulkan brach aus und begrub die blühende Stadt und seine Menschen in einem Meer von Asche und glühenden Gesteinsmassen, in einem Feuerregen von Lava. – Es ist also verboten, den Computer auf diese Daten einzustellen. Man könnte ja in den Sog des allgemeinen Untergangs hineingerissen werden und mit zugrunde gehen. Nur sehr erfahrene Wissenschaftler erhalten Ausnahmegenehmigungen. Mein Vater zum Beispiel, er wußte immer ganz genau, wann der letzte Moment gekommen war, sich und die Maschine heil zurückzubringen.«

Mark versuchte angestrengt, den Ausführungen Rhonns zu folgen. »Was sind Daten?«

Rhonn antwortete geduldig. »Ich sagte es schon. Das, was wir Daten nennen, setzt sich immer aus zwei Faktoren zusammen. Aus der Zeit und aus der geographischen Lage.«

»Aha!« sagte Mark, der glaubte mit seinen Gedanken in einen Wirbelsturm geraten zu sein. »Ist es nicht sehr schwer, das alles auszurechnen?«

»Nein, überhaupt nicht!« lachte Rhonn. »Das alles errechnet der Computer mit unglaublicher Schnelligkeit. Man nennt den Namen des Ortes, und der Computer errechnet blitzschnell die geographische Lage. Dann gibt man die Zeit an, die Jahreszahl und wenn möglich ein genaues Datum. Das alles wird vom Computer dann koordiniert.«

Mark kniff sich verstohlen in den Arm, um festzustellen,

ob er nicht träumte. Doch es war kein Traum, er war wirklich wach. Langsam stand er auf und ging auf Rhonn zu. Dieser streckte ihm die Hand entgegen. »Hier faß an! Ich bin wirklich da!« Mark ergriff zögernd die ausgestreckte Hand. Sie fühlte sich warm und lebendig an und erwiderte seinen Zugriff mit festem Druck.

»Wenn du aus der Zukunft kommst«, sagte Mark und holte tief Luft, »aus welchem Jahr kommst du dann?«

»Zwischen deiner und meiner Zeit liegen ungefähr dreihundertzwanzig Jahre.«

Mark ließ Rhonns Hand los und betrachtete ihn langsam von Kopf bis Fuß. Er trug ein kariertes Hemd mit aufgekrempelten Ärmeln und Jeans, die unten etwas ausgefranst waren. Seine nackten Füße steckten in braunen Sandalen.

»Es ist doch ganz klar, daß du lügst!« rief Mark plötzlich triumphierend. »Wenn du wirklich aus der Zukunft kommen würdest, dann könntest du doch nicht so gekleidet sein wie wir alle.«

»Überleg doch mal«, sagte Rhonn ruhig. »Wenn du dich unter Fremden in einer für dich fremden Zeit aufhalten würdest, um alles ungestört zu beobachten – wie würdest du dich verhalten?«

»Was meinst du damit, wie ich mich verhalten würde?« fragte Mark verständnislos.

»Na ja, würdest du so herumlaufen, daß jeder gleich auf dich aufmerksam wird?«

»Nein«, sagte Mark nach einigem Nachdenken. »Ich würde mich bemühen, nicht aufzufallen.«

»Richtig!« rief Rhonn erfreut. »Das ist eines der obersten Gesetze bei unseren Zeitreisen. Nicht aufzufallen!«

»Ich verstehe«, sagte Mark verblüfft. »Aber wie macht ihr das?« Rhonn schwieg einen Augenblick. Er wußte offensichtlich nicht, ob er darüber sprechen durfte oder nicht. Dann gab er sich einen Ruck.

»Also gut, ich werde es dir verraten.« Seine Augen schimmerten grün. »Bevor wir in die Zeitmaschine einsteigen und in die Vergangenheit reisen, müssen wir einen speziell für diese Reisen konstruierten Anzug anziehen. Dieser Anzug – wir nennen ihn Assimilator – hat oben einen Knopf. Wenn man an diesem Knopf dreht, dann ist man automatisch in der entsprechenden Zeit nach der jeweiligen Mode gekleidet. Nicht zu reich und nicht zu arm. Eben ganz einfach unauffällig. Außerdem kann man sich mit den Menschen des jeweiligen Landes verständigen, also ihre Sprache sprechen.«

Mark bemerkte jetzt tatsächlich an dem Hemd, das Rhonn trug, einen ungewöhnlich aussehenden, metallisch glänzenden Knopf. Er war halb unter dem Kragen versteckt. Mark wunderte sich, daß er ihm nicht schon früher aufgefallen war.

»Darf ich ihn mal anfassen?«

»Ja«, sagte Rhonn etwas widerstrebend, »das darfst du. Aber du mußt vorsichtig sein. Du darfst jetzt keinesfalls daran drehen, hörst du! In dem Knopf ist ein winziger Computer, der hochempfindlich ist. Er ist mit dem großen Computer in der Zeitmaschine koordiniert.«

Mark berührte vorsichtig den Knopf. Er fühlte sich kühl und glatt an. Fast so hart wie Metall und doch irgendwie anders. Er war aus einem Material, das Mark nicht kannte. ›Niemand, dem ich davon erzähle, wird mir das glauben‹, schoß es ihm durch den Kopf. ›Es ist verrückt! Völlig verrückt!‹ Er starrte den anderen mit weit aufgerissenen Augen an. Ein Wesen, das aus einer anderen Welt kam und das doch leibhaftig vor ihm stand.

»Ich habe Hunger!« durchbrach Rhonn plötzlich die Stille.

»Du hast Hunger?« wiederholte Rhonn verdutzt, aus seinen Gedanken gerissen.

»Ja«, antwortete Rhonn verlegen. »Entschuldige, daß ich einfach so damit herausplatze, aber könntest du mir irgend etwas zu essen verschaffen?«

»Aber natürlich«, rief Mark bereitwillig. »Warum hast du das nicht gleich gesagt! Ich hol dir was.« Er lief zur Tür. Plötzlich stutzte er und drehte sich um. »Etwas verstehe ich nicht!«

»Was verstehst du nicht?«

»Lach mich nicht aus«, sagte Mark unsicher, »aber es kommt mir so merkwürdig vor, daß du Hunger hast! Ich meine, du kommst mit einer tollen Maschine aus der Zukunft in die Vergangenheit – und hast Hunger! Wie ist das möglich? Hast du vor dem Start nichts gegessen, oder hast du nicht so eine Art Reiseproviant, wie ihn die Astronauten bei sich haben?«

Rhonn senkte den Kopf und sah schweigend zu Boden.

Mark fuhr sich verwirrt durchs Haar. »Nimm mir die Frage nicht übel«, bat er. »Es hat nichts damit zu tun, daß ich dir nicht gern etwas zu essen besorge. Es interessiert mich nur ganz einfach, wie jemand Hunger haben kann, der mit einer technisch so vollkommenen Maschine unterwegs ist.«

Rhonn blickte auf. »Deine Frage ist durchaus berechtigt«, sagte er und sah bedrückt aus. »Ich sagte dir doch bereits, daß ich Hilfe brauche. Ich sitze in der Klemme, und dazu gehört auch, daß ich nichts zu essen habe und sehr hungrig bin.«

Mark kam ein paar Schritte ins Zimmer zurück. »Ich will

dir gerne helfen, wenn ich kann«, sagte er und blickte den anderen offen an.

»Ich werde dir alles erzählen!« Rhonns Stimme klang gequält. »Nur im Augenblick ist mir schrecklich flau im Magen!«

»Du bekommst sofort etwas«, rief Mark. »Du kannst mir nachher erzählen, was passiert ist.«

Plötzlich strahlte er übers ganze Gesicht. »Ißt du gern Torte?«

»Torte?« fragte Rhonn überrascht.

»Ja! Schokoladentorte! Ich habe sie zum Geburtstag bekommen. Jetzt steht sie im Eisschrank in der Küche. Bis auf ein Stück, das ich gegessen habe, ist noch alles da.«

»Du hast Geburtstag?« rief Rhonn, und sein Gesicht hellte sich auf.

»Ja«, sagte Mark, »das heißt, ich hatte. Der Tag ist ja schon fast vorbei.«

Rhonn kam auf Mark zu. »Trotzdem – herzlichen Glückwunsch!«

»Danke«, sagte Mark und lief rot an, wie immer, wenn er verlegen wurde.

»Es ist nett von dir, daß du mir etwas von deiner Torte geben willst«, meinte Rhonn lächelnd. »Ich esse leidenschaftlich gern Torte.«

»Gut, ich hol dir welche.« Mark griff zur Türklinke.

»Jetzt habe ich eine Frage«, rief Rhonn ihm vergnügt hinterher. »Was macht deine Geburtstagstorte im Eisschrank? Wie kommt es, daß du Geburtstag hattest und sie nicht aufgegessen wurde?«

Mark blieb stehen und drehte sich um. »Na ja, das ist so«, sagte er erklärend. »Meine Mutter hat sie gebacken, aber nichts davon gegessen, weil sie meint, daß es dick macht.

Mein Vater wollte zum Nachmittagskaffee mit mir zusammen davon essen, ließ sich dann aber nicht blicken –«

»Was heißt, dein Vater ließ sich nicht blicken?«

»Mein Vater ist Künstler«, sagte Mark etwas nachsichtig. »Konzertpianist, verstehst du? Er bereitet sich gerade auf ein großes Konzert vor. Er ist dann so in seine Musik vertieft, daß ihn keiner von uns stören will. Es ist ein ungeschriebenes Gesetz in unserer Familie, daß wir ihn dann alle in Ruhe lassen.«

»Ach so«, sagte Rhonn verständnisvoll. »Bei uns ist es ähnlich. Wenn mein Vater über einer wissenschaftlichen Arbeit brütet, dann gehen wir auch alle auf Zehenspitzen.«

»Bleibt noch meine Schwester Judy«, fuhr Mark fort und grinste. »Die hatte aber eine Verabredung mit ihrem Freund. Und sonst«, er zuckte mit den Schultern, »meine Freunde sind alle verreist. Du kannst also von der Torte haben, soviel du willst.« Er öffnete die Tür einen Spalt und sah hinaus.

»Sei vorsichtig, damit keiner merkt, daß ich hier bin!« flüsterte Rhonn.

»Keine Sorge. Ich bin gleich wieder da!« Mark zwängte sich durch die Tür und schloß sie leise hinter sich zu.

Er tastete sich, ohne Licht zu machen, den Gang entlang, bis er an das Geländer der Treppe stieß, die zum Obergeschoß führte. Seine Wangen brannten vor Aufregung. Er war sehr verwirrt von dem, was er soeben erlebt hatte, und sein Herz klopfte schnell.

Im Haus schien alles ruhig zu sein. Oben im ersten Stock befanden sich die Schlafzimmer seiner Eltern und das Zimmer von Judy. Die Tür zum Wohnraum unten stand offen, aber bis auf das Mondlicht, das durch die Jalousien fiel, war alles dunkel. Mark ließ das Treppengeländer los und bog nach rechts, wo es zur Küche ging. Die Küchentür war geschlossen, aber durch die Ritzen drang schwacher Lichtschein. Mark schrak zusammen. Wer mochte in der Küche sein? Oder hatte jemand vergessen, das Licht auszumachen? Er überlegte kurz und kam zu dem Ergebnis, daß es schlecht sei, jetzt wieder umzukehren. Er hatte Rhonn, der hungrig war, etwas zu essen versprochen, und dieses Versprechen wollte er halten. Er öffnete vorsichtig die Tür. In der Küche saß Judy am Tisch und rauchte eine Zigarette. Sie starrte auf ein halbvolles Glas Saft, das vor ihr stand. Ausgerechnet Judy! Die hatte ihm gerade noch gefehlt!

»Hey!« sagte Mark verlegen und steuerte den Eisschrank an. Judy schreckte auf und sah ihn ungehalten an:

»Was machst du denn in der Küche?«

»Ich habe Hunger«, sagte Mark leichthin und öffnete den Eisschrank. Drinnen stand seine Torte, in gleichmäßige Teile geschnitten, völlig unberührt, bis auf das eine Stück, das er selbst gegessen hatte.

»Jetzt, mitten in der Nacht?« fragte Judy gedehnt.

»Ja«, antwortete Mark. »Da nimmt die Nacht keine Rücksicht drauf!« Er kam blitzschnell zu dem Schluß, daß es im Augenblick besser wäre, die Torte stehen zu lassen und nur ein Stück davon zu nehmen.

»War es schön?« erkundigte er sich beiläufig.

»Warum schläfst du denn noch nicht?« fragte Judy mißbilligend.

»Ich meine, wie war der Film?« Mark versuchte seine Stimme liebenswürdig klingen zu lassen.

»Schön«, sagte Judy einsilbig. Sie sah müde aus.

»Na, wie denn?«

»Sinnlos, dir jetzt den Film zu erzählen! Außerdem verstehst du sowieso nichts davon«, sagte sie gereizt und zog an ihrer Zigarette. »Du solltest um diese Zeit längst schlafen!« Mark sah Judy prüfend an. »Habt ihr Streit gehabt?«

»Nein!« knurrte sie widerwillig.

»Bestimmt nicht? Du wirkst so vermufft!«

»Nein!« wiederholte sie finster.

»Also habt ihr«, sagte Mark triumphierend und angelte sich ein Stück Torte. »Möchtest du auch eins?«

»Was willst du denn mit der Torte?« fragte Judy ziemlich sinnlos.

»Das siehst du doch! Sie essen!« sagte Mark und biß in das Stück, das er in der Hand hielt. »Außerdem ist es meine!« Er stopfte sich wieder etwas davon in den Mund, dann wandte er sich ab. Ärger stieg langsam in ihm hoch. Wie immer, wenn Judy ihn wie ein Kind behandelte. An der Tür drehte er sich noch einmal um.

»Weißt du, was schade ist?« fragte er mit sanfter Stimme.

»Was?«

»Daß Mädchen blöd sind!«

»Na, warte!« Judy drückte ihre Zigarette aus und sprang auf. Mark machte so schnell er konnte die Tür hinter sich zu, rannte in sein Zimmer zurück und schloß von innen ab. Dann knipste er die Nachttischlampe aus. Auf dem Flur näherten sich schnelle Schritte, und die Türklinke wurde ein paarmal heruntergedrückt.

»Mach auf, du sommersprossiges Scheusal!« zischte Judy durchs Schlüsselloch.

»Aber nicht doch!« rief Mark leise zurück. »Ich schlafe doch schon! Es ist schließlich die erste Nacht in meinem neuen Lebensjahr, wo Träume in Erfüllung gehen!« säuselte er, indem er ihre Stimme nachahmte.

»Warte nur bis morgen!« sagte Judy gekränkt.

»Morgen ist alles wieder in Ordnung!« rief Mark, dem sein Verhalten plötzlich leid tat, obwohl Judy ihn herausgefordert hatte. Außerdem wollte er sie loswerden. »Sei nicht böse! Ich hab's nicht so gemeint, Schwesterherz!«

»Na schön! Bis morgen.« Judys Stimme klang besänftigt. »Schlaf gut, du Rabauke!«

»Das war Judy«, seufzte Mark und deutete auf den letzten Happen des Tortenstückes in seiner Hand, bevor er sich auch dieses in den Mund schob. »Es tut mir leid! Sie saß in der Küche. Da wollte ich vorsichtig sein und nicht die ganze Torte mitnehmen. Sie wäre neugierig geworden und hätte nicht aufgehört, Fragen zu stellen. Aber nun klappt es bestimmt. Sie ist jetzt ins Bett gegangen. Warte noch einen Moment!«

Rhonn nickte. Mark lauschte mit dem Ohr an der Tür.

»Ich glaube, die Luft ist rein. Ich bin gleich wieder da!«

Er machte sich lautlos auf den Weg zur Treppe. Judy war tatsächlich schon in ihrem Zimmer. Durch das Schlüsselloch ihrer Tür fiel Licht. Mark eilte weiter zur Küche und öffnete behutsam, jedes Geräusch vermeidend, den Eisschrank und nahm die Torte heraus. Als er gerade zum Rückzug ansetzte, hörte er, wie Judy oben aus ihrem Zimmer in das danebenliegende Bad ging. Er blieb stehen und wartete. Es dauerte nicht lange, und sie kam wieder heraus. Mark vernahm das Geräusch ihres Schlüssels, den sie zweimal herumdrehte. Judy schloß sich immer ein, bevor sie schlafen ging, seit Mark sie einmal nachts als Gespenst verkleidet erschreckt hatte. Er tastete sich langsam, die Torte vorsichtig balancierend, zum Treppengeländer und sah, daß Judy ihr Licht bereits gelöscht hatte. Nun drohte keine Gefahr mehr.

Als Mark in sein Zimmer zurückgekehrt war, verschloß er die Tür ebenfalls von innen.

»So, hier ist sie«, sagte er aufatmend und stellte die Torte erst einmal auf dem Fußboden ab.

»Setz dich doch!« rief er Rhonn zu, denn der stand immer noch unbeweglich an derselben Stelle wie vorhin.

»Warte, ich mache es dir bequem!« Auf zwei Stühlen lagen unordentlich verstreut die Sachen, die er am Tag getragen hatte. Der Tisch in der Mitte des Zimmers war vollbedeckt mit Heften und Zeitschriften, die Mark kurzerhand beiseite räumte. Nur den Kassettenrecorder, den ihm sein Vater zum Geburtstag geschenkt hatte, ließ er stehen. Dann zog er sich seine Jeans und ein T-Shirt an, stellte die Torte auf den Tisch und wies auf einen der Stühle.

»Nun setz dich doch endlich und greif zu!« rief Mark. »Es tut mir leid, daß ich keinen Teller und keine Gabel mitbringen konnte, aber das hätte zuviel Lärm gemacht. Iß soviel du willst, bis du richtig satt bist!«

Rhonn stürzte sich mit Heißhunger auf die Torte. Als er das dritte Stück verdrückt hatte, lehnte er sich aufseufzend zurück.

»Das hat fabelhaft geschmeckt!« sagte er und leckte sich die Finger.

»Hast du Durst?« fragte Mark. »Ich habe Sprudel hier.«

»Ja!« sagte Rhonn dankbar. »Durst habe ich auch!«

Mark holte die Wasserflasche, die zwischen Büchern und einer Sammlung von Mini-Autos im Wandregal stand. Rhonn nahm ein paar große Schlucke. Dann trank auch Mark. Je länger er ihn betrachtete, desto mehr wünschte er sich insgeheim, so auszusehen wie dieser. Rhonn war etwas größer und kräftiger gebaut als Mark. Sein dunkles Haar war glänzend und leicht gewellt, während Mark seine widerspenstigen blonden Haare meistens nur mit naßgemachtem Kamm bändigen konnte. Rhonn hatte eine ebenmäßige, etwas bräunliche Hautfarbe, die seine grünschimmernden Augen noch besser zur Geltung brachte. ›Er hat nicht eine einzige Sommersprosse‹, dachte Mark bewundernd und rieb sich die Nase, als könnte er damit seine vielen wegwischen.

»Ich kann nicht mehr zurück!« sagte Rhonn unvermittelt.

Mark starrte ihn an. »Was soll das heißen?«

»Genau das, was ich sage. Ich kann nicht mehr zurück!«

»Willst du damit sagen, daß du nicht mehr in die Zukunft zurück kannst – in die Zeit, aus der du gekommen bist?« fragte Mark fassungslos.

»Genau das!« sagte Rhonn mit tonloser Stimme. »Irgend etwas ist mit dem verdammten Ding passiert!«

Mark schnappte nach Luft. »Du meinst mit der Zeitmaschine?« Rhonn nickte.

»Wo ist sie überhaupt?« fragte Mark nach einer Weile vorsichtig.

»Sie steht draußen im Garten.« Rhonn zeigte mit einer unbestimmten Geste hinaus.

»Was sagst du da?« Mark fuhr hoch und stürzte zum Fenster. Er blickte auf die mondhelle Wiese. Es war nichts zu sehen! Seine Augen streiften die Hecke entlang und kehrten zurück zu der Baumgruppe vor dem Haus. Nichts! – Alles sah aus wie sonst. Die Grillen zirpten, und von weiter her quakten die Frösche.

»Es ist nichts zu sehen!« rief Mark empört und drehte sich um.

»Ach so!« Rhonn stand langsam auf und kam zum Fenster.

»Du kannst sie jetzt nicht sehen. Ich habe sie entmaterialisiert.«

»Du hast sie – was?« fragte Mark entgeistert. Er hatte plötzlich wieder das Gefühl, sich mitten in einem Traum zu befinden.

»Ich habe sie unsichtbar gemacht,« sagte Rhonn leichthin. »Ich kann sie doch nicht einfach so herumstehen lassen. Komm mit! Ich werde sie dir zeigen!« Er kletterte aufs Fensterbrett und sprang hinaus. Mark folgte ihm.

»Kann uns jemand beobachten?« flüsterte Rhonn und starrte nach oben.

»Nein«, antwortete Mark halblaut. »Die Fenster der Zimmer, in denen meine Eltern und Judy schlafen, sind auf der anderen Seite. Über mir ist nur das Studio meines Vaters. Aber er hat den ganzen Tag gearbeitet und ist längst schlafen gegangen.«

»Das dürfte stimmen«, sagte Rhonn. »Als ich kam, war oben schon alles dunkel. Nur du hattest noch Licht. Aber du warst so sehr in dein Buch vertieft, daß du nichts bemerkt hast.«

Er nahm Marks Hand und zog ihn in Richtung der Bäume. Auf einmal verlangsamte er seine Schritte und blieb stehen.

»Jetzt paß auf!« Er zog aus seiner Hosentasche einen länglichen Gegenstand, den er vor sich hin ins Leere richtete.

»Paß auf, es geht ganz schnell!«

Mark riß angestrengt die Augen auf. Es sah aus, als ob Rhonn auf etwas zielte und dann abdrückte. Plötzlich flammte ein Bild auf. Oder eigentlich kein Bild. Es war etwas Wirkliches, das da hell leuchtend unter den Bäumen stand. Es schimmerte wie Metall. Silbrigweiß. Es hatte die

Größe eines kleinen Flugzeuges, aber es war rund. Rund wie eine Scheibe – wie eine dicke Scheibe mit Fenstern. Das ganze Ding schien zu leuchten. Es stand auf Beinen, die an Stelzen erinnerten, und hatte unten am Bauch etwas, das wie eine Einstiegluke aussah. Diese war geöffnet, und aus dem Innern der Scheibe drang grünes Licht. Oder war es rot? Es schien seine Farbe zu wechseln. Das Licht pulsierte. Das ganze Ding sah aus, als ob es atmete! Ein – aus, ein – aus, rot – grün, rot – grün, – rot . . .

Plötzlich war alles wieder verschwunden. Ausgelöscht, wie ein Bild, das sich in Nichts auflöst. Mark starrte auf die leere Fläche unter den Bäumen. Das Mondlicht schien auf die friedlich daliegende Wiese, auf die Grashalme, die ihre Spitzen nach oben reckten. Oder waren sie etwas niedergedrückt? Sahen sie nicht sogar etwas braun aus, wie angesengt, da, wo das Ding gestanden hatte. Mark kniff die Augen zusammen. Er konnte es nicht genau erkennen. Der Mond machte alles so unwirklich.

»Hast du's gesehen?« fragte Rhonn leise.

»Ja«, sagte Mark und schluckte. »Es sieht aus . . . es sieht aus . . .« er suchte nach dem richtigen Ausdruck und fand ihn nicht. Plötzlich wußte er, woran ihn das Ding erinnerte. »Es sieht aus – wie eine Fliegende Untertasse!«

»Wie sieht es aus?« fragte Rhonn gedehnt.

»Wie eine Fliegende Untertasse!« antwortete Mark und sah Rhonn mit großen Augen an. »So nennen wir die unbekannten Flugobjekte, die es angeblich nicht gibt und die trotzdem irgendwelche Leute gesehen haben wollen. Man hat Zeichnungen nach ihren Beschreibungen gemacht. Es soll sogar Photos von den Dingern geben, obwohl es immer heißt, daß es Schwindel ist. Manche Leute behaupten, es wären Besuche von anderen Sternen, aber die Wissenschaftler sagen, das sei nicht möglich, weil das nächste Sonnensystem von unserer Erde viel zu weit entfernt ist. – Aber es kommt immer wieder zu diesen Erscheinungen. Sie werden auch von Menschen gesehen, die keine Spinner sind. Zum Beispiel von Flugkapitänen, die sagen, daß sie irrsinnig schnell sind. Angeblich wird das meiste aufgeklärt. Es heißt dann, es waren Luftspiegelungen, Ballons in großer Höhe, Meteore und so weiter. Aber Wernher von Braun hat gesagt, daß zumindest sechs Prozent aller Vorkommnisse nicht zu erklären seien!« Er hielt atemlos inne. »Weißt du, wer Wernher von Braun ist?«

»Na klar«, antwortete Rhonn ruhig. »Wir nennen ihn den Vater der Raumfahrt!«

»Wir auch!« Mark griff sich an den Kopf. »Der Ausdruck Fliegende Untertasse ist eigentlich – ist sowieso ganz blöd«, stotterte er. »Ich meine nur – das, was ich gesehen habe sieht aus wie das, was man als Fliegende Untertasse bezeichnet!«

›Jetzt geht es mir wie allen, die so eine Erscheinung hatten‹, dachte Mark und runzelte die Stirn. ›Keiner wird mir glauben! Es ist alles viel zu verrückt, als daß mir einer glauben könnte!‹ Wieder kniff er sich in den Arm. – Nein, es war kein Traum! Mark hatte plötzlich das dringende Bedürfnis, sich zu setzen. Seine Knie waren weich, wie aus Gummi. Er ließ sich ins Gras fallen und sah zu Rhonn hinauf.

Er versuchte, seine Gedanken zu ordnen, und das Gefühl von Unwirklichkeit, das ihn lähmte und wie eine Umklammerung gefangenhielt, abzuschütteln:

»Du sagtest doch, daß du Hilfe brauchst! Wie kann ausgerechnet ich dir helfen? Erzählst du mir jetzt alles?«

»Ja«, sagte Rhonn ernst und setzte sich neben ihn.

Zweites Kapitel
*Ein Geständnis – Dinge, die sich nicht erklären lassen –
Was Rhonn braucht und Mark ihm nicht geben kann –
Und wo sie es schließlich finden – Ein aufregendes
Angebot*

»Ich habe etwas gemacht, was ich nicht hätte tun dürfen«, begann Rhonn zögernd. »Ich habe mich einfach in die Maschine gesetzt und sie gestartet, ohne meinem Vater etwas davon zu sagen!«

»Kennst du dich denn so gut damit aus?« staunte Mark beeindruckt.

»Mein Vater hat mich schon oft auf seine Zeitreisen mitgenommen. Er hat mir alles, was damit zusammenhängt, erklärt. Auch den Gebrauch der Zeitmaschine. Daher weiß ich, wie sie funktioniert.«

»So was Ähnliches habe ich auch schon mal gemacht«, sagte Mark mitfühlend. »Mein Vater hatte seine Wagenschlüssel im Auto stecken lassen. In einem unbeobachteten Moment bin ich eingestiegen und losgefahren. Glücklicherweise ist nichts passiert, aber mein Vater war sehr ärgerlich. Was wird denn dein Vater dazu sagen? Wird er sehr böse sein?«

»Böse nicht«, sagte Rhonn nach kurzem Nachdenken. »Mein Vater ist prima! Mit dem kann ich über alles reden. Aber ich glaube, er wird enttäuscht sein, daß ich ihn nicht gefragt habe. Daß ich einfach weggeflogen bin – ohne ihn. Es ist wie ein – Vertrauensbruch. Verstehst du?«

Mark nickte.

»Und wenn ich sehr lange wegbleibe, wird er sich Sorgen

machen«, fuhr Rhonn fort und sah unglücklich aus. »Er wird annehmen, daß ich in Gefahr bin und Angst um mich haben. – Ich ahnte ja nicht, daß ich diese Panne haben würde!«

»Du meinst, daß du nicht mehr in deine Zeit zurück kannst«, sagte Mark betroffen. »Das ist also die Klemme, in der du sitzt! Funktioniert die Maschine denn gar nicht mehr?«

»Doch, sie funktioniert noch. Aber sie bewegt sich nur noch in eine Richtung. Um es kurz zu machen: ich kann mit ihr nur noch in die Vergangenheit fliegen. Immer weiter! Immer weiter zurück. Aber ich kriege sie nicht mehr vorwärts in die Zukunft.«

»Aber wenn dein Vater dich vermißt, wird er dich doch bestimmt suchen und wieder zurückholen«, versuchte Mark Rhonn zu trösten.

»Wo soll er mich denn suchen?« rief Rhonn verzweifelt. »Ich habe doch niemandem gesagt, wo ich hinwollte. Denk einmal an die vielen Möglichkeiten, die es gibt! Er kann doch nicht die ganze Vergangenheit nach mir absuchen. Ich wollte ja auch nur einen ganz kurzen Ausflug ins Benzinzeitalter machen und gleich wieder zurück sein!«

»Ins Benzinzeitalter?« staunte Mark.

»Ja, so nennen wir die Zeit, in der du lebst. Wir nehmen sie gerade im Geschichtsunterricht durch. Ich wollte nicht lange wegbleiben. Ich wollte mich nur ein bißchen umsehen. Darum habe ich auch nichts mitgenommen«, sagte Rhonn schuldbewußt. »Nichts von den Dingen, die wir sonst auf unseren Zeitreisen mit uns führen.«

Mark sah ihn mitleidig an. »Warst du deshalb auch so hungrig?«

»Ja«, antwortete Rhonn. »Ich hatte vorher nichts gegessen. Du kannst dir nicht vorstellen, wie schwer es ist, an Nahrung heranzukommen, wenn man sie nicht stehlen will. Sonst nehmen wir genügend mit oder kaufen sie unterwegs, wenn sie uns ausgeht. Manchmal tauschen wir sie auch gegen irgend etwas ein.«

Mark starrte nachdenklich vor sich hin. »Hast du eine Ahnung, woran es liegt?« fragte er nach einer Weile. »Ich meine, weißt du, wie du diese Panne beseitigen kannst?«

»Ja«, sagte Rhonn, »das weiß ich!«

»Du weißt es?« Mark sah ihn überrascht an.

»Ich weiß es sogar ganz genau!«

»Aber dann ist doch alles in Ordnung!« rief Mark und sprang auf.

»Das ist es leider nicht!« sagte Rhonn kleinlaut. «Das, was ich brauche, um die Maschine wieder in die andere Richtung – vorwärts in die Zukunft – zu bringen, das habe ich auch nicht dabei.«

»Aber du sagtest doch, daß ich dir vielleicht helfen könnte!« rief Mark aufgeregt.

Rhonn sah ihn mit ernsten Augen an. »Ich brauche Quecksilber«, sagte er plötzlich. »Kannst du mir welches beschaffen?«

»Quecksilber?« Mark war verblüfft. »Woher soll ich denn jetzt mitten in der Nacht Quecksilber nehmen?« fragte er gedehnt.

»Und dein Vater? Was ist mit deinem Vater?« Rhonns Stimme klang wieder verzweifelt. »Kann er mir vielleicht helfen?«

»Woher soll mein Vater denn Quecksilber haben!« rief Mark. »Er ist doch kein Chemiker! Er ist Konzertpianist, wie ich dir schon sagte. Außerdem könnte er dir sicher nicht helfen. Er ist völlig unpraktisch. Wenn es im Haus etwas zu reparieren gibt, dann machen das immer meine Mutter, Judy oder ich. – Aber sonst . . .« Mark grinste verlegen, als er sah, wie niedergeschlagen Rhonn ihm zuhörte, »er spielt phantastisch Klavier!« Rhonn schwieg. Mark machte eine hilflose Handbewegung:

»Morgen ist unglücklicherweise auch noch Sonntag«, sagte er leise. »Da kann man nichts besorgen.« Rhonn tat ihm leid. Wie gerne hätte er ihm geholfen!

»Wozu brauchst du denn das Quecksilber? Muß es denn unbedingt Quecksilber sein?« Er setzte sich wieder neben Rhonn ins Gras.

»Ich war einmal dabei, als meinem Vater das gleiche passierte wie mir«, sagte Rhonn langsam. »Ich sah, wie er den Verschluß von einem Behälter, in dem sich ein Röhrchen befand, öffnete und Quecksilber einfüllte. Danach war der Schaden behoben und die Maschine funktionierte wieder einwandfrei. Es war nur eine winzige Menge Quecksilber, die er dazu benötigte«, murmelte Rhonn. »Verstehst du?« Er ergriff Mark bei den Schultern: »Alles, was ich brauche, ist eine winzige Menge Quecksilber!«

Mark schüttelte den Kopf. Dann sagte er nachdenklich: »Ich kann gar nicht verstehen, daß du nur so wenig brauchst für eine so große Maschine! Bist du sicher, daß damit dann alles wieder in Ordnung ist?«

»Natürlich bin ich sicher«, rief Rhonn. »Es ist so ähnlich wie bei euren Maschinen. Ein paar Tropfen Öl genügen, und sie laufen wieder wie geschmiert! Nur daß ich eben kein Öl brauche, sondern Quecksilber!«

»Ich verstehe«, sagte Mark und dachte an die Nähmaschine seiner Mutter und an Judys Filmprojektor. Es stimmte! Alle Maschinen und Apparate, die ihm im Augenblick einfielen, brauchten hin und wieder ein paar

Tropfen Maschinenöl, um wieder reibungslos zu funktionieren.

»Wo ist die Zeitmaschine jetzt eigentlich?« fragte er plötzlich, nachdem er merkte, daß er eine ganze Weile auf den leeren Fleck unter den Bäumen gestarrt hatte. »Sag mir, was du vorhin damit gemacht hast. Wieso kannst du sie verschwinden lassen und wieder hervorholen wie ein Zauberkünstler Kaninchen aus seinem Hut?«

»Das hat nichts mit Zauberei zu tun«, erwiderte Rhonn und mußte unwillkürlich lächeln. »Ich habe sie mit einem Mutanten in eine andere Dimension versetzt.«

»Ein Mutant? – Was ist das?«

»Das ist der Gegenstand, den ich auf die Maschine gerichtet habe. Er macht sie sichtbar oder unsichtbar, je nachdem, wie man es gerade braucht.«

»Ist das so etwas Ähnliches wie ein Fernbedienungsgerät?« versuchte Mark den Erklärungen Rhonns zu folgen. »Wir haben zum Beispiel einen Fernsehapparat mit Fernsteuerung.«

»Es hat unter anderem auch mit Fernsteuerung zu tun«, antwortete Rhonn. »Aber vor allem transportiert es Materie in eine andere Dimension. In die Dimension, in der wir auch unsere Zeitreisen machen.«

»Eine andere Dimension? Was denn für eine andere Dimension?« fragte Mark verständnislos.

Rhonns Gesicht war auf einmal verschlossen, und seine Augen hatten wieder diesen seltsamen Ausdruck.

»Sag doch! Was meinst du damit?« drängte Mark neugierig.

Rhonn antwortete nicht. Er war im Augenblick damit beschäftigt, sich über das ganze Ausmaß seiner unglücklichen Lage klarzuwerden und nach einer Lösung zu suchen.

Er saß in sich zusammengesunken, und seine Haltung drückte tiefe Mutlosigkeit aus. Dort, wo er herkam, hatte man überall Quecksilber. Man brauchte es täglich zu so vielen Dingen, daß es in jedem Haus vorrätig war. Darum war er sicher gewesen, daß Mark ihm helfen könnte.

»Was für eine andere Dimension? Was ist das?« bohrte Mark hartnäckig weiter.

Rhonn war aus seinen Gedanken gerissen und sah ihn an.

»Frag mich nicht«, sagte er gequält. »Ich darf eigentlich nicht darüber sprechen. Ich kann es dir auch gar nicht genau erklären. – Ich weiß nur, daß es so ist!«

»Du kannst es nicht erklären?« rief Mark ungläubig. »Vielleicht willst du es nicht, aber du mußt doch etwas, das es bei euch gibt, erklären können!«

»Nein, ich kann es wirklich nicht«, entgegnete Rhonn unwillig. »Außerdem würdest du es nicht verstehen!«

»Hältst du mich für so dumm?« fragte Mark gekränkt.

»Nein, natürlich nicht!« Rhonn legte besänftigend den Arm um Marks Schultern. »Aber wie soll ich dir das fertige Ergebnis einer wissenschaftlichen Entwicklung erklären, wenn deine Zeit noch nicht einmal die vielen Vorstufen dazu kennt! Im übrigen bin ich ziemlich sicher – du kannst auch nicht alles erklären, was es bei euch gibt!«

»Doch, das kann ich!« rief Mark eigensinnig.

»Nein, das kannst du nicht!« sagte Rhonn nachdrücklich.

»Du kannst zwar mit den Dingen umgehen, weil du an sie gewöhnt bist, aber du kannst sie nicht immer genau erklären! Oder könntest du mir erklären, wie der Eisschrank, der Fernsehapparat, das Radio funktionieren? Das Telephon, zum Beispiel! Stell dir vor, du müßtest deinem Urururgroßvater erklären, was das ist. Was würdest du ihm sagen?«

»Na, das ist doch wirklich einfach«, rief Mark beinahe ärgerlich. »Man nimmt den Hörer ab, wählt die entsprechende Nummer, der Teilnehmer am anderen Ende hebt ab, und man fängt an zu sprechen.«

»Aber so einfach ist das doch nicht«, sagte Rhonn beharrlich. »Dein Urururgroßvater würde dir das vielleicht noch glauben, wenn dieser Teilnehmer aus dem Nebenzimmer mir dir spräche, nur durch eine Wand von dir getrennt. Aber würde er dir auch glauben, wenn du ihm weismachen wolltest, daß du mit einem Teilnehmer, der sich in einem anderen Land oder gar auf einem anderen Kontinent befindet, sprechen kannst – und zwischen euch läge nicht die Zimmerwand, sondern der Ozean!«

Mark biß sich auf die Lippen und dachte nach.

»Na ja, da gibt es doch das Transatlantikkabel, aber...« er stockte. »Du hast recht! Im Augenblick kann ich tatsächlich nicht erklären, wieso es möglich ist, mit jemandem, zum Beispiel in Amerika, zu telephonieren, dessen Stimme am anderen Ende so nah klingt, als sei der Betreffende im selben Haus. Die technischen Einzelheiten weiß ich nicht genau.«

Mark ließ verlegen den Kopf sinken.

»Und trotzdem kannst du telephonieren!« rief Rhonn triumphierend.

»Stimmt!« sagte Mark und gab sich geschlagen. »Du kannst mir also wirklich nicht erklären, was es mit dieser anderen Dimension auf sich hat?« startete er noch einen letzten Versuch, Rhonn das Geheimnis zu entreißen.

»Nein«, sagte der, »ich kann es wirklich nicht. Vielleicht verstehst du noch besser, was ich meine, wenn du dich in

Gedanken einfach dreihundert Jahre zurückversetzt oder noch weiter, ins Mittelalter zum Beispiel. Stell dir vor, du kämst mit einem Menschen der damaligen Zeit ins Gespräch und solltest ihm von all den Dingen erzählen, die es jetzt zu deiner Zeit gibt. Von Autos, Eisenbahnen, Flugzeugen, von der drahtlosen Telegraphie, von der Raumfahrt. – Falls er dir überhaupt glauben würde, daß es all diese Dinge gibt, wie sollte er sie begreifen, wenn er nicht einmal weiß, was Technik ist!«

Mark nickte beeindruckt: »Neulich habe ich gelesen, daß man immer noch nicht genau weiß, was eigentlich Elektrizität ist, obwohl wir doch täglich damit umgehen«, sagte er nachdenklich.

»Auch wir wissen es immer noch nicht ganz genau«, murmelte Rhonn abwesend.

Beide schwiegen und starrten vor sich hin. In Marks Kopf war ein wildes Durcheinander. Er blickte zum Himmel in den Mond, dessen helles Licht alles fahl werden ließ, und der ihm heute fremd, von unwirklicher Größe zu sein schien.

Plötzlich sprang Mark mit einem Aufschrei hoch.

Rhonn fuhr zusammen und sah ihn erschrocken an.

»Was ist los? Was hast du denn?«

»Ich hab's!« rief Mark aufgeregt. »Ich hab's! Jetzt weiß ich, wie ich dir helfen kann! Es ist in der Mülltonne!«

»Was ist in der Mülltonne?« fragte Rhonn entgeistert.

»Das Fieberthermometer!« Mark packte Rhonn und zog ihn aus dem Gras zu sich hoch. »Eben ist es mir eingefallen!«

Mark machte einen Luftsprung: »Verstehst du denn nicht?« rief er und strahlte über das ganze Gesicht. »Das Quecksilber, das du brauchst – wir haben es! Du hast doch gesagt, daß du nur eine kleine Menge benötigst. Es ist im Fieberthermometer. Wir können es aus dem Glasbehälter herausholen.«

Jetzt begriff Rhonn. Mit einem unterdrückten Freudenschrei fiel er Mark um den Hals.

»Meine Mutter hat heute das Arzneischränkchen im Badezimmer ausgemistet«, rief Mark beinahe atemlos vor Eifer. »Das Zeug, das älter ist als ein Jahr, schmeißt sie immer weg. Das kaputte Fieberthermometer war auch dabei. Judy hat es irgendwann einmal auf den Boden fallen lassen. Das dünne Glasröhrchen, innen neben der Skala, ist zerbrochen, aber das Quecksilber unten in der Spitze ist dringeblieben. Meine Mutter hat alles in eine Plastiktüte gepackt und sie mir gegeben, damit ich sie in die Mülltonne werfe.« Mark schlug sich an die Stirn. »Daß mir das nicht früher eingefallen ist!«

Rhonn sah Mark mit glänzenden Augen an: »Wo ist die Mülltonne? Glaubst du, daß das Thermometer noch drin ist?«

»Natürlich«, rief Mark glücklich. »Die Tüte muß noch da sein. Die Mülltonnen werden erst Montag früh geleert. Komm mit!«

Beide stürzten los. Plötzlich stoppte Mark und hielt Rhonn am Arm zurück.

»Warte, wir brauchen eine Taschenlampe. Vorne neben dem Eingangstor zum Garten, wo die beiden Mülltonnen stehen, ist es dunkel. Meine Eltern oder Judy löschen immer das Licht über der Haustür, bevor sie schlafen gehen. Wir müssen vorsichtig und leise sein, denn ihre Fenster sind auf der Vorderseite.«

»Soll ich denn mitkommen?« fragte Rhonn unwillkürlich im Flüsterton. »Ist das nicht zu gefährlich?«

»Du mußt sogar mitkommen«, rief Mark leise und zog sich auf das Fensterbrett seines Zimmers. »Du mußt mir die Taschenlampe halten, damit ich besser nach der Tüte suchen kann. Warte einen Moment. Ich hole schnell die Lampe und komme hier wieder raus.«

Rhonn nickte und blieb stehen, während Mark in seinem Zimmer verschwand. Es dauerte nicht lange, und er tauchte wieder auf. In der Hand hielt er eine rote Stablampe, die er ein paarmal an- und ausknipste. Sie hatte einen kräftigen Lichtstrahl. Mark schwang sich wieder aufs Fensterbrett und landete mit einem Sprung draußen neben Rhonn.

»Komm hinter mir her!« rief er mit unterdrückter Stimme. Sie schlichen in gebückter Haltung um das Haus. Als sie vorne bei der Haustür ankamen, sahen sie nach oben. Die Fenster waren dunkel. Vor ihnen lag ein schmaler Kiesweg, der zu den Mülltonnen führte.

»Am besten ziehen wir die Schuhe aus, damit der Kies nicht knirscht«, flüsterte Mark und schlüpfte aus seinen Sandalen. Rhonn tat das gleiche. Dann tappten sie vorsichtig mit bloßen Füßen über die kleinen, spitzen Steine. Als sie bei der vorderen Mülltonne angelangt waren, drückte Mark Rhonn die Taschenlampe in die Hand und öffnete langsam und behutsam den Deckel. Rhonn leuchtete hinein und deckte mit der anderen Hand den Lichtschein der Lampe ab. Die Mülltonne war ziemlich voll. Obenauf lag ein verwelkter Blumenstrauß und zerknülltes Papier. Als Mark es vorsichtig zusammen mit den dürren Stengeln heraushob, hätte er sich beinahe an den darunterliegenden Glasscherben geschnitten. Mit spitzen Fingern schob er noch einen Haufen Kartoffelschalen beiseite, dann hielt er triumphierend die weiße Plastiktüte in der Hand.

»Hoffentlich ist das Quecksilber nicht ausgelaufen!« flüsterte Rhonn. Beide kauerten sich im Schutz der hinteren Mülltonne auf die Erde und leerten die Tüte aus.

Da lag es – das Fieberthermometer! Zwischen Tablettenröhrchen, zerdrückten Pillenschachteln und alten Arzneifläschchen. Die mit Quecksilber gefüllte Spitze war heil. Rhonn unterdrückte einen Jubelschrei, indem er die Hand auf seinen Mund preßte.

Mark klemmte sich das Thermometer zwischen die Zähne und sammelte so leise er konnte den Inhalt der Tüte wieder ein. Er legte sie in die Mülltonne zurück und packte das herausgenommene Papier sowie die verwelkten Blumen obendrauf. Nachdem sie sich vergewissert hatten, daß nichts liegengeblieben war, knipste Rhonn die Lampe aus und half Mark dabei, den Deckel vorsichtig wieder auf die Mülltonne zu legen.

Niemand hatte sie gehört oder gesehen. Im Haus oben blieb alles dunkel. Nichts regte sich. Mark gab Rhonn lautlos ein Zeichen. Sie liefen auf Zehenspitzen den Weg zurück, zogen ihre Sandalen an und schlichen um das Haus herum, bis sie wieder vor Marks Zimmerfenster anlangten. Mark übergab Rhonn das Thermometer. Dieser nahm es beinahe ehrfürchtig entgegen und betrachtete es unter dem Schein der Taschenlampe. Da hielt er also seine Rettung in der Hand!

»Danke«, flüsterte er mit glücklichem Gesicht und steckte das Thermometer in die Brusttasche seines Hemdes. »Vielen Dank! Nun ist alles gut!«

»Du brauchst nicht zu flüstern«, sagte Mark, den Rhonns Dankbarkeit etwas verlegen machte. »Hier hört man uns doch nicht mehr.«

Es entstand eine Pause, in der keiner ein Wort sprach. Mark trat von einem Bein auf das andere.

»Fliegst du jetzt gleich zurück?« fragte er mit dünner Stimme, während ihn auf einmal eine große Traurigkeit überkam.

»Du, Mark –«, begann Rhonn und wirkte plötzlich unbeholfen, »– weißt du, ich bin dir sehr dankbar für alles!«

»Nicht der Rede wert«, sagte Mark verwirrt. »Ich bin froh, daß ich dir helfen konnte.«

Rhonn sah ihn forschend an. »Möchtest du vielleicht – ich meine – würde es dir Freude machen, wenn ich dich einmal mitnähme?«

Mark starrte zurück, und seine Augen wurden groß.

»Das würdest du tun?« sagte er überwältigt. »Das würdest du wirklich tun?«

»Wir wollen Freunde sein, willst du?« Rhonn streckte seine Hand aus.

Mark mußte schlucken, weil langsam ein Glücksgefühl in ihm hochstieg, das ihm die Luft nahm. Dann ergriff er Rhonns Hand: »Ja, wir wollen Freunde sein!« bekräftigte er und drückte sie fest.

»Ich darf dich leider nicht ohne weiteres mit in die Zukunft nehmen«, sagte Rhonn lächelnd. »Dazu müßte ich eine Erlaubnis haben. Aber wir können einen Ausflug in die Vergangenheit machen, in eine Zeit, die dich interessiert. Oder wir können jemanden treffen, den du gern persönlich kennengelernt hättest!«

Mark stand stumm, wie angewurzelt da. Einerseits hätte er am liebsten vor Freude laut aufgeschrien, andererseits machte ihn die Aussicht, ein solches Abenteuer erleben zu dürfen, völlig sprachlos.

Rhonn gab ihm einen freundschaftlichen Stoß gegen die Schulter. »Na, sag schon! Wo willst du hin? Ich setze dich rechtzeitig morgen früh hier ab. Du bist wieder da, bevor deine Leute wach sind und etwas merken. Dann fliege ich zurück in meine Zeit.«

»Kein Mensch wird mir das glauben!« entfuhr es Mark. »Es ist zu phantastisch! Es ist – es ist –«, er suchte nach Worten.

»Also, wo willst du hin?«

Endlich hatte Mark sich wieder halbwegs gefaßt.

»Laß uns etwas ganz Tolles machen«, jubelte er.

»Was?« Rhonn mußte lachen, als er Marks Begeisterung sah.

»Wir könnten zum Beispiel die heilige Johanna befreien und vor dem Scheiterhaufen erretten!« rief Mark.

Rhonns Gesicht wurde auf einmal sehr ernst.

»Das geht nicht«, sagte er bestimmt.

»Warum nicht? Wir zwei schaffen es bestimmt«, rief Mark mit Feuereifer.

»Es ist verboten!« sagte Rhonn nachdrücklich. »Es ist streng verboten, in die Geschichte einzugreifen!«

»Warum ist das verboten?« empörte sich Mark. »Wer kann so etwas verbieten? Man könnte doch viel Schlimmes verhindern, wenn man weiß, was in der Vergangenheit passiert ist! Und schließlich war es dein Vater, der die Zeitmaschine erfunden hat.«

»Jede neue Erfindung zieht Gesetze nach sich«, sagte Rhonn ernst. »Also auch die Erfindung der Zeitmaschine. Sie wird zur Erforschung der Vergangenheit eingesetzt, wie ich dir schon erzählte, aber es ist absolut verboten, in den Gang der Geschichte einzugreifen. – Überleg doch mal! Wenn man irgendein Ereignis, eine historische Tatsache verändern würde, was das für eine endlose Kette von neuen Veränderungen nach sich zöge. – Alles käme aus dem Gleichgewicht. Alles käme ins Wanken! Mein Vater war es selbst, der darauf aufmerksam gemacht hat. Darum wurde dieses Gesetz geschaffen.«

»Ich verstehe«, sagte Mark nachdenklich, »es ist also nie versucht worden, irgendeinem Geschehen eine andere Wendung zu geben?«

»Doch, natürlich!« erwiderte Rhonn. »Aber die Folgen waren meist katastrophal, und es hat dann stets große Mühe gekostet, alles halbwegs wieder in Ordnung zu bringen. Der letzte, der so etwas versucht hat, war leider mein Onkel.«

»Dein Onkel?«

»Ja, der Bruder meines Vaters, der viel mit ihm zusammen gearbeitet hat. Er hat versucht, das mörderische Attentat auf einen hohen Politiker, der übrigens in deiner Zeit regiert hat, zu verhindern. Damit brachte er alles durcheinander.«

»Wer war das?« fragte Mark neugierig.

»Das darf ich nicht sagen!«

»Na schön! Dann sag mir wenigstens, was dann passiert ist!«

»Der Mord konnte nie aufgeklärt werden«, antwortete Rhonn nach kurzem Zögern, »und mein Onkel wurde zur Strafe in die Steinzeit versetzt.«

»In die Steinzeit?« staunte Mark mit aufgerissenen Augen.

»Wir wollen jetzt nicht weiter darüber sprechen«, sagte Rhonn, dem das Thema sichtlich unbehaglich war. »Wir können die heilige Johanna nicht befreien! Also, such dir etwas anderes aus! – Vielleicht möchtest du jemanden sehen, den du sehr bewunderst!«

»Mozart!« platzte Mark heraus. »Mozart ist unser Lieblingskomponist. Mein Vater spielt ihn am liebsten.«

»Also gut, Mozart!« sagte Rhonn und konnte sich ein Lächeln nicht verkneifen. »Man merkt, daß du aus einer Musikerfamilie stammst! Ich dachte, du würdest einen berühmten Staatsmann nennen, einen König, einen Feldherrn, einen Helden. Napoleon, zum Beispiel, oder Richard Löwenherz und Buffalo Bill!«

»Ich möchte Mozart kennenlernen«, sagte Mark beharrlich. »Allerdings«, fuhr er zögernd fort, »König Heinrich den Achten von England hätte ich auch gerne einmal gesehen.«

»Warum gerade den?« fragte Rhonn erstaunt.

»Nächste Woche läuft ein alter Spielfilm über ihn im Fernsehen«, sagte Mark und grinste. »Ich wüßte gerne, wie er wirklich war.«

»Na schön, wir machen beides!« rief Rhonn belustigt. »Aber laß uns zuvor besprechen, was wir mitnehmen!« Er kletterte auf das Fensterbrett und sprang in Marks Zimmer.

»Was sollen wir denn mitnehmen?« wunderte sich Mark und kam hinterher.

Rhonn sah sich im Zimmer um. »Es hat sich herausgestellt, daß es immer ganz nützlich ist, etwas dabeizuhaben, das es in früheren Zeiten nicht gegeben hat.« Er deutete auf die Taschenlampe, die er immer noch in der Hand hielt. »Die hier ist zum Beispiel prima geeignet!«

»Was ist mit einem Kofferradio?« rief Mark eifrig, während er sich seine Armbanduhr umschnallte.

»Das bringt gar nichts!« sagte Rhonn und machte eine wegwerfende Handbewegung.

»Warum nicht?« – »Denk mal nach«, sagte Rhonn aufmunternd. »Das Ding funktioniert doch nur jetzt! Ohne Sender – kein Empfang!«

»Na klar!« Mark gab sich einen Klaps gegen die Stirn. »Was man alles beachten muß! Daran habe ich gar nicht gedacht!« sagte er kopfschüttelnd.

»Aber der Kassettenrecorder wäre gut, denn der spielt immer.« Rhonn zeigte auf den Tisch, auf dem der Apparat stand.

»Funktioniert er?«

»Alles ganz neu! Batterien und eine Kassette sind drin!« rief Mark und ließ durch einen Knopfdruck den Behälter des Kassettenrecorders aufspringen. »Das ist Vaters Geburtstagsgeschenk an mich. – Sieh mal, was ich hier habe.« Er nahm lachend die darin befindliche Kassette heraus und zeigte sie Rhonn. »Die Zauberflöte: Ouvertüre und Arien von Wolfgang Amadeus Mozart«, las Rhonn. »Das paßt ja ausgezeichnet! Die nehmen wir mit. Und noch etwas«, sagte er mit verschmitztem Gesicht.

»Was denn?«

»Die Torte natürlich! Falls wir unterwegs Hunger bekommen – und weil sie so herrlich schmeckt!«

»Gute Idee!« rief Mark, kletterte auf einen Stuhl und holte vom Schrank eine Rolle Klarsichtfolie herunter. Er nahm die restlichen Tortenstücke von der Kuchenplatte.

»Pack sie vorsichtig hier hinein«, sagte er zu Rhonn. »Das ist praktischer, als sie auf der Kuchenplatte mitzunehmen. Ich bringe inzwischen den Teller schnell in die Küche zurück.«

Mark schloß leise die Zimmertür auf und schlich hinaus. Als er wiederkam, war das Zimmer leer. Rhonn war verschwunden und mit ihm die Sachen, die sie mitnehmen wollten.

Mark blieb wie angewurzelt stehen. Hatte Rhonn ihn sitzengelassen und war ohne ihn abgeflogen, jetzt, wo er alles hatte, was er brauchte? Mark stürzte zum Fenster. Rhonn stand draußen im Garten. Der Kassettenrecorder, die Taschenlampe und das Kuchenpaket lagen neben ihm im Gras.

»Hier bin ich!« rief er und winkte Mark zu.

Mark schämte sich wegen seines Verdachtes und war gleichzeitig glücklich, daß er sich geirrt hatte.

»Ist das alles, was wir mitnehmen wollen?« rief er leise hinüber.

»Ja«, antwortete Rhonn, »mehr brauchen wir nicht. Wir bleiben ja nicht lange!«

Mark sprang mit einem Satz aus dem Fenster und lief über den Rasen. Plötzlich stockte er: »Es geht gar nicht! Ich habe ja keinen solchen Anzug wie du!« rief er und sah enttäuscht an sich herunter.

»Du meinst einen Assimilator? Keine Sorge!« erwiderte Rhonn. »In der Maschine ist einer, den du anziehen kannst. Wir haben immer mehrere Exemplare davon mit, falls einmal unterwegs einer kaputtgeht.«

Mark atmete erleichtert auf.

Rhonn hob den Arm und richtete den Mutanten, den er bereits in der Hand hielt, auf die leere Stelle, wo sich die Maschine befinden mußte.

»Es geht los!« lachte er leise.

Mark war erneut gepackt und aufgewühlt von dem Vorgang, wie die Zeitmaschine sichtbar wurde. Da stand sie – schimmernd und geheimnisvoll in ihrem pulsierenden Licht! Mark fühlte, wie sein Herz bis zum Halse schlug. Rhonn lief zwischen den Stelzen zur Einstiegluke und zog sich hoch.

»Gib mir die Sachen und beeile dich!« rief er. »Es ist immer gefährlich, wenn die Maschine zu lange sichtbar ist!«

»Wieso ist das gefährlich?« wunderte sich Mark und reichte Rhonn die Taschenlampe, das Kuchenpaket und zuletzt den Kassettenrecorder hinauf.

Rhonn verstaute alles im Inneren der Maschine.

»Ist doch klar«, antwortete er. »Man könnte doch von irgendwem beobachtet werden. Je schneller alles geht, wenn die Maschine startklar ist, desto eher ist der zufällige Betrachter geneigt, das, was er gesehen hat, für eine Sinnestäuschung zu halten.«

Mark sah den Widerschein des wechselnden Lichtes von Rot und Grün auf Rhonns Gesicht. Das Flackern hatte etwas Magisches und vermittelte abermals das Gefühl von Unwirklichkeit.

»Komm jetzt!« rief Rhonn und streckte helfend die Hand aus. Mark war so aufgeregt, daß er beinahe danebengegriffen hätte und ausgerutscht wäre, aber Rhonn packte ihn rechtzeitig am Arm und zog ihn hoch. Das Abenteuer konnte beginnen!

Drittes Kapitel
Die Zeitmaschine – Eine Begegnung in der Luft – Wer ist der Graf von Saint Germain? – Wo ist Mozart? – Der Start ins Abenteuer

Über die Einstiegluke schob sich lautlos eine durchsichtige Klappe, wie ein Bodenfenster, und verschloß sie. In dem Augenblick veränderte sich auch das Licht in der Maschine. Es hörte auf zu flackern, das Grün verschwand, und das Rot hellte sich auf. Mark sah sich um. Das Innere der Maschine glich einer Raumkapsel, wie er sie schon öfter auf Photos gesehen hatte, nur daß sie viel geräumiger war. Sie hätte ohne weiteres vier Personen aufnehmen können, und man konnte aufrecht darin gehen. Die Wände waren glatt und hatten rundherum in Augenhöhe Fenster, so daß man nach allen Seiten hinaussehen konnte. Nicht ganz in der Mitte befand sich ein Tisch mit einem großen Armaturenbrett, und davor zwei Sitze mit Anschnallgurten. Dazwischen lag die Einstiegluke. Mark sah das Gras durch sie hindurch.

Das Armaturenbrett, auf das Rhonn das Thermometer gelegt hatte, schien viel einfacher und sparsamer ausgestattet zu sein, als vergleichsweise die Einrichtung einer Pilotenkanzel. Mark fand das seltsam. Auf einem Flug mit seinen Eltern hatte ihn die Stewardess zum Kapitän nach vorne ins Cockpit mitgenommen, wo er sich alles hatte ansehen dürfen. Er erinnerte sich noch, mit welcher Verwirrung er auf die Vielzahl der Meßgeräte und Armaturen gestarrt hatte, voller Bewunderung für die Flugzeugbesatzung, die damit mühelos umging.

»Du hast dir das Innere der Maschine komplizierter vorgestellt, nicht wahr?« sagte Rhonn, als erriete er Marks Gedanken. »Du mußt dir immer vor Augen halten, wieviel weiter unsere Technik ist! Vieles, wozu man früher mindestens drei Mann Besatzung brauchte, funktioniert jetzt automatisch oder computergesteuert in absoluter Perfektion. Du wirst dich noch über vieles wundern!«

Rhonn drückte auf eine Taste in der Wand. Eine Klappe sprang auf, und er entnahm dem Fach dahinter ein kleines zusammengelegtes Päckchen. Nachdem er es aufgefaltet hatte, entpuppte es sich als ein metallisch glänzender Anzug, der oben am Halsausschnitt ebenfalls so einen eigenartigen Knopf besaß, wie Mark ihn schon an Rhonns Hemd gesehen hatte.

»Hier ist dein Assimilator. Zieh ihn an! Deine eigenen Sachen mußt du ausziehen bis auf das Unterzeug, das kannst du anbehalten.«

Mark befühlte staunend das Material des Anzuges. Er hatte so etwas noch nie in der Hand gehabt. Es sah aus wie Metall, fühlte sich auch so an und war gleichzeitig weich wie Seide. Als Mark sich seiner Kleider entledigt hatte und vorsichtig in den Anzug hineinschlüpfte, glaubte er, fast nichts anzuhaben, so leicht lag das Material auf seiner Haut. Es war auch elastisch. Obwohl es seinen Körper eng umschloß, ging es bei seinen Bewegungen mit, ohne zu spannen. In der Mitte war ein Reißverschluß, der bis zum Hals reichte. Rhonn half Mark beim Zuziehen. Dann drehte er seinen eigenen Knopf nach links bis zum Anschlag.

Die Verwandlung ging blitzschnell vor sich. Rhonn, der eben noch mit Jeans, Hemd und Sandalen bekleidet gewesen war, trug plötzlich den gleichen Anzug wie Mark, einen silbrig glänzenden Assimilator. Mark war sprachlos.

Rhonn reichte ihm ein helmartiges Gebilde, durchsichtig wie Glas, aber viel leichter.

»Das mußt du aufsetzen«, sagte er.

Mark sah, daß der Helm Antennen hatte und durch ein Kabel mit dem Armaturenbrett verbunden war.

»Kann die Maschine eigentlich auch ganz normal fliegen, oder macht sie nur Zeitreisen?« fragte Mark neugierig.

»Sie kann beides«, erwiderte Rhonn. »Bei Zeitreisen muß man manchmal den Bestimmungsort suchen, wenn man ihn nicht genau kennt. Manchmal sind auch große Entfernungen zu überwinden. In diesen Fällen fliegt die Maschine ganz normal. Sie ist jedoch sehr schnell! Viel schneller als alles, was du kennst. So schnell – wie deine Piloten erzählen!« Rhonn lächelte.

Mark sah ihn mit offenem Mund an.

»Soll das heißen, daß die sogenannten unbekannten Flugobjekte fliegende Zeitmaschinen sind?«

»Ich kann dich nicht daran hindern, durch eigenes Nachdenken zu scharfsinnigen Resultaten zu kommen«, sagte Rhonn mit unergründlichem Gesicht. »Aber ich darf nicht über alles sprechen. – Es ist nicht nur verboten, den Lauf der Geschichte zu verändern, sondern auch den Erkenntnissen einer früheren Zeit allzu weit vorzugreifen. Verstehst du? – Sie könnte sonst eine andere Entwicklung nehmen.«

Mark nickte. »Es würde in das Bild passen«, murmelte er. »Man hat diese unbekannten Flugkörper angeblich zu allen Zeiten gesehen – in der Vergangenheit, im Altertum – sogar in der Bibel sind sie erwähnt! Und jeder macht sich einen anderen Reim darauf.«

»Du mußt jetzt deinen Helm aufsetzen!« rief Rhonn und stülpte sich seinen eigenen über den Kopf. »Du kannst ganz normal darunter atmen und reden. Du verstehst auch alles, was ich sage. Paß auf! Ich werde dir nun zeigen, wie schnell die Maschine fliegt. Schnall dich an und lehne dich zurück!«

Mark setzte sich rechts neben Rhonn auf den anderen Sitz und befestigte die Gurte. Er hob den Helm vorsichtig über den Kopf und ließ ihn dann langsam auf seine Schultern gleiten. Er war bequem wie der Assimilator, und sein Gewicht drückte nicht.

Mark brachte vor Aufregung kein Wort mehr heraus. Er sah, wie Rhonn einige Handgriffe am Armaturenbrett machte. Verschiedene Lichter flammten auf und wechselten die Farbe. Durch die ganze Maschine lief plötzlich ein kaum merkbares Zittern. Ein vibrierendes Summen war zu hören, das in der Tiefe begann und sich sehr schnell in die Höhe steigerte. Es war ein Ton, der ganz anders war als alle Maschinengeräusche, die Mark je vernommen hatte. Zuletzt war das Sirren so hoch und leise, daß es kaum noch zu hören war. Gleichzeitig verspürte Mark dieses komische Gefühl im Magen, wie er es erlebt hatte, wenn Fahrstühle in Hochhäusern zu schnell anfuhren. Ihm wurde schwindelig, was er aber keineswegs als unangenehm empfand. Vor seinen Augen begann es so stark zu flimmern, daß er sie schließen mußte. Und dann hatte er einen Augenblick lang das Gefühl zu fallen, was ihn wunderte, da er doch wußte, daß sie aufstiegen. – Als er die Augen wieder öffnete, stellte er fest, daß sie bereits sehr hoch oben waren. Die Maschine hatte in wenigen Sekunden eine unglaubliche Höhe erreicht. Jetzt schien sie unbeweglich in der Luft zu schweben – fast als stünde sie.

Mark war überwältigt. Dann mußte er schlucken.

»War das nicht eben sehr gefährlich?« fragte er, als er sich wieder etwas gefaßt hatte. »Ich meine, wir hätten doch mit irgend etwas, das sich gerade über uns in der Luft befand, zusammenstoßen können – mit einem Flugzeug oder einem Vogel?«

»So etwas kann nicht passieren«, sagte Rhonn nicht ohne Stolz in der Stimme. »Oder hast du schon jemals gehört, daß man eine deiner sogenannten Fliegenden Untertassen abgestürzt aufgefunden hätte?«

»Wieso kann das nicht passieren?« wunderte sich Mark.

»Das kann ich dir leicht erklären«, erwiderte Rhonn, dem Marks Staunen Freude machte. »Die Maschine ist mit einem Abtastsystem ausgerüstet, das auf Ultraschall beruht.«

»Du meinst so etwas in der Art, wie Fledermäuse oder Delphine sich bewegen, ohne irgendwo anzustoßen!« rief Mark beeindruckt.

»Ja, so könnte man es vereinfacht ausdrücken!« sagte Rhonn. »Auch die Maschine vermeidet auf diese Weise automatisch jeden Zusammenstoß. Wir haben uns überhaupt viele Erkenntnisse aus dem Tierreich zunutze gemacht. Wir sind Geheimnissen auf die Spur gekommen, von denen ihr überhaupt noch nichts ahnt!«

»Das ist mir inzwischen auch schon klargeworden!« rief Mark und sah bewundernd zu Rhonn, der ihm mit seinem Wissen so turmhoch überlegen war. »Was ist jetzt mit der Maschine los? Ich habe den Eindruck, daß wir uns nicht mehr bewegen – als ob wir stehen.«

»Das stimmt!« lachte Rhonn. »Sie steht im Moment in der Luft, wie eine Libelle über einem Teich!«

»Oder wie ein Kolibri, nicht wahr?« ergänzte Mark eifrig. – »Wir sind sehr weit oben, scheint mir!« Er holte tief Luft.

»Schade, daß es dunkel ist und man dadurch nicht alles genau sehen kann!«

»Was für ein Wetter hattet ihr gestern mittag?« fragte Rhonn unvermittelt.

Mark dachte nach: »Wir hatten Föhn. Der Himmel war ganz blau, die Sonne schien, es war sehr heiß und . . .«

»Dann sollst du jetzt deine erste Zeitreise machen«, unterbrach ihn Rhonn. »Du wirst das alles gleich bei Tageslicht sehen können.«

»Du versetzt uns also ungefähr zwölf Stunden zurück!« rief Mark aufgeregt.

Rhonn nickte. »Dazu muß ich dich noch auf etwas aufmerksam machen«, sagte er. »Wenn wir in die andere Dimension eintauchen, wirst du ein Gefühl von Kälte haben, und alles, was du um dich herum siehst, wird seine Farbe verlieren. Das darf dich aber nicht erschrecken. Es geht schnell vorbei. Paß auf! Jetzt kannst du sehen, wie der Computer der Zeitmaschine funktioniert!«

Rhonn entnahm dem Armaturenbrett ein Mikrophon und sprach die Daten hinein. Zuerst die Zeit, dann die Ortsangabe.

Mark hörte einen elektronisch klingenden Ton und in regelmäßigen, kurzen Abständen ein Ticken wie von einer Uhr. Dann machte es zweimal klick, und die Geräusche verstummten.

Auf einmal veränderte sich alles um ihn herum. Das Licht wurde fahl. Alles sah plötzlich bleich aus, weiß, wie auf einer überbelichteten Schwarzweiß-Photographie, auf der die dunklen Werte zu schwach ausgefallen sind, so daß sich nur eine geringe Kontrastwirkung ergibt. Mark empfand jetzt auch die Kälte, von der Rhonn gesprochen hatte. Es war, als wehte ein eisiger Luftstrom durch den Raum. Mark wunderte sich, daß er trotzdem nicht fror – ja nicht einmal ein Gefühl von unbehaglichem Frösteln stellte sich ein.

In Sekundenschnelle war alles vorbei. Plötzlich war die Maschine in strahlendes Licht getaucht. Mark mußte für einen Augenblick geblendet die Augen schließen. Dann sah er durch die Fenster um sich herum blauen Himmel und die gleißende Helle der Mittagssonne. Sie befanden sich in einer Höhe, in der normale Flugzeuge nicht flogen. Tief unter ihnen lag die Erde – viel weiter entfernt, als Mark sie jemals während eines Fluges gesehen hatte.

»Ist jetzt wirklich gestern?« flüsterte Mark.

»Ja«, sagte Rhonn, »es ist gestern mittag.«

»Ob das die Zeit ist, in der ich eingeschlafen war«, grübelte Mark. »Es war nach dem Schwimmen, kurz vor dem Mittagessen. Ich lag in der Sonne und döste vor mich hin.«

»Schon möglich«, sagte Rhonn leise. »Wir sind jetzt in der anderen Dimension, in der übrigens auch ganz andere Zeitverhältnisse herrschen.«

»Was soll das heißen – andere Zeitverhältnisse?«

»Ich will versuchen, dir das zu erklären, obwohl es schwierig ist«, sagte Rhonn. »Der Zeitablauf in der anderen Dimension stimmt nicht mit der realen Zeit überein, mit der Wirklichkeit, in der du lebst.«

Mark starrte Rhonn entgeistert an und bemühte sich zu verstehen, was dieser meinte.

»Man erlebt diese Zeitverschiebung auch manchmal im Traum«, fuhr Rhonn fort. »Vielleicht kannst du dir darunter mehr vorstellen. – Du hast doch sicher schon einmal etwas geträumt, wovon du dachtest, daß es sehr lange gedauert hätte. Wissenschaftler haben aber herausgefunden, daß sich so ein Traum trotz aller Ausführlichkeit nur über einen Zeitraum von wenigen Minuten erstreckt.«

»Es stimmt!« sagte Mark nachdenklich. »Jetzt verstehe ich, was du meinst. Solche Träume habe ich schon oft gehabt und immer geglaubt, daß sie die ganze Nacht gedauert hätten.«
Auf einmal zeigte er aufgeregt nach unten.
»Schau mal! Da! Tief unter uns – da ist ein Jumbo!«
»Ein Jumbo?«
»Ja! – Ein großes Passagierflugzeug. Eine Boeing 747!«
Rhonn sah hinunter. Unter ihnen flog winzig klein ein Jumbo-Jet, wie es schien, unendlich langsam. Auf seinen Tragflächen spiegelte sich die Sonne. Es sah aus, als ob er auf die Alpen zukroch.
»Er nimmt Kurs auf Italien!« schrie Mark begeistert. »Wollen wir nicht runtergehen und ein Stück mit ihm fliegen!«
»Von mir aus«, lachte Rhonn, von Marks Begeisterung angesteckt.
»Können sie uns jetzt sehen?« rief Mark mit glühenden Wangen.
»Nein, wir sind viel zu hoch!«
»Was ist mit den Radarschirmen der Bodenstationen?«
»Wir sind viel zu schnell für sie, und selbst wenn sie uns orten, können sie uns nicht auf einer gleichmäßigen Flugbahn verfolgen und wissen daher vermutlich nichts mit uns anzufangen.«
Rhonn ließ die Maschine abwärtsgleiten. Es ging so schnell, daß Mark sich vorstellen konnte, wie es sein mußte, abzustürzen. Rhonn ließ die Maschine plötzlich im Zickzack fliegen, in der Art, wie manche Fische schwimmen, oder wie Hasen, die auf dem Feld Haken schlagen, um ihre Verfolger abzuschütteln.
Es war, als tanzte die Maschine.

Mark fühlte sich unbeschreiblich frei und schwerelos dabei.

Sie hatten den Jumbo inzwischen ein großes Stück überholt. Unter ihnen lagen jetzt die von der Sonne beschienenen, zum Teil schneebedeckten Gipfel der Alpen. Rhonn glitt steil einen kahlen Gebirgshang in ein unbewohntes grünschimmerndes Tal hinunter. Ein schmaler Fluß bahnte sich seinen Weg durch Gesteinsbrocken. Rhonn ließ die Maschine unbeweglich in der Luft stehen.

»Die Boeing wird gleich kommen«, sagte er. »Wir werden plötzlich vor ihr auftauchen, aber nicht zu nah, damit die Piloten nicht vor Schreck die Nerven verlieren!«

»Bist du ganz sicher, daß wir nicht mit ihnen zusammenknallen können?« vergewisserte sich Mark etwas ängstlich, weil ihm das Manöver auf einmal ziemlich riskant vorkam.

»Es ist wirklich ganz ausgeschlossen, daß wir mit irgend etwas zusammenstoßen! Weder mit ihnen, noch mit etwas anderem. Wir könnten sogar im Nebel in den Bergen fliegen, ohne daß etwas passieren würde!« sagte Rhonn überlegen. Dann stieg er kerzengerade hoch. Als sie über dem Berggipfel auftauchten, sahen sie die schwere Boeing direkt im Anflug auf sich zukommen. Sie zog sofort nach oben, um einen Zusammenstoß zu vermeiden. Rhonn ging ebenfalls hinauf, in Augenhöhe der Piloten. Die Boeing sackte ein Stück abwärts. Rhonn folgte ihr und wahrte dabei stets den gleichen Abstand. Mark sah, wie die Piloten in ihrer Kanzel mit aufgerissenen Augen wild gestikulierten. Sie trugen Kopfhörer und sprachen erregt.

»Kannst du dich auf ihre Frequenz einstellen? – Ich wüßte zu gerne, wie sie auf uns reagieren und was sie sagen!« rief Mark aufgeregt.

»Ich werde versuchen, sie anzupeilen«, lachte Rhonn, dem die Sache auch Spaß machte. Er drückte erst auf einen Knopf und drehte dann langsam an einer Scheibe.

Zuerst hörten sie ein Pfeifen und Zischen, undefinierbaren Tonsalat wie durch Störsender im Radio, vereinzelte Worte in englischer Sprache, anscheinend Kommandos, die von verschiedenen Positionen kamen, und dann auf einmal undeutliche Gesprächsfetzen, von drei aufgeregten Stimmen:

»– ein UFO – – ganz klar! – – – – Unsinn! – – – wird sich aufklären! – – – doch nicht am hellichten Tag! – – – muß etwas anderes sein – – – müssen die Bodenstation verständigen – – – nein, nein! – – – halten sie uns für verrückt! – – – glaubt uns sowieso keiner – – –!«

Das Fluggeräusch der Boeing 747 machte es schwer, alles genau zu verstehen. Dann schrie eine Stimme in höchster Aufregung:

»– – ist doch nicht sicher, ob sie in friedlicher Absicht – – – – müssen die Passagiere beruhigen, damit keine Panik – – –« Rhonn zog die Maschine mit großer Geschwindigkeit steil nach oben, so daß sie augenblicklich aus dem Blickfeld der Piloten entschwand.

»Wir wollen sie nicht in Gefahr bringen!« rief Rhonn etwas schuldbewußt. »Sie sind schließlich über den Bergen und haben nicht so ein Schutzsystem wie wir.«

»Denen wird vorläufig der Gesprächsstoff nicht ausgehen!« lachte Mark. »Wahrscheinlich werden sie zuletzt übereinkommen, über die ganze Sache Stillschweigen zu bewahren. Sie werden vielleicht nicht einmal zu Hause mit ihren Familien darüber reden.«

»Warum nicht?« fragte Rhonn erstaunt. »Es war doch ein aufregendes Erlebnis für sie.«

»Ich sagte dir doch schon, daß Leute sich leicht lächerlich machen, die behaupten, so etwas gesehen zu haben«, erwiderte Mark. »Man hält sie für Spinner, Träumer oder Phantasten!«

»Aber die Piloten sind doch keine Träumer! Es sind erfahrene Männer, die mit beiden Beinen in der Wirklichkeit stehen«, wunderte sich Rhonn.

»Eben! – Darum wollen sie sicher vermeiden, daß man daran zweifeln könnte!«

»Und wenn sie doch darüber reden?«

»Dann wird bestenfalls am nächsten Tag eine kurze Notiz in der Zeitung stehen – die Zeitung will sich nämlich auch nicht lächerlich machen«, grinste Mark und war sich selbst wieder völlig darüber im klaren, daß auch ihm sein Abenteuer niemand glauben würde.

»Nun werden wir bald keine menschliche Begegnung mehr in der Luft haben«, sagte Rhonn, während sie der Boeing tief unter ihnen nachschauten.

»Warum nicht?« entgegnete Mark verdutzt. »Was glaubst du, wie viele Flugzeuge bei uns Tag und Nacht unterwegs sind!«

»Du willst doch zu Mozart«, lächelte Rhonn. »Also verlassen wir das Zeitalter der Technik. Es wird keine wie immer gearteten Flugkörper mehr geben, nur Vogelschwärme und manche Raubvogelarten, die sehr hoch fliegen.«

»Daran habe ich im Augenblick gar nicht gedacht!« rief Mark.

»Dann gibt es also auch keine Bodenstationen mit Radarschirmen mehr, keine Autos, keine Eisenbahnen, kein elektrisches Licht. Aber es wäre doch möglich, daß wir einer anderen Zeitmaschine unterwegs begegnen, nicht wahr?«

»Das wäre theoretisch möglich«, räumte Rhonn ein. »Aber es ist sehr unwahrscheinlich. Es wäre ein unglaublicher Zufall, der sich, soviel ich weiß, noch nicht ereignet hat. Außerdem liegen unsere Interessengebiete ganz woanders!«
»Wo denn?«
»Das Hauptgewicht liegt auf der Erforschung von Atlantis und der Minoischen Kultur. Wenn wir uns überhaupt unterwegs treffen, dann machen wir Zwischenstation beim Grafen von Saint Germain in Paris – falls er gerade da ist«, sagte Rhonn mit einem leichten Achselzucken.
»Wer ist denn das?« fragte Mark überrascht.
»Der Graf von Saint Germain? Hast du wirklich noch nie von ihm gehört?« staunte Rhonn ungläubig.
»Doch! Irgendwoher kommt mir der Name bekannt vor«, sagte Mark mit gerunzelter Stirn. Dann hellte sich sein Gesicht auf. »Oh, ich weiß! Das war einer von den drei Musketieren!«
Rhonn wollte sich schier ausschütten vor Lachen.
Mark wurde verlegen: »Stimmt das etwa nicht?«
»Nein, ganz und gar nicht!« prustete Rhonn. »Das muß ich ihm erzählen, wenn ich ihn das nächste Mal sehe!«
»Sag doch schon, wer das war!« drängte Mark etwas gekränkt.
Rhonn beruhigte sich langsam: »Der Graf von Saint Germain, als historische Figur, lebte wie Mozart im 18. Jahrhundert. Er war eine ungemein schillernde Persönlichkeit und verkehrte an fast allen Königshöfen Europas. Er war ein großer Abenteurer, sehr gebildet und als brillanter Erzähler geschätzt.« Rhonns Gesicht wurde plötzlich geheimnisvoll: »Es gibt jedoch Aufzeichnungen, in denen der Graf von Saint Germain bereits im 17. Jahrhundert er-

wähnt wird, aber man sah ihn auch noch im 19. Jahrhundert. Das ist verbürgt von Leuten, die ihm begegnet sind, die ihn gut genug kannten, um ihn wiederzuerkennen. Immer wird er als Mann von etwa fünfzig Jahren geschildert. Weil er unermeßlich reich zu sein schien, behauptete man, er sei ein großer Alchimist, der Gold machen könne. Er hatte angeblich den Stein der Weisen und das Elixier ewiger Jugend. Er blieb nirgendwo sehr lange und war zwischendurch immer wieder verschwunden. Niemand wußte dann, wo er war, wo er sich aufhielt.«

Mark hatte mit großen Augen zugehört: »Wenn das alles stimmt, was du erzählst«, sagte er beeindruckt, »dann muß dieser Graf von Saint Germain ja über zweihundert Jahre alt gewesen sein!«

Rhonn lächelte unergründlich, dann fuhr er fort: »Bis heute, also bis in deine Zeit, weiß man nicht genau, wer der Graf von Saint Germain wirklich war! Woher er kam und wohin er ging. Angeblich war er ein portugiesischer Adeliger, der 1784 in Eckernförde gestorben sein soll – trotzdem wurde er auch später immer wieder gesehen von Menschen, die ihn wiedererkannten und auch mit ihm sprachen.«

»Die Geschichte ist eigentlich zu phantastisch, als daß man sie glauben könnte«, sagte Mark. »Wißt ihr denn inzwischen, wer der Graf von Saint Germain war?«

Rhonn schwieg einen Moment, dann sah er Mark mit einem eigenartigen Ausdruck seiner grünen Augen an. »In Wirklichkeit ist der Graf von Saint Germain einer von uns! Er ist so verliebt in die damalige Zeit und ihre Geschichte, daß er immer wieder dahin zurückkehrt und eine Weile dort lebt. Du kannst dir vorstellen, wie sehr sich seine sogenannten Zeitgenossen über seine Kenntnisse wunderten!

Er erzählte ihnen von Dingen, die damals noch gar nicht erfunden waren, von Eisenbahnen, Dampfschiffen und Flugmaschinen. Am liebsten ist er in Paris, wo Ludwig XV. ihm ein Schloß zur Verfügung stellte, um ihn oft in seiner Nähe zu haben. In diesem Schloß des Grafen von Saint Germain treffen wir uns manchmal, wenn er gerade da ist, er ist nämlich sehr viel auf Reisen.«

Rhonn hielt plötzlich inne: »Da fällt mir ein – war dein Mozart nicht auch ständig auf Reisen? Wir können ihn doch nicht überall suchen! Weißt du denn, wo und wann du ihn ganz bestimmt antreffen kannst?«

Mark nagte an seiner Unterlippe: »Du hast recht!« sagte er schließlich. »Daran habe ich noch nicht gedacht! Mozart war wirklich dauernd auf Reisen, schon als Kind!«

Mark griff sich an die Stirn und überlegte: »Ich weiß, daß er am 27. Januar 1756 geboren wurde, und zwar in Salzburg. Sein Geburtshaus steht sogar heute noch – aber wir wollen ihn ja nicht als Baby in der Wiege erleben. Als Kind hätte ich ihn gern gesehen! Er war das berühmteste Wunderkind seiner Zeit. Sein Vater Leopold fuhr mit ihm und seiner Schwester Nannerl kreuz und quer durch Europa zu Konzerten.« Mark war stolz, daß er auch einmal etwas wußte, was er Rhonn erzählen konnte.

»Überall wurde der kleine Wolfgang stürmisch gefeiert. In Wien durfte er sogar auf dem Schoß der Kaiserin Maria Theresia sitzen, und der kleinen Marie Antoinette, die so alt war wie er, hat er einen Heiratsantrag gemacht. Aber – es ist zu dumm«, ärgerte sich Mark, »ich habe keine Ahnung, in welchem Jahr das war!«

»Weißt du vielleicht sonst noch ein genaues Datum aus Mozarts Leben, außer seinem Geburtstag?« forschte Rhonn.

»Am 5. Dezember 1791 ist er in Wien gestorben«, antwortete Mark mißmutig. »Man kennt nicht einmal die Stelle, wo sich sein Grab befindet!«

»Du willst doch nicht etwa zu seinem Begräbnis gehen?« rief Rhonn, der von dieser Aussicht ganz und gar nicht erbaut war.

»Nein, natürlich nicht! Ich will ihn ja kennenlernen!« erwiderte Mark und dachte angestrengt nach.

»Ich hab's!« jubelte er plötzlich. »Mir fällt noch ein Datum ein!« Seine Augen funkelten vergnügt, während er beinahe feierlich sagte: »Die Zauberflöte, Mozarts letzte Oper, hatte am 30. September 1791 Premiere im Freihaustheater an der Wieden!«

Rhonn war beeindruckt: »Woher weißt du denn das so genau!«

»Mein Vater hat es mir gestern erst gesagt«, rief Mark erfreut, »als er mir die Kassette schenkte. Mein Vater kennt dieses Theater, es existiert heute noch und heißt jetzt Theater an der Wien! Mozart war also ganz bestimmt im September 1791 in Wien!«

»Ich kann mir nicht vorstellen, daß das stimmt«, meinte Rhonn nachdenklich. »Ich erinnere mich, daß uns der Graf von Saint Germain, als wir ihn das letzte Mal trafen, erzählte, er sei zu den Krönungsfeierlichkeiten Leopolds II. in Prag eingeladen worden. Bei dieser Gelegenheit wurde eine Oper von Mozart uraufgeführt, die er selbst dirigierte, und das war auch 1791. Es soll übrigens kein Erfolg gewesen sein! – Hältst du es für möglich, daß Mozart so schnell hintereinander zwei große Opern komponiert hat?«

»Mozart hat ständig komponiert, soviel ich weiß«, erwiderte Mark. – »Wann sollen denn diese Krönungsfeierlichkeiten gewesen sein?«

»Ich glaube, es war der 6. September, aber ich kann es nicht beschwören«, sagte Rhonn gedehnt. »Anfang September war es bestimmt. Aber ich muß ehrlich zugeben, daß ich nicht immer zugehört habe, was der Graf von Saint Germain alles erzählt hat. Er sprach hauptsächlich vom König von Böhmen, und der hat mich überhaupt nicht interessiert!«

»Aber es ist doch prima, daß du überhaupt etwas davon weißt«, freute sich Mark. »Laß uns also nach Prag fliegen und sehen, daß wir Mozart dort treffen!«

»Das würde ich nicht raten!« sagte Rhonn.

»Warum nicht?«

»Bei dem Trubel, der dort herrscht, würden wir wahrscheinlich gar nicht an ihn herankommen. So eine Krönung wurde ja immer mit großem Pomp gefeiert, es werden also riesige Menschenmassen da sein. Es ist schwer, ohne Geld an den Hof zu kommen, und wir haben ja nichts dabei. Wir können uns auch nicht einfach ohne Eintrittskarten in die Oper schleichen. Das wäre zu gefährlich für den Fall, daß wir entdeckt würden! Bist du sicher, daß die Zauberflöte am 30. September 1791 in Wien Premiere hatte?«

»Ganz sicher!« sagte Mark mit Überzeugung. »Mein Vater hat sich bestimmt nicht geirrt!«

»Also gut!« rief Rhonn entschlossen. »Dann fliegen wir nach Wien. Wir nehmen die Zeit zwischen dem 6. und 30. September 1791! Dann kann gar nichts schiefgehen!«

Viertes Kapitel
Noch eine Begegnung in der Luft – Die Maronibraterin und das Findelkind – Die unheimliche Kutsche – Der graue Bote – Die Ouvertüre, die noch nicht geschrieben ist

»Wird es wieder so wie vorhin sein?« erkundigte sich Mark hoffnungsvoll.

»Natürlich! Es ist immer so!« antwortete Rhonn. Dann sprach er die Daten in das Mikrophon des Computers.

Mark lehnte sich bequem in seinen Sitz zurück und freute sich auf das Erlebnis der Zeitreise, das er nun schon kannte und jetzt ganz bewußt genießen wollte. Es war tatsächlich wie beim ersten Mal. Zuerst vernahm Mark wieder diesen hohen Elektronenton, dann das Ticken und schließlich die Klick-Geräusche, nur daß es diesmal viel mehr waren.

Mark erklärte es sich damit, daß sie einen Ortswechsel vornahmen und einen größeren Zeitraum zurückzulegen hatten als vorhin. Das Licht wurde fahl, alles war wieder in dieses merkwürdige Weiß getaucht, und auch die Kälte stellte sich ein.

Dann war schlagartig alles vorbei. Die Farben normalisierten sich, und Mark sah draußen blauen Himmel und vereinzelte Wolken. Tief unter ihnen lag die Stadt. Rhonn ließ die Maschine außerhalb der Stadtmauern heruntergleiten.

»Da fliegt etwas!« schrie Mark plötzlich.

Rhonn beugte sich über das Bodenfenster: »Was soll denn da fliegen? – Da kann nichts fliegen! Es kann höchstens ein Vogel sein!«

»Nein, es ist kein Vogel! Es ist etwas anderes!« Mark deutete aufgeregt auf etwas, das wie ein Stecknadelkopf aussah – auf ein kleines rotes Pünktchen, das in der Luft schwebte.

Jetzt hatte es auch Rhonn entdeckt. »Tatsächlich! Da fliegt etwas – und du hast recht, es ist kein Vogel. Was kann denn das bloß sein?« staunte er. »Zu der Zeit flog doch noch nichts! Ein Papierdrachen von Kindern kann es doch nicht sein. Ich mache uns unsichtbar!« sagte Rhonn energisch. »Dann sehen wir uns das Ding aus der Nähe an.«

»Du willst uns entmaterialisieren?« rief Mark und fühlte sich unbehaglich.

»Nein, keine Angst!« lachte Rhonn. »Ich werde die Maschine einnebeln, so daß sie wie eine Wolke aussieht!«

»Aber dann sehen wir doch selbst nichts mehr!« rief Mark enttäuscht.

»Doch. Wir können alles sehen, aber man kann uns nicht sehen.«

»Das verstehe ich nicht!«

Rhonn rang in komischer Verzweiflung die Hände. »Du verstehst vieles nicht! – Es ist wie ein Spiegeleffekt! Stell dir ein Glas vor! Auf der einen Seite ist es wie ein Spiegel und reflektiert, umgekehrt ist es einfach wie Glas, durch das man hindurchblicken kann, ohne von der anderen Seite gesehen zu werden. Solche Spiegel hat es schon früher gegeben. Man brachte sie in irgendwelchen Räumen an und konnte ungesehen beobachten und belauschen, was dahinter geschah. In unserem Fall handelt es sich aber nicht um einen Spiegel, sondern um ein Gas. Man kann uns von außen nicht erkennen, weil wir den Anschein einer Wolke haben, aber von innen ist eine völlig klare Durchsicht möglich.«

Rhonn drückte einen Hebel herunter, und Mark vernahm ein leises Zischen. Dann hatte er den Eindruck, als würde sich das Licht draußen um eine winzige Spur verdunkeln. Rhonn näherte die Maschine langsam dem roten Punkt, der immer größer wurde.

»Nun sieh dir das an!« rief er plötzlich. »Es ist kaum zu glauben! Das Ding ist ein Fesselballon mit einer Gondel, und da steht jemand drin!«

»Das gibt es doch nicht!« sagte Mark im Brustton der Überzeugung. »Luftschiffe hat es ja damals noch gar nicht gegeben! Du hast doch selbst gesagt, wir würden keine menschliche Begegnung mehr in der Luft haben. – Der Computer muß sich in der Zeit geirrt haben!«

»Der Computer irrt sich nie!« entgegnete Rhonn nachdenklich, obwohl er selber etwas verwirrt war. »Wenn wir jetzt ein Luftschiff sehen, dann hat es das eben doch schon gegeben. Wir haben es bloß beide nicht gewußt!«

Sie waren jetzt ganz nahe an den Ballon herangekommen. Er war übrigens nicht völlig rot. Zwischen das Rot waren, wie Apfelscheiben, weiße Streifen eingesetzt. Der Ballon sah aus wie ein weiß-roter Spielball. In der daranhängenden Gondel stand ein Mann in Uniform, mit weißer Perücke und einem Dreispitz auf dem Kopf. Im Gesicht trug er einen hochgezwirbelten, wie zwei Blinker abstehenden Schnurrbart. Die Miene des Mannes war ernst, und er schien von seiner Bedeutung durchdrungen zu sein. Die Augen blickten kühn, starr in die Ferne gerichtet. Unter ihm, vor den Toren der Stadt, hatte sich eine schier unübersehbare Menschenmenge versammelt, die jubelnd und winkend zu ihm aufsah.

Plötzlich packte ein Windstoß den Ballon, schüttelte ihn, und die Gondel begann heftig zu schwanken. Im letzten

Moment konnte der Mann sich an den Verbindungsseilen festhalten, sonst wäre er vermutlich kopfüber hinuntergestürzt. Ein Aufschrei ging durch die Menschenmenge, während es dem Luftschiffer gelang, die steife Würde seiner Haltung wiederzugewinnen. Etwas blaß geworden, riß er den Dreispitz von seinem Kopf:

»Vive l'empereur!« schrie er und schwenkte den Hut. »Vive l'empereur! – Es lebe der Kaiser!« –

»Vivat! – Vivat!« brüllten die Leute von unten zurück und gerieten beinahe außer sich.

»Das ist ein Franzose!« rief Mark. »Dein Computer hat sich nicht nur in der Zeit, sondern auch in der Stadt geirrt!«

»Quatsch!« erwiderte Rhonn. »Ich sage dir doch – der Computer irrt sich nie! Wir sind bestimmt in Wien!«

»Ich kann aber das Riesenrad nirgendwo sehen«, trumpfte Mark auf. »Das Riesenrad im Prater ist eines der berühmtesten Wahrzeichen von Wien!«

Rhonn schlug die Hände über dem Kopf zusammen: »Du meine Güte«, rief er. »Das Riesenrad gab es doch zu der Zeit noch gar nicht! Das haben die doch erst mindestens hundert Jahre später aufgestellt! Schau einmal dort hinüber!« Er zeigte nach links auf den mächtigen Dom, dessen Dach mosaikartig herüberschimmerte. »Was ist denn das? – He!«

»Das ist der Stephansdom!« sagte Mark kleinlaut.

»Na also!« lachte Rhonn triumphierend und ließ die Maschine langsam dorthin schweben.

Die Stadt war wie ausgestorben. Alles schien sich draußen vor den Toren Wiens versammelt zu haben, um den Luftschiffer zu sehen und ihm zuzujubeln.

Sie flogen über die vielen Kirchtürme, Plätze und engen

Gassen der Stadt, deren Ausmaße natürlich kleiner waren, als Mark sie in Erinnerung hatte.

»Kennst du dich aus in Wien?« fragte Rhonn.

»Es geht!« erwiderte Mark. »Ich war zweimal mit meinen Eltern da.«

»Wir müssen einen Platz finden, wo es sich bequem landen läßt, wo uns möglichst niemand beim Ein- und Aussteigen beobachtet und den wir leicht wiederfinden können, denn ich werde die Maschine natürlich entmaterialisieren, während wir Mozart suchen.«

»Am besten ist es, wenn wir uns am Stephansdom orientieren«, sagte Mark, »denn den finden wir auf alle Fälle wieder. Außerdem liegt er im Zentrum, und wir müssen nicht zu Fuß durch die halbe Stadt irren. Vor dem Stephansdom liegt ein großer Platz. Dort treffen wir ganz sicher jemanden, den wir nach Mozart fragen können.«

»Aber es ist nicht gut, die Maschine auf einem öffentlichen Platz abzustellen, wo wir doch bestimmt gesehen werden«, überlegte Rhonn. »Wo lassen wir sie bloß?«

»Im Graben!« rief Mark.

»Machst du Witze?« fragte Rhonn etwas ungehalten. »Was heißt im Graben?«

»Im Graben heißt nicht im Graben, so wie du meinst«, lachte Mark. »Das ist eine Straße, die auf den Platz von St. Stephan führt. Im Graben steht ein Denkmal, die sogenannte Pestsäule. Dort können wir die Maschine unbesorgt lassen, weil wir ganz leicht wieder dorthin zurückfinden, und die Straße ist breit genug für die Landung.«

Rhonn nickte, steuerte die Maschine jetzt auf den Dom zu und kreiste über dem davorliegenden Platz, dann schwenkte er seitlich in die Straße, auf die Mark zeigte.

Sowohl der Platz als auch der Graben waren menschenleer. Nachdem sie sich vergewissert hatten, daß niemand unten war, der sie beobachtete, landete Rhonn die Maschine sanft vor der Pestsäule zwischen den Häusermauern des Grabens. Er ergriff Marks Kassettenrecorder und wikkelte ihn in ein dunkles Tuch, das er aus einem Fach in der Maschinenwand holte.

»Wir können das Ding doch nicht einfach offen mit uns herumtragen!« sagte er erklärend auf Marks fragenden Blick und drückte diesem die Taschenlampe in die Hand. »Wir nehmen beides mit!« bestimmte Rhonn. »Es ist wirklich manchmal nützlich, etwas dabei zu haben, was es in der Zeit, in der wir uns augenblicklich befinden, noch nicht gegeben hat.«

Er öffnete die Einstiegluke und sprang hinaus.

»Mach schnell!« rief er.

Mark ließ sich ebenfalls durch die Öffnung hinunter. Jetzt, da die Maschine auf dem Erdboden stillstand, schien es ihm wieder, als atmete sie. Das Licht wechselte zwischen Rot und Grün, ein – aus, ein – aus, rot – grün, rot – grün. Plötzlich war die Maschine verschwunden. Rhonn hatte den Mutanten auf sie gerichtet und sie unsichtbar gemacht. Er zog Mark in einen offenen, dunklen Hauseingang, nachdem er sich vorsichtig nach allen Seiten hin umgesehen hatte. »Wir müssen unsere Assimilatoren mit dem Computer der Zeitmaschine koordinieren, damit wir entsprechend nach der jetzigen Mode gekleidet sind. – Dreh den Knopf oben an deinem Anzug langsam bis zum Anschlag nach rechts!« Beide taten es, und wieder ging die Verwandlung blitzschnell vor sich. – Das, was sie eben noch angehabt hatten, war verschwunden, statt dessen waren sie jetzt nach der Mode des späten 18. Jahrhunderts gekleidet. Beide trugen Schnallenschuhe, Strümpfe und Kniehosen und darüber einen kurzen Schoßrock, Mark in hellem Blau und Rhonn in Braun. Sie bestaunten sich lachend und traten dann aus dem Schatten des Hauseinganges hervor. Rhonn trug das Bündel mit dem Kassettenrecorder, und Mark stopfte die Taschenlampe, um sie zu verbergen, in seinen linken Ärmel.

»Also los! Gehen wir!« Rhonn gab Mark einen leichten Stoß in die Rippen. Sie marschierten den Graben entlang in Richtung auf den Stephansplatz zu, ohne daß ihnen jemand begegnete.

»Ich möchte wissen, ob die Stadt deshalb so leer ist, weil dieser Luftschiffer mit seinem Ballon aufgestiegen ist«, sagte Rhonn. »Es scheint eine ziemliche Sensation zu sein, die Leute waren ja ganz aus dem Häuschen.«

»Ich wüßte zu gerne, wer dieser Mann ist!« rief Mark.

»Vielleicht finden wir jemanden, den wir fragen können.«

Plötzlich näherte sich, aus einer Seitengasse kommend, in gestrecktem Trab eine Kutsche, die so dicht an ihnen vorbeibrauste, daß sie sich mit einem schnellen Sprung in Sicherheit bringen mußten.

»Ganz schön rücksichtslos«, schimpfte Mark, während sie sich an eine Hauswand preßten. »Fahren die hier immer so?« – Dann sah er sich verblüfft um. Die Straße bestand aus holprigem, aber sehr solidem Kopfsteinpflaster, das rechts und links bis zu den Häuserwänden reichte.

»Wo ist denn überhaupt der Bürgersteig? Ich hätte schwören können, daß es Bürgersteige gab, als ich mit meinen Eltern hier war. Jetzt erinnere ich mich, daß mir das schon vorhin, als wir über die Stadt flogen, aufgefallen ist. Überall Kopfsteinpflaster ohne Bürgersteige!« –

»Es ist doch klar, daß sich im Lauf der Zeit vieles geändert hat! Mich wundert nur, daß du dich immer wieder darüber wunderst«, lachte Rhonn.

Sie hatten das Ende des Grabens erreicht und bogen links um die Ecke zu dem Platz, der vor dem Dom lag. Sie sahen sich um, der Platz war noch immer menschenleer. Auch hinter den Fensterscheiben der Häuser ließ sich niemand blicken.

Plötzlich entdeckten sie eine einsam unter einem Baum sitzende Maronibraterin. Die dicke, schon ältere Frau war auf ihrem Hocker eingenickt. Vor ihr stand das heiße Röstbecken mit den daraufliegenden Kastanien, die ganz verkohlt waren. Die Haube auf ihrem Kopf war verrutscht, ihr Körper war in sich zusammengesunken, und das Gesicht lag etwas schief auf den großen Brüsten. Aus dem halboffenen Mund der Schlafenden drangen Schnarchlaute, und ab und zu blähten sich ihre Hängebacken beim Atmen auf.

Mark räusperte sich: »Entschuldigen Sie bitte!«
Nichts geschah.

»Hallo, Sie!« rief er lauter, ebenfalls ohne Erfolg. Mark sah hilflos zu Rhonn, der still vor sich hin grinste. »Vielleicht kriegst du sie wach! Ich sehe sonst niemanden, den wir fragen könnten!«

Rhonn faßte sich ein Herz und rüttelte die Frau erst leicht, dann, als sie sich immer noch nicht rührte, recht kräftig an der Schulter. Die Maronibraterin schreckte hoch:

»Jessas Maria!« schnaufte sie und griff sich an den Busen. »Jessas, Jessas! I bin eing'schlafen!« Sie bückte sich ächzend und hob ein Wolltuch auf, das ihr von den Schultern geglitten war. Sie wischte sich mit dem Handrücken über die Augen, dann sah sie die verkohlten Kastanien im Becken:

»Ja, so was! Jetzt san mir meine Maroni verbrannt, weil i eing'schlafen bin!« Sie sammelte sie mit einem Holzlöffel aus dem Becken und legte neue Kastanien auf, die sie aus einem Sack holte, der zu ihren Füßen stand.

»Is ja ka Wunder, daß ma schlaft, wann kaner kummt«, schimpfte sie und wurde zusehends wacher dabei. »Wia die Deppen san's alle hinaus, um sich den Wahnsinnigen anzuschaun!«

»Welchen Wahnsinnigen?« erkundigte sich Rhonn höflich. Die Frau blickte zwischen Mark und Rhonn, die sie bis dahin noch gar nicht richtig wahrgenommen hatte, hin und her.

»Na, der Blanchard!« Sie gab sich Mühe, das Französische des Namens richtig wiederzugeben, indem sie ihn überdeutlich aussprach.

»Wer ist Blanchard?« fragte Mark.

Mit einem Ruck setzte die Frau sich zurecht: »Ja seid's denn ihr von gestern, daß ihr net wißt's, wer der Blanchard is?« Mark verbiß sich das Lachen und knuffte Rhonn verstohlen in die Seite.

»Meinen Sie etwa diesen Luftschiffer, der mit seinem Ballon draußen vor der Stadt aufgestiegen ist?« rief er, hoffnungsvoll, endlich etwas über den Mann zu erfahren.

»Ja, freilich mein' ich den«, knurrte die Maronibraterin schlecht gelaunt. »Habt's denn wirklich noch nix von ihm g'hört?«

Rhonn und Mark schüttelten den Kopf.

»Ja gibt's denn so was!« rief die Frau, und ihre Hängebacken zitterten vor Empörung. »Ihr habt's noch nix von dera Berühmtheit g'hört! Blanchard, der erste Luftreisende, der anno 1785 als erster den Kanal überquert hat! Dös wissen ja schon die kleinen Kinder! A Wahnsinn is dös!« Sie schüttelte erbost den Kopf: »Jetzt isser in Wien und nimmt mir die Kundschaft weg! Ganz verruckt san's alle wegen dem Falott! A schlecht's End wird's mit ihm nehmen!« Sie streckte anklagend den Zeigefinger in die Höhe: »Der liebe Gott wird's sich net lang mitanschaun, daß aner einfach fliegen will! – Der Mensch ist doch ka Vogel!«

Mark und Rhonn sahen sich belustigt und gleichzeitig befriedigt an. Endlich wußten sie, wer der Luftschiffer war.

»Was is!« sagte die Frau jäh in verändertem Ton. »Wollt's heiße Maroni?«

»Nein danke!« rief Mark, obwohl er gerne welche gehabt hätte.

»S'kost' nur zwei Kreuzer, a Sackerl voll!«

»Wir haben kein Geld dabei«, sagte Rhonn höflich.

»Na, dann is nix!« knurrte die Maronibraterin und stocherte die Glut in ihrem Röstbecken auf. Sie hatte schlagartig jedes Interesse an einer weiteren Unterhaltung verloren und brütete vor sich hin.

Mark trat von einem Bein auf das andere. »Können Sie uns vielleicht sagen, wo wir Mozart finden?« fragte er schließlich zaghaft.

»Dort drüben!« sagte die Frau kurz und wies mit einer knappen Kopfbewegung zum Dom hinüber.

Mark schnappte nach Luft: »Sie meinen, er ist im Stephansdom? Jetzt?«

»Ja freilich! Er spielt dort die Orgel. Aushilfsweise für'n Herrn Kapellmeister Hofmann«, sagte die Maronibraterin mit unbeteiligtem Gesicht und legte neue Kastanien ins Feuer.

Mark machte eine Luftsprung: »Komm!« rief er Rhonn aufgeregt zu, dann stürmten beide über den Platz hin zum Dom. Vor dem großen Hauptportal blieben sie stehen und blickten ehrfürchtig auf die mächtigen Steinquadern und die zum Himmel emporstrebenden Spitztürme. Als sie eintreten wollten, stellten sie fest, daß das Tor verschlossen war.

»Hier kommen wir nicht rein«, sagte Mark enttäuscht und wandte sich zum Gehen. »Vielleicht finden wir eine Seitentür, die offen ist.

Plötzlich hörten sie ein Geräusch von leisen Schritten und das Rascheln eines Kleides, das über den Steinboden fegte. Es hatte etwas Unheimliches, weil es so überraschend kam.

Rhonn ergriff Mark am Arm und zog ihn wortlos neben das Portal, wo sie sich hinter einer Steinsäule versteckten.

Eine dichtverschleierte Frauengestalt bog von rechts um die Ecke. Sie trug einen Korb aus Weidengeflecht und sah sich hastig um, als wollte sie sich vergewissern, daß ihr niemand folgte. Dann eilte sie die Stufen zum Portal hinauf, holte tief Luft und setzte den Korb ab. Nachdem sie sich noch einmal umgedreht hatte, um festzustellen, ob jemand sie beobachtete, raffte sie ihren Umhang fester um sich und lief weg, ohne noch einmal einen Blick auf den Korb geworfen zu haben.

Mark wartete, bis die Schritte der Frau verhallt waren, dann kam er aus dem Versteck hervor. »Rhonn!« rief er leise. »In dem Korb bewegt sich etwas! Vielleicht ist eine Katze drin oder ein Hund.« Sie hörten einen leisen Klagelaut. Rhonn eilte hinter der Steinsäule hervor und starrte auf den Korb, dann lüftete er kurzentschlossen einen Zipfel des Tuches.

»Es ist ein Baby!« sagte er überrascht.

»Ein Baby?« Mark beugte seinen Kopf über den Korb.

»Warum hat die Frau es einfach hier abgesetzt und kommt jetzt nicht wieder?«

Rhonn fischte einen Zettel heraus, der unter dem Tuch lag. *Gottbefohlen* stand darauf in feingezirkelten Buchstaben. »Sie hat das Kind ausgesetzt«, sagte Rhonn leise. »Darum hat sie den Korb hier vor den Dom gestellt. Das hat man früher meistens so gemacht, wenn man ein Kind aussetzen wollte; man legte es einfach auf die Schwelle einer Kirche oder eines Klosters.«

Das Baby wimmerte vor sich hin. Mark berührte vorsichtig eines seiner Bäckchen: »Es fühlt sich ganz kalt an«, sagte er bestürzt. »Wir müssen etwas tun!«

»Wir dürfen nichts tun!« erwiderte Rhonn.

»Aber es friert doch! – Es ist viel zu kühl hier im Schatten!« rief Mark. »Es ist so winzig, wir müssen ihm helfen!«

»Das dürfen wir nicht!« sagte Rhonn heftig. »Wir dürfen nicht in Schicksale eingreifen! Es ist streng verboten!«

»Willst du denn, daß das Baby stirbt?« rief Mark. »Vielleicht ist es verhungert, bis jemand es findet!«

»Natürlich will ich nicht, daß es stirbt! Aber es ist gegen unsere Vorschriften, wenn wir selbst eingreifen. Ich habe es dir doch schon erklärt«, erwiderte Rhonn, in Gewissenskonflikte gebracht.

»Und wenn wir nicht selbst eingreifen, sondern jemanden dazu veranlassen?« Mark war fest entschlossen, das Baby zu retten.

»Das wäre eine Möglichkeit«, gab Rhonn zögernd nach. »Wir können der Maronibraterin Bescheid sagen; dann soll die sich darum kümmern und wir haben nichts mehr damit zu tun!«

»Das ist eine prima Idee! Komm mit!« rief Mark. Er

nahm den Korb und rannte los, ehe Rhonn es sich wieder anders überlegen konnte. Die beiden liefen über den Platz zurück zu dem Baum, unter dem die Maronibraterin saß.

»Wir haben ein Baby gefunden!« rief Mark atemlos und stellte vorsichtig den Korb zu Boden.

»Ein was habt's g'funden?« fragte die Frau aus ihrer Ruhe geschreckt mißtrauisch.

»Ein Findelkind!« sagte Rhonn. »Es wurde ausgesetzt und braucht Hilfe!«

Die Maronibraterin erhob sich ächzend von ihrem Hokker und beugte sich über den Korb, aus dem jetzt kein Laut mehr drang.

»Jessas Maria!« rief sie schnaufend und schlug die Hände über dem Kopf zusammen. »A so a herzig's Kinderl! – Ja, wer kann denn so was hergeb'n! Wer kann denn so was tun!« – Sie griff in den Korb, und das Baby begann zu schreien. »Ganz kalt iss schon! Ganz kalte Fusserln hat's!« Sie nahm ein paar heiße Kastanien, wickelte sie mehrmals in Papier und schob das Paket dem Baby unter das Tuch.

»Glei wird's dir warm wer'n«, sagte sie und schaukelte den Korb hin und her. Das Baby hörte auf zu schreien und wimmerte nur noch leise vor sich hin, dann wurde es ganz still.

»So is recht!« sagte die Maronibraterin und schaukelte den Korb weiter. »So is recht, guat iss! Jetzt schlafst's a bisserl und i pack derweil mei Zeugs zusammen. Dann bring i di zu den barmherzig'n Schwestern ins erzbischöfliche Palais!«

»Danke!« rief Mark und sah Rhonn strahlend an.

»Da habt's!« Die Maronibraterin drückte Mark eine Tüte mit heißen Kastanien in die Hand. »S' iss umsonst!«

»Vielen Dank!« Mark nahm freudig überrascht die Tüte,

dann drehte er sich um und ging mit Rhonn über den Platz zum Stephansdom zurück. Unterwegs teilten sie sich die Kastanien und aßen sie.

Das Hauptportal war immer noch verschlossen, aber der Klang von Orgelspiel war jetzt zu hören. Sie liefen nach rechts, von wo die Frau mit dem Baby gekommen war, und suchten an der Seite des Domes einen offenen Eingang zu finden. Endlich fanden sie eine Pforte, die nicht verschlossen war. Sie traten ein, und die Kühle und Düsternis des Gotteshauses umfing sie. Die Orgel hatte aufgehört zu spielen. Es war ganz still, niemand war zu sehen. Vor einem Marienaltar flackerten unzählige Votivkerzen. Es duftete nach Wachs und dem vielen Weihrauch, der hier schon verbrannt worden war.

Plötzlich begann die Orgel wieder zu spielen, ganz leise, ganz zart. Die Melodie schwebte wie von Engelsflügeln getragen durch das mächtige Gewölbe.

»Das Ave verum«, flüsterte Mark und fühlte, daß ihm auf einmal Tränen in die Augen stiegen, ohne daß er es verhindern konnte. Er erinnerte sich nicht, daß ihn Orgelspiel jemals so ergriffen hatte, daß es so überirdisch zart klingen konnte, so entrückt.

Als der letzte Ton verklungen war, verharrten beide Jungen in andächtigem Schweigen. Eine große Stille breitete sich im Dom aus, die nur manchmal durch das leise Zischen der brennenden Kerzen unterbrochen wurde.

Plötzlich hörten sie einsame Schritte, die sich von oben her eine Treppe hinunter näherten und hohl durch das Kirchenschiff klangen. Dann löste sich eine schmächtige Gestalt aus dem Dunkel und strebte der Pforte zu, durch die Mark und Rhonn gekommen waren.

Es war ein Mann über dreißig, von eher kleinem Wuchs,

der draußen von der Sonne geblendet die Augen schloß und sich schwer atmend an die Mauer lehnte, als wäre ihm schwindelig. Die beiden Jungen waren ihm gefolgt und hatten die Kirchentür hinter sich geschlossen.

Nach einer Weile ging Mark auf ihn zu: »Verzeihen Sie!« begann er schüchtern. »Wissen Sie, wer da eben das Ave verum gespielt hat?«

Der Mann öffnete die Augen und erfaßte Mark mit einem Blick, der von weit her zu kommen schien.

»Bist du der Sohn vom Schulmeister Stoll aus Baden?« Er sprach langsam, wie jemand, dem das Sprechen Mühe machte.

»Nein, warum?« fragte Mark erstaunt.

»Weil du das Ave verum kennst!«

»Ich kenne es, weil es eine berühmte Komposition von Wolfgang Amadeus Mozart ist!« rief Mark eifrig.

»Amadé, Amadé...«, murmelte der Mann.

»Wie bitte?« fragte Mark verwirrt.

»Nicht Amadeus – Amadé!« wiederholte der Mann mit leiser Stimme. »Wieso kannst du sagen, das Ave verum sei berühmt? Woher kennst du es denn? Ich habe es doch erst vor kurzem für den Stoll geschrieben.«

»Sind Sie – Sie sind – Mozart, nicht wahr?« stammelte Mark.

»Ja, das bin ich«, sagte der Mann und sah Mark mit brennenden Augen an, dann schloß er sie wieder und lehnte den Kopf zurück.

Jetzt erkannte Mark die ihm von alten Stichen und Ölbildern vertrauten Züge, die hohe Stirn, die hervorspringende, leicht gebogene Nase. Mark wunderte sich, daß er ihn nicht gleich erkannt hatte, aber Mozart sah in Wirklichkeit doch irgendwie anders aus. Sein Gesicht trug die Spuren einer Pockenerkrankung. Nicht daß die Narben ihn häßlich gemacht hätten, sie nahmen ihm jedoch das Makellose, das Idealisierte der Darstellungen auf den Bildern. Bis auf die großen Augen, die sein Gesicht beherrschten, sah Mozart nicht so aus, wie man sich ein Genie vorstellt – und doch stand Mark von der plötzlichen Begegnung wie vom Blitz getroffen da und sah hilflos zu Rhonn.

Mozart hustete und machte ein paar Schritte vorwärts, dann taumelte er und griff haltsuchend in die Luft. Mark und Rhonn eilten hinzu und stützten ihn.

»Fühlen Sie sich nicht wohl?« rief Mark erschrocken.

»Es ist das Fieber – es macht mich so schwindelig«, sagte Mozart und rang nach Atem. »Ich muß nach Haus!«

»Dürfen wir Sie begleiten?« Mark war bestürzt, wie heiß sich die Hand Mozarts anfühlte.

»Ich möchte niemanden inkommodieren«, murmelte Mozart und hustete wieder.

»Was hat er gesagt?« fragte Mark, der nicht verstanden hatte.

»Er meint, er will niemandem Unbequemlichkeiten machen«, erwiderte Rhonn leise, dann sagte er zu Mozart gewandt: »Wir begleiten Sie wirklich sehr gerne. Sollen wir vielleicht einen Arzt für Sie rufen?«

»Nein, nein, keinen Arzt«, rief Mozart abwehrend. »Ich kenne seine Medizin; er wird mir die Arbeit verbieten, das weiß ich – nein, keinen Arzt!« Er sah fragend von Rhonn zu Mark.

»Ihr wollt mich ein Stück begleiten, da dank ich euch schön. Es ist nicht weit, nur zwei Gassen von hier. Ich wohn im Klein Kaiserschen Haus.« Mozart legte einen Arm um Mark und stützte sich mit der anderen Hand auf die Schulter von Rhonn. So schritten sie langsam ein Stück geradeaus, bis sie links in eine Straße einbogen. Rhonn prägte sich den Straßennamen ein, um nachher wieder leicht zurückfinden zu können.

»Das ist die Weihburgstraße«, sagte er zu Mark, damit auch er sich den Weg merken sollte.

Mark hatte die ganze Zeit zu Mozart aufgesehen und nicht mehr gewagt, ein Wort an ihn zu richten.

Mozarts Zustand war besorgniserregend. Er schien hohes Fieber zu haben, sein Puls ging viel zu schnell, und er wurde immer wieder von Husten und Schwindelanfällen geplagt. Sein Gesicht war sehr blaß, seine Augen glänzten fiebrig und wirkten unnatürlich groß.

»Hier, in der Rauhensteingasse wohn ich«, sagte Mozart leise und wollte gerade rechts um die Ecke biegen, als er erstarrte und wie angewurzelt stehenblieb.

»Da ist er wieder!« rief er schreckensbleich und preßte sich an die Hauswand. Mark und Rhonn sahen sich überrascht an; außer einer schwarzverhangenen Kutsche, die in der Rauhensteingasse vor einem Haus stand, war sonst nirgends etwas zu sehen.

»Wer ist da?« fragte Mark verwundert.

Mozart rang nach Luft und griff sich ans Herz. Auf seiner Stirn hatten sich kleine Schweißperlen gebildet, und seine Hände zitterten. Er ging so weit zurück, bis sie aus dem Blickfeld der Kutsche verschwunden waren.

»Wer ist wieder da?« rief Rhonn eindringlich.

»Der Graue!« stieß Mozart hervor. »Er verfolgt mich!«

»Welcher Graue?« fragte Mark erschrocken.

»Der graue Bote!« sagte Mozart und atmete schwer. »Vor einigen Wochen kam dieser Mensch, von Kopf bis Fuß in Grau gekleidet, zu mir und bestellte eine Totenmesse, ohne seinen Namen zu nennen. Ich wollte wissen, für wen, aber er sagte, er dürfe seinen Auftraggeber nicht preisgeben. Um den unheimlichen Besucher loszuwerden, hab ich fünfzig Dukaten verlangt, einen sehr hohen Preis, aber er legte den Betrag ohne mit der Wimper zu zucken in einem Geldbeutel auf den Tisch und sagte, ich würde noch einmal so viel erhalten, wenn das Werk vollendet sei.«

Mozart schüttelte sich, von Grauen gepackt: »Wie er da vor mir stand, dieser Mensch, so spindeldürr, mit verkniffenem Mund, und mich angeschaut hat mit seinen kalten Augen, wie ein Basilisk – da hab ich gewußt, das ist – das ist der Tod – und das Requiem soll meine eigene Totenmesse sein!«

Mark sah entsetzt zu Rhonn. Mozart verbarg sein Gesicht in den Händen. »Seither läßt mich der Gedanke an den Tod nicht mehr los! Dieser Mensch verfolgt mich. Er bedrängt mich und fordert es immer wieder von mir – das Requiem!«

Mark spähte vorsichtig um die Ecke. Die unheimliche Kutsche stand wartend vor dem Haus.

»Ist er dort drin?« fragte er zu Mozart gewandt. »Haben Sie Angst, daß dieser Mensch Ihnen wieder auflauert, daß er aus der Kutsche steigt und wieder wissen will, wie weit Sie mit der Totenmesse sind?«

Mozart nickte stumm.

»Das werden wir gleich haben!« sagte Mark entschlossen und rannte unvermittelt los.

»Mark! Halt! Bleib hier!« rief Rhonn, doch Mark hörte nicht. Er lief eng an den Häuserwänden die schmale Gasse entlang, bis er die Kutsche erreicht hatte. Er schlich geduckt um sie herum, stand plötzlich seitlich vor den Pferden und richtete den Strahl seiner Taschenlampe mit kreisenden Bewegungen auf ihre Augen. Die Pferde gingen vor Schreck hoch und bäumten sich wiehernd auf, dann preschten sie in gestrecktem Galopp vorwärts, ohne daß es dem völlig verdutzten Kutscher gelang, sie wieder zum Halten zu bringen. Mark sah der davonrasenden Kutsche befriedigt nach und kam zurück. »Den Kerl sind wir los!« sagte er triumphierend.

»Das hast du gut gemacht!« rief Rhonn anerkennend.

»Ich weiß nicht, wie ich dir danken soll! – Ich hätte diesen Menschen jetzt um alles auf der Welt nicht ertragen können!« sagte Mozart mit leiser Stimme.

Mark strahlte: »Wir können jetzt gehen. Der kommt so bald nicht wieder!« Dennoch eilte Mozart so schnell er es vermochte, gefolgt von Mark und Rhonn, auf sein Haus zu. Sie traten durch einen großen runden Torbogen.

»Hier, die Stiege hinauf! Ich wohn im ersten Stock«, sagte er. Oben angekommen, öffnete Mozart die Tür zu seiner Wohnung. Sie kamen durch einen Flur in einen sparsam eingerichteten Raum. Es mußte Mozarts Arbeitszimmer sein, denn vor dem Fenster stand ein kleiner Flügel, über und über mit Notenpapier bedeckt. Auch auf dem Fußboden lagen Stöße von Noten.

Mozart ließ sich auf ein Sofa sinken. Er war noch bleich, der Schreck schien ihm schwer in die Glieder gefahren zu sein. Mark half ihm aus dem etwas verblichenen dunkelroten Rock. Mozart lehnte sich mit geschlossenen Augen zurück und streckte die Beine aus. Mark schob ihm ein Kissen unter den Kopf und breitete dann gemeinsam mit Rhonn eine Decke über ihn. Mozart sah sie dankbar an. Seine Augen waren fieberglänzend, aber das Zittern seiner Hände hatte nachgelassen.

Es klopfte leise an die Türe.

»Konstanze, bist du es?« rief Mozart schwach.

»Ich bin's, der Joseph Deiner!« sagte eine zittrige Männerstimme von draußen.

»Komm nur, Joseph!« rief Mozart, und zu den Jungen gewandt sagte er: »Von ihm droht keine Gefahr. Der Joseph ist Kellner in einem Gasthaus hier in der Rauhensteingasse. Er schaut ab und zu nach mir.«

Herein schob sich ein alter, sehr einfach gekleideter Mann, der sich tief verbeugte.

»Meine Verehrung, Herr Hofkompositeur! – Ich bin's nur, der Deiner Joseph, Euer Gnaden. Die Frau Gemahlin ist doch zur Kur in Baden.«

»Natürlich, ich vergaß«, sagte Mozart etwas lebhafter. »Ich war ein wenig durcheinander – sie ist ja gar nicht hier!«

»Ich wollte ergebenst fragen, ob ich Euer Gnaden etwas zu essen bringen soll?«

»Später vielleicht, Joseph. Jetzt muß ich arbeiten, bald wird mir besser sein, dann fang ich an. Es war ein Schwächeanfall, der gleich vorübergehen wird.«

Der alte Mann zog sich mit einer abermaligen tiefen Verbeugung zurück und schloß die Türe hinter sich.

»Sie wollen jetzt arbeiten?« fragte Mark betroffen. »Sie sind doch krank! Sie sollten sich schonen!«

»Die Zeit drängt!« seufzte Mozart. »Es ist nicht nur das Requiem, an dem ich schreibe. Meine Oper, die Zauberflöte, muß fertig werden. Es fehlt mir noch die Ouvertüre. Und einen Ländler für eine Hochzeit hat man bestellt. Das ist das einzige, was die Leut noch von mir wollen«, sagte er bitter. »Die Wiener – zuerst haben sie mich gefeiert, jetzt verstehen sie mich nicht mehr! Wenn nur die Sorgen, die Schulden nicht wären!«

Mozart sprach schnell, von Fieberanfällen geschüttelt. Seine Augen waren mit brennendem Ausdruck ins Leere gerichtet. Mark fand einen mit Wasser gefüllten Krug, er goß etwas davon in einen Becher und reichte ihn Mozart. Er trank in hastigen Zügen.

»Es war alles umsonst!« sagte er, und sein Gesicht sah hoffnungslos traurig aus. »Das Leben war doch so schön! Meine Laufbahn begann unter so glücklichen Vorzeichen! Jetzt hat der Erfolg mich verlassen!«

»Aber das ist doch ganz unmöglich!« rief Mark betroffen.

»Bei Hof schätzt man mich nicht mehr«, fuhr Mozart fort. »Man gibt mir nur unbedeutende Aufträge – Tänze für Redouten!«

»Haben Sie nicht vor kurzem eine Oper geschrieben?« fragte Rhonn vorsichtig.

»La clemenza di Tito!« stieß Mozart erbittert hervor. »Mein Titus war ein Mißerfolg! Die Kaiserin hat's eine ›porcheria tedesca‹ genannt, eine deutsche Schweinerei!« Mozart preßte die Lippen zusammen und ließ den Kopf mit geschlossenen Augen nach hinten sinken.

Mark sah hilflos zu Rhonn, dann zog er ihn auf die Seite. »Hättest du das alles für möglich gehalten?« flüsterte er erschüttert. Rhonn schüttelte stumm den Kopf, und beide schwiegen ratlos. Plötzlich kam Mark eine Idee.

»Greifen wir in die Geschichte ein, wenn wir Mozart jetzt sagen, daß die Zauberflöte einer seiner größten Erfolge wird?« rief er hastig mit leiser Stimme.

Rhonn dachte nach: »Nein, ich glaube nicht«, meinte er zögernd. »Er wird diesen Erfolg in jedem Falle haben, ob wir es ihm jetzt sagen oder nicht! Also greifen wir nicht in die Geschichte ein!«

Mark trat wieder an das Sofa heran. Es fiel ihm schwer, das, was er sagen wollte, in die richtigen Worte zu fassen.

»Sie dürfen nicht verzweifeln!« begann er endlich und sah Mozart beschwörend an. »Das Glück, der Erfolg haben Sie nicht verlassen. Nichts war umsonst! Sie werden unsterblich sein, Sie und Ihre Musik – selbst wenn die Menschen Sie jetzt nicht verstehen! Der Erfolg der Zauberflöte wird Ihre Enttäuschung wieder wettmachen! Sie müssen uns das glauben!« rief er eindringlich. »Die Zauberflöte wird Ihr größter Erfolg!«

Mozart sah hoffnungslos und zugleich verwirrt von Mark zu Rhonn.

»Woher wollt ihr das wissen?« sagte er müde. »Die Ouvertüre – ich muß die Ouvertüre schreiben! – Ich bin mutlos, und meine Kräfte sind verbraucht – ich bin am Ende.«

Mark zog Rhonn wieder beiseite. »Wir haben doch den Kassettenrecorder mit«, flüsterte er aufgeregt. »Wir könnten ihm die Ouvertüre vorspielen, oder greifen wir damit in die Geschichte ein?«

»Er hat das Werk ja geschrieben«, erwiderte Rhonn leise, nachdem er kurz überlegt hatte. »Selbst wenn er die Ouvertüre noch nicht zu Papier gebracht hat, so ist sie ganz sicher schon in seinem Kopf.« Mit einem plötzlichen Entschluß wickelte Rhonn den Kassettenrecorder aus dem Tuch.

»Ach was! Wir spielen sie ihm einfach vor!«

Mark sah Rhonn dankbar an: »Du bist große Klasse!« rief er, dann ließ er die Kassette herausschnappen und legte sie mit der richtigen Seite wieder ein.

»Sie haben die Ouvertüre noch nicht geschrieben«, sagte Mark zu Mozart gewandt. »Würde es Sie freuen, wenn Sie

sie jetzt hören – und werden Sie uns dann glauben, daß die Zauberflöte Erfolg haben wird?«

»Kannst du denn Klavier spielen?« fragte Mozart, immer noch verwirrt. »Ich habe ein paar Notizen zu Papier gebracht.«

Er zeigte auf die Notenstöße auf dem Flügel.

»Nein, Sie sollen die fertige Ouvertüre hören. Wie sie klingt, wenn ein Orchester sie spielt!« sagte Mark feierlich. »Würden Sie jetzt bitte die Augen schließen!« Mozart wollte noch etwas entgegnen, fühlte sich dann aber wohl zu schwach. Er schloß die Augen und lehnte sich zurück.

Mark stellte den Tonregler des Kassettenrecorders auf leise und drückte die Starttaste. Es vergingen einige Sekunden, und die Ouvertüre der Zauberflöte begann.

Es war Mark, als hörte er diese Klänge zum ersten Mal. Ergriffen blickte er zu Mozart, dessen zerquälte Züge sich geglättet hatten. Sein Gesicht wirkte völlig entrückt, während er den Melodien lauschte. Mark war bis ins Innerste davon aufgewühlt, daß er diese Musik in Gegenwart Mozarts hören konnte. Als das Werk verklungen war und Mark und Rhonn in ehrfürchtigem Schweigen zu Mozart hinüberblickten, schien er zu schlafen. Er hatte die Augen immer noch geschlossen und atmete jetzt leicht und ruhig. Keiner wagte etwas zu sagen. Rhonn nahm den Kassettenrecorder und wickelte ihn wieder in das Tuch.

Plötzlich sahen sie, daß die Tür sich öffnete. Der alte Deiner stand draußen und brachte Brot und einen Krug Wein. Falls er geklopft hatte, so war es nicht zu hören gewesen. Er trat mit leisen Schritten ein und sah verwundert von Mark zu Rhonn, dann trat er an das Sofa zu dem Liegenden. Mozarts Gesicht wirkte gelöst und friedvoll.

»Er hat schon lange nicht mehr gelächelt«, sagte der alte

Deiner, nachdem er ihn eingehend betrachtet hatte. »Wir wollen ihn schlafen lassen!«

Mark und Rhonn nahmen mit einem Blick Abschied von Mozart, danach traten sie in den Flur hinaus. Der Deiner folgte ihnen und zog behutsam die Tür hinter sich zu.

»Kommen Sie oft zu ihm?« fragte Mark flüsternd.

Der alte Mann nickte. »Ich kenn ihn schon lang. – Ich kenn ihn, da war er noch ein Kind. Ich hab ihn Klavier spielen gehört, als er klein war. Man hat sich gewundert, daß er die Tasten greifen konnte, aber gespielt hat er schöner als ein Großer!«

»Vorhin war ein Mann da! Er hat in einer Kutsche gewartet. Mozart hatte Angst vor ihm«, rief Mark leise.

»Ich weiß«, sagte der alte Deiner ruhig. »Ich bleibe bei ihm. Ich laß heut niemanden mehr zu ihm!«

Mark und Rhonn sahen, wie er einen Stuhl nahm und sich still vor die Türe zu Mozarts Zimmer setzte. Dann traten sie aus der Wohnung und gingen die Holzstiege hinunter. Als sie aus dem Hauseingang kamen, schraken sie zusammen. Gegenüber hielt die schwarze Kutsche. Zwei Männer standen davor. Einer von ihnen war ganz in Grau gekleidet. Er zeigte mit einer jähen Bewegung auf Mark.

»Das ist er, Herr Kommissär!« rief er heftig, und seine kalten Augen blickten böse. »Das ist der Bursche, der mir die Pferde scheu gemacht hat! Ergreifen Sie ihn!«

Der andere Mann, der zwar keine Uniform trug, aber wie ein Polizist aussah, kam in bedrohlicher Haltung auf die beiden Jungen zu. »Halt! Stehenbleiben!« rief er scharf.

»Ganz ruhig!« flüsterte Rhonn – »ich mach das schon!«

Er blieb stehen, bis der Mann ziemlich nahe an sie herangekommen war, dann stieß er ihm mit einer plötzlichen Bewegung nach vorne den Kopf in den Magen. »Jetzt nichts wie weg!« rief er. »Mir nach!« Er stürmte los, und Mark folgte ihm so schnell er konnte.

Der Mann, der sich mit einem Schmerzenslaut den Leib gehalten hatte, richtete sich auf. »In die Kutsche!« schrie er. »Wir verfolgen sie mit der Kutsche, dann haben sie keine Chance!« Die beiden Männer stiegen eilig in das Gefährt. Die Kutsche setzte sich in Bewegung und nahm die Verfolgung auf. Mark und Rhonn waren bereits in der Weihburggasse, als sie das Rasseln hinter sich hörten.

»Schnell! Schnell!« rief Rhonn. Er rannte in wildem Lauf rechts um die Ecke in Richtung Stephansplatz, während die Kutsche bedrohlich näher kam. Plötzlich zog er Mark in einen offenen Hauseingang und duckte sich mit ihm hinter die eisenbeschlagene Tür.

Die Kutsche donnerte an ihnen vorbei. Das Klappern der Pferdehufe klang grell in Marks Ohren. Rhonn spähte vorsichtig aus dem Versteck hervor. Schräg gegenüber lag der Graben. Die Kutsche war vor dem Stephansdom zum Halten gekommen und wendete jetzt langsam.

»Paß auf!« stieß Rhonn keuchend hervor und packte Mark bei den Schultern. »Wir bringen jetzt unsere Assimilatoren in Nullstellung. Auf mein Zeichen rennen wir los und laufen so schnell wir können zu unserer Maschine. Ich mache sie sichtbar, und du kletterst als erster hinein. Drinnen setzt du sofort den Helm auf, damit wir gleich starten können, verstanden?« Mark nickte atemlos.

»Also, alles klar!« rief Rhonn. »Ich zähle bis drei, dann rennen wir los. Jetzt halt uns den Daumen, daß wir vor ihnen da sind!«

Mark griff nach dem obersten Knopf an seinem Rock.

»Nach rechts oder nach links?« fragte er unsicher.

»Nach links bis zum Anschlag!« Rhonn drehte seinen Knopf gleichzeitig mit Mark. Als sie sich nach der Verwandlung in ihren Assimilatoren gegenüberstanden, bekam Mark es mit der Angst zu tun.

»Meinst du wirklich, daß wir so über die Straße rennen können?«

»Keine Sorge!« rief Rhonn. »Die in der Kutsche werden ein paar Sekunden brauchen, bis sie uns wiedererkennen. Diesen Vorsprung müssen wir nützen und sehr schnell sein!«

»Was machen wir, wenn wir sonst noch jemandem begegnen?«

»Gefahr droht uns nur von der Kutsche, nicht von anderen Leuten!«

»Aber wie werden sie reagieren, wenn die Maschine sichtbar wird und wir hineinklettern?« fragte Mark, immer noch ängstlich.

»Denk an dein eigenes Staunen, als du die Maschine zum ersten Mal gesehen hast! Falls wirklich Menschen da sind, die uns beobachten, werden sie Mund und Augen aufsperren und einfach nicht für möglich halten, was sie da sehen.«

»Was machst du, wenn dort, wo sich die Maschine befindet, jemand steht?«

Rhonn wurde ungeduldig: »Das ist ganz unmöglich! Sie hat ein Schutzschild um sich, eine Abwehrstrahlung, die sich automatisch einstellt, wenn die Maschine unsichtbar gemacht wird. Nichts und niemand kann dort stehen. Noch etwas«, fügte er hinzu, »wenn du den Helm auf hast, dann setzt du dich sofort auf deinen Sitz und schnallst dich an, damit wir möglichst keine Zeit verlieren!«

»Du kannst dich auf mich verlassen!« rief Mark.

Rhonn zählte bis drei, dann liefen sie los. Sie überquerten

mit ein paar großen Sätzen die Straße und erreichten den Graben, den sie so schnell sie konnten hinunter rannten. Es waren jetzt tatsächlich Menschen auf der Straße, die den dahinstürmenden Jungen verwundert nachblickten. Als Mark und Rhonn im Graben angelangt waren, setzte die Kutsche sich in Bewegung. Sie kam in schnellem Tempo angerasselt, ohne auf die Leute, die erschrocken beiseite sprangen, Rücksicht zu nehmen. Als die Kutsche in den Graben einbog, hatten die beiden Jungen die Pestsäule erreicht. Ganz in der Nähe standen drei Frauen, die sich unterhielten, nicht weit davon entfernt führte ein Mann seinen Hund spazieren.

Rhonn richtete den Mutanten auf die Stelle, wo sich die Zeitmaschine befand. Als sie sichtbar wurde, stoben die Frauen kreischend auseinander, und der Hund begann wie wild zu kläffen. Mark schwang sich durch die Einstiegluke und saß schon angeschnallt, mit dem Helm auf dem Kopf, auf seinem Sitz, als Rhonn sich hochzog und die Luke verschloß.

Es war auch höchste Zeit! Die Kutsche hatte die Maschine erreicht. Die Pferde scheuten zwar und bäumten sich auf, aber die beiden Verfolger sprangen bereits aus dem Wagen.

Rhonn startete die Maschine und zog sie mit so großer Geschwindigkeit steil nach oben, daß Mark nicht mehr erkennen konnte, wie die Menschen unten darauf reagierten.

Fünftes Kapitel
Auf der Suche nach Heinrich VIII. – Vorsicht, wilde Tiere – Bess – Eine Bootsfahrt – Warum Bess niemals heiraten will – Der Bote der Königin

»Das ist noch einmal gutgegangen!« stieß Rhonn erleichtert hervor, als sie über den Wolken schwebten. Die Stadt lag tief unter ihnen.

»Na, bist du zufrieden?« fragte er nach einer Weile.

»Wie meinst du das?« Mark war mit seinen Gedanken weit weg.

»Du hast Mozart kennengelernt! Haben sich deine Erwartungen erfüllt?«

»Ich weiß nicht«, sagte Mark leise, »ich weiß nicht, wie ich es dir beschreiben soll. Irgendwie habe ich mir die Begegnung mit diesem Genie ganz anders vorgestellt!«

»Wie denn?«

»Feierlich, erhaben, heroisch – vielleicht auch ein wenig furchterregend, aber«, Mark schluckte, »er hat mich so sehr gerührt!«

»Und jetzt?« Rhonn lächelte.

»Was heißt und jetzt?«

»Wir brauchen ein Datum für den Besuch bei Heinrich VIII. von England. Es fehlt uns aber noch die Zeit. Kannst du mir ein Datum sagen?«

Mark überlegte: »Nein«, sagte er rundheraus. »Ich habe wirklich keine Ahnung! – Lebte er nicht irgendwann im 15. oder 16. Jahrhundert?«

Mark nahm sich insgeheim vor, sich in Zukunft Jahreszahlen besser zu merken.

»Du hast Glück!« rief Rhonn lachend. »Ich weiß ein bißchen mehr! Zwar habe ich auch keine genauen Jahreszahlen im Kopf, aber ich kenne mich wenigstens etwas in der englischen Geschichte aus. Heinrich VIII. lebte in der ersten Hälfte des 16. Jahrhunderts.« Rhonn dachte nach: »Ich glaube, er starb 1547!«

»Zählen wir doch einfach drei Jahre zurück, dann treffen wir ihn bestimmt!« rief Mark erwartungsvoll.

»Das wäre das Jahr 1544. Gut, einverstanden!« sagte Rhonn. »Ich würde aber vorschlagen, daß wir den September verlassen und in unserer wirklichen Jahreszeit bleiben, – im August. Im Herbst ist es in England oft nebelig und regnerisch.«

»Du hast recht!« grinste Mark. »Das wäre wirklich sehr ungemütlich!«

Rhonn sprach die Daten in das Mikrophon des Computers. Sie tauchten durch die andere Dimension in das Jahr 1544 und befanden sich plötzlich hoch über London.

»Ich mache uns unsichtbar«, rief Rhonn, »damit wir so niedrig wie möglich fliegen können.«

Es war ein strahlend schöner Tag. Die heiße Augustsonne stand an einem völlig wolkenlosen Himmel über der mittelalterlichen Stadt. Rhonn flog langsam über das breite, glitzernde Band der Themse. Mark sah staunend auf das Bild, das sich ihnen darbot. So weit er den Lauf des Flusses verfolgen konnte, sah er Boote. Große, kleine, vollbeladene Kaufmannsschiffe und schönverzierte Barken, die an den Häusern und Palästen zu beiden Ufern der Themse entlang zogen. Die vielen Türme der Stadt waren mit Fahnen geschmückt, die farbenfroh von den Zinnen wehten. Auf den Straßen sah man Wagen und Sänften und viele Menschen, die offensichtlich ihren Geschäften nachgingen.

Eine Reiterschar in silberglänzenden Rüstungen galoppierte den Fluß entlang.

»Das ist der Tower!« rief Rhonn und zeigte auf das trutzig daliegende Bauwerk. »Und dort drüben ist die St.-Pauls-Kathedrale! Aber ich sehe nirgends die Fahne des Königs!« Rhonn ließ seine Augen über die Türme und Paläste schweifen: »Vielleicht ist er zur Zeit nicht in London. Wir wollen uns einmal in der Umgebung umsehen!«

Rhonn flog eine große Schleife über der Stadt und schwenkte dann ab. Sie flogen über eine Landschaft, deren sattes Grün von Dörfern und kleinen Marktflecken, von Wäldern und Parks unterbrochen wurde. Dazwischen lagen immer wieder Burgen und Schlösser.

»Es ist wunderschön!« sagte Mark und meinte fast den Duft und die Frische der Wiesen riechen zu können.

Unter sich sahen sie jetzt einen schloßähnlichen Bau in einem weitläufigen Park. Links von dem beflaggten Herrenhaus befanden sich Stallungen und Gesindehäuser, rechts gab es einen kleinen See, an dessen Ufer ein Boot festgemacht war.

»Wir sind richtig!« rief Rhonn plötzlich in aufgeregtem Ton. »Dieses Schloß gehört dem König! Hier werden wir runtergehen!«

»Woher willst du wissen, daß Heinrich VIII. da wohnt?« fragte Mark überrascht.

»Siehst du die Fahne dort auf dem Turm?« Rhonn wies mit dem Finger hinunter. »Sie trägt das Wappen der Tudorkönige, zwei ineinander verflochtene Rosen! Also hält sich Heinrich VIII. hier auf oder zumindest ein Mitglied der königlichen Familie.«

Mark pfiff anerkennend durch die Zähne: »Woher weißt du das mit dem Wappen?«

»Ich sagte dir doch, daß ich mich ein bißchen in der englischen Geschichte auskenne«, sagte Rhonn und bemühte sich, einen gewissen Stolz auf seine Kenntnisse zu verbergen.

»Hast du einmal etwas von den Rosenkriegen gehört?«

»Gehört schon – aber ich habe vergessen, was damit war«, erwiderte Mark und machte ein neugieriges Gesicht.

»Die rote und die weiße Rose waren die Wappen der Häuser Lancaster und York, die sich viele Jahre erbittert bekämpften«, erklärte Rhonn. »Heinrich VII., der Vater Heinrichs VIII., hat beide Häuser durch Heirat versöhnt und dadurch ganz England vereint. Aus den beiden Rosen schuf er die Doppelrose und machte sie zu seinem Wappen.«

»Eine rote Rose im Kelch der weißen Rose!« rief Mark. »Ich kann das Wappen jetzt deutlich erkennen. Hoffentlich haben wir Glück und bekommen den König zu Gesicht!«

Rhonn kreiste über dem Park. »Es ist niemand zu sehen, wir müssen Geduld haben!« sagte er. »Wir könnten inzwischen landen und ein Picknick machen!«

»Ein Picknick?«

»Ja, mit der Torte!« lachte Rhonn. »Ich habe schon wieder Hunger!« Er schwebte über sanftgeschwungene Rasenhügel und landete die Maschine schließlich unter einer Gruppe von hohen Rotbuchen. Er nahm das Kuchenpaket und sprang durch die geöffnete Einstiegluke ins Freie.

Mark kam mit der Taschenlampe hinterher. »Den Kassettenrecorder werden wir wohl diesmal nicht brauchen!« rief er. »Machst du die Maschine jetzt wieder unsichtbar?«

»Natürlich! Es ist das Sicherste!« Rhonn richtete den Mutanten auf die Zeitmaschine und ließ sie verschwinden.

»Ich bin gespannt, was wir diesmal anhaben werden!«

rief Mark und drehte den Knopf an seinem Assimilator nach rechts. Rhonn tat das gleiche, und wieder ging die Verwandlung blitzschnell vor sich. Sie betrachteten sich gegenseitig. Beide waren jetzt wie Pagen gekleidet. Sie trugen kurze Samthosen, ein in der Farbe dazu passendes Wams und Strümpfe. Auf Marks blonden Haaren saß eine dunkelblaue Seidenkappe, der Anzug war rot, ebenso die Strümpfe. Rhonn trug einen spitzen braunen Hut mit einer langen roten Feder, das Wams war grün, Hose und Strümpfe wieder braun.

»So was wie dich habe ich schon mal im Kino gesehen«, grinste Mark. »Du siehst aus wie Robin Hood!«

»Schade, daß wir keine Ritterrüstung anhaben!« rief Rhonn. »Du hättest sicher sehr komisch darin ausgesehen!«

»Na hör mal, bei der Hitze!« protestierte Mark. »Wir würden darin schmoren wie Sardinen in der Blechbüchse, die man auf einen Ofen gelegt hat!«

Rhonn mußte lachen: »Außerdem wäre es ja auch viel zu auffällig!« Er sah sich die Rotbuchen genau an. »Die sind leicht zu merken, hier finden wir wieder her.«

Links lag ein kleines Wäldchen. »Komm mit! rief er. »Dort können wir in Ruhe unsere Torte essen!«

Sie liefen hinüber und fanden unter einer großen Eiche, deren unterste Äste schwer bis zum Boden reichten, einen schattigen Platz. Sie packten die Tortenstücke aus, die inzwischen etwas zerdrückt waren, aber noch genauso gut schmeckten wie vor dem Abflug. Es blieben immer noch vier Stück übrig, nachdem Mark und Rhonn je eins gegessen hatten.

»Prima!« sagte Rhonn. »Da haben wir noch etwas für später! Sieh mal, da drüben fließt ein Bach, er scheint ganz sauber zu sein!« Sie liefen hinüber und tranken das Wasser aus der hohlen Hand.

Plötzlich hörten sie ein Knacken im Unterholz, und ehe sie es sich versahen, brach ein borstiges Etwas aus den Büschen und ging schnaubend auf sie los.

»Schnell! Bring dich in Sicherheit!« schrie Rhonn und rannte zu der Eiche zurück. Dort schwang er sich auf einen der herabhängenden Äste und half Mark, der ihm erschrocken gefolgt war, ebenfalls hinauf.

»Was ist denn das?« rief Mark verdattert und konnte gerade noch die Beine rechtzeitig hochziehen, als das Ungetüm grunzend unter ihm vorbeischoß.

»Ein Wildschwein!« schrie Rhonn und klammerte sich fest an den Baum, während das Tier eine Kehrtwendung machte und angriffslustig stehenblieb.

»Das ist kein Wildschwein, das ist ein ausgewachsener Keiler!« rief Mark und zeigte mit leicht zitternder Hand nach unten. »Sieh dir mal die Hauer an, die der Bursche rechts und links hat!«

»Denen möchte ich nicht zu nahe kommen!« Rhonn sah etwas blaß aus.

»Ich habe gehört, daß so ein Keiler ganz schön gefährlich werden kann«, sagte Mark und starrte hinunter.

Das Tier lief hin und her und schnüffelte schließlich an den restlichen Tortenstücken, die noch auf dem Waldboden lagen, dann trampelte es darüber hinweg.

»Nun sieh dir das an!« schrie Rhonn empört. »Wir sitzen hier auf dem Baum und müssen hilflos mitansehen, wie dieses Biest unsere schöne Torte in den Boden stampft!«

Der Keiler fegte wieder heran und verharrte in bedrohlicher Angriffsstellung, während er aus kleinen, tückisch blickenden Augen zu ihnen hinaufsah.

»Ich habe einmal gehört, daß ein wilder Eber jemanden, der so wie wir auf einen Baum geflüchtet war, stundenlang belagert hat!« rief Mark.

»Was können wir bloß machen, um das Biest zu verscheuchen?« überlegte Rhonn finster. »Du hast doch die Taschenlampe! Du könntest bei ihm genau das gleiche machen wie bei den Pferden in Wien!«

»Gute Idee!« Mark strahlte den Keiler mit der Taschenlampe an, dann ließ er den Lichtschein über die Augen des Tieres kreisen. Der Keiler zeigte sich nicht im geringsten davon beeindruckt, sondern setzte im Gegenteil zu einer wütenden Attacke gegen den Baumstamm an.

Rhonn kletterte vorsichtshalber noch einen Ast höher. »Wir können doch nicht wer weiß wie lange hier auf dem Baum bleiben! Warum ist das Vieh denn bloß so stur und läßt uns nicht in Ruhe. Wir haben ihm doch nichts getan!«

»Vielleicht sind wir in sein Revier eingedrungen!« rief Mark. »Schon möglich, daß er deshalb so angriffslustig ist!« Der Keiler versuchte jetzt mit seinen Hauern nach Marks herabhängenden Beinen zu stoßen. Mit einem Aufschrei versuchte dieser nach einem höheren Ast zu greifen. Dabei glitt ihm die Taschenlampe aus der Hand, fiel hinunter und prallte direkt auf den Kopf des Keilers. Das Tier gab ein schrilles Quieken von sich, dann schüttelte es sich kräftig und blieb auf steifen Beinen stehen. Es glotzte stumpf vor sich hin, als müßte es über das, was ihm gerade widerfahren war, nachdenken. Es schnaubte noch einmal kräftig und trottete dann langsam ins Unterholz zurück. Erleichtert, wenn auch mit etwas zittrigen Knien kamen die beiden Jungen vom Baum herunter. Rhonn sah zuerst nach der Torte, aber davon war nichts Genießbares übriggeblieben.

»Laß uns lieber aus dem Wald herausgehen!« rief Mark. »Ich möchte ungern noch mehr wilden Tieren begegnen!«

»Du hast recht! Vielleicht gibt es auch Wölfe und Bären hier!« Rhonn hob die Taschenlampe auf und gab sie Mark zurück. »Dieses Ding hat uns nun schon zweimal gute Dienste geleistet!«

Sie liefen aus dem Wald und setzten sich auf die Wiese vor den Rotbuchen, von wo aus alles überschaubar war und dadurch sicher wirkte.

»Was machen wir jetzt?« rief Rhonn mißmutig, weil er sich immer noch über den Verlust der Torte ärgerte.

»Ich weiß nicht«, sagte Mark nachdenklich, »für ein Königsschloß sieht hier alles reichlich unbelebt aus. Selbst wenn wir annehmen, daß der König sich drinnen aufhält, so müßte doch wenigstens jemand von seinem Gefolge zu sehen sein.«

»Wir müssen abwarten! Vielleicht sind sie alle ausgeritten. Sie könnten auf die Jagd gegangen sein. Du hast ja gesehen, daß es hier Wild gibt. Es ist bestimmt jemand da, sonst hätte man auf dem Gebäude nicht die Fahne gehißt.«

Rhonns Gesicht hellte sich plötzlich auf: »Hast du den See vorhin gesehen? Da lag ein Boot am Ufer. Wir könnten eine Bootsfahrt machen und uns so die Zeit vertreiben, bis wir jemandem begegnen!«

»Das ist besser als nichts!« stimmte Mark zu. »Außerdem hat man nicht alle Tage Gelegenheit, das Boot eines Königs zu rudern!«

Es war nicht weit bis zum See. Als sie den Bootssteg erreicht hatten, bemerkten sie ein Schwanenpärchen, das majestätisch am Ufer entlang schwamm. Mark hob einen flachen Stein auf und ließ ihn über das Wasser hüpfen. Rhonn versuchte das gleiche, konnte es aber nicht so gut wie Mark.

Sein Stein sprang nur einmal hoch, plumpste dann hinein und ging kreiseziehend unter. Die kleinen Wellen, die dadurch entstanden, kamen zum Ufer zurück und ließen das Boot, das am Bootssteg festgebunden war, schaukeln. Es war innen und außen blau angestrichen, der Rand und die beiden Sitzbänke hatten goldene Beschläge. Im Bootsinneren lagen Ruder und ein rotes Samtkissen, das naß geworden war. Rhonn bemühte sich, das Seil des Bootes zu lösen, während Mark bereits hineinsprang. Er hob das Kissen auf und legte es zum Trocknen auf die vordere Sitzbank. Dabei sah er, daß auf der Rückseite eine goldene Krone eingestickt war. Es handelte sich also anscheinend wirklich um das Boot des Königs.

»Was macht ihr denn da?« klang plötzlich eine helle Stimme hinter ihnen. Die zwei fuhren erschrocken herum. Vor ihnen stand ein Mädchen, ungefähr so alt wie sie, das sich unbemerkt genähert hatte. Es trug ein hellgrünes, etwas verwaschenes Samtkleid und ein ebensolches Band in den roten Haaren, die ihr lang über die Schultern fielen. Das Gesicht, auf dem noch Tränenspuren zu sehen waren, hatte die Blässe von Menschen, die sich mehr in geschlossenen Räumen als im Freien aufhalten.

»Wer seid ihr und was wollt ihr hier?« Die Stimme des Mädchens klang trotzig und voller Mißtrauen. »Es ist doch verboten, hierher zu kommen!«

Mark setzte zu einer ehrlichen Auskunft an, aber Rhonn warf ihm einen warnenden Blick zu. »Wir haben uns anscheinend verirrt«, sagte er höflich. »Wo sind wir hier eigentlich? Ist das ein Besitz des Königs?«

Das Mädchen nickte.

Rhonn sah Mark bedeutungsvoll an: »Ist der König hier?« riefen sie wie aus einem Munde.

»Natürlich nicht«, sagte das Mädchen verschlossen, »der König ist nicht hier.«

Mark konnte seine Enttäuschung kam verbergen: »Wo ist er denn?«

Das Gesicht des Mädchens drückte Ungläubigkeit aus: »Ihr fragt, wo der König ist? Ja wißt ihr denn nicht, daß er sich auf einem Feldzug gegen Frankreich befindet?«

»Doch, doch, natürlich«, beeilte sich Rhonn zu sagen. »Wir dachten nur, er sei schon wieder zurück, weil wir die Fahne auf dem Schloßturm gesehen haben!«

»Der König hat doch gerade erst bei Boulogne gesiegt! Wie kann er da schon wieder zurück sein!«

Die beiden Jungen sahen sich schweigend an. In der Stille, die nun entstand, hörte man nur das Plätschern der Wellen, die leicht gegen das Boot schlugen.

»Ihr dürft das Boot haben«, sagte das Mädchen plötzlich leise. »Aber ihr müßt mich mitnehmen. Ich kann es allein nicht rudern und ich war schon lange nicht mehr auf dem See!«

»Hast du denn niemanden, der es für dich rudert?« erkundigte sich Mark.

Das Mädchen schluchzte auf: »Nein, ich habe niemanden! Ich bin ganz allein!«

Mark, der immer verlegen wurde, wenn er Mädchen weinen sah, fühlte sich ausgesprochen unbehaglich. Auch Rhonn trat von einem Bein auf das andere. Das Mädchen hatte die Hände vor das Gesicht geschlagen und weinte jetzt leise vor sich hin. Der Anblick, den es bot, war so rührend, so hilflos, daß Mark am liebsten den Arm um ihre schmalen Schultern gelegt hätte. Plötzlich erinnerte er sich an das, was sein Vater immer Judy zu sagen pflegte, wenn sie weinte und er sie trösten wollte.

»Bis du heiratest, ist alles wieder gut!« rief er und hoffte damit den gleichen Erfolg bei dem Mädchen zu haben wie sein Vater meistens bei Judy.

Um so überraschender war das, was jetzt geschah: Das Mädchen ließ die Hände sinken und warf einen zornfunkelnden Blick, der zugleich Verzweiflung ausdrückte, auf Mark.

»Ich werde nie heiraten, hörst du! Nie! Nie! Nichts und niemand wird mich dazu bringen, jemals zu heiraten!« Sie raffte ihren Rock, wandte sich heftig ab und rannte davon.

Mark und Rhonn sahen sich bestürzt an, dann liefen sie dem Mädchen nach, das sie schnell eingeholt hatten. Mark ergriff sie am Arm und hielt sie fest.

»Entschuldige bitte!« rief er und wurde rot dabei. »Ich wollte dir nicht weh tun! – Ich hätte das mit dem Heiraten nicht gesagt, wenn ich geahnt hätte, daß es dich verletzt.«

»Schon gut!« Das Mädchen wischte sich die Tränen fort. »Es tut mir leid, daß ich die Beherrschung verloren habe, aber ich muß oft weinen, seit man die Königin Katharina geköpft hat.«

»Aha!« sagte Mark verständnislos und sah verwirrt zu Rhonn und dann wieder zu dem Mädchen.

»Wie heißt du eigentlich?«

»Ich bin Elisabeth.«

»Ich heiße Mark, und das ist mein Freund Rhonn. Lebst du hier in diesem Schloß?«

»Ja!« antwortete Elisabeth und machte eine weitausholende Bewegung mit dem Arm. »Es ist Hatfield Court und gehört dem König. Früher war es ein Bischofssitz.«

»Komm mit!« Mark faßte nach der Hand des Mädchens. »Wir machen eine Bootsfahrt! Wir rudern dich, wenn du Lust dazu hast!«

Elisabeths Augen leuchteten auf: »Oh, gern, sehr gern!«

Alle drei liefen zum Bootssteg zurück, und Mark half Elisabeth beim Einsteigen. Dabei begann das Boot so heftig zu schaukeln, daß sie sich mit einem Aufschrei an Mark festhielt. Dieser setzte sie behutsam auf die Sitzbank vorne am Bug, dann nahm er auf der anderen in der Mitte gegenüber Platz. Rhonn hatte inzwischen das Seil gelöst und hielt das Boot fest. Dann sprang er selbst hinein. Nachdem er Mark eines der Ruder in die Hand gedrückt hatte, ergriff er das andere und stieß damit vom Ufer ab. Es dauerte nicht lange, da hatten beide denselben Rhythmus beim Rudern gefunden, und das Boot trieb langsam und ruhig auf den See hinaus.

Elisabeth hatte die Hände in den Schoß gelegt und warf tiefeinatmend den Kopf zurück, dann sah sie von Mark zu Rhonn. »Schön ist das! – Ich war lange nicht mehr hier draußen.« Sie lächelte zum ersten Mal ein wenig. »Ihr dürft mich Bess nennen!«

Mark lächelte zurück: »Gerne, Bess! – Warum bist du so allein und hast niemanden, der mit dir spielt? Hast du keine Geschwister?«

Elisabeths Gesicht wurde schlagartig wieder ernst: »Doch, meine Schwester Maria, deren Kleider ich auftragen muß. Ich sehe sie nur selten und mag sie nicht sehr. Sie mag mich auch nicht. Außerdem ist sie ein paar Jahre älter als ich und hat darum keine Lust, mit mir zu spielen. Sie lebt übrigens auch gar nicht hier. Meinen kleinen Bruder Eduard dagegen, den liebe ich sehr, aber man hat ihn fortgeholt. Er lebt jetzt am Hof der Königin Katharina.«

»Am Hof der Königin Katharina?« staunte Mark. »Du sagtest doch vorhin, daß man sie geköpft hat!«

»Das war Tante Kathrin, oder vielmehr Katharina Howard. Sie war die fünfte Frau des Königs. Seine sechste Frau, die er vor einem Jahr geheiratet hat, ist Katharina Parr, die jetzige Königin.«

»Ist sie die Mutter deines kleinen Bruders?«

»Nein. Seine Mutter war Jane Seymour, die dritte Frau des Königs. Sie starb acht Tage nach Eduards Geburt.«

»Und Maria, deine Schwester?«

»Ist die Tochter Katharinas.«

»Welcher Katharina?« fragte Mark, der allmählich durcheinanderkam.

»Sie ist die Tochter der ersten Frau meines Vaters, Katharina von Aragon.«

Mark schnappte nach Luft und sah sprachlos zu Rhonn, dann starrte er Elisabeth an: »Willst du damit sagen, daß du die Tochter des Königs bist?« sagte er endlich fassungslos.

»Ja!« Elisabeth sah verlegen zu Boden. »Ich bin die Tochter Heinrichs VIII.«

»Und wir dürfen dich trotzdem ganz einfach Bess nennen?« fragte Rhonn beeindruckt. Dann gab er Mark, der mit offenem Mund dasaß, einen Rippenstoß, und beide erhoben sich. Sie versuchten eine tiefe Verbeugung, die aber mißglückte, weil das Boot dabei sofort heftig ins Schwanken kam.

»Bitte nicht!« rief Elisabeth. »Laßt es so wie vorher sein. Bitte verneigt euch nicht und nennt mich weiter Bess. Ich bin froh, daß ihr hier seid und ich Gesellschaft habe!«

»Gut!« sagte Mark verwirrt. »Wenn du es so haben willst! Uns soll es recht sein, nicht wahr, Rhonn!« Der nickte. »Dann war dein Vater also mit drei Katharinen verheiratet«, knüpfte Mark wieder an das Gespräch an. »Es ist sicher nicht einfach, die drei immer auseinanderzuhalten!«

»Da hast du recht!« seufzte Elisabeth. »Ich finde oft selbst nicht durch!«

»Und wer ist deine Mutter?« fragte Rhonn, der sich, kaum daß er die Frage gestellt hatte, am liebsten in ein Mauseloch verkrochen hätte, denn schlagartig fiel ihm ein, daß die schöne, unglückliche Königin, die Elisabeths Mutter war, ihr Leben ebenfalls auf dem Schafott hatte beenden müssen.

Elisabeth biß sich auf die Lippen: »Meine Mutter war Anna Boleyn. Sie ist tot, weil mein Vater es so wollte. Auch sie wurde geköpft.«

Die beiden Jungen sahen sich betroffen an. Elisabeth wandte sich ab und schaute dem Schwanenpärchen nach, das etwas entfernt von ihnen durch das Wasser glitt.

»Jetzt verstehe ich, warum du so traurig bist!« sagte Mark nach einer Weile mitleidig. »Du sehnst dich nach deiner Mutter, die du auf so schreckliche Weise verloren hast!«

»Nein!« erwiderte Elisabeth nachdenklich. »So ist es eigentlich nicht. Es ist nicht meine Mutter, die ich vermisse, ich habe sie ja kaum gekannt. Tante Kathrin fehlt mir! Sie war mit meiner Mutter eng verwandt und erlitt fünf Jahre später das gleiche Schicksal wie sie. Tante Kathrin fehlt mir so sehr! Sie war fröhlich und zärtlich. Sie kannte so viele lustige Spiele und lachte den ganzen Tag. Jetzt ist niemand mehr da, der mich streichelt und mir vor dem Einschlafen Geschichten erzählt.« Elisabeths Augen füllten sich mit Tränen.

»Du mußt deinen Vater sehr hassen, weil er dir soviel Böses zugefügt hat!« sagte Rhonn teilnehmend.

Elisabeth, die in sich zusammengesunken war, richtete sich plötzlich kerzengerade auf: »Oh, nein! Ich hasse ihn nicht! Ich liebe ihn trotz allem. Ich kann mich deswegen oft selbst nicht begreifen, aber es ist so! Ich liebe meinen Vater, und ich bewundere ihn, denn er ist ein großer König! Das was geschah, ist nicht allein seine Schuld. Der Kronrat hat es von ihm verlangt. Mein Vater hat Tante Kathrin wirklich geliebt. Er hat sehr gelitten, daß er sie zum Tode verurteilen mußte.«

Mark sah Elisabeth mit großen Augen an: »Warum hat er es dann getan?«

Sie zuckte traurig mit den Schultern: »Tante Kathrin war eigentlich zu jung für die Ehe mit meinem Vater. Sie war zierlich und verspielt, sie merkte nicht, daß sie zwischen den Religionsstreit und den Machtkampf der Parteien geriet. Der König liebte ihre Fröhlichkeit und beschenkte sie fast täglich mit Schmuck und schönen Kleidern, aber er hatte viel zu wenig Zeit für sie. Auch seine Gichtanfälle machten ihm immer wieder zu schaffen. Sie plagten ihn, wenn Kathrin tanzen, wenn sie ausreiten wollte. Also tanzte sie mit anderen auf den Festen bei Hof und ritt mit anderen auf die Jagd. Es kam, was kommen mußte. Sie nahm sich einen Liebhaber, weil der König sich viel zu wenig um sie kümmerte. Ihr Onkel, der Herzog von Norfolk, war einflußreich und mächtig. Seine Gegner bei Hof wollten ihn stürzen, und da kam ihnen der Leichtsinn Kathrins gerade recht. Sie brachten ihre Kammerfrau dazu, die Untreue der Königin dem Erzbischof von Canterbury zu verraten. Dieser ging sofort zum König und berichtete ihm, daß Katharina einen Liebhaber habe und sich heimlich mit ihm träfe. Man sagt, der König habe das alles gar nicht so genau wissen wollen, er hätte am liebsten alles beim alten gelassen und beide Augen zugedrückt. Aber die Königin war bereits zum Gegenstand des Parteienhasses geworden, und der Kronrat verlangte ihre Verurteilung zum Tode. Mein Vater mußte zustimmen, wenn er das Land nicht in einen neuen Bürgerkrieg stürzen wollte. Aber er soll geweint haben, als man ihm Kathrin fortnahm und in den Kerker werfen ließ. Als das Urteil vollstreckt war und die Kanonen des Towers den Tod der Königin verkündeten, ließ der König lärmende Musik aufspielen, um den schrecklichen Klang der Geschütze zu übertönen.«

Elisabeth trocknete sich die Tränen. »Manchmal träume ich davon, dann fahre ich schreiend aus dem Schlaf hoch. Versteht ihr jetzt, warum ich niemals heiraten will!«

Die beiden Jungen waren betroffen von dem, was sie soeben gehört hatten. Mark betrachtete Elisabeth eingehend und fand sie sehr hübsch mit ihren großen graugrünen Augen, der zarten, weißen, fast durchsichtigen Haut und den langen roten Haaren.

»Es ist eigentlich sehr schade, daß du nicht heiraten willst«, meinte er bedauernd. »Schließlich lassen nicht alle Ehemänner ihre Frauen köpfen. Bei uns zu Hause, zum Beispiel . . .«

»Rede keinen Unsinn!« fuhr Rhonn mißbilligend dazwischen. »Das kann man doch gar nicht vergleichen!«

»Ich meine ja bloß!« Mark sah kleinlaut zu Boden und verstummte.

Plötzlich schrak Elisabeth zusammen. »Ich muß zurück!« rief sie. »Meine Kammerfrau wird böse sein, daß ich das Schloß verlassen und mit Fremden gesprochen habe!«

Rhonn und Mark sahen sich an und wendeten sofort das Boot. Elisabeths Augen bekamen einen schwärmerischen Glanz.

»Ich wäre so gerne bei meinem Vater, aber man läßt mich nicht zu ihm. Meine Mutter ist selbst nach ihrem Tode noch immer verfemt, und darum bin auch ich verstoßen. Aber ich darf mich nicht beklagen: Meine Stiefmutter schickt mir die besten Lehrer aus Cambridge, damit ich eine gute Ausbildung erhalte. Aber«, sie senkte unglücklich den Kopf zu Boden, »man hat mir nur wenig Dienerschaft gelassen und die behandelt mich schlecht, von oben herab. Am schlimmsten ist die Kammerfrau. Sie sagt, als Tochter Anna Boleyns sei ich nur ein Bastard und darum bei Hofe unerwünscht!«

Sie hatten das Ufer fast erreicht. Rhonn stieß heftig sein Ruder ins Wasser und rief empört: »Aber du bist doch nicht nur die Tochter Anna Boleyns, die schließlich auch Königin war, du bist eine Tudor, du bist die Tochter Heinrichs VIII. Warum läßt du dir gefallen, daß man dich schlecht behandelt!«

»Richtig!« pflichtete Mark bei. »Du bist doch eine Prinzessin, und das Blut des Königs fließt auch in deinen Adern!« Sie legten am Ufer an. Rhonn sprang als erster aus dem Boot und machte es fest. Dann reichte er Elisabeth die Hand, um ihr beim Aussteigen behilflich zu sein.

»Was nützt mir das alles, wenn ich bis an mein Lebensende hier als Verbannte leben muß, nur von einer lieblosen Dienerschaft umgeben, ohne Freunde, ohne Schutz!« rief Elisabeth verzweifelt. Mark, der inzwischen ebenfalls aus dem Boot geklettert war, zog Rhonn auf die Seite.

»Was meinst du«, flüsterte er, »ob wir ihr sagen dürfen, daß sie später einmal Englands größte Königin wird? Damit greifen wir doch eigentlich nicht in die Geschichte ein!«

»Du hast recht!« erwiderte Rhonn leise. »Sie wird Königin, ob wir ihr das jetzt sagen oder nicht, aber wir können ihr damit Mut machen!«

Mark strahlte: »Ja, das können wir, nicht wahr? Dann wird sie die Zeit bis dahin besser durchstehen!«

»Ich muß mich beeilen!« rief Elisabeth, die nichts von dem Gespräch hörte, weil sie sich ein paar Schritte vom Ufer entfernt hatte. »Ich bin schon viel zu lange draußen gewesen. Meine Kammerfrau wird mich schelten und mir zur Strafe die Laute wegnehmen, auf der ich so gerne spiele. Das macht sie immer so, wenn sie sich über mich ärgert.«

»Wir begleiten dich noch ein Stück!« sagte Mark.

Er und Rhonn nahmen Elisabeth in die Mitte. Sie liefen über die Wiese, bis das Herrenhaus in Sicht kam. An einem hellen, mit Kies bedeckten Weg blieben sie stehen und zogen Elisabeth in den Schatten einer riesigen alten Eiche.

»Bess!« sagte Rhonn mit ernstem Gesicht. »Du wirst uns vielleicht nicht glauben, aber das was wir dir jetzt sagen, ist die Wahrheit!«

»Ja, es ist die Wahrheit!« bekräftigte Mark.

Elisabeth sah erstaunt von einem zum anderen: »Was ist die Wahrheit? Was meint ihr damit? Warum sollte ich euch nicht glauben?«

»Nun ja«, Rhonn räusperte sich. »Wir können ein bißchen in die Zukunft sehen.«

»Ja, das können wir!« rief Mark eifrig. Dann platzte er heraus: »Du wirst einmal Englands größte Königin sein. Das wissen wir ganz genau!«

Elisabeth sah ernst aus, sie holte tief Luft.

»Ich würde euch gerne glauben, aber das, was ihr sagt, ist völlig unmöglich! Wie sollte ich Königin von England werden. Noch lebt mein Vater, König Heinrich. Er ist stark und mächtig. Sein Erbe ist Eduard, mein lieber Bruder, den

Gott beschützen möge. Doch wenn ihm etwas zustieße, so würde ihm meine Schwester Maria als Königin folgen. So hat es das Parlament bestimmt. Ich stehe in der Thronfolge erst an dritter Stelle, und meine legitime Abstammung ist heftig umstritten!«

Beim Laufen hatte sich das Samtband in Elisabeths Haar gelockert und war zu Boden gerutscht. Mark hob es auf und steckte es verstohlen in seine Hosentasche.

»Und doch wird es so sein, wie wir sagen!« rief Rhonn mit Überzeugungskraft. »Du wirst Königin! Wir wissen es. Man wird ein ganzes Zeitalter nach dir benennen, so glücklich wird deine Regierung sein – und Englands größter Dichter William Shakespeare wird dich verherrlichen!«

»Shakespeare?« – Elisabeth zuckte überrascht zusammen.

»Wie kommt ihr auf diesen Namen, woher wißt ihr von ihm?«

Rhonn und Mark sahen sie lächelnd an.

»Eigentlich könnt ihr doch gar nichts von Shakespeare wissen!« sagte sie nachdenklich. »Neulich fand ich in der Schloßkapelle unter dem Kissen meines Betschemels ein Sonett versteckt, das mit dem Namen Shakespeare unterzeichnet war. Als ich den Küster heimlich fragte, ob er wüßte, wer es dahin gelegt habe, sagte er, ein junger Mann sei es gewesen, aber niemand dürfe davon wissen.« Elisabeth schüttelte verwundert den Kopf.

In diesem Augenblick öffnete sich die Eingangstür des Schlosses und eine schwarzgekleidete Frau mit weißgestärkter Haube trat heraus. Ein Mann in höfischer Tracht folgte ihr. Die Frau sah streng aus.

»Bess!« rief sie mit schriller Stimme. »Bess! Wo steckst du?«

»Ist das deine böse Kammerfrau?« flüsterte Mark.

»Ja, das ist sie«, antwortete Elisabeth ängstlich.

»Laß dir nichts gefallen, Bess!« rief Rhonn leise und nickte ihr aufmunternd zu. »Denk immer daran: Du wirst Königin von England. Du bist die Tochter des Königs! Laß dir nichts gefallen, zeig ihr, wer du bist!«

Elisabeth trat langsam aus dem Schatten des Baumes hervor und schritt auf das Haus zu.

»Bess! Wo, zum Teufel, hast du gesteckt?« rief die Frau mit grimmigem Gesicht. »Ein Bote vom Königshof ist gekommen mit einer Nachricht für dich. Er kann seine Zeit nicht damit vertrödeln, stundenlang auf dich zu warten!«

»Kammerfrau!« sagte Elisabeth mit erhobener Stimme, und ihre schmale Gestalt straffte sich. »Habt Ihr vergessen, daß ihr Euch mir, wie jedem Mitglied des Königshauses, in einer Verbeugung zu nähern habt, um darin zu verharren, bis ich Euch das Wort erteile!«

Die Kammerfrau schnappte nach Luft, dann faßte sie sich und rief zornig: »Bess, was soll das ...«

»Lady Elisabeth«, fuhr das Mädchen mit schneidender Stimme dazwischen.

»Na schön, Lady Elisabeth!« sagte die Kammerfrau mit unterdrückter Wut. »Ich werde Eurem Vater .....«

»Ihr meint, Seine Majestät, den König! Ihr erinnert mich zur rechten Zeit, daß ich hier als seine Tochter vor Euch stehe. Eine königliche Prinzessin, der Ihr nicht die gebührende Achtung erweist!«

Die Kammerfrau warf einen unsicheren Blick auf den Boten, dann versank sie stumm in einem tiefen Hofknicks.

»Gut so, Bess! Du bist prima!« rief Mark leise und sah Rhonn triumphierend an, der ihn vorsorglich am Ärmel festhielt.

Der Bote des Königs hatte mit amüsiertem Lächeln, aber Bewunderung in den Augen der Szene beigewohnt. Jetzt verbeugte er sich elegant.

»Wer seid Ihr?« fragte Elisabeth, sehr gerade stehend.

»Graf Essex ist mein Name!« sagte der Bote und fiel auf sein Knie. »Ich soll Euch königliche Grüße entbieten. Ihr seid zu einem Fest der Königin Katharina geladen, das sie zur Feier des Sieges von König Heinrich in Boulogne gibt. Sie läßt Euch sagen, daß sie Euch nun öfter an ihrem Hof zu sehen wünscht!«

»Erhebt Euch!« sprach Elisabeth mit einer leichten Verneigung ihres Kopfes. »Sagt Ihrer Majestät, der Königin, daß ich mich mit Freuden beeilen werde, ihrer Einladung Folge zu leisten, und daß ich ihr danke für die Gnade, an ihrem Hof erscheinen zu dürfen!«

Die blauen Augen des Grafen blitzten: »Habt Ihr sonst noch einen Auftrag? Befehlt über mich!«

»Wenn Ihr meinen Vater, König Heinrich, seht, so sagt ihm, daß ich mich ihm in Liebe und Gehorsam zu Füßen lege«, sagte Elisabeth mit leiser Stimme, dann hob sie die Hand zum Zeichen, daß der Bote entlassen sei.

Der Graf erhob sich, verbeugte sich abermals und entfernte sich rückwärtsgehend in Richtung der Stallungen. Dort schwang er sich auf sein wartendes Pferd und sprengte in gestrecktem Galopp davon.

Elisabeth wandte sich um und kam auf Mark und Rhonn zu. »Wenn ich wirklich später Königin bin, werde ich euch beide zum Ritter schlagen!«

»Leb wohl, Prinzessin!« sagte Rhonn lächelnd.

»Wollt ihr nicht mit mir ins Schloß kommen?«

»Das geht leider nicht, wir können nicht bleiben, aber wir werden dich nie vergessen!«

»Leb wohl, Bess«, rief Mark und sah sie bewundernd an.

Dann reichte er ihr das Band, das ihr aus den Haaren geglitten war.

»Du kannst es behalten«, sagte Elisabeth lächelnd.

»Danke!« Mark wurde rot bis über beide Ohren. »Vielleicht kommen wir mal wieder vorbei, nicht wahr, Rhonn.«

Beide machten eine Verbeugung und schritten dann rückwärts, wie sie es bei dem Boten der Königin gesehen hatten, wobei Mark beinahe über eine Baumwurzel gestolpert wäre.

Elisabeth winkte ihnen mit ihrer schmalen, weißen Hand zu, dann wandte sie sich entschlossen um und schritt hocherhobenen Hauptes an ihrer immer noch in einem tiefen Knicks erstarrten Kammerfrau vorbei, hinein ins Schloß.

Die beiden Jungen sahen ihr beeindruckt nach.

»Wieviel Würde sie auf einmal ausstrahlte«, sagte Mark, als sie umkehrten und wieder zum See gingen.

»Ja«, sagte Rhonn versonnen, »man sah ihr an, daß sie einmal eine große Königin wird!«

SECHSTES KAPITEL
Wann lebte Archimedes, das Universalgenie der Antike? – In Athen – Sokrates und Xanthippe – Wird die Heimkehr gelingen? – Am nächsten Morgen

Es war leicht, vom See aus zu den Rotbuchen zurückzufinden, wo die unsichtbare Maschine stand.

»Es ist mir eigentlich lieber so!« rief Mark plötzlich, während sie beide in Gedanken versunken über den Rasen liefen.

»Was ist dir lieber so?«

»Daß wir nicht Heinrich VIII., sondern Bess getroffen haben.« – »Mir geht es genauso!« sagte Rhonn lachend. »Wir können sie ja einmal besuchen, wenn sie Königin ist und regiert. Ich möchte wissen, ob sie sich dann noch an uns erinnert.«

Marks Gesicht begann zu strahlen: »Willst du damit sagen, daß du beabsichtigst, wiederzukommen und mich noch einmal auf eine Zeitreise mitzunehmen?«

»Natürlich! – Warum denn nicht? Wir sind doch Freunde geworden, und du hast mir geholfen, als ich in der Patsche saß. Mein Vater hat bestimmt nichts dagegen, wenn ich dich wieder besuche. Vielleicht fliegen wir einmal mit ihm zusammen irgendwohin.«

»Das wäre einfach toll!« Mark fiel Rhonn vor Freude um den Hals.

»Mein Vater plant übrigens demnächst eine neue Forschungsreise nach Atlantis.«

»Habt ihr Atlantis denn schon wiederentdeckt?« staunte Mark.

»Nein, genaugenommen noch nicht. Es gibt zwar Vermutungen, die langsam Gestalt annehmen, aber der Zeitraum, den man erforschen muß, ist einfach zu groß. Mein Vater vertritt die These, daß es sich bei Atlantis nicht nur um einen versunkenen Kontinent, sondern auch um einen Kulturkreis handelt, der sich einmal über die ganze Erde erstreckte. Es ist jedenfalls eines unserer großen Ziele, diesen versunkenen Kontinent, wenn es ihn wirklich gab, zu finden. Aber bisher haben sich alle Spuren, die wir verfolgten, als falsch herausgestellt. Mein Vater glaubt, daß man Atlantis nur durch einen glücklichen Zufall entdecken wird.« Rhonns Augen bekamen einen schwärmerischen Ausdruck. »Manchmal träume ich davon, daß ich es bin, der Atlantis findet!« Er starrte gedankenverloren ins Weite.

Mark sah Rhonn mit einem bewundernden Blick von der Seite an.

»Wer weiß! Vielleicht schaffst du es! – Ich kann dir gar nicht sagen«, fuhr er fort, »wie sehr ich mich freue, daß du wiederkommen willst!«

»Ich freue mich auch!« Rhonn gab Mark einen freundschaftlichen Rippenstoß. »Dann fliegen wir jetzt zurück, ja?«

»Na klar! Vergessen wir Heinrich den Blutrünstigen, der seine armen Frauen köpfen läßt. Ich möchte auch nicht zu spät zu Hause sein, sonst ängstigen sich meine Eltern, wenn sie merken, daß ich nicht da bin.«

Rhonn richtete den Mutanten auf die Zeitmaschine und machte sie sichtbar. Die beiden Jungen kletterten hinein, und die Einstiegluke schloß sich.

Rhonn nahm das Fieberthermometer vom Armaturenbrett.

»Dann werde ich jetzt mit dem Quecksilber mal die

Panne beheben, damit die Maschine wieder in Richtung Zukunft fliegen kann. Es ist ganz einfach!« Er ließ den Deckel von einem Schaltkasten aufspringen, der in das Armaturenbrett eingebaut war, beugte sich darüber und preßte nach einem erschrockenen Aufschrei die Hand vor den Mund.

»Was ist los?« rief Mark. »Was hast du denn?«
Rhonn sah ihn an: »Es sind zwei da!« rief er kreidebleich.
»Zwei? Zwei was?«
»Zwei Röhrchen nebeneinander und beide sehen gleich aus!«
Mark schaute ebenfalls in den Schaltkasten. Es gab mehrere Lämpchen, die in verschiedenen Farben abwechselnd aufleuchteten, ein Wirrwarr von Drähten und Kabeln und in der Mitte zwei kleine Röhren, die nebeneinander lagen und sich durch nichts voneinander unterschieden.
»Ich hatte keine Ahnung, daß es zwei sind!« Rhonn war völlig verzweifelt.
»Willst du damit sagen, daß du nicht weißt, in welches Röhrchen du das Quecksilber füllen mußt?« fragte Mark ungläubig.
»Ich habe keinen blassen Schimmer! Ich habe dir doch erzählt, daß mein Vater einmal dieselbe Panne hatte. Ich sah, wie er diesen Behälter hier öffnete. Ich erinnere mich noch genau, wie er sagte, ich habe Quecksilber in das Röhrchen gefüllt, nun ist alles wieder in Ordnung! Also dachte ich natürlich, daß nur eins da ist, und habe nicht gefragt, in welches.«
»Was machen wir denn jetzt? Wie kommen wir zurück?« Mark stellte sich schon die verstörten Gesichter seiner Familie vor, wenn sie begreifen würden, daß er verschwunden

war. Nie würde jemand darauf kommen, daß er in einer anderen Zeit, in der Vergangenheit, verschollen war.

»Wir können keine Experimente machen! Das Quecksilber reicht nur für ein Röhrchen«, sagte Rhonn unglücklich und schlug die Hände vors Gesicht. »Es ist ganz allein meine Schuld! Nun habe ich dich auch noch in dieses Abenteuer mit hineingezogen! Ich hätte mich vorher vergewissern müssen, ob ich die Panne beheben kann und ob der Rückflug klappt. – Ach, Mark, es tut mir so leid!«

Mark legte Rhonn tröstend den Arm um die Schultern. »Mach dir meinetwegen jetzt keine Gedanken! Wir werden bestimmt irgendeinen Ausweg finden. Es wird uns schon etwas einfallen!«

»Aber was?« rief Rhonn verzweifelt. »Wenn wir das bißchen Quecksilber, das wir haben, in die falsche Röhre füllen, ist alles aus. Dann kommen wir nicht zurück und müssen für immer in der Vergangenheit bleiben! Es ist ganz unwahrscheinlich, daß uns jemand findet.«

Mark begann allmählich das ganze Ausmaß ihrer unheilvollen Lage zu begreifen. Vielleicht würde er nie mehr nach Hause kommen, nie mehr mit seiner Familie zusammen sein können. Er würde seinen Vater nie mehr Klavier spielen hören, nie mehr seine Mutter umarmen dürfen, sich nie mehr gegen Judys Neckereien zur Wehr setzen müssen. Die Schule, seine Freunde, all das würde er nie wiedersehen. Er schluckte und versuchte dann tapfer zu lächeln.

»Du, Rhonn«, begann er zaghaft, »laß dir keine grauen Haare wachsen, weil du mich mitgenommen hast. Zu zweit ist es leichter weiterzukommen als allein, und wir werden schon eine Lösung finden!«

Rhonn sah ihn dankbar an, dann schwiegen beide und dachten angestrengt nach.

»Was ist mit dem Grafen von Saint Germain!« rief Mark. »Der kann uns doch bestimmt helfen!«

»Ausgeschlossen! Das ist hoffnungslos!«

»Aber wieso?«

»Wir können doch nicht mehr vorwärts. Auch keine kurze Zeitspanne. Es geht gar nichts mehr, nicht einmal ein Jahr. Wir sind jetzt im 16. Jahrhundert. Um den Grafen von Saint Germain zu treffen, müßten wir aber in das Paris des 17. oder 18. Jahrhunderts reisen.«

Mark nickte niedergeschlagen. Plötzlich hatte er einen neuen Einfall.

»Was ist mit deinem Onkel in der Steinzeit?«

»An sich keine schlechte Idee!« sagte Rhonn bedrückt. »Aber weißt du, wie lange die Steinzeit gedauert hat? Ich habe leider keine Ahnung, wo und wann mein Onkel jetzt lebt. Wenn wir ihn nicht finden, und ich bin überzeugt davon, daß wir ihn nicht finden, weil der Zeitraum viel zu groß ist, dann haben wir überhaupt keine Möglichkeiten mehr. Dann müssen wir unter primitiven Höhlenbewohnern leben und können uns eine Herde wilder Büffel halten!«

»Muß dein Onkel für immer in der Steinzeit bleiben?«

»Nein, natürlich nicht. Eines Tages wird man ihn zurückholen.«

»Vielleicht will er das dann gar nicht mehr«, sagte Mark nachdenklich. »Vielleicht findet er diese Zeit so romantisch, daß er dort bleiben will.«

»Das halte ich für ausgeschlossen! Du darfst nicht vergessen, aus was für einer hochentwickelten Zivilisation er kommt. Da, wo er jetzt leben muß, gibt es nichts, aber auch gar nichts. Wie ich hörte, hat er den Menschen, mit denen er dort lebt, ein paar Dinge gezeigt.«

»Was für Dinge?« – »Na ja, zum Beispiel was ein Rad ist und wie man Feuer macht.«

»Wurde das Rad denn auch erfunden?« staunte Mark. »Ich dachte, das hätte es immer schon gegeben!«

»Nichts hat es immer schon gegeben. Die Erfindung des Rades war ein großer Fortschritt in den Anfängen der Menschheitsgeschichte, eine erste Stufe auf dem Weg zu Kultur und Zivilisation.«

»Und jetzt wagt der Mensch Raumflüge ins All!« Mark pfiff bewundernd durch die Zähne. »Und ihr macht sogar schon Zeitreisen!«

»Was machen wir bloß?« stöhnte Rhonn, dem durch den letzten Satz von Mark die jetzige, mißliche Lage wieder bewußt wurde.

»Wir müßten irgendeinen Gelehrten oder Wissenschaftler finden, der sich mit physikalischen Dingen beschäftigt hat und dem wir außerdem vertrauen können.«

»Du meine Güte, ist das schwer! Es ist aber vermutlich die einzige Möglichkeit!« Rhonn griff sich verzweifelt an den Kopf. »Wir müssen zu dem Betreffenden ja auch noch die genauen Daten haben, Zeit und Ort. Wir dürfen keinen Fehler mehr machen, wir müssen auf Nummer Sicher gehen!«

»Fällt dir jemand ein?« forschte Mark.

Rhonn überlegte fieberhaft: »Es ist zum Verrücktwerden«, sagte er nach einer Weile. »Es ist, als ob ich ein Brett vor dem Kopf hätte. Alle, auf die ich im Augenblick komme, wie Newton, Leibniz, Darwin, haben später gelebt!«

»Was ist mit Galileo Galilei?«

»Ausgeschlossen! An so einen können wir uns nicht wenden!«

»Warum nicht?« wunderte sich Mark.

»Das wäre zu gefährlich; er hatte ja dauernd Schwierigkeiten mit der Inquisition und saß so oft im Kerker. Außerdem weiß ich die Daten von ihm nicht. Weißt du niemanden?«

»Ich bin in Gedanken schon die letzten Jahrhunderte durchgegangen«, seufzte Mark. »Mir fällt einfach keiner ein – erst wieder bei den alten Griechen. Pythagoras, Aristoteles, Archimedes . . . . .«

Rhonn stutzte: »Wen hast du da eben zuletzt genannt?«

»Archimedes.«

»Archimedes, natürlich!« Rhonn sah Mark freudestrahlend an. »Was für ein Glück, daß du darauf gekommen bist.«

»Wieso ist das ein Glück?«

»Archimedes war der berühmteste Physiker des Altertums, ein richtiges Universalgenie! Wenn ich dir sage, was der damals schon alles erfunden hat, kommst du aus dem Staunen nicht heraus!«

»Was hat er denn erfunden?« fragte Mark neugierig.

»Das hydrostatische Gesetz geht auf ihn zurück. Er hat unzählige mathematische und physikalische Entdeckungen gemacht. Er erfand den Flaschenzug und die Integralrechnung, er hat sogar eine Schrift über Raummessungen von Rotationsflächen verfaßt! Wenn uns überhaupt einer helfen kann, dann ist er es! Das Dumme ist nur . . .« Rhonn stockte, »ich weiß nicht genau, wann und wo er gelebt hat.«

»Ich glaube, er war ein Zeitgenosse von Sokrates«, sagte Mark nachdenklich.

»Ich habe leider auch keine Ahnung, wo und wann genau Sokrates gelebt hat.«

»Aber ich! – Sokrates wurde 399 vor Christi Geburt wegen angeblicher Verführung der Jugend und Gottlosigkeit zum Tode durch den Giftbecher verurteilt. Er starb in der Stadt Athen, in der er übrigens auch immer gelebt hat.«

»Weißt du das ganz genau?« Rhonn war zwischen Zweifel und freudiger Überraschung hin- und hergerissen.

»Ja!« sagte Mark stolz. »Ich weiß es ganz genau! Wir haben Sokrates im Geschichtsunterricht in der Schule vor Beginn der großen Ferien durchgenommen.«

»Das ist unsere Rettung!« jubelte Rhonn. »Ich bin ganz sicher, daß ein so großer Wissenschaftler wie Archimedes uns helfen kann! Bist du einverstanden, daß wir zu Sokrates fliegen? Wenn Archimedes ein Zeitgenosse von ihm war, wird Sokrates uns sagen können, wo er zu finden ist!«

»Natürlich bin ich einverstanden!« rief Mark, der von der Aussicht, noch ein Abenteuer zu erleben, begeistert war.

»Also, auf zu Sokrates nach Athen!«

»Daß du die Daten von ihm so genau im Kopf hast, ist einfach phantastisch!« sagte Rhonn anerkennend. »Wann ist er gestorben?«

»399, da war er siebzig Jahre alt. Wir sollten, glaube ich, lieber zehn Jahre früher nehmen, also 389, damit wir ihn bei guter Gesundheit antreffen.«

»Ganz falsch!« lachte Rhonn. »Wir müssen jetzt anders herum rechnen.«

»Wieso anders herum?«

»Na ja, wenn du von 399 vor Christi Geburt ausgehst, dann sind zehn Jahre früher das Jahr 409 vor Christi Geburt!«

Mark stimmte in Rhonns Lachen ein. »Ganz klar! – Ich

habe im Augenblick gar nicht daran gedacht, daß sich die Zeitrechnung ja ändert!«

Rhonn brachte den Knopf an seinem Assimilator bereits in die Nullposition und stülpte sich den Helm auf. Mark tat das gleiche. Beide schnallten sich auf ihren Sitzen fest, dann startete Rhonn die Zeitmaschine zum Flug nach Athen in das Jahr 409 vor Christi Geburt.

Als sie aus der anderen Dimension wieder auftauchten, bot sich ihnen ein überwältigender Anblick!

Sie schwebten an einem seidig glänzenden, hellen Himmel. Unter ihnen lag Attika und die Stadt in ihrer klassischen Schönheit. Die Ebene von Athen war im Osten, Norden und Westen von einer halbkreisförmigen Bergkette begrenzt. Im Südwesten lag der Hafen von Piräus am azurblauen Ägäischen Meer. Dort, wo sich die Schiffe in Ufernähe befanden, hatte das Wasser die Farbe eines leuchtenden Smaragdes. Es war ein strahlender Tag. Die Inseln, die den Buchten vorgelagert waren, die mit Zedern und Pinien bewachsenen Berge schienen zum Greifen nah. Die Sicht reichte in der klaren Luft so weit, bis das Meer am Horizont mit dem Himmel zusammenschmolz.

Die Zeitmaschine schwebte jetzt über der gewaltigen Anlage der Akropolis. Mark und Rhonn sahen staunend auf die herrlichen Tempel, die von zyklopischen Mauern umgebenen heiligen Bezirke und die mächtigen Steinblöcke der Festungswälle. Nicht weit davon entfernt lag das Amphitheater des Dionysos.

Rhonn zeigte auf eine riesige Statue.

»Sieh mal dort vor der Mauer! – Das ist die Göttin Athena Promachos. Diese Statue gibt es an dieser Stelle in der späteren Zeit nicht mehr. Es ist nur noch der Marmorsockel übriggeblieben!«

Mark betrachtete andächtig die steinerne Schönheit der Göttin. »Woher weißt du, daß sie nicht mehr dort steht?«

»Ich war mit meinem Vater einmal hier. Er hat es mir gesagt.«

Sie schwebten langsam über die Propyläen, von denen sich eine Straße hinunter in die Ebene schlängelte, wo Schafherden weideten. Rhonn nebelte die Maschine in eine Gaswolke ein, damit sie möglichst tief fliegen konnten, ohne gesehen zu werden.

»Da drüben liegt die Agora, der Marktplatz!« rief er. »Dahinter befindet sich der Demos Kolonos, das ist der Wohnbereich. Wir suchen uns dort in der Nähe eine einsame Stelle und gehen runter!«

Nicht allzu weit von der Agora entfernt entdeckten sie ein Feld mit Olivenbäumen und Rebstöcken. Nachdem sie sich vergewissert hatten, daß niemand zu sehen war, landete Rhonn unter einer weitausladenden Schirmpinie, die am Rand des Feldes stand. Sie sprangen aus der Maschine, und Rhonn machte sie mit dem Mutanten unsichtbar. Dann drehten beide den Knopf ihrer Assimilatoren nach rechts. Nach der Verwandlung sahen sie sich an.

»Du bist im Hemd!« grinste Rhonn.

»Du auch«, sagte Mark, der diese Aufmachung etwas albern fand. »Wie nennt man eigentlich das Ding, das wir da tragen?«

»Keine Ahnung!« antwortete Rhonn und sah an sich herunter.

»Die Schuhe sind jedenfalls leicht und bequem.«

Beide trugen Sandalen, deren Lederriemen kreuzweise hinauf bis unters Knie gebunden waren.

»Wir könnten jemanden fragen, wie man das Hemd nennt, das wir anhaben!«

Rhonn schüttelte belustigt den Kopf: »Wir können doch nicht einfach jemanden ansprechen und sagen: Verzeihung, wie heißt das, was wir anhaben? Was macht denn das für einen Eindruck! Der Betreffende denkt womöglich noch, wir hätten es gestohlen!«

»Man muß es ja auch nicht so ungeschickt anfangen!« meinte Mark etwas gekränkt.

»Schon gut«, sagte Rhonn besänftigend, »wir werden es rauskriegen!«

Ein schmaler Weg führte aus dem Feld hinaus auf eine Straße. Hinter ihnen rumpelte ein Wagen heran, der von einem Pferd gezogen wurde. Ein alter Bauer mit einem großen runden Strohhut saß auf dem Gefährt, das mit Weinkrügen beladen war.

»Führt diese Straße zur Agora?« erkundigte sich Rhonn höflich.

Der Mann nickte und hielt an: »Wollt ihr dort hin? Ihr könnt hinten aufsitzen, ich nehme euch ein Stück mit.«

»Das ist prima, vielen Dank!« rief Mark und kletterte auf den Wagen. Er half Rhonn ebenfalls hinauf, und die beiden setzten sich zwischen die gefüllten Tonkrüge, denen ein würziger Duft entströmte.

Es war heiß, die Sonne brannte vom Himmel. Die Straße, die sie nun entlangfuhren, war trocken und staubig. Mark war froh, daß sie nicht laufen mußten. Der Bauer reichte ihnen einen Becher mit Wein, den er neben sich stehen hatte. Rhonn probierte zuerst und gab ihn dann Mark weiter. Der Wein schmeckte süß und harzig. Mark trank nur wenig davon und reichte ihn dann dankend zurück.

Je näher sie dem Marktplatz kamen, desto belebter wurde es auf den Straßen. Sie sahen vollbeladene Eselskarren mit Gemüse, Früchten und Töpferwaren, Frauen, die

Gefäße auf dem Kopf trugen, und kleine Gruppen von Männern, die diskutierend beisammen standen. Dazwischen liefen schreiende und spielende Kinder herum. Mark staunte über die bunte Kleidung, die die Menschen trugen. In seiner Vorstellung waren die alten Griechen stets weiß gekleidet, wie die Marmorstatuen, die in großer Zahl rechts und links die Straßen säumten. Sie kamen an Häusern und prächtigen Bauten vorbei. An Gymnasien, Tempeln und Brunnen, und über allem lag die flirrende Hitze des südlichen Sommers.

Der Bauer wandte sich um: »Ich muß zum Hafen hinunter. Dort drüben ist die Agora«, sagte er und zeigte auf einen großen Platz. Er hielt an, so daß die beiden Jungen vom Wagen springen konnten. Sie bedankten sich, und der Mann nickte ihnen freundlich zu, bevor er weiterfuhr.

»Ist dir auch so heiß?« stöhnte Mark.

Rhonn wischte sich die Stirn und sah sich um. »Laß uns im Schatten eines Gebäudes warten, bis wir jemanden sehen, bei dem wir uns nach Sokrates erkundigen können!« Er zog Mark in einen überdachten Säulengang.

Ein Jüngling eilte aus einem Haus die Straße entlang auf sie zu. Auch er trug ein hemdähnliches Gewand. Es war blau und mit Goldborten besetzt. Sein kurzgeschnittenes, lockiges Haar war mit einem Halbkranz aus Lorbeerblättern geschmückt, im Arm hatte er eine schöngeschwungene Lyra.

»Den könnten wir fragen, wie das heißt, was er an hat«, flüsterte Mark.

Rhonn stieß ihn in die Rippen: »Viel wichtiger ist, ihn zu fragen, wo wir Sokrates finden können!«

Mark machte ein enttäuschtes Gesicht.

»Also schön«, seufzte Rhonn. »Ich werde ihn nach dem

Hemd fragen, wenn du unbedingt wissen willst, wie es heißt.« Er schob Mark beiseite und trat dem jungen Griechen in den Weg.

»Was willst du?« fragte dieser mit hochgezogenen Augenbrauen.

»Verzeih, daß wir dich belästigen!« sagte Rhonn mit einer leichten Verneigung des Kopfes. »Aber wir bewunderten gerade die Schönheit deines Gewandes. – Gestattest du uns die Frage, woher du es hast?«

»Gewiß!« sagte der Grieche mit näselnder Stimme. »Gewiß, dieser Chiton ist von erlesener Qualität. Er wurde von Thersites angefertigt, man erkennt es sofort an der Feinheit des Zuschnittes. Wie man weiß, macht Thersites die schönsten Chitons in der Stadt. Seine Preise sind allerdings auch danach!« Er musterte die beiden Jungen ohne ein Lächeln: »Ihr seht nicht so aus, als ob ihr euch ein Chiton von Thersites leisten könntet!«

»Ich danke dir für die Auskunft!« rief Rhonn und sah augenzwinkernd zu Mark. Dieser grinste zurück.

»Sonst noch etwas?« fragte der Grieche. »Ich bin spät dran!«

»Erlaube uns noch eine Frage«, bat Rhonn unbeirrt. »Wir sind fremd in Athen, kannst du uns sagen, wo wir Sokrates finden?«

»Sokrates, welchen Sokrates? – Bei den Göttern, wer soll das sein? Es gibt viele hier, die so heißen. Meine Zeit ist kostbar, man erwartet mich im Tempel des Apollon!« rief der griechische Jüngling unwillig und eilte davon.

Mark und Rhonn sahen ihm entgeistert nach, dann fiel ihr Blick auf einen Töpfer, der unter einem Baum saß und Geschirr bemalte. Sie gingen zu ihm, und Rhonn sprach ihn höflich an.

»Verzeih die Störung! Kennst du Sokrates und weißt du, wo er sich aufhält?«

»Wir meinen den berühmten Philosophen!« beeilte sich Mark hinzuzufügen.

Der Mann sah von seiner Arbeit auf: »Der große Sokrates! Ja, er bleibt ja oft bei uns einfachen Leuten stehen und unterhält sich mit uns, obwohl er so viel klüger ist als wir. Aber er gibt einem immer das Gefühl, daß man selbst alles versteht, und er will auch stets genau wissen, was man denkt!«

Die beiden Jungen atmeten erleichtert auf.

»Sag uns bitte, wo wir Sokrates finden können!« rief Rhonn drängend. »Wir müssen ihn unbedingt sprechen!«

»Du hast Glück, mein Junge!« sagte der Töpfer bedächtig. »Ich begegnete ihm heute vormittag draußen vor der Stadt, als ich zur Agora ging. Seine Schüler Platon, Kriton, Alkibiades, Xenophon und Phaidros waren bei ihm. Sie lagerten unter einer hohen Platane, nicht weit vom Tempel der Artemis.«

»Wie kommen wir dahin?«

»Das ist ganz einfach! Geht die Straße hinunter, bis ihr auf den Ilissos stoßt.«

»Was ist der Ilissos?« erkundigte sich Mark.

»Seid ihr Fremde, daß ihr nicht wißt, daß der Ilissos ein Fluß ist?« fragte der Grieche erstaunt.

»Ja, wir sind nicht von hier«, gab Rhonn zu.

»Nun ja, ihr stoßt also auf den Ilissos und geht das Flußbett hinab. Folgt seinem Lauf, vorbei am Tempel der Artemis, dann ist es nicht mehr weit, und ihr werdet Sokrates und seine Schüler finden. Sokrates liebt es übrigens, mit bloßen Füßen den Ilissos entlang durch das Wasser zu waten.«

Mark und Rhonn fiel ein Stein vom Herzen. Sie würden also Sokrates wirklich begegnen, er war für sie erreichbar. Nun würde alles gut werden. Die Rettung war in Sicht!

Sie bedankten sich und wandten sich zum Gehen in die Richtung, die der Töpfer ihnen gewiesen hatte. Vorher drehte sich Rhonn noch einmal um:

»Wir müssen uns die Straße merken, die wir hergekommen sind. Es ist die da drüben! Rechts, neben ihrer Einmündung auf die Agora, ist ein Brunnenhaus. Die Straße führt von da direkt zu dem Feld, wo unsere Maschine steht.«

Mark prägte sich das ebenfalls ein, dann marschierten sie los. Es dauerte nicht lange, und sie hatten den Ilissos erreicht. Das Flußbett war ausgetrocknet und führte nur wenig Wasser. Es war mehr ein Rinnsal als ein Fluß.

Mark und Rhonn planschten darin herum, ohne sich die Sandalen auszuziehen. Das kühle Wasser tat gut bei der Hitze. Sie bespritzten sich gegenseitig, wohl wissend, daß die Sonne ihre feuchten Chitons schnell trocknen würde. Nach einer Weile kamen sie an einem mit Säulen geschmückten Tempel vorbei. Sie sahen die Statue einer Göttin, die mit Pfeil und Bogen bewaffnet war.

»Das wird der Tempel der Artemis sein, von dem der Töpfer gesprochen hat!« rief Rhonn. Sie liefen daran vorbei, bis sie auf einmal Stimmen hörten. Erst klangen sie undeutlich, beim Näherkommen waren sie jedoch bald gut zu verstehen.

»Alkibiades, mein Bester, wie kannst du von Tugend sprechen! Du bist ein Bürger der größten und durch Geistesbildung hervorragendsten Stadt und schämst dich nicht, nur nach der Füllung deines Geldbeutels zu streben und nur an deinen eigenen Ruhm zu denken, statt alle deine

Kräfte in den Dienst des Staates zu stellen! Lebst du denn nur für dich und nicht für das Wohl aller?«

»O Sokrates, du weißt genau wie ich, daß es keine Macht ohne Geld gibt. Da ich das Wohl der Allgemeinheit im Auge habe, so scheint mir, daß Idealismus allein nicht ausreicht, um sie zu befriedigen!«

»Du kannst es nicht verleugnen, daß du aus der Schule der Sophisten kommst! Du drehst und wendest die Dinge, wie sie dir in den Kram passen!«

Mark und Rhonn erreichten mehrere Oleanderbüsche, hinter denen sie sich versteckten, um zuzuhören.

»Laß uns abwarten, bis wir die Möglichkeit haben, Sokrates allein zu sprechen«, flüsterte Rhonn. Mark nickte. Als sie vorsichtig durch die Zweige spähten, bot sich ihnen ein malerisches Bild.

Im Schatten einer hohen, prächtig belaubten Platane lagerten einige Jünglinge um einen älteren Mann. Der Boden war mit dichtem Gras bedeckt, unter dem Baum sprudelte eine Quelle. Zwischen dunklen Zypressen, die einen Halbkreis bildeten, standen Statuen.

Ein aristokratisch aussehender Grieche, der an einer geborstenen Marmorsäule lehnte, rief jetzt erregt: »Ich für meinen Teil bin jedenfalls davon überzeugt, daß der Welt des Körperlichen eine Welt des Scheins, eine Welt der Ideen gegenübersteht, in der Geld und materielle Güter nicht zählen. Phaidros! Du liegst da und sagst gar nichts! Woran denkst du?«

Der Angesprochene lag mit hinter dem Kopf verschränkten Armen im Gras und sah in den seidig blauen Himmel.

»Ich denke darüber nach, was das vollkommene Glück ist«, sagte er und richtete sich etwas dabei auf. »Es ist schön hier im Heiligtum des Acheloos. Ein lauer Wind weht vom Meer her und umschmeichelt die Glieder, der Oleander duftet so süß! Hört ihr nicht den lieblichen Gesang der Zikaden? Ist nicht der ganz und gar genossene Augenblick allein das vollkommene Glück? Zählt er nicht mehr als Macht und Ruhm? Bist du meiner Ansicht, Sokrates?«

»Das einzige, woran ich mit meinem ganzen Herzen glaube, ist die Tugend. Nur sie allein zählt!«

Es war der ältere Mann, der geantwortet hatte. Um seine untersetzte Gestalt war ein Tuch geschlungen, dessen zusammengerafftes Ende über der nackten, linken Schulter lag. Er hatte eine vorgewölbte, kahle Stirn, tiefliegende Augen und trug einen Vollbart im Gesicht.

»Das soll Sokrates sein?« flüsterte Mark enttäuscht.

»Ja, das ist er«, erwiderte Rhonn leise. »Warum fragst du?«

»Ich dachte, er sieht viel bedeutender, viel imposanter aus. Er hat eine Kartoffelnase!«

»Sokrates, wie denkst du über meine Idee von der Welt des Scheins? Gibst du mir recht, daß es ein unsichtbares Reich der Seele, der Ideale gibt?« rief der aristokratisch aussehende Jüngling.

»Es ist möglich, daß es das gibt, Platon, mein Freund. Aber wer kann es wissen! Ich, was mich betrifft, ich kann nur immer wieder sagen: ich weiß, daß ich nichts weiß!«

»Sokrates, Verehrungswürdiger!« rief Platon in heftigem Ton. »Wir alle wissen, daß Bescheidenheit aus dir spricht, wenn du sagst: ich weiß, daß ich nichts weiß, aber manchmal glaube ich, daß du damit auf bequeme Weise der Lösung von Problemen auszuweichen versuchst!«

Sokrates krraulte gesenkten Blickes die Locken seines

Bartes und unterdrückte ein Gähnen, dann hob er den Kopf und sah blinzelnd ins Weite.

»Sokrates!« schrie plötzlich eine schrille Frauenstimme. Mark und Rhonn fuhren erschrocken herum. Den Ilissos entlang kam eine etwas schlampig aufgemachte Person auf die lagernde Gruppe zugeeilt. Eine Haarsträhne hatte sich beim Laufen aus ihrer hochgesteckten Frisur gelöst und hing ins Gesicht. Ohne die beiden Jungen hinter den Oleanderbüschen zu bemerken, bahnte sie sich ihren Weg durch die betreten aufspringenden Schüler und pflanzte sich vor Sokrates auf.

»Sokrates!« kreischte sie böse. »Wo bleibst du so lange? Komm endlich nach Hause! Der Hammeleintopf brennt an, während du hier die Zeit totschlägst mit jungen Leuten, die nur Schwätzen im Kopf haben, statt einer geregelten Arbeit nachzugehen!«

»Das muß Xanthippe, die Frau von Sokrates sein!« flüsterte Mark. »Sie ist ja wirklich so unangenehm, wie wir in der Schule gelernt haben!«

»Auch bei uns gilt sie als der Inbegriff des zänkischen, streitsüchtigen Weibes!« sagte Rhonn leise. »Kannst du verstehen, daß so ein weiser Mann mit so einer bösen Frau zusammenlebt? Warum trennt er sich nicht von ihr?«

»Sokrates!« Xanthippes Stimme wurde immer schriller.

»Ich stehe bei der Hitze am Herd und koche für dich! Komm jetzt endlich, oder ich werfe den Hammeleintopf in den Schweinekoben und die verbrannten Korinthenfladen hinterher!«

Sokrates machte eine ergebene Geste zum Himmel und sagte dann sanft:

»Meine Freunde, laßt uns zu anderer Zeit weitersprechen. Xanthippe, mein liebes Weib, hat sich Mühe mit dem Essen gegeben; ich will sie nicht weiter erzürnen.«

Er winkte seinen Schülern freundlich zu, die ihn schweigend mit tiefem Bedauern ansahen, dann trottete er den Ilissos entlang davon. Xanthippe warf einen triumphierenden Blick in die Runde und ging ihm dann nach, ohne sich noch einmal umzudrehen. Sokrates trug tatsächlich keine Schuhe. Er watete durch das Wasser des Flusses und bückte sich ab und zu, um seinen Kopf, der ungeschützt der Sonne preisgegeben war, zu benetzen.

»Komm!« rief Rhonn leise, als die beiden außer Sichtweite waren. »Wir müssen sie einholen und vorsichtig verfolgen, damit wir wissen, wo Sokrates wohnt.«

Sie liefen um das Gebüsch herum, folgten der Biegung des Flusses und sahen wieder die zwei sich entfernenden Gestalten. Doch zu ihrer großen Überraschung gingen die beiden jetzt ganz einträchtig nebeneinander her. Sokrates hatte den Arm um Xanthippe gelegt, und diese schmiegte sich an ihn.

»Nun sieh dir das an!« rief Mark verwundert. »Wie zwei Turteltauben! Nun verstehe ich gar nichts mehr!«

»Da stimmt doch etwas nicht!« staunte auch Rhonn. »Eben hat sie ihn noch angekeift, und jetzt benehmen sie sich wie ein Liebespaar!«

Die beiden Jungen folgten dem Paar in gebührendem Abstand, bis sie die Stadt erreicht hatten. Sie befanden sich wieder auf der Straße, auf der sie gekommen waren.

Nahe der Agora verschwanden Sokrates und Xanthippe im Eingang eines einstöckigen Hauses, das wie die umliegenden Wohngebäude aus rohen Ziegeln gebaut war. Rhonn und Mark gingen langsam hinterher und kamen durch einen Gang in einen von Säulen umgebenen Innenhof. Unter dem Schatten eines Weintraubenspaliers hatte Sokrates an einem gedeckten Holztisch Platz genommen. Xanthippe kam aus einer gegenüberliegenden Tür mit einer dampfenden Schüssel und setzte sich neben ihn. Beide begannen zu essen.

Mark und Rhonn hielten sich hinter einer steinernen Säule verborgen.

»Warte noch«, flüsterte Rhonn. »Wir wollen ihn nicht beim Essen stören!«

»Du hast recht!« antwortete Mark leise. »Ich möchte keinesfalls, daß Xanthippe auf uns losgeht!«

»Die Korinthenfladen sind vorzüglich, Liebste!« hörten sie Sokrates nach einer Weile kauend sagen. »Sie sind heute besonders knusprig!«

»Möchtest du noch etwas von dem Eintopf?« fragte Xanthippe liebevoll.

»Ich danke dir, aber ich nehme kein zweites Mal. Du weißt, ich esse nur, um meinen Hunger zu befriedigen, und der ist heute nicht sehr groß.« Sokrates ergriff einen Krug und goß sich etwas daraus in einen Becher, den er mit bedächtigen Schlucken leer trank.

Als sie ihr Mahl beendet hatten, räumte Xanthippe das Geschirr zusammen und trug es ins Haus. Als sie wieder heraus kam, hatte sie ihre Frisur geordnet und hielt einen Korb im Arm.

»Wohin gehst du, meine Teure?«

»Zu Alkmene, während du dich der Mittagsruhe hingibst, sie hat mir gestern frische Feigen versprochen.« Xanthippe strich Sokrates sanft über die Stirn. Dieser sah mit dankbarem Lächeln zu ihr auf.

»Ich bin müde. Ich werde ein wenig schlafen, bis du zurück bist.«

Xanthippe wandte sich um und eilte mit schnellen Schritten über den Hof durch den Hauseingang auf die Straße hinaus. Sokrates, der die Augen geschlossen hatte, öffnete sie wieder:

»Ihr könnt hervorkommen!« rief er.

Mark und Rhonn sahen sich verwirrt an.

»Ja, ich meine euch zwei hinter der Säule. Ich habe euch längst bemerkt!«

Die beiden Jungen kamen hinter der Säule hervor und machten eine linkische Verbeugung.

»Hoffentlich hat unsere Anwesenheit dich nicht belästigt«, begann Rhonn verlegen. »Wir wollten dich nicht beim Essen stören. Wir hätten es auch jetzt nicht getan, aber wir sind in Not und brauchen Hilfe. Du bist der einzige, der sie uns geben kann.«

Sokrates musterte sie von Kopf bis Fuß. Sein Blick blieb schließlich an Marks blonden Haaren hängen.

»Ihr seid nicht von hier, wie mir scheint?«

»Das stimmt!« antwortete Rhonn. »Wir kommen von weit her aus einem Land im Norden, das du nicht kennst. Um dahin zurückkehren zu können, müssen wir Archimedes finden. Wir haben dich aufgesucht, in der Hoffnung, daß du uns sagen kannst, wo er ist.«

»Archimedes?« fragte Sokrates mit hochgezogenen Augenbrauen erstaunt. »Wer soll das sein? Ich kenne keinen Archimedes!«

»Archimedes ist der bedeutendste Wissenschaftler Griechenlands!« rief Rhonn eindringlich. »Du kennst ihn sicher, wir müssen ihn unbedingt sprechen!«

Sokrates schüttelte den Kopf: »Ich habe nie von ihm gehört. Wenn er wirklich so berühmt ist, wie ihr sagt, würde ich doch wenigstens seinen Namen kennen!«

Rhonn sah Mark fassungslos an: »Du mußt dich geirrt haben!« rief er und wurde blaß. »Archimedes ist gar kein Zeitgenosse von Sokrates. Er muß später gelebt haben, und wir können jetzt nicht mehr feststellen, wann!«

Mark blickte Rhonn aus schreckgeweiteten Augen an.

»Ich muß ihn verwechselt haben mit irgendeinem, dessen Name auch mit A anfängt.«

»Nun ist alles aus!« sagte Rhonn verstört. »Wir kommen ja nicht mehr in die Zukunft zurück!«

»Wollt ihr mir nicht erklären, worum es eigentlich geht!« fuhr Sokrates mit energischer Stimme dazwischen. »Wenn ich euch helfen soll, dann müßt ihr aufhören, in Rätseln zu sprechen!«

»Es ist so schwer zu erklären! Du wirst es nicht begreifen!« rief Rhonn verzweifelt.

»Ich bin dafür bekannt, daß ich meinen Kopf zu gebrauchen weiß«, sagte Sokrates ironisch. »Fangt an zu erzählen, dann werden wir sehen, ob ich im Stande bin, es zu verstehen!«

»Also gut! Jetzt ist sowieso schon alles egal! Wir sind aus der Zukunft gekommen und können nicht zurück!«

Alle drei schwiegen, und Rhonn ließ den Kopf sinken.

Sokrates sah sie mit unbewegtem Gesicht an: »Ihr seid also aus der Zukunft gekommen!« sagte er schließlich. »Mit einer Zeitmaschine?«

Rhonn und Mark waren so verblüfft, daß sie Sokrates sprachlos anstarrten.

»Ich möchte wissen, ob ihr mit einer Zeitmaschine gekommen seid?« fragte Sokrates geduldig.

»Woher weißt du, daß es Zeitmaschinen gibt?« rief Rhonn fassungslos.

Sokrates lächelte: »Es war vor einiger Zeit. Ich war hier

allein, als ein Fremder mich aufsuchte. Wir kamen ins Gespräch, und er erzählte mir von vielen Dingen, die ich nicht kannte. Als ich ihn fragte, warum sein Weg ihn zu mir geführt habe, gestand mir der Fremde, daß er aus der Zukunft gekommen sei. Meine Existenz sei umstritten, sagte er, weil ich nichts Schriftliches hinterlassen habe. Das ist übrigens richtig!« lachte Sokrates. »Ich schreibe meine Philosophie nicht, ich lebe sie. Der Fremde war gekommen, um sich zu vergewissern, ob ich wirklich gelebt habe oder nicht. Es war ein überaus aufschlußreiches Gespräch, das wir führten, obgleich ich zugeben muß, daß manches, wovon er erzählte, mein Fassungsvermögen überstieg. Es kostete mich einige Überwindung zu glauben, daß ein Mensch in einem stählernen Gehäuse fliegen und damit durch die Zeiten reisen könne. Man weiß ja, wie kläglich der Versuch des Ikarus gescheitert ist, der es den Vögeln gleichtun wollte. Er baute sich Flügel aus Federn, die er mit Wachs zusammenleimte. Die Sonne ließ das Wachs schmelzen, und er stürzte auf die Erde hinab in den Tod. Als der Fremde mir diesen stählernen Vogel, den er Zeitmaschine nannte, beschrieb, da begriff ich einmal mehr, wie wenig ich weiß und daß es Dinge gibt, die sich mit dem Verstand nicht erfassen lassen, die man deswegen aber nicht leugnen darf. Ich habe den Fremden nicht wiedergesehen«, sagte Sokrates versonnen, »aber wir schieden als Freunde.«

»Was haben denn die Leute hier dazu gesagt, als du ihnen von dieser Begegnung erzähltest?« erkundigte sich Mark neugierig.

»Ich habe niemandem davon erzählt«, sagte Sokrates ernst. »Man hätte sonst wohl von mir geglaubt, ich sei verrückt geworden. Es ist manchmal besser, ein Geheimnis für sich zu behalten und still mit sich herumzutragen.«

»Mir würde zu Hause auch niemand glauben!« rief Mark. »Die Zeitmaschine gehört meinem Freund Rhonn hier. Ich lebe dreihundert Jahre früher als er. Auch zu meiner Zeit gibt es noch keine Zeitmaschinen, und man würde mich bestimmt auslachen, wenn ich davon erzählte. Mein Name ist übrigens Mark. Entschuldige, daß ich mich noch nicht vorgestellt habe!«

»Ich glaube euch, daß ihr mit einer Zeitmaschine gekommen seid!« sagte Sokrates nachdenklich. »Meine Menschenkenntnis läßt mich annehmen, daß ihr nicht gelogen habt, als ihr mit soviel Überzeugungskraft nach jenem Archimedes fragtet. Wieso sollte der euch helfen können?«

»Weil er ein großer Physiker ist, war – eh, sein wird!« stotterte Rhonn. »Er hätte uns raten können, in welches Röhrchen wir das Quecksilber füllen müssen.«

»Was ist Quecksilber?«

»Wie soll ich dir das beschreiben! Es ist eine silbrige Flüssigkeit mit ganz bestimmten Eigenschaften. Wir haben eine kleine Menge davon, die ausreichen würde, uns zur Rückkehr zu verhelfen, wenn wir sie in das richtige Röhrchen füllen. Ich dachte, es gäbe überhaupt keine Schwierigkeit, weil nur eines da ist, das dafür in Frage kommt, aber als ich nachsah, mußte ich feststellen, daß es sich um zwei gleichaussehende handelt, die nebeneinanderliegen. Wenn wir das Quecksilber in das falsche Röhrchen füllen, können wir nicht mehr zurück und müssen für immer in der Vergangenheit bleiben.«

»Ich verstehe«, sagte Sokrates nachdenklich. »Wenn ich auch kein Physiker bin, so möchte ich euch dennoch gerne helfen!«

»Das kannst du doch nicht!« rief Rhonn verzweifelt.

»Du bist ein großer Philosoph, aber du hast von unserer Technik keine Ahnung!«

»Man soll sich nie zu früh ein Urteil bilden und sich darin sicher fühlen, mein Sohn. Du mußt lernen, daß man die meisten Probleme lösen kann, wenn man richtig darüber nachdenkt, und das wollen wir jetzt gemeinsam tun! Woher weißt du so genau, daß diese silbrige Flüssigkeit in eines dieser Röhrchen gefüllt werden muß?«

»Mein Vater, der die Maschine erfunden hat, war einmal in derselben Situation wie wir jetzt. Ich war damals dabei, und daher weiß ich, daß er einen Behälter öffnete und in ein darin befindliches Röhrchen das Quecksilber füllte.«

»Das hast du genau gesehen?«

»Nein, ich sah nur, wie er den Behälter öffnete. Den habe ich mir gemerkt.«

»Du hast also nicht gesehen, wo dein Vater die Flüssigkeit einfüllte?«

»Nein!« antwortete Rhonn wahrheitsgemäß.

»Woher weißt du dann, daß er die Flüssigkeit in ein Röhrchen füllte?« forschte Sokrates.

»Weil er sagte: ›Ich habe das Quecksilber in das Röhrchen gefüllt. Nun ist alles wieder in Ordnung!‹«

Sokrates schloß die Augen und dachte nach. Es sah aus, als horche er in sich hinein.

»Ich kann mir nicht vorstellen, daß ein Mann, der etwas so Vollkommenes erfunden hat, sich ungenau ausdrücken würde!« meinte Sokrates nach einer Weile und öffnete wieder die Augen, mit denen er Rhonn durchdringend ansah. »Hat dein Vater wirklich gesagt: ›Ich habe das Quecksilber in das Röhrchen gefüllt. Nun ist alles wieder in Ordnung‹?«

»Ja, ich erinnere mich noch ganz genau!«

»Sagte er nicht, ich habe das Quecksilber in eines der Röhrchen gefüllt?« fragte Sokrates eindringlich.

»Nein, ganz bestimmt nicht!« antwortete Rhonn, der nicht wußte, worauf Sokrates hinauswollte.

»Dann vermute ich, daß es auch nur ein Röhrchen gibt!« sagte dieser mit Nachdruck.

»Wir haben aber zwei gesehen, stimmt's, Mark?«

»Ja, es waren zwei!«

»Hast du dir schon überlegt«, fuhr Sokrates zu Rhonn gewandt langsam fort, »daß es sich um ein Röhrchen mit zwei Öffnungen handeln könnte. Ich meine, es könnte etwas sein, das wie eine Gabel aussieht. Zwei Öffnungen, die in ein gemeinsames Rohr münden, vielleicht, damit die silbrige Flüssigkeit besser hinabgleiten kann, weil sie sich mit Luft vermischt oder damit Luft entweichen kann.«

Mark und Rhonn starrten sich verblüfft an.

Sokrates lächelte: »Habt ihr diese Möglichkeit schon bedacht?« fragte er mit sanfter Stimme.

»Nein, aber es könnte vielleicht wirklich so sein!« sagte Rhonn nachdenklich.

Mark sah Sokrates bewundernd an.

»Man ist oft geneigt, an einer Nebensächlichkeit hängenzubleiben und das Wesentliche zu übersehen!« rief dieser und strich über seinen Bart.

»Was meinst du damit?« fragte Rhonn gespannt.

»Das Wesentliche kannst du mir jetzt beantworten! – Ist in deinen Geschichtsbüchern ein Fall bekanntgeworden, daß zur Zeit des Sokrates ein stählerner Flugkörper mit zwei Jungen landete, die aus der Zukunft kamen und nicht mehr zurück konnten?«

Rhonn und Mark überlegten, dann begannen sich ihre Gesichter aufzuhellen.

»Nein, so ein Fall ist nicht bekannt!« riefen beide wie aus einem Munde.

»Aber dieses Ereignis wäre sicher bekanntgeworden, wenn es stattgefunden hätte!« fügte Sokrates lächelnd hinzu. »Ich bin überzeugt, daß ihr die silbrige Flüssigkeit einfüllen könnt, in welche Öffnung auch immer – es wird richtig sein! Ich wünsche euch eine glückliche Heimkehr!«

»Ich bin sicher, daß Sokrates recht hat!« rief Mark staunend über soviel Sicherheit im Denken.

»Ich glaube es auch!« Rhonn strahlte über das ganze Gesicht.

»Ich sagte ja, daß jedes Problem sich lösen läßt, wenn man nur gründlich genug darüber nachdenkt – oder fast jedes!« schmunzelte Sokrates.

»Was macht ihr denn da, ihr verdammten Bengel? Warum stört ihr Sokrates in seiner Mittagsruhe?« erklang auf einmal eine schrille Stimme hinter ihnen.

Erschrocken fuhren die beiden Jungen herum. Xanthippe war zurückgekommen und eilte schnellen Schrittes über den Hof auf sie zu. Ihre Augen funkelten zornig.

»Laß sie nur, meine Teure«, sagte Sokrates freundlich. »Sie haben mich nicht gestört. Du weißt, ich unterhalte mich gern mit jungen Menschen!«

»Du solltest ein wenig schlafen, Liebster. Es hätte dir gutgetan!« rief Xanthippe ungehalten und brachte den Korb, der bis zum Rand mit saftigen, grünen Feigen gefüllt war, ins Haus.

»Ist das Leben mit ihr nicht manchmal sehr schwer für dich?« flüsterte Mark schnell, als Xanthippe weg war.

»Sei nicht taktlos!« rief Rhonn und sah Mark strafend von der Seite an. »Aber eines ist merkwürdig«, fügte er verlegen hinzu. »Durch alle kommenden Jahrhunderte gilt

Xanthippe als der Inbegriff der zänkischen, bösen Ehefrau. Wir hatten aber vorhin den Eindruck, daß ihr euch recht gut versteht, wenn ihr allein seid!« Rhonn verstummte, denn Xanthippe trat aus dem Haus und pflanzte sich mit herausforderndem Gesicht neben Sokrates auf.

»Wir wollen ausnahmsweise unser kleines Geheimnis preisgeben«, sagte Sokrates schmunzelnd und legte den Arm um Xanthippes Hüfte. »Mein Vater Sophoniskos sagte schon, wenn du dir ein Weib nimmst, dann bedenke stets, daß sie für dich die Richtige sein muß, nicht für die anderen! Er hatte recht! Xanthippe ist für mich die beste Ehefrau, die ich mir wünschen kann. Ich liebe sie von ganzem Herzen. Seht her, ich bin nicht mehr so jung wie meine Schüler. Diese Feuerköpfe wollen am liebsten Tag und Nacht mit mir diskutieren und alle Probleme der Welt auf einmal lösen. Ich aber ermüde schneller. Ich brauche Ruhe und muß ab und zu ein bißchen ruhen. Xanthippe weiß das und hält dann alles von mir fern, was mich stören könnte, auch meine hartnäckigsten Schüler. Ich kann nicht gut nein sagen, wenn sie mich immer noch länger beanspruchen wollen. Vor Xanthippe aber fürchten sie sich, ihr sind sie nicht gewachsen, wenn sie um meine Bequemlichkeit kämpft mit dem Mut einer Löwin. Xanthippe nimmt ihren schlechten Ruf auf sich, aus Liebe zu mir. Was wäre ich ohne sie!« Ein Lächeln umspielte Xanthippes Lippen, das sie schön machte. Sie gab Sokrates einen flüchtigen Kuß auf die Stirn, dann wurde sie wieder ernst.

»Geht jetzt!« sagte sie zu den beiden Jungen. »Sokrates muß schlafen, er sieht müde aus!«

Ehe Mark und Rhonn sich recht versahen, packte sie sie bei den Schultern und schob sie mit sanfter Gewalt vor sich her über den Hof. Vor dem Hauseingang machten sie halt.

»Danke für deinen Rat und deine Hilfe!« Rhonn drehte sich um.

»Leb wohl, Sokrates, und vielen Dank!« rief Mark.

Sokrates hob die Hand und winkte ihnen augenzwinkernd zu: »Lebt wohl und guten Heimflug!«

Die beiden Jungen winkten zurück, dann verbeugten sie sich vor Xanthippe, die ein verständnisloses Gesicht machte, und liefen hinaus auf die Straße.

»Das würde einem doch keiner glauben, daß Sokrates und Xanthippe sich in Wirklichkeit so gut verstehen!« sagte Mark nachdenklich, als sie auf dem Weg zur Agora waren.

»Mir würde man es schon glauben!« rief Rhonn lachend. »Aber dir nicht!«

Als sie die Agora erreicht hatten, liefen sie quer über den Platz hinüber zu dem Brunnenhaus, das sie sich gemerkt hatten, um die Straße wiederzufinden, auf der sie hergekommen waren. Und wieder hatten sie das Glück, ein Stück mitgenommen zu werden, diesmal von einem Bauern, der mit einem Eselskarren vorbeifuhr.

Die Sonne stand zwar nicht mehr ganz so hoch, aber es war immer noch sehr heiß. Das Feld, wo die Maschine stand, kam in Sicht. Mark und Rhonn sprangen von dem Karren und bedankten sich bei dem Bauern. Sie warteten, bis der Wagen verschwunden war, dann gingen sie zu der Schirmpinie, unter der sie die Zeitmaschine abgestellt hatten.

»Nun kommt es darauf an, ob Sokrates recht behält oder nicht!« rief Rhonn und machte die Maschine sichtbar. Beide kletterten hinein, und die Einstiegluke schloß sich.

»Mir ist ganz flau im Magen!« stöhnte Mark aufgeregt.

»Wir haben gar keine andere Wahl, als das zu tun, was Sokrates gesagt hat. Ich fülle jetzt das Quecksilber in eine der Öffnungen. Wenn es wirklich ein Röhrchen ist, das sich oben gabelt, ist die Panne behoben und wir fliegen zurück, oder aber wir bleiben für immer hier. Aber das glaube ich nicht, denn es stimmt, was Sokrates sagte: es ist kein Fall bekanntgeworden, der besagt, daß im 5. Jahrhundert vor Christi Geburt ein unbekanntes Flugobjekt gestrandet ist, mit zwei Jungen an Bord, die aus der Zukunft kamen und nicht mehr zurück konnten. – Bring jetzt deinen Assimilator in die Nullposition!« sagte Rhonn ruhig zu Mark, der blaß aussah und die Lippen zusammenpreßte.

Nachdem die beiden wieder ihre Raumanzüge anhatten, hob Rhonn den Deckel des Behälters ab, in dem sich das Röhrchen befand, das, wie Sokrates vermutete, zwei Öffnungen hatte. Er ergriff das Thermometer und zerschlug vorsichtig die mit Quecksilber gefüllte Spitze. Die silbernen Kügelchen, die das Quecksilber augenblicklich bildete, ließ er behutsam in eine der Öffnungen hineinfallen.

Mark sah zu und hielt den Atem an. »Ich glaube, die andere Öffnung ist dazu da, daß die Luft entweichen kann, wenn das Quecksilber eingefüllt wird!« sagte er plötzlich.

Rhonn antwortete nicht. Er war ganz und gar darauf konzentriert, die Quecksilberkügelchen nicht danebenfallen zu lassen. Als das Thermometer leer war, legte er es beiseite und schloß den Deckel über dem Behälter.

»Ich stelle jetzt den Zeitmesser ein, der ausrechnet, wieviel Zeit in der anderen Dimension seit unserem Abflug aus München vergangen ist. Diese Zeit muß ich dazurechnen, wenn ich die Daten für unseren Rückflug durchgebe. Das ist nötig, wenn wir genau zum richtigen Zeitpunkt ankommen wollen. Mach dich fertig!«

Mark setzte sich mit zitternden Händen den Helm auf. Seine Knie waren weich, als er sich auf seinem Sitz festschnallte. Er schloß die Augen und bemühte sich, ruhig zu atmen, während Rhonn sich ebenfalls zum Start bereit machte und dann die Daten in das Computermikrophon sprach.

Durch die Maschine lief ein kaum merkbares Zittern. Mark hörte die ihm schon bekannten Geräusche und öffnete die Augen. Alles um ihn herum war in fahles Weiß getaucht.

»Wir fliegen!« schrie Rhonn. »Wir fliegen! Es hat geklappt, die Maschine fliegt zurück!«

Mark wurde schwindelig, und er war nicht fähig, auch nur einen Ton herauszubringen.

Plötzlich wurde es um sie herum dunkel. Draußen war Nacht, mit einer Spur von Dämmerung am Horizont, mit einem verblassenden Mond und einzelnen Sternen am Himmel. Unter sich sahen sie das Lichtermeer einer Stadt.

»München!« flüsterte Mark. Seine Glieder waren auf einmal schwer wie Blei, und vor seinen Augen verschwamm alles. Rhonn ließ die Maschine heruntergleiten. Man erkannte jetzt unter anderem die beiden Türme der Frauenkirche.

»Ich weiß gar nicht, wo wir jetzt hin müssen«, sagte Mark. »In meinem Kopf dreht sich alles.«

»Aber ich weiß es!« rief Rhonn freudestrahlend.

»Ich – ich bin auf einmal so müde«, stammelte Mark. »Ich weiß gar nicht, was mit mir los ist – es ist – es ist fast wie bei der Narkose zu meiner Blinddarmoperation«, gähnte er.

»Das ist ganz normal und muß dich nicht erschrecken«, sagte Rhonn ruhig und legte die Hand auf Marks Schulter. »Diese Müdigkeit stellt sich immer ein, wenn man in seine Zeit wiederkehrt. Mir wird es auch so gehen, wenn ich zurückkomme, nur bin ich schon daran gewöhnt. Ich hätte dich darauf aufmerksam machen sollen, aber das habe ich in der Aufregung vergessen!«

»Ich werde zu Hause sofort im Lexikon nachsehen, wann – wann Archimedes –«, Mark konnte nicht weitersprechen, der Kopf sank ihm auf die Brust. Wie durch einen Nebel hörte er Rhonn sagen: »Wir sind da! – Du mußt deinen Assimilator ablegen und deine eigenen Sachen wieder anziehen! Komm, ich helfe dir!«

Mark spürte, wie Rhonn ihn stützte, als er, wie ihm schien, unendlich langsam den Assimilator von seinem Körper streifte und in seine Sachen schlüpfte.

Rhonn öffnete die Einstiegluke und sprang mit dem Kassettenrecorder und der Taschenlampe hinaus.

»Halte dich an mir fest!« rief er und streckte Mark beide Hände entgegen. Der fiel mehr heraus, als daß er sprang. Undeutlich sah er die Birkengruppe vor dem Haus, den Garten und sein geöffnetes Zimmerfenster, das immer näher auf ihn zukam.

»Es tut mir so leid – daß ich – daß ich so müde bin«, sagte er mühsam, während er das Gefühl hatte, seine Beine kaum noch vom Boden lösen zu können. Rhonn half ihm ins Zimmer und stellte dann den Kassettenrecorder auf den Tisch. Die Taschenlampe legte er daneben.

»Leb wohl, Mark«, sagte er leise. »Ich danke dir für deine Hilfe!«

»Kommst du wirklich – wieder?« fragte Mark mit letzter Kraft, während er auf sein Bett zutaumelte.

»Ganz bestimmt!« flüsterte Rhonn und schwang sich auf das Fensterbrett.

»Großes Ehrenwort?«

»Großes Ehrenwort! – Leb wohl, ich komme wieder!«

Mark sah und hörte nichts mehr. Er sank auf sein Bett und spürte noch die Berührung mit seinem Kissen. Dann fiel er augenblicklich in einen tiefen, traumlosen Schlaf.

Als Mark am nächsten Morgen erwachte, schien die Sonne zum Fenster herein. Mark blinzelte geblendet und sah, daß es offenstand. Dann ließ er seine Augen durch das Zimmer schweifen. An dem Kassettenrecorder, der auf dem Tisch stand, blieb sein Blick hängen. Schlagartig fielen ihm seine nächtlichen Abenteuer wieder ein. Mit einem Ruck setzte er sich auf und sprang aus dem Bett. Rhonn – natürlich, Rhonn und die Zeitmaschine!

Mark stürzte zum Fenster und sah hinaus. Der Garten wirkte morgendlich frisch und unberührt. Ein paar Tautropfen funkelten im Gras. Aus den Zweigen der Birken erklang munteres Vogelgezwitscher. Der Wecker zeigte zehn Minuten vor neun. Mark sauste ins Badezimmer. Seine Familie saß sicher längst beim Frühstück! In ungeordneten Bildern zogen seine Erlebnisse vor seinen Augen vorbei. Mozart, Bess, Sokrates und immer wieder Rhonn. Archimedes!! – schoß es ihm plötzlich durch den Kopf. Archimedes, der anscheinend kein Zeitgenosse von Sokrates gewesen war. Wann hatte Archimedes denn nun wirklich gelebt? Mark lief, nachdem er sich angezogen hatte, die Treppen hinauf in das Studio seines Vaters. Im Bücherregal befand sich ein dickes Lexikon. Mark nahm es heraus, blätterte aufgeregt unter dem Buchstaben A und hatte bald gefunden, was er suchte.

»Archimedes von Syrakus«, las er. Dahinter standen in Klammern die Jahreszahlen 280 – 212 vor Christi Geburt.

»Hundert Jahre nach Sokrates«, murmelte Mark nachdenklich, während er das Lexikon wieder in das Regal stellte. Dann ging er hinunter ins Eßzimmer, wo seine Familie am Frühstückstisch saß.

»Na, junger Mann, du kommst reichlich spät«, sagte sein Vater etwas vorwurfsvoll und griff nach der Morgenzeitung. »Wir sind schon fast fertig!«

»Tut mir leid.« Mark küßte seine Mutter und setzte sich.

»Du siehst verschlafen aus, bist du immer noch müde?« fragte sie und goß Kaffee ein.

»Sicher hat er die halbe Nacht gelesen!« grinste Judy.

»Gar nicht wahr«, knurrte Mark sie an. Er hätte gern etwas von seinen Erlebnissen erzählt, wußte aber nicht so recht, wie er es anfangen sollte. Er rutschte auf seinem Stuhl hin und her. Es entstand eine Stille, in die er plötzlich hineinplatzte.

»Stellt euch vor, ich habe Mozart kennengelernt!«

Marks Vater ließ mit unbewegtem Gesicht die Zeitung sinken. »Ach, ja! War er nett?«

»Ich weiß, daß ihr mir das nur schwer glauben werdet«, sagte Mark, »aber ich war auch bei Elisabeth von England!«

»Bei welcher denn?« erkundigte sich Judy interessiert, bevor sie in ihr Honigbrötchen biß. »Bei der Ersten oder bei der Zweiten?«

»Bei der Ersten«, erwiderte Mark, den die erstaunten Blicke seiner Familie verlegen machten.

Judy prustete heraus. »Auf den Flügeln bunter Träume . . .« deklamierte sie mit Pathos.

»Es waren keine Träume!« sagte Mark gekränkt. »Ich war mit einer Zeitmaschine unterwegs!«

»Das Buch über Raumfahrt, das ich dir geschenkt habe, ist anscheinend ein Märchenbuch für die reifere Jugend!« Judy wollte sich ausschütten vor Lachen.

»Ich wäre um ein Haar nicht mehr zurückgekommen, weil ich nicht wußte, daß Sokrates hundert Jahre früher als Archimedes gelebt hat!« rief Mark wütend.

»Was denn, bei den alten Griechen warst du auch, oder hat der Schah von Persien eine Party gegeben, bei der sich alle getroffen haben? Schade, daß wir nicht auch eingeladen waren!« sagte Judy grinsend mit falschem Bedauern in der Stimme.

Mark wollte etwas entgegnen, doch dann verstummte er. Alles, was er sagen wollte, erschien ihm auf einmal selbst zu unglaubhaft, zu phantastisch, um wahr zu sein. Er fragte sich, ob das Ganze nicht wirklich nur ein Traum gewesen war.

Plötzlich fiel ihm die Geburtstagstorte ein. Natürlich, die Geburtstagstorte. Beinahe hätte er sie vergessen. Wenn das, was er erlebt hatte, nicht wirklich passiert war, dann mußte die Geburtstagstorte noch da sein.

Mark sprang unvermittelt auf und lief in die Küche. Mit einem Satz war er beim Kühlschrank und riß die Tür auf. Mark holte tief Luft und stieß einen leisen Pfiff aus.

Der Platz, an dem die Geburtstagstorte gestanden war, war leer! Mark starrte in den Kühlschrank, bis er merkte, daß ihm jemand von hinten auf die Schulter klopfte. Es war Judy, die ihm nachgekommen war.

»Es war zwar deine Geburtstagstorte, Bruderherz«, sagte sie, »aber ich hatte wirklich gehofft, du würdest mir ein Stück davon übriglassen!«

Der geheimnisvolle Graf

INHALT

Erstes Kapitel
Das unglaubliche Abenteuer – Mark kann Rhonn nicht vergessen – Was aus Bess geworden ist – Auf der Suche nach einem Buch – Der geheimnisvolle Graf
Seite 159

Zweites Kapitel
Nächtlicher Spuk im Gewitter – Die verlorene Brosche – Rhonn hält sein Versprechen – Einmal Auto fahren! – Eine neue Zeitreise, doch wohin zuerst?
Seite 171

Drittes Kapitel
Ein Dorf im Krieg – Etwas fehlt in Domrémy – Ein herrenloses Pferd – Nichts ist einfacher, als Jeanne d'Arc zu finden
Seite 192

Viertes Kapitel
Was einfach schien, ist ziemlich schwer – Eine unerfreuliche Begegnung – Ein Mädchen namens Jeanne – Die Stimmen – Ein Geschenk für Jeanne
Seite 204

FÜNFTES KAPITEL
In Chinon – Ein unterirdischer Graben – Der Narr des Königs – Jeanne d'Arc – Wer ist Karl VII.?
Seite 224

SECHSTES KAPITEL
Schloß Chambord – Roger, der Diener – Das Gemälde der Königin – Der Graf von Saint-Germain – Heilloses Durcheinander! – Das Rätsel um Nofretetes linkes Auge
Seite 243

SIEBTES KAPITEL
Die Traumstadt des Pharao – Thutmosis, Oberbildhauer von Ägypten – Ein Koffer voller Farben – Die schöne Königin vom Nil – Mark in großer Gefahr
Seite 267

ACHTES KAPITEL
Der Untergang von Achetaton – Die Rückkehr – Ärger mit Judy – Das Geschenk des Grafen

Seite 289

Erstes Kapitel
Das unglaubliche Abenteuer – Mark kann Rhonn nicht vergessen – Was aus Bess geworden ist – Auf der Suche nach einem Buch – Der geheimnisvolle Graf

Mark konnte sein nächtliches Abenteuer nicht vergessen. Diese seltsame Vollmondnacht mit ihren phantastischen Ereignissen und Begegnungen. Seither waren mehrere Tage vergangen, aber noch immer hielt ihn die Erinnerung an seine Erlebnisse in ihrem Bann. Manchmal schien alles, was sich ereignet hatte, weit weg zu sein, wie Traumbilder, die sich nach dem Erwachen nicht mehr greifen lassen. Dann wieder stand alles ganz nah, mit großer Deutlichkeit vor seinen Augen, so als sei er noch mit Rhonn zusammen. Als flöge er noch mit ihm durch die Zeit in vergangene Jahrhunderte. –

Marks Eltern und seine Schwester Judy fanden ihr jüngstes Familienmitglied ziemlich verändert. Mark war jetzt oft still und in sich gekehrt. Er war am liebsten allein.

Es war immer noch strahlendes Augustwetter und die großen Ferien waren erst zur Hälfte vorbei. Mark verbrachte die Tage draußen im Freien. Von ihrem Haus, kurz vor München, war es nicht weit bis zu einem Wald. In einer Lichtung gab es einen kleinen Baggersee, eine ehemalige Kiesgrube, in der man baden konnte. Nur wenige wußten davon und die meisten waren sowieso verreist. Es war einsam und ruhig dort. Mark konnte da ungestört seinen Gedanken nachhängen.

Noch nie hatte er sich mit jemandem so gut verstanden wie mit Rhonn, dem Jungen, der mit einer Zeitmaschine aus der Zukunft gekommen war. Rhonn, der soviel mehr wußte als Mark, weil die Zeit, aus der er kam, in ihrer ganzen Entwicklung, in Wissenschaft, Forschung und Technik, dreihundert Jahre weiter war als Marks Gegenwart.

Trotzdem waren die beiden Freunde geworden.

Rhonn hatte mit seiner hochentwickelten Zeitmaschine eine Panne gehabt und Mark hatte ihm helfen können. Zum Dank hatte Rhonn ihn auf eine abenteuerliche Reise in die Vergangenheit mitgenommen. Sie hatten Mozart in Wien besucht, Sokrates in Athen und Elisabeth I. von England, als sie noch die kleine, verstoßene Bess war. Mark hatte verblüfft festgestellt, daß manches, was man im Geschichtsunterricht lernte, in Wirklichkeit ganz anders war.

Er erinnerte sich an Xanthippe, die Frau des Sokrates, deren Ruf ein denkbar schlechter war. Galt sie doch als der Inbegriff der zänkischen, böswilligen Ehefrau. In Wirklichkeit war sie ihrem Mann eine liebevolle Gefährtin, die nach Möglichkeit alle Widrigkeiten des Lebens von ihm fernhielt.

Und in der Bibliothek seines Vaters hatte Mark einen Roman über Elisabeth I. von England gefunden, den er mit großem Interesse gelesen hatte. Es gab darin auch die Abbildung eines berühmten Gemäldes von ihr. Mark hatte gestaunt, wie wenig Ähnlichkeit es mit der kleinen, verzweifelten Bess von damals hatte. Es zeigte sie als erwachsene Frau in einem prunkstrotzenden Kleid. Ihr Gesicht wirkte unnahbar und verschlossen. Die Augen blickten kühl und hatten einen mißtrauischen Ausdruck.

Sie hatte tatsächlich nie geheiratet, so wie sie es sich als Zwölfjährige vorgenommen hatte. Aber es gab da einen Mann, einen Grafen Essex, den sie sehr liebte. Eines Tages ließ sie ihn hinrichten.

Mark hatte den Kopf geschüttelt, als er das gelesen hatte. Kaum zu glauben, wenn er an das verschüchterte Mädchen mit dem verweinten Gesicht dachte. Wie war das möglich? Konnten Menschen sich so verändern? Wie sehr hatte die kleine Bess darunter gelitten, daß ihr Vater, König Heinrich VIII., zwei seiner Frauen hinrichten ließ. Ihre Mutter Anna Boleyn und ihre zärtlich geliebte Tante, die junge Katharina Howard.

Dennoch handelte Elisabeth später genauso. Auch sie überlieferte einen Menschen, den sie über alles liebte, dem Henker. –

Mark überlegte, ob es sich um denselben Grafen Essex handeln könnte, der damals als Bote nach Hatfield Court gekommen war, um der verstoßenen Bess die Nachricht zu bringen, daß sie wieder am Königshof willkommen sei. Wurde dieser gutaussehende junge Mann mit den blitzenden Augen der spätere Günstling und Geliebte der Königin Elisabeth? – Natürlich, es mußte so sein! Mark war sicher, daß es sich da um ein und dieselbe Person handelte.

Ob Rhonn davon wußte? – Rhonn, immer wieder kreisten seine Gedanken um Rhonn. –

Wie gerne hätte Mark mit jemandem über seine Erlebnisse gesprochen! – Er hatte es einmal versucht, als seine Familie am Frühstückstisch saß, aber natürlich hatte ihn niemand ernst genommen. Judy hatte, wie immer, dumme Witze über ihn gerissen. Mark war schnell wieder verstummt und hatte beschlossen, sein im wahrsten Sinne des Wortes unglaubliches Abenteuer besser für sich zu behalten.

Es gab so vieles, über das er gerne mit Rhonn geredet hätte. – So viele Fragen. – Rhonn hatte versprochen wiederzukommen. Würde er sein Versprechen halten?

Mark ertappte sich des öfteren dabei, daß er mit seinen Augen den Himmel absuchte nach etwas, das so aussah wie eine sogenannte fliegende Untertasse. – Oder er starrte auf leere Flächen am Boden und nahm im Geiste Maß, ob Rhonns unsichtbar gemachte Zeitmaschine dort Platz haben würde.

»Zu klein«, sagte Mark gedankenverloren, als er einmal mit Judy durch den Vorgarten zur Straße ging.

»Was ist zu klein?« fragte Judy mit hochgezogenen Augenbrauen.

Mark schreckte auf. »Die Schuhe«, murmelte er verlegen, »meine Schuhe, sie – sie sind etwas zu klein. Sie drücken mich.«

»Dann laß dir doch größere kaufen!« sagte Judy kopfschüttelnd.

Nach dem Abendessen ging Mark jetzt immer sehr schnell in sein Zimmer. Seine Familie nahm es mit Staunen zur Kenntnis. Ausgerechnet er, der sonst immer darum bettelte, möglichst lange aufbleiben zu dürfen, der sich am liebsten das Fernsehprogramm bis Sendeschluß angesehen hätte!

Jeden Abend wartete Mark darauf, daß Rhonn zurückkommen würde. Er starrte auf das Fenster, das er jetzt immer absichtlich offen ließ, und dachte an Rhonn, bis er müde wurde und einschlief. Vielleicht würde er eines Nachts erwachen und Rhonn würde wieder wie damals auf dem Fensterbrett sitzen. –

Mark lag gern im dunklen Zimmer in seinem Bett und träumte mit offenen Augen vor sich hin.

Da war noch etwas, das ihm nicht aus dem Kopf gehen wollte: Der geheimnisvolle Graf von Saint-Germain!

Bruchstückhaft fiel Mark wieder ein, was Rhonn über diesen rätselhaften Mann erzählt hatte.

Er sei eine ungemein schillernde Persönlichkeit gewesen und habe an fast allen Königshöfen Europas verkehrt. Vor allem Ludwig XV. von Frankreich habe ihn sehr geschätzt. Der Graf von Saint-Germain stand in dem Ruf, ein großer Alchimist zu sein, der Gold machen könne. Angeblich hatte er den Stein der Weisen – oder so etwas Ähnliches. – Und das Elixier ewiger Jugend! –

Verrückt! Mark runzelte die Stirn und dachte angestrengt nach. Da war noch etwas höchst Seltsames mit dem Alter des Grafen gewesen. »Er lebte im achtzehnten Jahrhundert, es gibt jedoch Aufzeichnungen, in denen er bereits im siebzehnten Jahrhundert erwähnt wird«, hatte Rhonn gesagt.

»Man sah ihn aber auch noch im neunzehnten Jahrhundert. Das ist verbürgt von Leuten, die ihm begegnet sind, die ihn gut genug kannten, um ihn wiederzuerkennen. Er hat sich nie verändert.«

»Aber dann muß der Graf von Saint-Germain ja mindestens zweihundert Jahre alt gewesen sein!« hatte Mark damals fassungslos gesagt.

Und Rhonn, mit einem unergründlichen Ausdruck in seinen grünen Augen, hatte erwidert: »In Wirklichkeit ist der Graf einer von uns. – Er ist so verliebt in die damalige Zeit, daß er immer wieder dorthin zurückkehrt und eine Weile dort lebt.«

Das alles schien ebenso phantastisch und unwirklich zu sein wie Rhonns Besuch mit der Zeitmaschine und ihre gemeinsame Reise in die Vergangenheit. Aber dieses Abenteuer hatte Mark wirklich erlebt! Auch wenn er es niemandem erzählen konnte und er manchmal selbst versucht war, alles für einen Traum zu halten; sein Flug durch die andere Dimension hatte stattgefunden, auch wenn ihm das keiner glauben würde. Deshalb zweifelte er auch keinen Augenblick daran, daß Rhonns Erzählung auf Wahrheit beruhte.

Mark setzte sich mit einem Ruck in seinem Bett auf. Das mußte sich ja irgendwie nachprüfen lassen. Darüber konnte man sich doch genauso informieren wie über Bess, die später, so aussichtslos es auch erst schien, als Elisabeth I. Englands Thron bestiegen hatte. Mark würde sich morgen sofort alles, was es über den Grafen von Saint-Germain zu lesen gab, beschaffen.

Aber das sollte sich als schwerer erweisen, als Mark für möglich gehalten hätte.

Daß es in der Bibliothek seines Vaters kein Buch über den geheimnisvollen Grafen gab, wußte Mark, ohne daß er nachsehen mußte. Er entschloß sich, seine Sparbüchse zu plündern und in eine große Buchhandlung zu gehen, um eines zu kaufen.

Ein junger Verkäufer mit pickeligem Gesicht sah Mark ungnädig an.

»Der Graf von Saint-Germain? Wer soll das sein?« Damit ließ er Mark stehen und wandte sich einem anderen Kunden zu. Eine ältere Frau, die in den oberen Regalen etwas gesucht hatte, kam von einer Leiter herunter. Sie war freundlicher und fragte Mark, der etwas verloren herumstand, nach seinen Wünschen.

»Ich suche ein Buch über den Grafen von Saint-Germain.«

»Na, dann wollen wir mal sehen«, sagte die Buchhändlerin und schlug einen dicken Katalog auf.

»Wann hat er denn gelebt?« fragte sie kopfschüttelnd, als sie nach einigem Suchen nichts fand.

»Im achtzehnten und neunzehnten Jahrhundert!« rief Mark. »Und auch im siebzehnten!«

Die Frau musterte ihn mit unbewegtem Gesicht. »Du weißt es also nicht genau.« Dann blätterte sie wieder in dem Katalog.

»Es tut mir leid«, sagte sie schließlich. »Darüber ist keine Literatur neueren Datums erschienen. Vielleicht gibt es antiquarisch etwas über den Grafen von Saint-Germain. Aber so etwas führen wir hier nicht.«

Mark versuchte sein Glück in sechs weiteren Geschäften. Überall dieselbe Auskunft. Nichts. – In der größten Buchhandlung Münchens gab man ihm ebenfalls den Rat, in Antiquariaten nachzufragen. Mark klapperte also verschiedene Geschäfte ab, in denen man alte Bücher kaufen konnte. – Umsonst. – Es gab einfach nichts.

Trotzdem wollte er sich noch nicht geschlagen geben. Dann würde er sich eben ein Buch über Ludwig XV. besorgen. Vielleicht stand da etwas über den Grafen drin.

Aber es war wie verhext! Es gab zwar jede Menge über Ludwig XIV., der als prachtliebender Sonnenkönig von Versailles anscheinend mehr Interesse erweckte. Auch über Ludwig XVI. gab es einiges, weil sein Name untrennbar mit der Französischen Revolution verknüpft war. Der fünfzehnte Ludwig jedenfalls war ein literarisches Stiefkind.

Entmutigt kehrte Mark aus der Stadt nach Hause zurück. Jetzt mußte er doch, was er hatte vermeiden wollen, seine Familie um Rat fragen.

»Der Graf von Saint-Germain? – Hast du den auch neulich nacht getroffen?« flachste Judy.

Mark würdigte sie keines Blickes. Sein Vater überlegte.

»Der Graf von Saint-Germain? War das nicht ein weitgereister Abenteurer, der vor zwei- oder dreihundert Jahren lebte?«

»Ja, das war ein Zauberkünstler unter Ludwig XIV. oder so etwas Ähnliches!« rief Judy dazwischen.

»Du meinst wahrscheinlich den Grafen Cagliostro«, sagte der Vater lächelnd. »Jetzt erinnere ich mich; der Graf von Saint-Germain war ein berühmter Alchimist, nicht wahr, Mark?«

»Stimmt! Außerdem lebte er nicht unter Ludwig XIV., sondern unter Ludwig XV.« Mark freute sich immer, wenn er etwas besser wußte als seine Schwester.

»Egal!« meinte Judy geringschätzig. »Auf jeden Fall war das ein Schwindler, der den Leuten einzureden versuchte, daß er Gold machen könne.«

»Man kann die Alchimisten nicht einfach als Schwindler abtun«, erwiderte der Vater. »Immerhin haben sie auf ihrer Suche nach einem Mittel, das es ihnen ermöglichen würde, auf künstliche Weise Gold herzustellen, eine Menge anderer, interessanter Dinge entdeckt. Metallegierungen, Porzellan . . .«

»Und das Schießpulver!« ergänzte Mark eifrig.

»Woher weißt du denn das?« fragte seine Mutter überrascht.

»Habt ihr das gerade in der Schule durchgenommen?«

Mark schüttelte den Kopf.

»Na, woher weißt du es denn dann?« forschte Judy.

»Keine Ahnung! Irgendwoher.«

»Und warum interessiert dich dieser Graf von Saint-Germain?« bohrte sie weiter.

»Ich finde ihn eben aufregend. Deshalb will ich ja auch mehr über sein Leben wissen.«

»Quatsch!« sagte Judy und machte eine wegwerfende Handbewegung. »Es gibt viel wichtigere Leute. Wir haben übrigens ein Buch über Marie-Antoinette im Haus.«

»Das war aber nicht die Frau von Ludwig XV., sondern von Ludwig XVI.«, sagte Mark und warf Judy einen vernichtenden Blick zu.

»Ja, zum Kuckuck!« fuhr diese auf. »Das hätte ich selber gewußt. Ich will ja auch nichts weiter sagen, als daß wir hier irgendwo im Haus ein Buch über Marie-Antoinette haben. – Das ist doch ungefähr die Zeit.«

»Ich suche aber ein Buch über den Grafen von Saint-Germain und nicht über Marie-Antoinette!« knurrte Mark eigensinnig.

»Warum rufst du nicht Onkel Paul an?« warf der Vater schlichtend ein. »Sein Hobby ist Geschichte. Er hat zu Hause haufenweise Biographien und historische Bücher. Vielleicht kann er dir weiterhelfen.«

Mark sprang auf. »Daran habe ich gar nicht gedacht. Das ist eine prima Idee. Danke!«

Am späten Nachmittag rief er seinen Onkel Paul an.

Onkel Paul war zwar gleich im Bilde, wer mit dem Grafen von Saint-Germain gemeint war, wußte aber nicht, ob er etwas über ihn da hätte. Er versprach, nachzusehen und zurückzurufen.

Am nächsten Morgen nach dem Frühstück klingelte das Telefon. Es war für Mark.

»Tut mir leid, mein Junge!« Onkel Paul war am Apparat. »Ich konnte nichts Ausführliches über den Grafen von Saint-Germain finden, aber ich habe dir eine Kurzbiographie aus dem Lexikon herausgesucht. Vielleicht ist dir damit gedient?«

»Einen Moment, warte!« rief Mark. »Ich hole mir Papier und Bleistift und schreibe mit.«

Er besorgte sich schnell die Sachen, griff wieder zum Hörer, und Onkel Paul diktierte langsam durchs Telefon.

»Der Graf von Saint-Germain. Vornehmer, portugiesischer Adeliger. Nannte sich auch Aymar und Marquis de Belmar. Seit 1770 trat er in Pariser Clubs und an deutschen Höfen auf, zuletzt wahrscheinlich am Hof des Landgrafen Karl von Hessen in Kassel. Er soll dort 1795, nach anderer Version aber bereits 1784 in Eckernförde, gestorben sein!«

Die Auskunft war spärlich, aber besser als gar nichts. Mark bedankte sich und legte auf. Er starrte grübelnd auf den Zettel.

Kein Geburtsdatum! Das paßte genau! In Eckernförde gestorben. Wieso gestorben! – Ach so! ... *soll* dort gestorben sein! – Das war also genauso unsicher wie die Jahreszahl, die ebenfalls nicht eindeutig feststand.

»In Wirklichkeit ist er einer von uns!« klang es in Marks Ohren. Er runzelte die Stirn. Wie konnte der Graf denn dann gestorben und in Eckernförde begraben worden sein? Irgend etwas stimmte da nicht!

Plötzlich hellte sich Marks Gesicht auf. Was wäre, wenn der Graf gar nicht wirklich gestorben war. Wenn man statt seiner einen anderen beerdigt hätte! – Oder wenn der Sarg überhaupt *leer* gewesen war, als man ihn in die Erde senkte? – Mark kam sich vor wie ein Detektiv.

Hätte er doch mit Rhonn darüber sprechen können!

Aber von dem kam kein noch so kleines Lebenszeichen, und Mark fragte sich traurig, ob er seinen Freund überhaupt je wiedersehen würde.

Er war trotzdem ganz zufrieden mit sich. Immerhin war er durch eigenes Nachdenken auf eine mögliche Lösung, was den Tod des Grafen betraf, gekommen. Er hatte überhaupt das Gefühl, daß er seit dem nächtlichen Erlebnis in seinem Denken und Handeln viel selbständiger geworden war.

Wenig später, nachdem Mark die Hoffnung bereits aufgegeben hatte, ein Buch über den Grafen von Saint-Germain aufzutreiben, bekam er es dann doch noch. Überraschenderweise erhielt er es von einer Seite, von der er es am wenigsten erwartet hätte.

Judy kam eines Mittags nach Hause und schwenkte mit triumphierender Miene einen in Zeitungspapier gewickelten Gegenstand in der Hand. Mark saß gerade am Tisch und ging seiner Lieblingsbeschäftigung nach. Er blätterte in Vaters Lexikon.

Judy schob ihm das Päckchen zu. »Hier, für dich!«

Mark blickte erstaunt auf: »Was ist denn das?«

»Na, guck doch nach!«

Nachdem er das Zeitungspapier entfernt hatte, kam ein älteres Buch ohne Einbandhülle zum Vorschein. Er schlug es auf und las den Titel.

»Der Graf von Saint-Germain. Das Leben eines Alchimisten, nach größtenteils unveröffentlichten Urkunden.«

Mit einem Freudenschrei sprang Mark hoch.

»Wo hast du das nur aufgetrieben?« rief er glücklich.

»Ich habe meinen Freund in die Universitätsbibliothek begleitet. Er ist dort eingeschrieben. Er brauchte etwas Naturwissenschaftliches für sein Studium. Bei der Gelegenheit fiel mir dein Graf von Saint-Germain ein, und ich fragte, ob sie etwas über ihn da hätten. Nun ja«, fuhr Judy nicht ohne Stolz fort, »ich konnte tatsächlich dieses Buch für dich aufreißen. Es ist übrigens das einzige, das zu diesem Thema zu kriegen war. Du kannst es eine Weile behalten, dann muß ich es zurückbringen.«

Mark fiel Judy um den Hals mit der Versicherung, sie sei die beste Schwester auf der ganzen Welt.

»Danke für die Blumen!« wehrte sie etwas verlegen ab. So stürmische Gunstbezeugungen von seiten ihres jüngeren Bruders war sie nicht gewohnt.

»Kann ich irgend etwas für dich tun?« fragte Mark in dankbarem Eifer, ganz Kavalier.

»Gar nichts, Bruderherz!« grinste Judy. »Wirklich nichts.«

Dann prustete sie los. »Aber wenn du mal wieder Mozart besuchst, oder Ramses II. triffst, dann grüß schön von mir!«

Das war typisch Judy! Diesmal jedoch war Mark weit davon entfernt, sich darüber zu ärgern. Sie hatte sich die Mühe gemacht, ihm zu dem heißersehnten Buch zu verhelfen. Das würde er ihr nicht so schnell vergessen!

Mark hatte das Gefühl, einen Schatz in den Händen zu halten. Er stürzte sich mit glühenden Wangen auf die Lektüre. Nach zwei Tagen hatte er das Buch bereits ausgelesen und gab es Judy zurück.

Was er daraus erfahren hatte, war noch verblüffender, noch reicher an Außergewöhnlichem, als er für möglich gehalten hatte. Manches allerdings schien so unwahrscheinlich zu sein, daß es kaum zu glauben war, wenn nicht durchaus ernstzunehmende Leute bestätigt hätten, daß alles der Wahrheit entsprach.

Mark war verwirrt und aufgewühlt von dem, was er gelesen hatte.

Der Graf von Saint-Germain hatte zweifellos wirklich gelebt. Obwohl er seine Lebensgeschichte und sich selbst in geheimnisvolles Dunkel hüllte, war er in ganz Europa wegen seiner Kenntnisse und ungeheuren Reichtümer berühmt. Viele bedeutende Zeitgenossen hatten Begegnungen und Erlebnisse mit ihm in Tagebüchern sowie in Briefen aufgezeichnet. Aber niemand wußte, woher er wirklich stammte, und er selbst lüftete das Geheimnis darum nie. Man vermutete in ihm unter anderem den illegitimen Sproß eines Königshauses. Er selbst sagte einmal in erlauchter Gesellschaft am französischen Hof, nur das Haus Bourbon sei ihm auf Erden ebenbürtig.

Ein weiteres Rätsel bot er dadurch, daß er ständig unter anderen Namen auftrat, obwohl er den eines Grafen von Saint-Germain bevorzugte. Er nannte sich Marquis de la Cross Noir in London, Graf Surmont in Holland, Marquis d'Aymar in Italien, Graf Belmar in Venedig, Graf Soltikow in Genua sowie Fürst Rakoczy. In England trat er auch unter dem Namen Welldone auf, was soviel wie Wohltäter bedeutete.

Manchmal, wenn man ihn mit Fragen bestürmte, behauptete er, der letzte Fürst von Siebenbürgen, Franz II. von Rakoczy, sei sein Vater gewesen. Aber genaue Nachforschungen ergaben, daß das nicht stimmen konnte. Von wem er wirklich abstammte und woher er kam, das konnte nie ausfindig gemacht werden.

Mark fand das einleuchtend. Wenn der Graf aus einer anderen Zeit kam, dann mußte er ja einen Schleier über seine Herkunft breiten. Das galt auch für seinen Tod in Eckernförde. Saint-Germain wurde dort angeblich in der Nikolaikirche beigesetzt, aber es ist nicht mehr zu ermitteln, an welcher Stelle der Kirche sich seine Grabstätte befindet.

Um das Alter des Grafen gab es die sonderbarsten Gerüchte.

Er war tatsächlich über einen Zeitraum von zweihundert Jahren immer wieder gesehen worden. Augenzeugen, an deren Glaubwürdigkeit nicht zu zweifeln ist, beschrieben ihr grenzenloses Erstaunen, wenn sie ihm nach einem langen Zeitraum wiederbegegneten und ihn völlig unverändert fanden. Er hatte stets das Aussehen eines reifen Mannes von etwa fünfzig Jahren.

Er selbst behauptete, sein Leben zähle nicht nach Jahren, sondern nach Jahrhunderten. Er sei im Besitz des Lebenselixiers, das ihn nicht altern lasse. Er ließ durchblicken, viertausend Jahre alt zu sein und im Laufe der Zeit immer wiederzukehren. Die größten Geschichtskenner verblüffte er mit seinem genauen Wissen von Lebensumständen und Persönlichkeiten aus der Vergangenheit.

Mark lächelte versonnen, als er das las. Natürlich konnte der Graf von Saint-Germain den Menschen der damaligen Zeit nicht klarmachen, daß er sich mittels einer Zeitmaschine durch die Jahrhunderte bewegte. Da ließ er sie dann schon lieber in dem Glauben, mehrere hundert oder gar tausend Jahre alt zu sein.

Und dann die Sache mit dem sogenannten Lebenselixier! – Gab es so etwas wirklich? – Konnte man damit tatsächlich so alt werden und anscheinend sogar den Tod überwinden? – Mark kam aus dem Grübeln nicht heraus.

Er erfuhr immer mehr über diesen außerordentlichen Mann!

Der Graf von Saint-Germain schien so etwas wie ein Universalgenie gewesen zu sein.

Er hatte die ganze Welt bereist und beherrschte nicht nur die Sprachen des klassischen Altertums in Wort und Schrift, sondern er sprach auch fließend portugiesisch, spanisch, italienisch, deutsch, englisch, französisch und russisch.

Zu seiner universellen Bildung besaß er die Gabe fesselnder Erzählkunst. Er sprach von seinen Reisen, den Wundern dieser Welt und seinen Begegnungen mit berühmten Persönlichkeiten. Er behauptete, Cleopatra, Kaiser Tiberius und Herodes, den Vierfürsten von Galiläa, gut gekannt zu haben, und er sprach von Begebenheiten am Hofe Karls V. von Spanien oder Heinrichs VIII. in England. Mit dem Zauber seiner Persönlichkeit und der Aura des Geheimnisvollen, die ihn umgab, zog er die Menschen in seinen Bann. Zudem war er geistvoll und witzig. Er konnte mit beiden Händen zur selben Zeit schreiben. Auch spielte er virtuos Geige und Klavier.

Eine Lieblingsbeschäftigung von ihm war das Experimentieren mit Farben, die von großer Intensität und Leuchtkraft waren. Er kannte ein Verfahren für die Umwandlung und Veredelung von Metallen, verstand sich darauf, Flecken aus Diamanten zu entfernen, Perlen zu vergrößern und Edelsteine auf künstlichem Wege herzustellen.

Mark pfiff leise durch die Zähne. Kein Wunder also! – Durch diese Kunstfertigkeiten hatte der Graf seine ungeheuren Reichtümer erlangt. Und zweifellos hatte ihm das auch den Ruf eingebracht, ein großer Alchimist zu sein.

Er war ein Adept, ein Eingeweihter, der sich rühmte, den Stein der Weisen zu besitzen. Verbürgt ist sein Ausspruch: »Ich halte die Natur in meinen Händen!«

Der Graf von Saint-Germain wurde von den Großen seiner Zeit umworben. Er verkehrte in den höchsten Kreisen, in welches Land er auch kam. Man schätzte unter anderem auch seine politische Weitsicht und seine diplomatischen Fähigkeiten.

Ludwig XV., der ihm Schloß Chambord zur Verfügung gestellt hatte, schickte ihn in geheimer Mission nach Den Haag, um einen Sonderfrieden mit Preußen auszuhandeln.

Mit Katharina der Großen von Rußland stand er in jahrelangem Briefwechsel. Durch eine Revolution hatte sie sich als Alleinherrscherin des Zarenthrones bemächtigt. Auch dabei hatte der Graf eine maßgebliche Rolle gespielt.

Der Graf lebte in vielen Ländern an verschiedenen Fürstenhöfen. Dazwischen gab es Zeiträume, manchmal Jahre, in denen er verschwunden war, ohne daß man erfuhr, wo er sich aufgehalten hatte.

Es konnte nicht ausbleiben, daß so ein ungewöhnlicher Mann, eine so schillernde Persönlichkeit, Feinde und Neider hatte. Sie nannten ihn einen Hochstapler und Scharlatan, einen Schwindler und Betrüger.

Mark ärgerte sich darüber. Warum versuchten gewisse Menschen alles, was über ihr Fassungsvermögen hinausging, herabzumindern und verächtlich zu machen? Aber selbst die Übelwollendsten konnten Saint Germain keine schlechten oder gar betrügerischen Absichten nachweisen.

Der Graf liebte die Menschen. Er forderte nie etwas für sich selbst, gab aber von seinem Reichtum mit vollen Händen. Die Güte seines Wesens wurde gleichermaßen gerühmt wie seine große Weisheit.

Konnte man überhaupt so viel Wissen, so viele Fähigkeiten in sich vereinen? – Mark war tief beeindruckt. Er beneidete Rhonn glühend, daß dieser den Grafen persönlich kannte. Was für ein Mann! Für Mark gab es zur Zeit niemanden, den er aufregender fand, den er mehr bewunderte. Er wußte genau, was er sich wünschen würde, wenn Rhonn wirklich eines Tages zurückkehren sollte: Eine Reise ins achtzehnte Jahrhundert! Eine Begegnung mit dem Grafen von Saint-Germain!

Zweites Kapitel
*Nächtlicher Spuk im Gewitter – Die verlorene Brosche
– Rhonn hält sein Versprechen – Einmal Auto fahren! –
Eine neue Zeitreise, doch wohin zuerst?*

Eines Nachts träumte Mark, er flöge mit Rhonn über ein Gebirge. Zuerst schwebten sie hoch oben, wie damals, als sie den Jumbo unter sich entdeckt hatten. Dann ließ Rhonn die Zeitmaschine so weit herabsinken, daß sie neben den Berggipfeln dahinglitten. Auf einmal begann er abwechselnd nach rechts und links auszuschwenken. Dabei prallten sie wie ein Gummiball gegen die Felsen und wurden wieder zurückgeschleudert. Bei jedem Zusammenstoß gab es ein donnerndes Geräusch und Mark wurde himmelangst, daß sie abstürzen würden. Gerade wollte er Rhonn anflehen, nicht mehr diese schrecklichen Zickzacklinien zu fliegen, da krachte es besonders laut.

Schweißgebadet schreckte er aus dem Schlaf hoch.

In diesem Augenblick merkte er, daß er nicht allein im Zimmer war!

»Rhonn!« Mark sprang aus dem Bett. »Rhonn, bist du das?«

Ein Blitz ließ alles für Bruchteile von Sekunden taghell werden. Mark fuhr erschrocken zurück.

Vor ihm stand Judy im Nachthemd, im ersten Moment wirkte sie wie ein Gespenst. Ein kräftiger Windstoß drang durch das offene Fenster, wirbelte Papier vom Tisch und warf eine Blumenvase um.

Judy kämpfte gegen den Sturm an und bemühte sich, die klirrenden Fenster zu schließen. Sie hatte es kaum geschafft, da hörte man auch schon das Prasseln eines heftigen Regengusses.

»Sag mal, du spinnst wohl!« fauchte Judy. »Warum machst du denn bei dem Gewitter dein dämliches Fenster nicht zu! Der Wind hat dauernd gegen die Wand geknallt. Es dröhnte im ganzen Haus. Wir sind alle davon wach geworden.«

»Es – es tut mir leid«, stotterte Mark. »Ich habe ganz fest geschlafen und nichts gemerkt.«

»Aber das Donnern hättest du doch hören müssen!« stellte Judy mit gerunzelter Stirn fest.

Mark antwortete nicht. Er konnte ja nicht gut erzählen, daß das Gewittergrollen in seinem Traum zu einem ganz anderen Geräusch geworden war.

Judy war bereits zur Tür gegangen und drehte sich noch einmal um. »Und wer, zum Teufel, ist eigentlich Rhonn? – Warum hast du eben zu mir gesagt: ›Rhonn, bist du das?‹«

Mark machte eine hilflose Handbewegung. »Ich habe nicht zu dir ›Rhonn, bist du das‹ gesagt.«

»Wenn du es nicht zu mir gesagt hast, zu wem dann? Erwartest du etwa noch Besuch heute nacht?« Judy wandte sich kopfschüttelnd zum Gehen. »Du hast doch wohl nicht alle Tassen im Schrank!«

Mark sah verwirrt, wie sie die Tür hinter sich zufallen ließ. Dann ging er langsam zum Fenster und starrte hinaus. Wieder wurde es durch einen grellen Blitz ganz hell. Für ein paar Sekunden glaubte Mark im Garten Rhonn zu sehen. Er stand unbeweglich im strömenden Regen und sah zu ihm herüber.

Mark griff sich an den Kopf und kniff die Augen zusammen. Er hatte anscheinend wirklich nicht mehr alle Tassen im Schrank! – Als er wieder hinaussah, war die Erscheinung verschwunden.

»Judy hat ganz recht!« murmelte Mark, während er wieder in sein Bett zurückkroch. »Ich fange langsam an zu spinnen.« Warum sollte Rhonn auch ausgerechnet bei Gewitter und strömendem Regen draußen im Garten stehen! Er begann, sich über sich selbst zu ärgern. Zu seinen unsinnigen Träumen hatte Mark nun auch noch Halluzinationen. Er nahm sich vor, ab morgen einmal gründlich abzuschalten und an andere Dinge zu denken.

Am nächsten Tag schien wieder die Sonne. Nur ein paar vereinzelte Wolken am sonst blauen Himmel und der nasse Rasen erinnerten noch an das Gewitter der vergangenen Nacht.

Mark beschloß, den Tag am Baggersee zu verbringen und auch zum Mittagessen nicht nach Hause zu kommen. Außer seinen Badesachen packte er eine Flasche Mineralwasser, Äpfel und eine Tafel Schokolade in seine Segeltuchtasche. Er überlegte, ob er sich etwas zum Lesen mitnehmen sollte, aber dann nahm er sich vor, nichts weiter zu tun, als zu schwimmen und in der Sonne zu liegen. Bevor er ging, steckte er noch sein neues Taschenmesser ein, das er zum Geburtstag bekommen hatte. Dann verließ er das Haus.

Er eilte über den Kiesweg zum Gartentor. Plötzlich sah er im Gras neben der Garageneinfahrt etwas glitzern. Er bückte sich und hob ein Schmuckstück auf, das seine Mutter verloren und anscheinend noch nicht vermißt hatte.

Es war eine mit Straß besetzte Brosche. In der Mitte befand sich ein grüner Stein, der wie ein Smaragd aussah.

Mark wußte, daß es sich um unechten, gut gemachten Modeschmuck handelte. Er hatte keine Lust, deshalb noch einmal ins Haus zu gehen, darum steckte er die Brosche in seine Hosentasche. Abends, wenn er wiederkäme, würde er sie seiner Mutter geben.

Um schneller am See zu sein, benutzte Mark nicht den Feldweg, sondern lief einfach quer über die Wiesen und dann über eine Lichtung zum Baggersee.

Auch hier fanden sich Spuren des nächtlichen Gewitters. Der Sturm hatte Zweige umgeknickt, der Boden war noch feucht und im Schatten der Bäume war es kühl.

Mark wollte mit dem Baden warten, bis es etwas wärmer geworden wäre. Nachdem er ein paar geeignete Kieselsteine gesucht hatte, setzte er sich ans Ufer auf einen Baumstumpf, um sie so zu werfen, daß sie über die Oberfläche des Wassers hüpften, ehe sie versanken. Er sah versonnen den kleinen Wellen zu, die sich in immer größer werdenden Kreisen ausbreiteten, bis sie zurück ans Ufer schwappten.

Mark zählte, wie oft seine Steine über das Wasser tanzten. Die meisten gingen nach dem dritten oder vierten Mal unter.

Der nächste Kiesel, der jetzt geflogen kam, brachte es auf sieben Sprünge.

Mark pfiff bewundernd durch die Zähne. Plötzlich hielt er die Luft an. Er hatte gar nicht geworfen! Er sah auf seine Hände, die unbeweglich in seinem Schoß lagen. Wieso hüpfte ein Stein über das Wasser, den er gar nicht geworfen hatte? – Das war keine Halluzination gewesen! Das war ...

Mark sprang auf und fuhr herum. Niemand war da. – Oder doch? Was war das? Hinter einem Baum, in den Büschen hatte sich etwas bewegt. Nein! Diesmal war es keine Täuschung!

»Rhonn! – Du bist es, nicht wahr?« Mark begann über das ganze

Gesicht zu strahlen. »Rhonn, komm heraus! Ich weiß, daß du da bist!«

Es blieb still. Mark begann sich zu fragen, ob er sich nicht schon wieder etwas eingebildet hatte – da teilten sich die Zweige des Gebüsches und um den Baumstamm herum kam Rhonn. Leibhaftig Rhonn!

Einen Augenblick blieb Mark wie angewurzelt stehen, als könnte er es nicht glauben, als könnte die Erscheinung sich wieder in nichts auflösen. Dann stürzte er sich mit einem Freudenschrei auf Rhonn.

»He, laß mich leben!« wehrte sich dieser lachend. In seinen grünen Augen funkelte es. Er schob Mark ein Stück von sich ab und versetzte ihm einen freundschaftlichen Stoß gegen die Schulter.

»Jetzt kann ich es so gut wie du!«

»Was kannst du so gut wie ich?« fragte Mark überrascht.

»Kieselsteine übers Wasser springen lassen«, erwiderte Rhonn vergnügt. »Als wir bei Bess waren, konntest du es besser als ich. Das ließ mir keine Ruhe.«

Mark mußte lachen. »Hast du etwa inzwischen geübt?«

»Natürlich!«

Mark sah Rhonn glücklich an und knuffte ihn in die Seite.

»Ich kann es noch gar nicht glauben, daß du wirklich da bist! – Ich habe mir so sehr gewünscht, daß du dein Versprechen hältst und wiederkommst. Gestern nacht hatte ich mir sogar eingebildet, dich zu sehen, so sehr habe ich an dich gedacht!«

»Du hast mich gestern nacht gesehen!« sagte Rhonn ernst.

Mark fuhr sich mit komischer Verzweiflung durch seine blonden Haare. »Ich werde verrückt! Dann warst du es also doch! Ich dachte schon, ich spinne. Warum bist du denn nicht gekommen?«

»Ich sah, daß du nicht allein im Zimmer warst. Jemand hat das Fenster geschlossen und dann wurde es mir im Regen, bei dem Gewitter zu ungemütlich.«

»Was hast du gemacht?«

»Ich fand es sinnlos, noch länger da zu stehen und zu warten. Also kehrte ich zu meiner Zeitmaschine zurück und habe mich ein paar Stunden vorversetzt. Da war es Morgen und die Sonne schien wieder. Ich vermutete, daß du irgendwann bei dem schönen Wetter aus dem Haus kommen würdest. Ich hatte mich nicht getäuscht. Ich sah dich

dann über die Felder hierherlaufen und bin dir gefolgt«, schloß Rhonn mit einem Lächeln.
»Mit der Zeitmaschine? Hat dich jemand gesehen?«
»Nein, ich habe sie natürlich unsichtbar gemacht.«
»Ich weiß schon!« rief Mark eifrig. »Du hast sie eingenebelt, so wie damals, als wir über Wien waren und zu Mozart flogen. – Das ist dieser Spiegeleffekt. Man hat einen klaren Durchblick von innen, aber von außen kann man nichts sehen. Nur ein wolkenartiges Gas.«
»Stimmt!« sagte Rhonn überrascht. »Das hast du dir gemerkt?«
»Ich habe nichts von dem, was wir erlebt haben, vergessen!« sagte Mark mit Nachdruck. »Wo ist die Maschine jetzt?«
»Ich habe sie am Waldrand abgestellt.«
»Hast du sie mit dem Mutanten in die andere Dimension versetzt?«
»Ja, das habe ich.« Rhonn machte ein zufriedenes Gesicht. »Ich sehe, du hast wirklich nichts vergessen.« Er holte einen metallisch glänzenden, länglichen Gegenstand aus seiner Hosentasche. »Hier ist er!«
Mark freute sich, das Instrument wiederzusehen, mit dem man die Zeitmaschine nach Belieben sichtbar oder unsichtbar machen konnte.
»Bist du wieder heimlich ausgerückt?« erkundigte er sich vorsichtig, denn plötzlich fiel ihm ein, daß Rhonn damals ohne Wissen seines Vaters die Zeitmaschine genommen hatte und damit losgeflogen war. Vielleicht war er jetzt gar nicht allein gekommen?
»Heimlich ausgerückt!« Rhonn mußte lachen. »Wo denkst du hin! Natürlich habe ich meinen Vater diesmal vorher gefragt. Stell dir vor, als ich damals von unserem Ausflug in meine Zeit zurückgekehrt war, hatte man meine Abwesenheit und das Fehlen der Maschine gar nicht bemerkt. Aber ich habe meinem Vater trotzdem alles gebeichtet.«
»Was hat er gesagt? War er sehr böse?«
Rhonn schüttelte nachdenklich den Kopf. »Nein, das war er nicht. Er war, wie ich es vermutet hatte, erst einmal enttäuscht, daß ich einfach ohne ihn und ohne ihn vorher um Erlaubnis zu fragen mit der Zeitmaschine einen Ausflug in eine andere Zeit unternommen habe. Es war so etwas wie ein Vertrauensbruch für ihn, verstehst du. – Auch war er im nachhinein besorgt, es hätte ja so viel passieren können, obwohl er weiß, wie gut ich mich mit der Maschine auskenne. Schließlich

hat er mich oft genug auf Zeitreisen mitgenommen. Aber dann«, Rhonn lachte wieder, »schien er mir recht stolz darauf zu sein, wie gut ich, das heißt wie gut wir beide das ganze Abenteuer bestanden haben.«

Marks Augen leuchteten auf. »Du hast ihm von mir erzählt?«

»Natürlich habe ich das«, gab Rhonn selbstverständlich zur Antwort. »Ich habe von dir und unseren gemeinsamen Erlebnissen berichtet. Ohne dich wäre ich doch aufgeschmissen gewesen. Du hast mir schließlich geholfen, meine Panne zu beseitigen.« Rhonn sah Mark mit ernstem Ausdruck an.

»Ich habe ihm auch gesagt, daß wir Freunde geworden sind und daß ich dich wieder besuchen möchte, weil ich mich noch nie mit jemand so gut verstanden habe wie mit dir.«

Mark wurde bei diesen Worten vor Freude rot bis zu den Haarwurzeln. Für Rhonn bedeutete diese Freundschaft also genausoviel wie für ihn selbst. Er suchte nach Worten. – Seine Kehle war wie zugeschnürt. Etwas unbeholfen legte er seinen Arm um Rhonns Schultern.

»Mir geht es wie dir!« brachte er endlich heraus. »Eigentlich merkwürdig«, fuhr er nach einer Pause nachdenklich fort, »obwohl wir doch gar nicht in derselben Zeit leben.«

»Gar nicht merkwürdig!« rief Rhonn lachend. »Was machen schon dreihundert Jahre bei einer richtigen Freundschaft!«

Mark mußte mitlachen. »Dann hat dein Vater also nichts dagegen, daß du mich besuchst?«

»Nein, nicht das geringste! Ich mußte ihm nur fest versprechen, vorsichtig zu sein und natürlich unsere obersten Gesetze bei Zeitreisen genau zu beachten.«

»Ich weiß schon!« rief Mark mit glücklichem Gesicht. »Nicht auffallen und sich und die Zeitmaschine nicht in Gefahr bringen!«

»Genau das!« grinste Rhonn zustimmend. »Außerdem habe ich ihm ja auch gesagt, wo ich mit dir hin will.«

Mark hielt für einen Augenblick die Luft an. Die Freude fuhr ihm wie ein Blitz in die Glieder. Rhonn hatte nicht nur sein Versprechen wiederzukommen gehalten, er plante auch eine neue Zeitreise, die sie gemeinsam machen würden.

Der Graf von Saint-Germain, schoß es Mark durch den Kopf. Sein Wunsch, diesen geheimnisumwitterten Mann kennenzulernen, würde in Erfüllung gehen! Bei dieser Vorstellung wurden seine Knie weich.

»Willst du etwa mit mir zum Grafen von Saint-Germain?« rief er mit vor Aufregung zitternder Stimme. »Oh, bitte, laß uns ins achtzehnte Jahrhundert zum Grafen von Saint-Germain fliegen! Ich habe viel über ihn gelesen. Ich möchte ihn so gerne kennenlernen!«

»Wie kommst du auf den Grafen von Saint-Germain?« fragte Rhonn überrascht.

»Du selbst hast mir doch von ihm erzählt! Du sagtest, er sei einer von euch, da wollte ich natürlich mehr über ihn erfahren. Du glaubst ja gar nicht, wie schwer es war, ein Buch über ihn zu bekommen«, stöhnte Mark. »Judy hat mir endlich eins besorgt.«

»Ich habe eine viel bessere Idee«, entgegnete Rhonn, während er sich auf den Boden setzte und Mark zu sich hinunterzog. »Wir fliegen in die erste Hälfte des fünfzehnten Jahrhunderts zu Jeanne d'Arc.«

Mark verschlug es die Sprache. »Du meinst die heilige Johanna?« fragte er nach einer Pause gedehnt. »Die Jungfrau von Orléans?«

»Ja, genau die meine ich!« rief Rhonn und sah Mark erwartungsvoll an. »Was hältst du davon? Wäre das nicht eine tolle Sache?«

»Ich weiß nicht«, murmelte Mark unsicher, »wie kommst du denn gerade auf die?«

»Na hör mal! Du hast mich doch darauf gebracht! Es war ganz allein deine Idee! Als ich dich damals fragte, wohin und zu wem du willst, wer dich am meisten interessiert, nanntest du zuallererst die heilige Johanna. Du wolltest, daß wir sie vor dem Scheiterhaufen erretten.«

»Ja, das stimmt«, erinnerte sich Mark, »aber du hast abgelehnt! Weißt du das nicht mehr? Du hast gesagt, es sei streng verboten, in die Geschichte einzugreifen! – Ist das jetzt nicht mehr so?«

»Es ist natürlich immer noch verboten, in den Lauf der Geschichte einzugreifen, aber . . .«

»Na also!« rief Mark auftrumpfend dazwischen. Der heißersehnte Besuch beim Grafen von Saint-Germain schien wieder in greifbare Nähe zu rücken. »Was, um alles in der Welt, sollen wir dann bei der heiligen Johanna!«

»Es ist richtig, wir dürfen sie nicht befreien, selbst wenn wir es könnten«, gab Rhonn nach kurzem Zögern zu. »Aber ich will sie ja gar nicht am Ende ihres Lebens kennenlernen. – Überleg doch einmal, wie aufregend die Zeit davor war! Als sie ihre Stimmen zuerst hörte, ihre Heiligen, die ihr befahlen, aufzubrechen und Frankreich zu retten!«

Mark schwieg und kaute nachdenklich auf seiner Unterlippe.

»Verstehst du denn nicht!« rief Rhonn eindringlich. »Ich habe ganz einfach deine Idee aufgegriffen und bin davon nicht mehr losgekommen. – Dieses Mädchen muß in jeder Hinsicht außergewöhnlich gewesen sein, ganz abgesehen davon, daß man es in einem späteren Jahrhundert heiliggesprochen hat. – Ich stellte mir immer wieder vor, was es in der damaligen Zeit, im Mittelalter, bedeutet haben muß, daß ein Mädchen Männerkleidung trug und sich wie ein Soldat unter Soldaten benahm. Johanna hat kraft ihrer Ausstrahlung zuwege gebracht, daß ein ganzes Heer, an dessen Spitze sie ritt, ihr Gefolgschaft leistete. Ihre Feinde, die Engländer, zitterten vor ihr und wurden in der Schlacht von Patay entscheidend geschlagen. Sie hat durch ihre mitreißende Tapferkeit und ihren unbeirrbaren Glauben an ihre Sendung die politische Situation Frankreichs, das sie so liebte, völlig verändert.« Rhonn hielt einen Augenblick inne und holte tief Luft. Dann lächelte er, wie es schien etwas verlegen, und fuhr fort: »Außerdem habe ich noch nie eine Heilige gesehen, das wäre doch mal etwas ganz anderes!«

»Der Graf von Saint-Germain ist mir, offen gesagt, viel lieber!« rief Mark dazwischen.

»Aber es wäre doch sicher hochinteressant, zur Abwechslung einmal eine Heilige kennenzulernen!« beharrte Rhonn. »Außerdem war es, wie schon gesagt, deine Idee!«

»Ich habe aber Angst davor«, gestand Mark und fühlte sich ausgesprochen unbehaglich. »Ich weiß gar nicht, wie man sich einer Heiligen gegenüber benimmt.« Er fuhr sich mit einer hilflosen Bewegung durchs Haar. »Außerdem habe ich eine Menge Fehler, die sie sicher sofort bemerken wird. – Vielleicht will sie auch, daß wir dauernd mit ihr beten und in die Kirche gehen.« Nach kurzem Zögern gab er sich einen Ruck:

»Ach bitte, laß uns lieber zum Grafen von Saint-Germain fliegen!«

»Unsinn!« rief Rhonn wegwerfend. »Wovor fürchtest du dich? Ein Mädchen, das reiten kann wie der Teufel.«

»Wie der Teufel?« unterbrach Mark und mußte lachen. »Dieser Vergleich ist hier wohl nicht ganz angebracht!«

»Stimmt!« grinste Rhonn. »Lassen wir den Teufel weg! – Also, ein

Mädchen, das reiten und kämpfen konnte wie ein Mann, das die rauhen Soldaten anführte und befehligte – so ein Mädchen ist bestimmt keine Betschwester. Ich für meinen Teil bin richtig neugierig darauf, diese Heilige kennenzulernen. Na, was hältst du von der Sache? Kommst du mit zu Johanna, zu Jeanne d'Arc, wie sie in Frankreich heißt?«

»Ich weiß nicht recht«, sagte Mark, immer noch zögernd. »Wahrscheinlich ist es auch gar nicht einfach, sie zu finden, noch dazu, wenn sie dauernd mit einem Haufen Soldaten herumzieht.«

»Das ist nun wirklich kinderleicht!« rief Rhonn eifrig und kramte eilig einen Zettel aus der Tasche seines Hemdes. »Hier, sieh mal, ich habe mir alle wesentlichen Daten von ihr notiert.«

Mark warf einen Blick darauf. Da standen tatsächlich eine Menge Ortsnamen sowie Jahreszahlen.

Rhonn faltete das Papier zusammen und steckte es wieder sorgsam in die Tasche.

»Wir fliegen in das Jahr 1425, nach Domrémy. Das ist das Jahr, in dem sie zum erstenmal ihre Stimmen vernahm!«

»Warum nach Domrémy?« fragte Mark überrascht. »Weshalb nicht nach Orléans? Sie heißt doch Jungfrau von Orléans!«

»So wird sie genannt, weil sie die Belagerung von Orléans aufgehoben hat. Aber in Domrémy ist sie geboren und aufgewachsen. Es wird wirklich ganz leicht sein, sie zu finden. – Domrémy war zu der damaligen Zeit ein Dorf, also nicht sehr groß. Wir brauchen da nur nach einem armen Hirtenmädchen namens Jeanne zu fragen. Außerdem wird sie uns sicher sofort auffallen, wenn wir sie sehen.«

»Wieso eigentlich?« fragte Mark verwundert.

»Das liegt doch auf der Hand«, erklärte Rhonn mit einer gewissen Nachsicht in der Stimme. »Überleg doch mal! Sie wird größer und kräftiger sein als andere, sonst hätte sie doch nicht Schwert und Rüstung tragen können. Sie wird überhaupt ganz anders sein als andere Mädchen«, fuhr er nachdenklich fort. »Also, was ist! Kommst du mit?«

»Wenn ich dich zu Jeanne d'Arc begleite, besuchst du dann anschließend mit mir den Grafen von Saint-Germain?« fragte Mark, schon halb überredet.

»Abgemacht«, strahlte Rhonn. »Ich bin sicher, wir werden dieses

Erlebnis nicht bereuen. Außerdem können wir ja sofort wieder wegfliegen, wenn uns etwas nicht gefällt. Wir haben es dann nicht einmal sehr weit, denn den Grafen von Saint-Germain finden wir ja auch in Frankreich, nur etwa dreihundertfünfzig Jahre später.«

»Du besuchst wirklich den Grafen von Saint-Germain mit mir?« Mark sprang auf und war jetzt Feuer und Flamme.

»Großes Ehrenwort!« versprach Rhonn feierlich und erhob sich ebenfalls. »Wann können wir starten?«

»Wenn du Lust hast, jetzt sofort!« rief Mark begeistert.

»Kannst du denn so ohne weiteres weg?«

»Das ist überhaupt kein Problem!« lachte Mark und hatte auf einmal das Gefühl, es gar nicht mehr erwarten zu können. »Ich habe zu Hause gesagt, daß ich den ganzen Tag wegbleiben werde.«

»Das ist ja prima!« freute sich Rhonn. »Dann kann es gleich losgehen! Komm mit!«

Mark ergriff seine Tasche und beide Jungen rannten übermütig den schmalen Weg zurück, der zum Waldrand führte.

Plötzlich blieb Rhonn stehen und drehte sich um.

»Beinahe hätte ich es vergessen!«

»Was hättest du beinahe vergessen?« fragte Mark und stoppte ebenfalls.

»Ich wollte dich um etwas bitten.«

»Du mich? Aber gerne«, rief Mark bereitwillig.

Rhonn sah Mark mit seinen grünen Augen forschend an.

»Es wäre schön, wenn du mir meinen Wunsch erfüllen könntest. Natürlich nur, wenn es dir keine Umstände macht.«

»Nun sag schon, was du auf dem Herzen hast«, drängte Mark.

»Ich möchte so schrecklich gerne einmal Auto fahren!« rief Rhonn sehnsüchtig. »Kannst du mir das ermöglichen?«

»Auto fahren!« Mark war völlig perplex. »Aber das ist doch nichts Besonderes!«

»Für dich nicht, für mich schon«, gab Rhonn lächelnd zur Antwort. »Bei uns gibt es nämlich keine Autos. Natürlich stehen welche im Museum, wo sie zu besichtigen sind, aber man kann damit nicht fahren.«

»Womit fahrt ihr denn dann?« fragte Mark erstaunt. Plötzlich fiel ihm ein, daß Rhonn bei seinem ersten Besuch gesagt hatte, er habe nur einen kurzen Ausflug ins *Benzinzeitalter* machen wollen. Hatte das zu bedeuten, daß man zu Rhonns Zeit, also dreihundert Jahre später, nicht mehr Benzin zum Autofahren verwendete, ja daß es anscheinend gar keine Autos mehr gab?

»Du weißt, daß ich nicht über alles sprechen darf«, sagte Rhonn abweisend.

»Erzähl mir doch, womit ihr fahrt! – Du nennst die Zeit, in der ich lebe, ›Benzinzeitalter‹. Gibt es bei euch kein Benzin mehr?«

»Doch«, antwortete Rhonn widerstrebend, »wir haben es noch in kleinen Mengen, benützen es aber kaum noch. Die Vorräte waren eines Tages ziemlich erschöpft. Und die Luft war von den Dämpfen und Abgasen so verpestet, daß viele Menschen davon krank wurden. Es mußte etwas geschehen! Da haben wir eben andere Energiequellen entdeckt.«

»Du meinst die Atomkraft?« rief Mark. »Aber die haben wir doch auch schon längst.«

»Nein, die wäre auf die Dauer zu gefährlich geworden. Es ist etwas anderes.«

»Was?«

Rhonn schwieg.

»Sag mir doch, was es ist!« drängte Mark neugierig.

»Ich darf nicht.« Rhonns Gesicht war verschlossen. »Ich kann es, ehrlich gesagt, auch nicht genau erklären. So wie du ja auch nicht alles erklären kannst, was es bei euch gibt, obwohl du es kennst und täglich benutzt. Darüber sprachen wir schon einmal.«

Mark ließ enttäuscht den Kopf sinken. »Kannst du nicht wenigstens eine kleine Andeutung machen?« bettelte er. »Verlaß dich drauf, ich werde mit niemandem darüber sprechen.«

»Na schön!« seufzte Rhonn über soviel Hartnäckigkeit. »Aber du mußt es wirklich für dich behalten!«

»Ganz bestimmt!« versicherte Mark ernst. »Ich behalte alles für mich und spreche zu niemandem darüber. Da kannst du ganz beruhigt sein. Außerdem würde mir sowieso keiner glauben. Was ist es also?«

»Das einzige, was ich dir über unsere neuen Energiequellen sagen kann, ist, daß sie eigentlich schon sehr alt sind. Die Bewohner von Atlantis kannten sie bereits, aber als der Kontinent unterging, versanken mit ihm auch die Zeugnisse und Errungenschaften ihrer hohen Zivilisation.«

»Woher wißt ihr denn dann davon, wenn alles untergegangen ist?« fragte Mark skeptisch. »Du sagtest doch damals, daß auch ihr Atlantis noch nicht wiederentdecken konntet. Oder habt ihr es inzwischen gefunden?«

»Nein, wir sind immer noch auf der Suche danach. Es ist eines der großen Ziele, die wir uns gesetzt haben. – Atlantis ging zwar unter«, fuhr Rhonn fort, »aber die Atlanter hatten ihr Wissen und ihre Zivilisation auch anderen Völkern und Kontinenten gebracht. Dort entstanden dann ebenfalls hohe Kulturen.«

»Demnach müßte es also in fast allen Erdteilen Spuren geben, die auf einen gemeinsamen Ursprung hindeuten«, sagte Mark nachdenklich.

»Das stimmt«, gab Rhonn zur Antwort. »Denk doch nur, zum Beispiel, an die an sich recht ungewöhnliche Form der Pyramiden! Du findest sie nicht nur in höchster Vollendung in Afrika bei den alten Ägyptern, sondern auch in Südamerika ...«

»Ich weiß, bei den Azteken, Mayas und Inkas!« unterbrach Mark, der von Rhonns Ausführungen gepackt war. »Jetzt, wo wir darüber sprechen, merke ich, daß es da Zusammenhänge geben muß, die mir bisher noch nicht aufgefallen sind.«

Rhonn lächelte und seine Augen hatten wieder diesen seltsamen Ausdruck, den Mark schon oft bemerkt hatte.

»Einige Kenntnisse sind also erhalten geblieben. Dieses Wissen war jedoch meistens nur einer einzigen Kaste vorbehalten.«

»Was soll das heißen?«

»Es waren die Priester, die es hüteten und zu Geheimwissen werden ließen. Zuletzt wußten nur noch wenige Eingeweihte davon, und mit den sterbenden Kulturen, wie zum Beispiel in Südamerika, ging es ebenfalls unter. – Im alten Ägypten wurde dieses Geheimwissen in den Tempeln der verschiedenen Gottheiten bewahrt. Nur die Pharaonen hatten Zugang dazu.«

»Bei uns weiß man bis heute nicht, wie sie ihre Pyramiden gebaut haben. Wie sie die gewaltigen Steinquadern transportieren und aufeinandersetzen lassen konnten!« warf Mark dazwischen.

»Das haben wir durch unsere Forschungen und Zeitreisen in die

Vergangenheit bereits herausgefunden«, sagte Rhonn nicht ohne Stolz. »Vielleicht erzähle ich dir auch einmal davon. Aber jetzt will ich deine Frage nach unseren Energiequellen beantworten, die wir auf demselben Wege entdeckt haben. Es ist im Grunde lächerlich einfach, wenn man es erst weiß. Selbst du könntest darauf kommen!«

»Ich!« rief Mark mit vor Staunen aufgerissenen Augen. »Du machst dich wohl lustig über mich!«

»Keineswegs! Ich meine selbstverständlich nicht die ganze Technik, die kann ich dir auch nicht erklären. Aber die Idee als solche!« Rhonn stieß Mark unvermittelt in die Seite. »Was ist die größte, natürlichste Energiequelle, die du kennst?«

»Die Sonne!« platzte Mark heraus und ärgerte sich im gleichen Augenblick über seine Antwort, weil sie ihm zu einfach erschien.

»Gewonnen!« lachte Rhonn. »Es ist die Sonne! – Bei uns wird fast alles mit umgewandelter Sonnenenergie angetrieben, denn unsere Bodenschätze sind weitgehend erschöpft. Eines Tages mußten wir uns etwas Neues einfallen lassen! Etwas, das gleichzeitig nicht so gefährlich ist wie alles, was mit der Atomenergie zusammenhängt.«

»Aha!« sagte Mark und bemühte sich zu verstehen. »Wenn du das sagst, wird es wohl stimmen, obwohl es sich fast zu simpel anhört.«

»Ist es aber überhaupt nicht!« rief Rhonn. »Wir haben gewaltige Kraftwerke errichtet, wo das Sonnenlicht in Energie umgewandelt wird, und Wärmestauanlagen mit einem weitverzweigten Kanalsystem. Das hat sich sogar auf die Vegetation ausgewirkt.«

»Was soll das heißen?«

»Das heißt, daß Pflanzen, die früher nur in südlichen Gefilden gedeihen konnten, jetzt auch bei uns wachsen.« Es gibt Wissenschaftler und Techniker, die ausschließlich nur auf das spezialisiert sind, was mit Sonnenenergie zu tun hat.«

»Und da willst du wirklich Auto fahren«, sagte Mark nach einer Weile kopfschüttelnd. »Du willst in ein hoffnungslos veraltetes Vehikel steigen, das mit stinkendem Benzin angetrieben werden muß und für eure Begriffe nicht einmal besonders schnell fährt!«

»Ja, ich würde es schrecklich gerne einmal ausprobieren«, rief Rhonn erwartungsvoll.

Mark wurde verlegen. »Es tut mir furchtbar leid, aber ich kann dir deinen Wunsch nicht erfüllen, so gerne ich das möchte.«

»Warum denn nicht?« Rhonn sah enttäuscht aus.

»Weil ... es ist nämlich so ...«, druckste Mark herum, »ich darf damit gar nicht fahren!«

»Du darfst damit nicht fahren?« rief Rhonn ungläubig.

»Nein, jedenfalls nicht selbst. Ich habe keinen Führerschein.«

»Wozu brauchst du einen Führerschein? Es genügt doch, wenn du fahren kannst.«

»Nein«, sagte Mark gequält und hätte gern das Thema gewechselt. »Es ist bei uns Gesetz, daß jeder, der Auto fährt, einen Führerschein haben muß, zum Beweis dafür, daß er Autofahren kann.«

»Gibt es denn Leute, die Auto fahren, wenn sie es nicht können?« staunte Rhonn.

»Nun ja«, antwortete Mark widerstrebend, »manche haben einen Führerschein und fahren trotzdem schlecht.«

Rhonn schüttelte verwirrt den Kopf. »Das verstehe ich nicht. – Und du? Warum besorgst du dir nicht einen Führerschein?«

»Das geht nicht. Man muß mindestens achtzehn Jahre alt sein, vorher bekommt man keinen«, erwiderte Mark, dem es peinlich war, daß Rhonn die vergleichsweise hochkomplizierte Zeitmaschine steuern durfte und er selbst nicht einmal so etwas lächerlich Einfaches wie ein Auto.

»Mach dir nichts draus!« sagte Rhonn gutmütig, als könnte er Marks Gedanken lesen. »Wir sind eben schon dreihundert Jahre in unserer technischen Entwicklung weiter als ihr, darum ist es sicher viel leichter, eine Zeitmaschine zu fliegen, als ein Auto zu fahren.«

»Ich habe eine Idee«, rief Mark und sein Gesicht hellte sich auf. »Meine Mutter fährt vormittags meistens zum Einkaufen. Wenn wir Glück haben, ist sie noch nicht weg. Komm mit! Wir bitten sie, uns ein Stückchen mitzunehmen.«

»Ich weiß nicht – hältst du das für richtig?« zögerte Rhonn. »Was willst du ihr sagen, wenn sie dich fragt, wer ich bin?«

»Ganz einfach die Wahrheit!« lachte Mark. »Mein Freund!«

Er rannte los, ohne weitere Einwände abzuwarten. Rhonn folgte ihm mit gemischten Gefühlen.

»Glaubst du, es wird deiner Mutter recht sein?« rief er zweifelnd.

»Na klar! Mach dir keine Sorgen! Hauptsache, du bist nachher nicht enttäuscht.«

»Bestimmt nicht!«

»Also dann los! Wir müssen uns beeilen, wenn wir sie noch erwischen wollen!«

Die beiden liefen so schnell sie konnten den Weg zurück. Außer Atem erreichten sie das Haus. Schon von weitem sah Mark, daß die Garage offenstand und seine Mutter eben im Begriff war, das Auto aufzuschließen.

»Halt! – Warte!« schrie er am Gartentor und winkte. »Können wir mit dir fahren?«

Marks Mutter trat aus der Garage. »Du wolltest doch den ganzen Tag am Baggersee bleiben«, sagte sie verwundert, dann lächelte sie, als sie Rhonn erblickte. »Ach so! Ich sehe, du hast Besuch bekommen.«

»Das ist mein Freund Rhonn!« rief Mark und schnappte nach Luft. »Nimmst du uns ein Stück mit? Er weiß nicht, wie Autofahren ist!«

Marks Mutter streckte Rhonn freundlich die Hand entgegen.

»Guten Tag, Rhonn! Du bist, wie mir scheint, zum erstenmal bei uns.«

»Ich bin nicht von hier«, murmelte dieser verlegen und machte eine leichte Verbeugung.

»Nein, er ist nicht von hier!« bekräftigte Mark. »Aber er kommt ab und zu auf Besuch.«

Seine Mutter blickte prüfend von einem zum andern. Dann lachte sie. »Ihr zwei wollt mich wohl auf den Arm nehmen! – Was soll das heißen, dein Freund weiß nicht, wie Autofahren ist?«

»Ich meine, seine Eltern haben kein Auto wie wir!« rief Mark schnell und war froh, daß ihm diese unverfängliche Antwort eingefallen war. Sie entsprach durchaus der Wahrheit, und er vermied es auf diese Weise, seine Mutter anzulügen.

»Ach so!« sagte sie und ging zum Wagen zurück. »Ihr könnt natürlich gerne mitkommen; aber ich werde nicht lange unterwegs sein. Ich will nur ein paar Sachen von unserem Lebensmittelhändler holen.«

»Das macht nichts! Auch eine kurze Fahrt ist uns recht, nicht wahr, Rhonn?«

»Natürlich!« sagte dieser erfreut. »Außerdem können wir Ihnen tragen helfen.«

»Dann wartet, bis ich das Auto aus der Garage gefahren habe.«

Während seine Mutter einstieg und den Motor anließ, sah Mark, wie Rhonn unmerklich die Nase rümpfte, als er die Auspuffgase roch.

»Du gehst nach vorne!« rief er und hielt Rhonn zum Einsteigen die Wagentür auf. Er selbst kletterte nach hinten.

Rhonn sah sich neugierig im Inneren des Wagens um und starrte dann gebannt auf das Armaturenbrett. Mit großem Interesse verfolgte er jede Bewegung, jedes Schalten.

Marks Mutter ließ das Auto im Rückwärtsgang aus der Einfahrt zur Straße rollen. Danach bremste sie und legte den ersten Gang ein. Rhonn beobachtete staunend, wie sie mit den Füßen die Pedale bediente, während sie mit der linken Hand das Lenkrad hielt und gleichzeitig rechts mit dem Steuerknüppel erst in den zweiten, dann in den dritten Gang schaltete, bis der Wagen eine Geschwindigkeit von fünfzig Stundenkilometern erreicht hatte.

»Fährt das Auto immer so langsam?« fragte Rhonn nach einer Weile kopfschüttelnd, als er merkte, daß es nach all den umständlichen Vorgängen nicht schneller ging.

»Man kann viel schneller damit fahren!« rief Mark, der nicht sicher war, ob Rhonn Spaß an der Sache hatte. »Aber wir haben hier eine Geschwindigkeitsbegrenzung, darum ist es verboten.«

»Auch wenn die Straße frei ist?«

»Auch dann«, sagte Marks Mutter lächelnd und sah Rhonn etwas verwundert von der Seite an.

Als sie wieder zurück waren, halfen ihr die beiden Jungen die vollgepackten Lebensmitteltüten ins Haus tragen.

»Wir gehen heute abend in die Oper«, sagte sie zu Mark. »Willst du mitkommen?«

Dieser warf Rhonn einen schnellen Blick zu. »Nein danke.«

»Du wärst aber dann ganz allein. Judy ist bei ihrer Freundin eingeladen und wird erst spät nach Hause kommen.«

»Das macht mir wirklich nichts aus!« . . .

»Soll ich dir etwas zum Abendbrot hinstellen? Vater und ich, wir essen nämlich in der Stadt.«

»Nicht nötig!« rief Mark, der völlig unabhängig sein wollte. »Wenn ich abends Hunger haben sollte, dann mache ich mir selbst etwas. – Da fällt mir ein, es ist doch Heringssalat von gestern übriggeblieben! Dürfen wir den mitnehmen? – Ich möchte mit Rhonn einen Ausflug machen und werde vielleicht erst spät zurück sein.«

»Heringssalat!« entfuhr es Rhonn. »Wirklich Heringssalat?«

»Natürlich könnt ihr den haben«, sagte Marks Mutter nach einem etwas erstaunten Seitenblick auf Rhonn. »Ich bin froh, wenn er gegessen wird. Er steht im Eisschrank. Ich habe ihn in ein leeres Gurkenglas gefüllt. Mach den Deckel gut zu, damit nichts ausläuft. – Von mir aus könnt ihr euch auch zwei Gabeln mitnehmen, die ich aber wiedersehen möchte!«

»Danke, du kriegst sie wieder!« rief Mark. Er holte sich die Gabeln und verstaute sie in seiner Segeltuchtasche. Dann angelte er das Glas mit dem Heringssalat aus dem Eisschrank und drückte es Rhonn in die Hand.

»Also dann, viel Spaß für den heutigen Tag«, sagte seine Mutter.

»Danke.« Rhonn konnte seine Augen kaum von dem Glas mit dem Heringssalat lösen. Er machte wieder eine kleine Verbeugung. »Und vielen Dank auch, daß Sie mich in Ihrem Auto mitgenommen haben. Es war ein großes Erlebnis für mich!«

»Wir gehen jetzt!« rief Mark und wurde etwas verlegen, als er den fragenden Gesichtsausdruck seiner Mutter wahrnahm. Er ergriff mit der einen Hand seine Tasche und zog mit der anderen Rhonn eilig aus der Küche. Seine Mutter sah ihnen nach, wie sie durch den Garten rannten. Dann schloß sie mit einem belustigten Kopfschütteln die Haustür.

Als sie die Felder erreicht hatten und außer Sichtweite waren, blieb Rhonn unvermittelt stehen.

»Heringssalat!« rief er begeistert und deutete auf das Glas in seiner Hand. »Ich finde es unerhört großzügig von deiner Mutter, daß sie uns den so ohne weiteres mitgegeben hat!«

»Warum denn?« staunte Mark. »Das ist doch nun wirklich nichts Besonderes!«

»Bei uns ist das eine ganz große Delikatesse, die sehr viel kostet, wenn man sie überhaupt bekommt«, sagte Rhonn und schraubte ehrfurchtsvoll den Deckel ab.

»Das verstehe ich nicht!« wunderte sich Mark. »Heringe sind doch nicht teuer.«

»Aber bei uns!« entgegnete Rhonn. »Sie sind leider fast ausgestorben. Angeblich hat es sie früher einmal in großen Schwärmen gegeben. Das ist längst vorbei. Bei uns darf man sie schon seit vielen Jahren nicht mehr fangen, damit sie sich wieder vermehren. Wenn sich zufällig einmal ein Exemplar in ein Netz verirrt, wird es sehr teuer verkauft.«

»Warum beschafft ihr euch nicht welche und bringt sie mit, von euren Zeitreisen?« erkundigte sich Mark neugierig.

»Das ist natürlich schon versucht worden, aber immer ohne Erfolg. Es gibt Lebensmittel, die den Zeitsprung einfach nicht heil überstehen. Sie verderben, wenn man sie in eine andere Zeit transportiert. Vor allem mit Fisch ist es so.«

»Wenn das so ist«, sagte Mark mit großen Augen, »kannst du den ganzen Heringssalat alleine aufessen. Bei uns gibt es oft welchen.«

»Das kann ich nicht annehmen!« rief Rhonn ungläubig und schnupperte an dem Glas.

»Doch, wirklich, du kannst ihn haben!« sagte Mark mit Nachdruck. »Ich will nichts davon.«

»Ich muß ihn sofort probieren!« rief Rhonn und ließ sich ins Gras fallen.

»Von mir aus!« rief Mark lachend, setzte sich zu ihm und packte eine Gabel aus. »Hier, damit ißt es sich besser!«

Er sah mit Vergnügen, wie Rhonn andächtig von dem Salat kostete. »Du solltest ihn am besten jetzt gleich aufessen! – Wenn es tagsüber heiß ist, hält er sich nicht, und die Reise nach Domrémy ins fünfzehnte Jahrhundert würde er nach allem, was du gesagt hast, sowieso nicht überstehen!«

Rhonn warf Mark einen dankbaren Blick zu und ließ es sich schmecken.

»War die Autofahrt wirklich ein Erlebnis für dich, oder hast du das nur so aus Höflichkeit gesagt?« fragte Mark nach einer Weile. »Du kannst mir gegenüber ganz ehrlich sein!«

»Natürlich habe ich das ernst gemeint!« protestierte Rhonn. »Es war eine ganz neue, interessante Erfahrung für mich. Es ging mir doch nicht um die Schnelligkeit«, fuhr er fort, als er in Marks zweifelndes Gesicht sah, »sondern darum, einmal in einem richtigen Auto zu sitzen. In einem Auto, das auch fährt und nicht nur Schaustück im Museum ist! – Ich würde ja auch gern einmal eine alte Dampflokomotive kennenlernen!«

Mark war beruhigt. »O ja!« grinste er. »Eine Fahrt mit so einem vorsintflutlichen Dampfroß würde sicher Spaß machen!«

»Was machen wir jetzt mit dem leeren Glas und der Gabel?« fragte Rhonn, der inzwischen aufgegessen hatte. »Es wäre doch Unsinn, das Zeug auf unsere Zeitreise mitzuschleppen, andererseits will deine Mutter es wiederhaben!«

»Meine Tasche hätte ich eigentlich auch zu Hause lassen können!« ärgerte sich Mark. »Oder wäre es gut, sie mitzunehmen? Es sind auch Äpfel und eine Tafel Schokolade drin, ach ja – und eine Flasche Mineralwasser.«

»Das ist doch prima!« meinte Rhonn. »Nimm die Tasche ruhig mit! Wer weiß, ob wir die Sachen unterwegs nicht gut brauchen können. Erinnere dich an unsere erste Reise! Damals war alles, was du mitgenommen hattest, von großem Nutzen für uns. Denk nur an den Kassettenrecorder!«

»Das stimmt! Und die Taschenlampe hat uns beinahe das Leben gerettet!«

»Ich weiß etwas!« Rhonn zeigte auf ein Gebüsch am Feldrand. »Wir könnten das schmutzige Glas und die Gabel dort lassen und du holst sie wieder ab, wenn du das nächstemal zum See gehst.«

»Gute Idee!« rief Mark.

Sie versteckten die Sachen im Gebüsch und gingen dann ohne Hast dem Wald entgegen. Inzwischen war es heiß geworden. Die Sonne brannte von einem jetzt wolkenlos gewordenen Himmel. Beide stellten auf einmal fest, daß das viele Laufen sie durstig gemacht hatte. Mark holte die Flasche Mineralwasser aus seiner Tasche, und sie tranken abwechselnd im Gehen, bis ihr Durst gelöscht war.

»Weißt du noch genau, wo die Maschine steht?«

»Natürlich weiß ich das!« erwiderte Rhonn lächelnd.

Mark wurde um so aufgeregter, je näher sie zum Waldrand kamen. Plötzlich blieb er stehen. Irgend etwas zwang ihn anzuhalten, obwohl er geradeaus weitergehen wollte.

Während er noch überlegte, was es sein könnte, sagte Rhonn: »Du stehst direkt davor!«

Mark warf ihm einen verwirrten Blick zu.

»Die Abwehrstrahlung verhindert, daß du weitergehen kannst!« erklärte Rhonn. »Sie umgibt die Maschine automatisch als Schutzschild, wenn sie unsichtbar gemacht worden ist. Nichts und niemand vermag in den anscheinend leeren Raum einzudringen.«

»Jetzt verstehe ich!« rief Mark und seine Augen leuchteten auf. »Daß ich daran nicht gleich gedacht habe!«

»Aber du erinnerst dich doch noch, daß du jetzt einen Assimilator anlegen mußt, damit du, wo immer wir auch hinkommen, nach der entsprechenden Mode gekleidet bist und dich in der jeweiligen Sprache des Landes verständigen kannst.«

»Ich habe es nicht vergessen«, sagte Mark und zeigte auf den metallisch glänzenden Knopf, der sich halb verborgen unter Rhonns Hemdkragen befand.

»Dieser kleine Computer ist mit dem großen Computer in der Zeitmaschine koordiniert, nicht wahr? – Ich weiß bloß nicht mehr genau, wann man ihn nach links und wann nach rechts drehen muß.«

»Ganz einfach!« rief Rhonn und faßte an seinen Knopf. »Ich drehe ihn jetzt nach links bis zum Anschlag in die Nullposition!«

Die Verwandlung ging blitzschnell vor sich. Rhonn, der eben noch genauso wie Mark mit Jeanshosen, einem karierten Hemd und Sandalen bekleidet gewesen war, stand plötzlich in seinem silberglänzenden Raumanzug vor ihm und wollte sich schier ausschütten vor Lachen, als Mark mit verdutztem Gesicht zurückfuhr.

»Du siehst aus, als würdest du das zum ersten Mal erleben!« prustete er vergnügt.

»Oh, nein, es... es ist«, Mark suchte nach Worten, »... es ist nur immer wieder so – verblüffend!«

Wie zur Bekräftigung richtete Rhonn den Mutanten auf die leere Stelle vor sich.

Der Lichtschein, der jetzt aufflammte, war so grell, daß Mark für ein paar Sekunden geblendet die Augen schließen mußte. Als er sie wieder öffnete, sah er die Zeitmaschine in ihrem schimmernden Glanz, der von den gleißenden Sonnenstrahlen noch um ein Vielfaches verstärkt wurde. Er sah sie mit demselben atemlosen Staunen, wie er sie das erste Mal betrachtet hatte, und seine Knie wurden weich.

Rhonn schob Mark zur Einstiegluke, aus der wie immer abwechselnd grün und rot pulsierendes Licht drang.

»Sei unbesorgt!« stammelte Mark. »Ich glaube nicht, daß uns hier jemand beobachtet.«

»Es ist trotzdem gefährlich!« Rhonn schwang sich mit einem Satz in die Maschine, streckte Mark helfend die Hand entgegen und zog ihn hinauf.

Während Mark sich immer noch um Fassung bemühte, schob sich schon die durchsichtige Bodenklappe lautlos über die Einstiegluke und verschloß sie.

»Hier ist dein Assimilator! Zieh dich um!«

Mark nahm ein zusammengelegtes Päckchen in Empfang. Er wußte genau, was es enthielt. Als er es aufgefaltet hatte, hielt er seinen Raumanzug in den Händen. Er streifte seine Kleidung ab und schlüpfte in den Assimilator, der wie Metall glänzte und doch weich wie Seide war. Am Halsausschnitt befand sich der gleiche Computerknopf wie bei Rhonn.

Beide schnallten sich auf ihren Sitzen fest und setzten ihre durchsichtigen Helme auf.

»Es geht los!« rief Rhonn nach einigen Handgriffen am Armaturenbrett. Durch die Maschine lief ein kaum merkbares Zittern. Ein vibrierendes Summen war zu hören. Ein Ton, der in der Tiefe begann und sich rasch nach oben steigerte. Mark lehnte sich zurück und holte tief Luft.

Mit unvorstellbarer Geschwindigkeit schoß die Zeitmaschine hoch hinauf in den Himmel!

Drittes Kapitel
*Ein Dorf im Krieg – Etwas fehlt in Domrémy –
Ein herrenloses Pferd – Nichts ist einfacher, als
Jeanne d'Arc zu finden*

»Wie fühlst du dich?« fragte Rhonn nach einem Seitenblick auf Mark. »Ist dir alles noch vertraut oder mußt du dich erst wieder daran gewöhnen?«

»Es ist beides zugleich«, antwortete Mark lächelnd und fühlte sich schwindelig, ohne daß ihm das im geringsten etwas ausmachte.

»Bist du bereit zum Start in die andere Dimension?« Rhonn entnahm dem Armaturenbrett das Mikrophon, in das er jetzt gleich die Daten für den Flug in die Vergangenheit sprechen würde.

Mark nickte und seine Augen glänzten erwartungsvoll.

»Ich schlage vor, wir bleiben im Monat August, damit wir uns nicht auch noch an eine andere Jahreszeit gewöhnen müssen!« rief Rhonn. »Also auf nach Domrémy, in das Jahr 1425!«

Mark brachte vor Aufregung kein Wort heraus. Gespannt wartete er auf die eigenartigen Begleitumstände, die sich immer zu Beginn einer Zeitreise einstellten.

Nachdem Rhonn die Daten von Ort und Zeit ins Mikrophon gesprochen hatte, vernahm man einen elektronischen Ton und ein Tikken, das in regelmäßigen, kurzen Abständen erfolgte. Dann machte es zweimal schnell hintereinander klick und die Geräusche verstummten. Ein eisiger Luftstrom wehte durch den Raum, man spürte die Kälte, ohne dabei zu frieren. Plötzlich veränderte sich das Licht. Alles wurde fahl und erinnerte Mark wieder an eine überbelichtete Schwarzweißfotografie.

In wenigen Sekunden war das seltsame Schauspiel vorbei. Die Temperatur normalisierte sich wieder, und alles ringsherum gewann seine ursprüngliche Farbe zurück. Oder nicht? – Mark sah hinaus und erschrak. Er erwartete, das strahlende Blau des Himmels von vorher zu sehen, statt dessen umgab sie ein bleiches, eintöniges Grau.

»Was ist passiert?« rief er mit angstvoller Stimme, und er fühlte sich auf einmal inmitten der Supertechnik fremd und hilflos. »Haben wir eine Panne?«

»Nein, schlechtes Wetter!« antwortete Rhonn ruhig. »Sei unbesorgt, du wirst es gleich sehen!« Er ließ die Maschine langsam abwärtsgleiten.

Jetzt erkannte Mark, daß sie durch eine dicke Wolkenschicht flogen, die um so dunkler wurde, je tiefer sie kamen.

»Es regnet«, sagte Rhonn und zeigte nach unten. »Das kann man natürlich nicht vorher wissen. Wir sind über Frankreich, aber an diesem Augusttag im Jahre 1425 ist ausgesprochen schlechtes Wetter.«

Mark atmete erleichtert auf. »Hab' ich mich erschrocken!«

»Das liegt wohl daran, daß wir sonst immer blauen Himmel und Sonnenschein vorfanden, wenn wir aus der anderen Dimension wieder auftauchten. Vielleicht hast du erwartet, das müßte immer so sein«, sagte Rhonn lächelnd. »Wie dem auch sei, wir suchen uns sofort einen Tag an dem es schön ist!«

»Das finde ich auch!« rief Mark lebhaft. »Regen ist so ungemütlich!«

Rhonn schaltete einen Tag vor. Das Wetter blieb schlecht. Dann ging er systematisch nacheinander drei Tage zurück – es veränderte sich nichts. Von einem grauen, wolkenverhangenen Himmel regnete es in Strömen.

»Die haben hier eine anhaltende Schlechtwetterperiode!« stellte Rhonn kopfschüttelnd fest.

»Versuch es doch einmal mit Juli!« rief Mark. »Das ist doch auch ein schöner Sommermonat!«

Rhonn nickte und startete zu einem neuen Versuch.

»Na endlich!« riefen beide wie aus einem Munde, als diesmal die Sonne schien.

»Das ist also Frankreich im Jahre 1425 oder, genauer gesagt, Lothringen«, erklärte Rhonn und flog eine große Schleife. »Domrémy befindet sich an der äußersten Grenze des Königreiches. Der Fluß hier ist die Maas. Auf der gegenüberliegenden Seite . . . du hörst mir ja gar nicht richtig zu!« unterbrach er leicht gekränkt.

Mark hörte tatsächlich nur mit halbem Ohr zu. Seine Aufmerksamkeit war von etwas ganz anderem gefangengenommen.

»Sieh dir das an!« sagte er und kniff angestrengt die Augen zusammen, um selbst besser sehen zu können. »Da unten ist irgend etwas los!«

Rhonn blickte aufgeschreckt hinunter. »Du hast recht!« rief er und runzelte die Stirn. »Da brennt etwas! – Das sehen wir uns genauer an!« Er ließ die Maschine fast senkrecht absacken, bis man unten alles deutlich erkennen konnte.

»Es sind Häuser, die brennen!« schrie Mark erregt. »Eine Brücke ist eingestürzt, – und dort! Schau dort drüben! – Sogar die Kirche brennt. Der Turm ist in Rauch gehüllt und aus dem Seitenschiff schlagen Flammen! Es scheint sich um eine Feuersbrunst zu handeln!«

»O nein, es ist etwas anderes!« rief Rhonn mit ernstem Gesicht.

»Was ist es dann?«

»Krieg! Statt in ein dörfliches Idyll sind wir mitten in eine Kriegshandlung geraten!«

»Woher willst du das so genau wissen?« fragte Mark mit aufgerissenen Augen.

»Das wollte ich dir ja gerade vorhin erklären! Es handelt sich um den hundertjährigen Krieg zwischen Frankreich und England, und außerdem sieh mal genau hinunter! Da laufen Menschen vor Menschen davon! – Du kannst es deutlich erkennen, die Flüchtenden drehen sich ab und zu im Laufen nach ihren Verfolgern um oder versuchen, sich vor ihnen zu verbergen.«

»Tatsächlich! Jetzt sehe ich es auch!« rief Mark, nachdem er das Treiben unten eine Weile beobachtet hatte. »Manche von ihnen haben Waffen in den Händen – ein paar Verletzte liegen am Boden!«

»Hier können wir nicht landen!« entschied Rhonn. »Es ist eine klar erkennbare Gefahr, in die wir uns und die Zeitmaschine nicht bringen dürfen!«

Mark hoffte im stillen, daß sich somit das *Unternehmen Jeanne d'Arc* erübrigt hätte und sie statt dessen sofort zum Grafen von Saint-Germain fliegen würden.

»Was hast du jetzt vor?«

»Wir kehren in den August zurück!« sagte Rhonn mit Bestimmtheit.

»Aber da regnet es doch.«

»Unsinn! Doch nicht den ganzen August. Wie wäre es mit September? Vielleicht Anfang September. Da ist es nicht mehr ganz so heiß wie in den Monaten Juli, August!«

Ohne eine Antwort abzuwarten, setzte Rhonn seinen Vorschlag in die Tat um.

»Na, was sagst du jetzt!« rief er triumphierend, als der September sie mit freundlichem, spätsommerlichem Wetter empfing.

Das liebliche Tal der Maas lag in stillem Frieden unter ihnen. Im milden Sonnenlicht erkannte man, daß sich die Laubwälder auf den umliegenden Anhöhen schon herbstlich verfärbten. Die Bewohner von Domrémy hatten die Zerstörungen an ihren Häusern anscheinend weitgehend beseitigt. Nur die rußgeschwärzten Mauern der Kirche mit ihren geborstenen Glasscheiben erinnerten noch daran, daß hier vor einigen Wochen der Krieg gewütet hatte.

»Siehst du irgend etwas Bedrohliches? Etwas, das uns gefährlich werden könnte?« fragte Rhonn und ließ die Maschine außerhalb des Dorfes über einem sanftgewölbten Hügel kreisen.

Mark hielt nach allen Seiten Ausschau. »Ich kann nichts entdecken. Alles ist ruhig und friedlich.«

»Dann gehe ich jetzt hinunter!« rief Rhonn. Er zeigte auf einen alleinstehenden, ungewöhnlich großen Baum, der am Rand des bewaldeten Hügels stand.

»Das ist ein guter Platz für uns, zu dem wir immer wieder zurückfinden werden. Außerdem ist keine Menschenseele dort zu sehen.« Er ließ die Maschine langsam über eine Wiese schweben und landete sie dann in der Nähe des riesigen Baumes.

Rhonn sprang hinaus und sah sich vorsichtig um. »Die Luft ist rein!«

Mark folgte ihm und lief sofort zu dem prachtvoll gewachsenen Baum. Es war eine sehr alte Hängebuche. Mit ihren weitausladenden, dichtbelaubten Zweigen bildete sie ein Dach, unter dem man wie in einer grünen Kirche stand.

»So einen schönen Baum habe ich noch nie gesehen«, sagte Mark und blickte beinahe ehrfürchtig hinauf.

»Ich auch nicht!« rief Rhonn im Näherkommen. Er hatte inzwischen die Zeitmaschine unsichtbar gemacht.

»Sieh nur, wie gleichmäßig er gewachsen ist! – Man könnte sich vorstellen, es wäre ein großes Haus mit vielen Wohnungen«, sagte Mark träumerisch. »Sicher haben viele Vögel ihre Nester darin.«

Rhonn gab ihm einen gutmütigen Rippenstoß. »Bevor du anfängst, sie zu zählen, sollten wir schleunigst unsere Aufmachung verändern! Was soll sich einer, der zufällig vorbeikommt, denken, wenn er hier zwei Gestalten in silbernen Raumanzügen sieht, die in einen Baum starren! Dreh deinen Knopf, so wie ich meinen, diesmal nach rechts bis zum Anschlag!«

Im Bruchteil einer Sekunde war die Verwandlung geschehen. Beide trugen nun enge Tuchhosen, die ein Stück unter dem Knie einfach abgeschnitten waren. Mark in Braun, Rhonn in Grau. Darüber waren sie ebenfalls fast gleich gekleidet. Sie hatten weitgeschnittene, helle Leinenhemden an, die in der Mitte von einem einfachen Lederstreifen gegürtet waren. Rhonn trug dazu noch eine verschlissene Weste, die so aussah, als wäre sie einmal grün gewesen. Mark fühlte, daß etwas auf seinem Kopf saß. Er nahm es herunter und sah, daß es eine kleine, dunkle Filzkappe war, an deren Seite eine Vogelfeder steckte, die anscheinend von einem Raubvogel stammte.

»Ist das alles?« fragte er und sah enttäuscht an sich herunter. Dann setzte er die Kappe wieder auf.

»Steht dir prima!« grinste Rhonn.

»Muß ich das aufbehalten?«

»Was hast du erwartet? Es geht doch darum, sich anzupassen und nicht aufzufallen. Also sind wir eben ländlich gekleidet«, sagte Rhonn und mußte lachen. »Das Modell, das du auf dem Kopf trägst, steht dir ganz vorzüglich! Die Kühe hier werden verrückt nach dir sein!«

»Setz du es doch auf«, sagte Mark etwas gekränkt. »Oder muß ich es behalten?«

»Es war doch nur Spaß!« meinte Rhonn beschwichtigend. »Aber wenn du das Ding nicht gern aufsetzt, kannst du auch meine Weste dafür haben. Von mir aus können wir tauschen!«

»Schon gut!« grinste Mark. »Ich werde dir die Kappe borgen, wenn ich bei den Kühen besser abschneide als du! Übrigens . . .«, er sah sich um, »weil wir gerade von Kühen sprechen; mir ist aufgefallen, daß keine da sind. Es müßten doch welche auf den Weiden hier sein, aber ich habe nicht eine einzige gesehen.«

»Du hast dich bestimmt getäuscht«, meinte Rhonn. »Domrémy ist eine ländliche Gemeinde. Also gibt es hier auch Vieh! Vielleicht sind wir vorhin nur zu schnell darüber hinweggeflogen.«

»Schon möglich«, räumte Mark ein. »Du wolltest mir doch vorhin etwas erklären! Du sagtest gerade: ›Domrémy liegt an der Maas, und auf der gegenüberliegenden Seite‹...«

»Ach ja!« erinnerte sich Rhonn. »Ich wollte sagen, auf der gegenüberliegenden Seite befindet sich das Dorf Maxey. Beide Ortschaften sind miteinander verfeindet.«

»Warum?« fragte Mark erstaunt.

»Domrémy ist königstreu. Das heißt, es hält zum Dauphin, dem französischen Thronfolger. Maxey steht auf seiten der Burgunder, die mit den Engländern verbündet sind.«

»Ich verstehe! Und Frankreich und England haben schon hundert Jahre Krieg miteinander«, ergänzte Mark eifrig.

»O nein! Sie sind jetzt erst mitten drin im hundertjährigen Krieg.«

»Um was geht es denn eigentlich? Alles, was ich weiß, ist, daß die Jungfrau von Orléans gegen die Engländer kämpfte, daß sie später von ihnen gefangengenommen und auf dem Scheiterhaufen verbrannt wurde, nachdem man ihr den Prozeß gemacht hatte«, gestand Mark.

»Viel mehr wußte ich vorher auch nicht«, sagte Rhonn ehrlich. »Aber als ich mir vornahm, mit dir die heilige Johanna aufzusuchen, habe ich mich über alles informiert. Die wichtigsten Daten habe ich aufgeschrieben.«

»Also sag mir, worum es geht, bevor wir anfangen, sie zu suchen!« rief Mark und legte sich im Schatten des Baumes ins Gras. »Ich habe mehr von der Sache, wenn ich auch soviel weiß wie du.«

»Na schön«, sagte Rhonn und setzte sich mit angezogenen Knien neben ihn. »Die Hintergründe dieses Krieges sind schnell erklärt. Es geht wie immer um Macht und Besitz. In diesem speziellen Fall um den französischen Thron, auf den sowohl die Franzosen als auch die Engländer Anspruch erheben.«

»Mit welchem Recht erheben die Engländer Anspruch auf den französischen Thron?« wunderte sich Mark.

»Das ist ziemlich verwickelt. – Zum besseren Verständnis muß ich dir etwas über die Familienverhältnisse des französischen Thronanwärters erzählen, und die sind ein richtiges Schauermärchen!« sagte Rhonn lachend.

»Also schieß los!« rief Mark gespannt.

»Es handelt sich um Karl VII. – Der ist aber noch nicht König, sondern nur Dauphin. Sein Vater ist zwar schon tot, aber er selbst ist noch nicht gekrönt. König wird er erst später durch Johannas Hilfe. Der Vater des Dauphins, Karl VI., war verrückt! Er . . .«

»Was meinst du mit verrückt?« unterbrach Mark und seine Augen wurden groß.

»Genau das, was ich sage! Er war geisteskrank! Er war einerseits gewalttätig und litt andererseits unter Halluzinationen. Manchmal glaubte er aus Glas zu sein. Dann ließ er niemanden an sich heran. Er weigerte sich, zu baden und seine Wäsche zu wechseln. Man mußte ihn oftmals dazu zwingen. – Unser Dauphin war übrigens keineswegs als Thronfolger geboren, sondern als elftes Kind seiner Eltern. Erst als seine älteren Brüder starben, rückte er an die erste Stelle. Plötzlich wurde er jedoch von seinem verrückten Vater in einem Vertrag, den dieser mit den Engländern schloß, enterbt. Das war der Vertrag von Troyes im Jahre 1420.«

»Warum hat sein Vater das getan? Nur weil er wahnsinnig war?«

»Sicher war das auch ein Grund«, fuhr Rhonn fort. »Aber es kommt noch besser! Der Dauphin wurde von seiner eigenen Mutter, der Königin Isabeau, für unehelich erklärt. Durch diesen Makel, den sie selbst auf seine Geburt warf, war sie maßgeblich am Zustandekommen dieses Vertrages beteiligt. – Diese Isabeau muß überhaupt das Vorbild für alle bösen Königinnen im Märchen abgegeben haben! – Sie war verschwenderisch und putzsüchtig, intrigant und lasterhaft. Ihr Hof war wegen seiner Sittenlosigkeit berüchtigt.«

»Das hört sich ja an wie ein Kriminalroman!« sagte Mark kopfschüttelnd. »Aber ich verstehe immer noch nicht, warum die Engländer Anspruch auf den französischen Thron erheben.«

»Das ist ganz einfach zu erklären!« rief Rhonn. »König Heinrich V. von England ist verheiratet mit Katharina, einer Tochter der Königin Isabeau und des wahnsinnigen Karls VI. Seitdem dieser tot ist, hält sich der englische König für den legitimen Erben Frankreichs, und deshalb ist das Land von zwei Parteien zerrissen. – Verstehst du jetzt die Zusammenhänge?«

»Ja«, sagte Mark nachdenklich, »ich verstehe. – Aber vieles ist mir trotzdem unbegreiflich. Warum, zum Beispiel, kämpft der Dauphin, der spätere Karl VII., nicht selbst um sein Recht. Warum muß erst ein einfaches Bauernmädchen kommen, das ihm seinen Thron und sein Land zurückerobert. Das wäre doch seine Aufgabe, warum tut er nichts?«

»Dieser Karl VII. ist überhaupt eine traurige Figur!« rief Rhonn verächtlich. »Als Johanna, der er alles verdankte, später in englischer Gefangenschaft saß und jeder sich ausrechnen konnte, daß man sie dort zum Tode verurteilen würde, hat er keinen Finger gerührt, um sie zu retten. Er hätte versuchen können, den englischen Feldherrn, Lord Talbot, der sich gleichzeitig in französischer Gefangenschaft befand, gegen sie auszutauschen. Aber der König tat nichts, absolut nichts!«

»Vielleicht wäre alles ganz anders gekommen, wenn Johanna das vorher gewußt hätte! Wenn sie gewußt hätte, daß der König sie so im Stich lassen würde!« rief Mark empört.

»Das glaube ich nicht«, sagte Rhonn nachdenklich. »Sie liebte Frankreich mit glühender Inbrunst, und der französische König bedeutete für sie das Symbol ihres Landes. Darum drang sie ja auch so sehr darauf, daß er so bald wie möglich in Reims gesalbt und gekrönt wurde. Und vor allem waren es immer wieder ihre Stimmen, die sie riefen und ihr befahlen, den König zur Krönung zu geleiten, die Belagerung von Orléans aufzuheben und Frankreich wieder zu vereinen. An diese himmlischen Stimmen glaubte sie bis zuletzt. Nur ein einziges Mal zweifelte sie und fühlte sich von ihnen verraten, aber das hat sie ganz schnell widerrufen.«

Mark starrte vor sich hin. »Wie seltsam das alles ist«, sagte er nach einer Weile leise. Dann schwiegen sie.

Plötzlich wurde die Stille durch ein Geräusch unterbrochen. Es kam aus dem Wald hinter ihnen. Sie fuhren erschrocken herum. Es war nichts zu sehen. Oder flimmerte da etwas Helles durch die Zweige? – Für kurze Zeit blieb es ruhig. Dann hörte man erneut das Rascheln von Laub und knackende Äste, so als würde sich jemand mit schweren Schritten nähern.

Beide sprangen auf und wagten kaum zu atmen. Rhonn hielt den Mutanten griffbereit, um die Maschine sichtbar zu machen, damit sie notfalls schnell flüchten konnten.

Da endlich löste sich etwas aus dem Schatten des Waldes. Es war ein weißes Pferd, das langsam auf sie zukam und dann in einiger Entfernung stehenblieb.

»Du meine Güte!« rief Mark und ließ Luft ab. »Für einen Augenblick glaubte ich, mein Herz bliebe stehen! Ich dachte schon, feindliche Heerscharen brächen durch das Gehölz. Dabei ist es nur ein Schimmel!«

»Psst!« machte Rhonn. »Er ist gesattelt. Vielleicht ist der Reiter ganz in der Nähe. Wir müssen vorsichtig sein!«

Das Pferd sah zu ihnen herüber und schüttelte seine Mähne.

Die beiden Jungen starrten abwechselnd auf den Schimmel und dann in den Wald. Aber es blieb still. Nichts rührte sich mehr.

Rhonn klatschte in die Hände. »Mach, daß du wegkommst! – Geh zurück zu deinem Herrn!« Und wie zur Entschuldigung sagte er zu Mark: »Das fehte noch, daß wir seinetwegen irgendwelche Bewaffnete auf den Hals kriegen.«

Das Pferd stand unbeweglich und schnaubte leise durch die Nüstern.

»Es sieht so aus, als wäre es ganz allein«, meinte Mark, als weiter nichts geschah. »Vielleicht hat es seinen Herrn verloren, vielleicht ist er sogar tot?«

Er machte einen Schritt auf das Pferd zu, das ihm aufmerksam entgegensah.

»He, du da! – Bonjour! – Du hast uns ganz schön erschreckt!«

Das Pferd spitzte die Ohren und kam langsam mit gesenktem Kopf auf ihn zu.

»Wie findest du das?« rief Mark und blickte erstaunt zu Rhonn. »Ich habe ›Bonjour‹ gesagt, und das Pferd kommt zu mir, als hätte ich es gerufen! Ob ich durch Zufall seinen Namen genannt habe?«

»Das glaube ich nicht«, sagte Rhonn und ließ den Mutanten sinken. »Ich glaube vielmehr, daß du mit deiner Vermutung recht hast! Das Pferd ist herrenlos. Jetzt fühlt es sich einsam, weil es an Menschen gewöhnt ist und anscheinend niemanden mehr hat. Komm, wir gehen ein paar Schritte weg! Mal sehen, ob es uns nachkommt!« Er zog Mark am Arm und sie entfernten sich ein Stück. Als sie sich umdrehten, sahen sie, daß das Pferd ihnen langsam folgte.

»Bonjour! Bonjour!« rief Mark.

Wieder spitzte das Pferd die Ohren. Dann trabte es, diesmal etwas schneller als vorhin, auf Mark zu und blieb vor ihm stehen, als wartete es auf etwas.

»Es hört auf Bonjour! – Was sagst zu dazu? – Es hört tatsächlich auf Bonjour!«

»Ich weiß nicht!« lachte Rhonn. »Mir scheint eher, es freut sich darüber, daß man mit ihm spricht. Außerdem ist ›Bonjour‹ ein Wort in der Sprache, an die es gewöhnt ist. – Ich nehme doch an, es handelt sich um ein französisches Pferd.«

»Bonjour«, rief Mark leise und streckte vorsichtig die Hand aus. Wieder schnaubte das Pferd und spitzte die Ohren. Dann legte es seinen Kopf auf Marks Schulter.

»Schon gut, schon gut!« Mark streichelte die Nüstern und das weiche Maul. »Solange du bei uns bist, werden wir dich ›Bonjour‹ nennen. Schade, daß ich kein Stückchen Zucker für dich habe.«

Der Schimmel stupste ihn gegen die Wange.

»Was will er denn jetzt von mir?« Mark sah verwirrt zu Rhonn.

»Keine Ahnung«, sagte dieser achselzuckend. »Ich kenne mich mit Pferden nicht so aus. Vielleicht möchte er, daß du auf ihm reitest. Kannst du reiten?«

»Eigentlich nicht. Jedenfalls nicht richtig«, sagte Mark unsicher. »Aber ich bin schon ein paarmal auf einem Pferd gesessen und nicht heruntergefallen.«

»Dann versuch's doch mal!«

»Und was mache ich, wenn er mit mir durchgeht?«

»Das wird er nicht tun«, lachte Rhonn. »Dieser Schimmel macht einen ganz ruhigen Eindruck.«

»Sieh nur, was er für einen merkwürdigen Sattel hat!« rief Mark und ging um das Pferd herum. »Was für eine seltsame Form! Ganz anders als unsere Sättel. Hinten ist er so hoch, daß man sich anlehnen kann. Und die großen Steigbügel! – Also gut, ich versuche es! Halt du Bonjour fest, wenn ich aufsteige! Mehr als herunterfallen kann ich nicht.«

Rhonn lachte und nahm das Pferd am Zügel. Mark setzte einen Fuß in den linken Steigbügel und schwang sich hinauf in den Sattel.

»Der ist aber bequem!« rief er und rutschte probeweise hin und her. »Man sitzt wie in einem Sessel. Gib mir jetzt die Zügel!« Mark schnalzte mit der Zunge.

Bonjour, der bis dahin regungslos stillgehalten hatte, setzte sich ganz langsam in Bewegung, als spürte er die Unsicherheit seines Reiters und als wollte er ihm zeigen, daß er keine Angst zu haben brauchte. Dann fiel er in einen leichten Trab.

Mark fühlte sich auf einmal ganz frei. Nein, dieses Pferd würde nichts tun, was ihm schaden könnte. Es würde weder mit ihm durchgehen noch ihn abwerfen. Er ritt einen großen Kreis um den Baum herum, ein Stück am Waldrand entlang und kehrte dann zurück.

»Es geht doch prima!« rief Rhonn ihm entgegen.

»Das liegt an Bonjour«, strahlte Mark und war etwas außer Atem. »Er ist ganz sanft. Man fühlt sich sicher wie in einer Wiege. Willst du auch einmal?«

»Ich kann auch nicht besonders gut reiten«, zögerte Rhonn.

»Keine Angst!« rief Mark und sprang ab. »Bonjour reagiert auf jeden Schenkeldruck, und in diesem Sattel hat man einen fabelhaften Halt.«

Nun schwang sich auch Rhonn auf das Pferd und ritt auf ihm die gleiche Runde wie Mark. Als er zurückkam, beugte er sich vor und streichelte den Hals des Pferdes.

»Du hast recht!« sagte er und seine Augen leuchteten. »Bonjour gibt einem das Gefühl, man wäre tatsächlich ein guter Reiter. Er reagiert so feinfühlig, als könne er Gedanken lesen.«

»Was machen wir mit ihm, wenn wir jetzt gehen?« erkundigte sich Mark, während Rhonn abstieg.

»Das soll er selbst entscheiden«, meinte dieser. »Vielleicht folgt er uns wieder, dann können wir sehen, ob wir irgendwo ein gutes Plätzchen für ihn finden. Oder er bleibt hier zurück am Waldrand und läuft wieder dahin, wo er hergekommen ist.«

Die beiden Jungen brachen in Richtung Domrémy auf. Ab und zu drehten sie sich um und sahen, daß Bonjour dicht hinter ihnen hertrottete.

»Er geht also mit uns«, stellte Mark befriedigt fest.

»Bei wem erkundigen wir uns denn jetzt am besten, wo wir Jeanne d'Arc finden?« fragte er nach einer Weile interessiert.

»Das machen wir überhaupt nicht so!« rief Rhonn in bestimmtem Ton.

»Wie denn? Wie wollen wir sie denn dann finden? Wir wissen doch nicht einmal, wie sie aussieht.«

»Wir müssen sehr geschickt vorgehen«, entgegnete Rhonn. »Überleg doch mal! Wenn ihr Geburtstag stimmt – es ist der Dreikönigstag im Jahre 1412 –, dann ist Johanna jetzt etwa dreizehn Jahre alt. Wir würden hier sofort Mißtrauen erwecken, wenn wir direkt nach ihr fragen.«

»Wieso denn?« wunderte sich Mark.

»Das ist doch ganz klar! Im Dorf kennt jeder jeden, aber wir sind beide fremd hier. Man hat uns noch nie gesehen. Außerdem ist Krieg, auch wenn alles im Augenblick ganz ruhig aussieht. Wir müssen versuchen, sie selbst zu finden oder durch geschicktes Fragen herauszubekommen, wo sie ist.«

»Ach so, jetzt verstehe ich!« rief Mark und sein Gesicht hellte sich auf.

»Wir haben ja auch genügend Anhaltspunkte«, fuhr Rhonn fort. »Ihr Vorname ist Jeanne. Wir wissen, wie alt sie ist. Sie muß groß und kräftig sein, sie . . .«

». . . ist ein armes Hirtenmädchen und hört Stimmen«, ergänzte Mark.

»Ganz richtig!« bestätigte Rhonn und schlug den Weg ein, der auf das Dorf, das unter ihnen lag, zuführte. »Da wir das alles wissen, wird es sehr leicht sein, sie zu finden!«

Viertes Kapitel
Was einfach schien, ist ziemlich schwer – Eine unerfreuliche Begegnung – Ein Mädchen namens Jeanne – Die Stimmen – Ein Geschenk für Jeanne

»Jetzt fällt es mir auch auf!« sagte Rhonn und blieb plötzlich stehen.
»Was fällt dir auf?« fragte Mark überrascht.
»Du hattest recht, als du vorhin sagtest, daß kein Vieh da ist. Ich sehe auch keins.« Rhonn sah sich um. »Das gibt es doch nicht! Domrémy ist umgeben von Wiesen und Weideland, aber ich sehe weder Rinder noch Pferde, nicht einmal Esel. Merkwürdig. Wenn ich vorhin nicht ganz entfernt Hundegebell gehört hätte, würde ich glauben, daß die hier überhaupt keine Tiere haben.«
»Ich habe eine graugestreifte Katze gesehen, die reglos auf der Wiese vor einem Mäuseloch saß«, sagte Mark. »Seltsam! Es sind auch keine Menschen zu sehen. Meinst du, es hängt damit zusammen, daß kein Vieh da ist? Eigentlich müßten doch Bauern auf den Feldern sein.«
»Schon möglich, daß da ein Zusammenhang besteht«, meinte Rhonn nachdenklich. »Die Ernte ist zwar sicher schon eingebracht, aber es gibt ja trotzdem draußen noch genug zu tun. Vielleicht trauen sich die Leute nicht aus dem Dorf heraus, weil Krieg ist, oder sie können ihre Arbeit auf den Feldern nicht ohne das Vieh verrichten.«
»Dort drüben! Schau mal dort drüben!« rief Mark aufgeregt. »Siehst du die Wiese mit dem niedrigen Holzzaun? Da sind Schafe! Zwei... drei... vier...!«
»Kaum zu glauben! Da sind wirklich Schafe... es sind sieben!« zählte Rhonn und kniff die Augen zusammen, weil ihn das Sonnenlicht blendete. »Das ist nicht viel, aber immerhin etwas. Möglicherweise sind noch mehr da und wir sehen sie bloß von hier aus nicht. Komm, laß uns dahin gehen! Vielleicht ist auch jemand da, der sie hütet.«
Sie liefen auf die Wiese zu. Bonjour trabte hinter ihnen her. Auf einmal hielt Mark im Laufen inne und ergriff Rhonn am Arm, um ihn zurückzuhalten.
»Da steht ein Mädchen! – Ich werde verrückt! – Ob sie das ist?«

An einem Apfelbaum, mit dem Rücken zu ihnen, lehnte tatsächlich ein Mädchen mit langen dunkelblonden Zöpfen. Es hatte seine Schürze abgenommen und wie eine Wurst zusammengedreht. Hin und wieder schlug es damit nach Fliegen.

Die beiden Jungen starrten das Mädchen an. – Es war groß gewachsen und von stämmigem Körperbau. Die Hände waren kräftig, und man konnte sich durchaus vorstellen, daß sie imstande waren, ein Schwert zu schwingen.

»Es ist zweifellos ein Hirtenmädchen!« flüsterte Rhonn und warf Mark einen bedeutungsvollen Blick zu.

»Groß und kräftig ist es auch!« gab dieser ebenso leise zurück. »Das sind bereits zwei Bedingungen, die zutreffen.«

»Jetzt müssen wir geschickt vorgehen!« sagte Rhonn hinter vorgehaltener Hand. »Laß mich nur machen! Ich habe Erfahrung in solchen Sachen.«

Er trat einen Schritt vor. »Hallo, Jeanne!« rief er plötzlich laut.

Das Mädchen wandte sich langsam um.

»Ja?«

»Sie heißt wirklich Jeanne!« flüsterte Mark und hatte vor Aufregung rote Flecken im Gesicht. »Das ist ja nicht zu fassen! – Haben wir ein Glück!« freute er sich.

»Was ist?« fragte das Mädchen und musterte die Jungen ohne Lächeln.

Beide wußten auf einmal nicht so recht, wie sie ein Gespräch anfangen sollten.

»Jeanne! Du heißt also wirklich so?« begann Rhonn vorsichtig und ärgerte sich, daß ihm nichts Besseres einfiel.

»Ja! – Na und?« kam es unfreundlich zurück.

»Wir suchen ein Hirtenmädchen, das Jeanne heißt«, fuhr Rhonn fort und setzte sein liebenswürdigstes Gesicht auf. »Beides trifft auf dich zu.«

»Na wennschon«, sagte das Mädchen schlecht gelaunt. »Ich bin hier nicht die einzige, die Jeanne heißt und Vieh hütet – falls man es uns nicht gerade weggetrieben hat.«

Mark und Rhonn sahen sich an.

»Man hat es euch weggetrieben? Ach, darum ist hier kein Vieh zu sehen!« versuchte Rhonn das Gespräch fortzusetzen. »Wenn du gestattest, würden wir uns gerne mit dir unterhalten. Ich bin sicher, du bist die, die wir suchen.«

»Ich kenne euch nicht«, sagte das Mädchen kurz und wandte sich ab.

»Hörst du vielleicht Stimmen?« platzte Mark heraus, ehe Rhonn es verhindern konnte.

Das Mädchen fuhrt mit einem Ruck herum.

»Was soll das heißen? Natürlich höre ich Stimmen! Ich bin doch nicht taub!«

Mark wußte plötzlich nicht, was er sagen sollte.

»Ich ... ich meine nicht normale Stimmen wie unsere, ich meine ...«, er hielt inne und sah hilfesuchend zu Rhonn.

»Was für Stimmen meinst du denn?« fragte das Mädchen gereizt.

Mark wand sich vor Verlegenheit. Rhonn warf ihm einen vorwurfsvollen Blick zu und machte dann eine unbestimmte Geste nach oben.

Das Mädchen starrte verständnislos von einem zum andern.

»Was soll das heißen?«

Mark brachte kein Wort mehr heraus und wäre am liebsten in den Erdboden gesunken. Rhonn raffte sich seufzend zu einer Erklärung auf.

»Mein Freund meint, ob du himmlische Stimmen hörst, oder so etwas Ähnliches?« Er grinste verlegen und fühlte sich unbehaglich.

Das Mädchen stemmte angriffslustig die Arme in die Seiten.

»Ihr seid wohl nicht ganz richtig im Kopf!« rief es mit zornfunkelnden Augen. »Himmlische Stimmen! Na so was! Ihr könnt von mir ein paar hinter die Ohren kriegen, daß ihr alle Engel im Himmel singen hört!« Sie kam bedrohlich näher und schwang ihre Schürze.

Wie auf Kommando ergriffen beide Jungen die Flucht. Das Pferd lief hinter ihnen her. Nachdem sie ein gutes Stück gerannt waren und sich vergewissert hatten, daß das Mädchen ihnen nicht gefolgt war, blieben sie atemlos stehen.

»Wie finde ich das!« rief Mark und schnappte nach Luft. »Wir sind zu zweit und rennen vor einem Mädchen davon!«

»Unsere Reaktion ist vollkommen verständlich!« keuchte Rhonn. »Wir sind ja nicht aus Angst weggelaufen.« – »Nein?« gab Mark kleinlaut zurück. »Mit der war aber nicht gut Kirschen essen!«

»Quatsch!« sagte Rhonn und machte eine wegwerfende Handbewegung. »Mit der wären wir schon fertig geworden! – Aber man will sich ja schließlich nicht mit einer Heiligen herumprügeln!«

»Und dann auch noch zwei gegen eine!« bekräftigte Mark. »Obgleich...«, fuhr er zögernd fort, »... die sah ganz schön kräftig aus! So richtig streitbar! Wenn du die in eine Rüstung steckst, rennt jeder vor der davon.«

»Schon möglich«, grinste Rhonn. »Ich halte es aber für ausgeschlossen, daß es die Jeanne war, die wir suchen.«

»Ich glaube es auch nicht!« Mark schüttelte sich. »Und wie böse die war! – Nein, sie kann es einfach nicht gewesen sein!«

»Also suchen wir weiter!« rief Rhonn und setzte sich wieder in Bewegung. »Wir werden sie schon finden! Natürlich darfst du nicht gleich mit der Tür ins Haus fallen, so wie eben!«

»Ich weiß!« rief Mark zerknirscht. »Das mit den Stimmen war ein Fehler. Ich habe es sofort gemerkt.«

»Mach dir nichts draus!« tröstete ihn Rhonn. »Das ist nicht weiter schlimm. Es war ja sowieso die Falsche. Aber das nächstemal müssen wir die Sache vorsichtiger anpacken!« Er zeigte auf ein Haus, das etwas abseits lag.

»Vielleicht ist dort jemand, den wir unauffällig nach unserer Jeanne fragen können.«

»Ich weiß nicht«, murmelte Mark und sah etwas unglücklich aus, »mir scheint das alles recht schwierig zu sein. Ich glaube, so leicht, wie wir erst dachten, ist die heilige Johanna nicht zu finden. Könnten wir nicht doch vielleicht zum Grafen von Saint-Germain...«

»Man muß Geduld haben!« unterbrach ihn Rhonn und gab ihm einen freundlichen Rippenstoß.

Inzwischen waren sie bei dem Haus angelangt. Es war klein und wirkte verfallen. Auch hier hatte es anscheinend gebrannt. Das Dach war rußgeschwärzt und nur notdürftig ausgebessert. Die Fenster waren mit Zaunlatten vernagelt. Neben der offenstehenden, hölzernen Eingangstür saß zusammengesunken eine alte Frau in der Sonne. Sie war ganz in Schwarz gekleidet. Nur ihre Haube, die das Haar völlig verdeckte, war weiß. Die Augen in ihrem runzeligen Gesicht waren fast geschlossen, so daß man nicht genau erkennen konnte, ob sie schlief oder nur vor sich hin döste. Auf ihrem Schoß saß regungslos ein Huhn.

Plötzlich blinzelte die Alte. Sie riß die Augen auf und starrte die beiden Jungen an.

Mark wollte etwas sagen, aber Rhonn brachte ihn mit einem Blick zum Schweigen.

»Ich habe nichts«, sagte die alte Frau endlich. Ihre knorrigen Hände streichelten das Huhn. »Nur das habe ich noch. Alles andere haben sie mitgenommen.«

Rhonn räusperte sich verwirrt. »Was haben sie mitgenommen? Von wem sprechen Sie?«

Die alte Frau schwieg und blickte zu Boden. Nach einer Weile schüttelte sie müde den Kopf. »Woher kommt ihr, daß ihr das nicht wißt? – Die Engländer waren es, und die Burgundischen. Dieses Gesindel! Sie haben mir alle Hühner weggenommen. Nur dieses hier haben sie übersehen. Es lag unter meiner Bettstatt. Da haben sie es nicht gefunden.«

»Wir wollen Ihnen nichts wegnehmen!« beeilte sich Rhonn zu versichern. »Wir hätten nur gern eine Auskunft.«

Die Alte erwiderte nichts. Sie zuckte leicht mit den Schultern, als würde sie trotz der warmen Sonne frösteln.

»Wir suchen ein Mädchen namens Jeanne.«

»Hier gibt es viele, die so heißen. Jeanne... Marie... Catherine... so heißen hier fast alle.«

»Wir meinen ein Hirtenmädchen!« rief Mark.

»Hier hüten alle das Vieh. Jede kommt einmal dran. – Aber es ist kein Vieh da!« sagte die alte Frau mit einemmal heftig. »Sie haben es fortgetrieben.«

Mark warf Rhonn einen ratlosen Blick zu.

»Wir suchen ein Mädchen, das Jeanne heißt und sehr fromm ist.«

Die alte Frau starrte ihn an. »Es ist doch nichts Außergewöhnliches, wenn ein Mädchen fromm ist.«

Rhonn machte einen letzten Versuch. »Vielleicht kennen Sie eins, das Stimmen hört? Ein Mädchen, das anders ist als die anderen?«

Die alte Frau antwortete nicht mehr. Sie erhob sich schwerfällig und nahm das Huhn unter den Arm. Dann schlurfte sie mit gebeugtem Rücken ins Haus. Plötzlich drehte sie sich langsam um und kam noch einmal zurück.

»Stimmen?« flüstere sie heiser. Wieder schüttelte sie den Kopf. Sie hielt die Hand vor den Mund, so daß man kaum verstand, was sie sagte. »Die Tochter des Dorfältesten, . . . sie heißt Jeanne. Die ist anders als die andern, aber . . .«, die Alte kicherte, ». . . sie ist nicht besonders fromm . . .«

»Was heißt, sie ist nicht besonders fromm?« warf Rhonn schnell dazwischen.

Das Kichern der Alten ging in ein Hüsteln über. »Nun, was soll man denken – wenn eine dauernd zur Beichte rennt!«

Sie hielt sich erschrocken den Mund zu und schlug ein Kreuz. Dann verschwand sie im Haus und warf die Tür hinter sich zu. Von drinnen hörte man, wie sie eilig den Riegel vorschob.

Rhonn starrte auf die geschlossene Tür. Er sah enttäuscht aus.

»Tut mir leid«, sagte er schließlich.

»Was tut dir leid?« erkundigte sich Mark, während er Bonjours Hals streichelte.

»Wir haben Pech!« stellte Rhonn fest. »Ich hätte nicht geglaubt, daß es so schwer sein würde, die heilige Johanna zu finden. Ich dachte, unter den uns bekannten Voraussetzungen wäre es die leichteste Sache von der Welt.«

»Man muß Geduld haben! Das hast du selbst gesagt«, warf Mark tröstend ein.

»Aber ich fürchte, aus diesen Leuten hier werden wir nicht viel herausbekommen. Sie sind verschlossen und reagieren feindselig. Vielleicht sagen sie auch aus Angst nichts, wie die Alte eben.« Rhonn machte ein mißmutiges Gesicht.

»Manchmal ist das leider so bei diesen Ausflügen in die Geschichte«, fuhr er fort. »Man ist vor Überraschungen nicht sicher. Oft stellt sich heraus, daß in Wirklichkeit alles ganz anders ist. Am besten, wir lassen das Ganze!«

»Kommt nicht in Frage!« protestierte Mark, der genau wußte, wieviel Rhonn an einer Begegnung mit der heiligen Johanna lag. Rhonn hatte sich das nun einmal in den Kopf gesetzt und sich genauso darauf gefreut, wie Mark sich danach sehnte, den Grafen von Saint-Germain kennenzulernen.

»Du wirst dich doch nicht entmutigen lassen, bloß weil sich das Unternehmen schwieriger anläßt, als wir zuerst dachten!« rief er und lächelte Rhonn aufmunternd zu.

»Aber es macht dir sicher keinen Spaß, wenn wir so lange suchen müssen«, sagte dieser zweifelnd. »Außerdem möchtest du doch sowieso viel lieber zum Grafen von Saint-Germain.«

»Mach dir deswegen keine Gedanken!« rief Mark, der seinen Freund um keinen Preis enttäuschen wollte. »Ich finde, es macht doch erst recht Spaß, wenn ein paar Schwierigkeiten dabei sind, mit denen man fertig werden muß. Ich möchte die heilige Johanna genauso gerne kennenlernen wie du. Ich hatte nur am Anfang ein bißchen Angst davor, weil sie doch eine Heilige ist und ich nicht weiß, wie man sich da richtig verhält. Ich gebe zu, ich habe immer noch Hemmungen, aber die werde ich schon überwinden.«

»Meinst du das wirklich ehrlich?« Rhonn war immer noch unsicher.

»Ja, ganz bestimmt!« sagte Mark mit Nachdruck. »Außerdem hast du mir ja versprochen, daß wir anschließend zum Grafen von Saint-Germain fliegen.«

»Großes Ehrenwort!« rief Rhonn und sein Gesicht heiterte sich wieder auf. »Also gut! Dann suchen wir weiter!«

Sie kehrten dem Haus der alten Frau den Rücken und marschierten wieder auf das Dorf zu.

»Laß uns am Fluß entlanggehen!« schlug Mark vor.

»Gute Idee!« rief Rhonn erfreut. »Das Maastal ist wunderschön. Aber warum sollen wir eigentlich gehen? Wir könnten doch auch reiten! Bonjour ist kräftig genug, um uns beide zu tragen, nicht wahr, Bonjour?«

Das Pferd spitzte die Ohren und blieb stehen. Wie zur Antwort wieherte es leise und warf schnaubend den Kopf zurück.

»Na dann los!« lachte Rhonn und schwang sich in den Sattel. Mark betrachtete den ungewöhnlich großen Steigbügel.

»Dein früherer Herr scheint eine ausgefallene Schuhnummer gehabt zu haben!« grinste er und kletterte ebenfalls hinauf. Er setzte sich vor Rhonn und ergriff den Zügel.

Bonjour setzte sich langsam in Bewegung und fiel dann in einen verhaltenen Trab. Sie bogen rechts ab und ritten einen leicht abfallenden Hang hinunter. Nicht weit entfernt floß die Maas zwischen grünen, saftigen Wiesen. Eine schmale Holzbrücke verband beide Ufer. Sie war vom Krieg unzerstört geblieben.

Plötzlich ertönte Geschrei. Erst von weit her, dann näher. Am gegenüberliegenden Ufer war eine Bewegung zu erkennen. Hinter den Erlen und Büschen, die dicht am Wasser standen, tauchte eine rote Gestalt auf, die anscheinend vor etwas davonlief.

»Was ist da los?« rief Rhonn, während Mark erschrocken das Pferd anhielt.

Hinter der flüchtenden Gestalt rannten drei kräftige Burschen. Ab und zu bückte sich einer und hob etwas auf, um es nach ihr zu schleudern.

»Wie gemein! Sie sind zu dritt und werfen mit Steinen!« empörte sich Mark.

Jetzt erreichte die rote Gestalt die Brücke. Es war ein zierliches Mädchen, dessen lange, dunkle Haare aufgelöst hinter ihm herwehten. Das rote Kleid hatte es mit beiden Händen hochgerafft, um nicht beim Laufen darüber zu stolpern.

»Die Engländer sollen dahin zurückgehen, wo sie hingehören, nach England!« schrie es zornig, aber die Stimme war voller Angst.

Etwa in der Mitte der Brücke hatte einer der Burschen das Mädchen eingeholt. Nachdem er es an den Haaren gepackt hatte, stürzte es mit einem Schmerzensschrei zu Boden. Aber noch bevor die beiden anderen herangekommen waren, riß es sich wieder los. Obwohl es barfuß war, rannte es mit großer Schnelligkeit das letzte Stück über die Brücke und erreichte so das diesseitige Ufer.

Die drei Burschen nahmen die Verfolgung wieder auf.

»Fahr zur Hölle!« brüllte ihr Anführer wütend. »Der Teufel soll dich holen, dich und diesen dreckigen Bastard, den französischen Karl!«

»Helft mir! So helft mir doch!« schrie das Mädchen verzweifelt, als es Mark und Rhonn erblickte. Es hatte aufgeschlagene Knie und eine blutende Schramme am Kopf.

Mark sprang vom Pferd. »Hab keine Angst, wir beschützen dich!« rief er und lief dem Mädchen entgegen. Doch ehe er es erreicht hatte, war es mit der Gewandtheit einer Katze auf einen Baum geklettert, wo es sich oben an einem starken Ast festklammerte.

Die Burschen waren herangekommen und blickten haßerfüllt hinauf. Sie umstellten den Baum.

»Jetzt haben wir dich!« rief der größte höhnisch.

»Komm runter, oder wir schütteln so lange, bis du herunterfällst wie ein fauler Apfel.«

Mark stellte sich ihnen entgegen. »Rennt ihr deshalb zu dritt hinter einem Mädchen her, weil ihr euch dann stärker fühlt, ihr Feiglinge?« Gleichzeitig fragte er sich, ob es klug war, sich mit den derben Bauernjungen anzulegen, die kräftiger waren als er.

Der Anführer fuhr sich über sein vom Laufen verschwitztes Gesicht. Er sah Mark böse an und musterte ihn von Kopf bis Fuß.

»Du bist genauso eine Laus wie sie!« Er machte eine wütende Armbewegung in Richtung des Mädchens.

»Mit dir machen wir kurzen Prozeß!«

Doch bevor sich die Burschen gemeinsam auf Mark stürzen konnten, war Rhonn mit dem Pferd herangekommen. Bonjour bäumte sich auf, und es sah aus, als wollte er seine hocherhobenen Vorderhufe auf ihre Köpfe schmettern.

»Macht, daß ihr wegkommt!« schrie Rhonn, während die drei Burschen die Flucht ergriffen. In einiger Entfernung blieben sie stehen.

»Na schön! Ihr habt ein Pferd und seid uns damit überlegen!« schrie der Anführer herüber. »Aber wenn der gute König Heinrich erst regiert, wird er euch alle zertreten, wie Ungeziefer!«

»Du solltest dich schämen!« rief das Mädchen vom Baum herab. »Es gibt nur einen, der zum rechtmäßigen König von Frankreich bestimmt ist, und das ist unser Dauphin. Ich wollte, man würde dir den Kopf abschlagen für deine verräterische Gesinnung!« Es bekreuzigte sich schnell. »Natürlich nur, wenn es Gott gefiele!«

Der Bursche spuckte in hohem Bogen aus.

»Laß dich nicht noch einmal auf unserer Seite erwischen, sonst ersäufen wir dich im Fluß!«

Die drei steckten die Köpfe zusammen und sprachen so leise miteinander, daß man nicht verstehen konnte, was sie sagten. Sie warfen noch einen drohenden Blick herüber, dann liefen sie zum Flußufer. Sie verschwanden in den Büschen und kamen plötzlich mit dicken Ästen bewaffnet wieder zum Vorschein.

»Sie kommen zurück!« schrie Mark. »Schnell! Wir müssen machen, daß wir wegkommen!«

Rhonn ritt so dicht er konnte an den Baum heran.

»Los, komm herunter. Wir bringen dich in Sicherheit! Aber es muß schnell gehen!«

»Ich kann nicht reiten!« sagte das Mädchen mit aufgerissenen Augen und zitternder Stimme.

»Das macht nichts!« rief Mark. »Wir nehmen dich in die Mitte und halten dich fest. Los, beeil dich! Sie sind gleich da!«

Das Mädchen schien noch einen Augenblick zu überlegen. Dann kletterte es mit großer Behendigkeit den Baum herunter. Mark sah mit Erstaunen, wie es scheinbar furchtlos aus ziemlicher Höhe auf den Erdboden sprang.

»Heißt du zufällig Jeanne?« fragte er hastig.

»Ja«, antwortete das Mädchen und sah ihn verwundert an.

»Sie heißt Jeanne!« rief Mark und warf Rhonn einen bedeutungsvollen Blick zu. »Aber sie ist es natürlich auch nicht«, fügte er leise hinzu, als er die Hilflosigkeit bemerkte, mit der sie vor dem Pferd stand.

»Nun beeilt euch doch!« rief Rhonn ungeduldig. »Jetzt ist keine Zeit für Unterhaltungen!« Er streckte dem Mädchen helfend die Hand entgegen.

»Du mußt den Steigbügel benützen, dann geht es besser!« sagte Mark drängend. »Stell einen Fuß hinein und schwing dich hoch!«

Das Mädchen griff statt dessen in die Mähne des Pferdes und schnellte sich wie eine Feder vom Boden ab. Da saß es nun endlich oben, von Rhonn rechtzeitig festgehalten, sonst wäre es mit dem gleichen Schwung auf der anderen Seite wieder heruntergefallen.

»Na also, es geht doch!« rief Mark erleichtert.

Es war auch höchste Zeit. Die drei Burschen stürmten nun den Hang hinauf und waren bereits gefährlich nahe. Man hörte ihren keuchenden Atem. In ihren Gesichtern stand verbissene Wut.

Rhonn lehnte sich so weit er konnte im Sattel zurück, denn als Mark ebenfalls hinaufgeklettert war, wurde es ziemlich eng. Jeanne saß ängstlich zwischen den beiden Jungen und ließ ihre Beine an einer Seite herunterhängen.

Mark ergriff eilig den Zügel.

»Halt dich an mir fest!« rief er ihr zu und wendete das Pferd.

Bonjour, der geduldig stehengeblieben war, bis alle auf seinem Rükken Platz gefunden hatten, wieherte laut und bäumte sich auf. Er drehte einen Kreis um sich selbst, wobei er kräftig schnaubend seine Mähne schüttelte. Dann stob er in gestrecktem Lauf mit seiner Last davon, als würde er kaum etwas davon spüren.

Die drei klammerten sich aneinander fest, während Jeanne einen Aufschrei unterdrückte. Als sie den Hügel erklommen hatten, lenkte Mark das Pferd nach links. Sie jagten den Weg entlang, den er und Rhonn gekommen waren.

»Die Kerle sind nicht mehr zu sehen!« stellte Rhonn befriedigt fest, nachdem er sich einige Male umgedreht hatte.

»Was sagst du?« rief Mark zurück, der nichts verstanden hatte, weil ihm der Wind um die Ohren pfiff.

»Ich sagte, die Kerle sind nicht mehr zu sehen!« schrie Rhonn nach vorne. »Niemand verfolgt uns. Wohin reiten wir eigentlich?«

»Wir sind auf dem Weg zum Feenbaum!« meldete sich Jeanne mit blassem Gesicht zu Wort. Sie deutete hinüber zum Waldrand.

»Das ist gut! Dort sind wir ganz sicher!«

Bonjour verlangsamte sein Tempo, als spürte auch er, daß die Gefahr vorbei war.

Mark sah in einiger Entfernung den Wald, vor dem sie die Zeitmaschine abgestellt hatten. Er erkannte ihn an der riesigen Hängebuche, die in unmittelbarer Nähe stand.

Mark streckte einen Arm aus und zeigte in die Richtung. »Ist das der Feenbaum?«

»Ja«, sagte Jeanne. »Das ist er.«

»Warum heißt er so?« fragte Rhonn interessiert.

»Er gehört dem Ritter von Bourlemont«, antwortete Jeanne mit einem scheuen Lächeln. »Man sagt, daß die Feen dort früher ihr Wesen trieben.«

»Feen?« rief Mark erstaunt.

»Ja«, erwiderte Jeanne und ein zartes Rot überzog ihre Wangen. »So behaupten jedenfalls die Alten. Es geht die Sage, daß eine der Feen sich in einen Vorfahren des Ritters von Bourlemont verliebte. Sie trafen sich dort zum Tanze. Niemand weiß, wie alt der Baum ist, aber er wurde immer schon Feenbaum genannt.«

Als Bonjour stehengeblieben war, ließ Jeanne sich vom Pferd gleiten.

»Seht nur!« rief sie und eilte leichtfüßig auf den Baum zu. »Hier ist auch eine Quelle! Manchmal kommen Kranke hierher, um von dem Wasser zu trinken. Ich weiß aber nicht, ob sie wirklich davon gesund werden.«

Mark und Rhonn, die ebenfalls vom Pferd gesprungen waren, um Jeanne zu folgen, betrachteten das sprudelnde Wasser, das sie bei ihrer Ankunft nicht bemerkt hatten. Dann sahen sie hinauf zu dem mächtigen Baum und waren wiederum von seiner Schönheit beeindruckt.

»Er sieht aus wie ein grünes Haus, in dem man wohnen möchte, nicht wahr«, sagte Jeanne und war sichtlich erfreut, daß der Baum den beiden Jungen so gut gefiel. »Manchmal nennt man ihn auch das Haus der Damen.«

Mark war eigenartig davon berührt, daß Jeanne genau wie er den Baum mit einem Haus verglich. Wie mochte es wohl klingen, wenn der Wind die vielen tausend Blätter bewegte? Wie Musik? Klänge, zu denen man tanzen konnte. Eine verliebte Fee und ihr Ritter – unter einem großen, grünen Baum, der ihnen Schutz bot, wie ein Haus.

»Hast du hier schon einmal eine Fee gesehen?« fragte Mark, dessen Phantasie die Geschichte weiterspinnen wollte.

»Aber nein.« Jeanne mußte lachen. »Das ist doch nur ein Märchen.«

»Kommst du oft hierher?«

»Ja«, antwortete sie heiter. »Vor allem wenn ich über etwas nachdenken will, oder wenn ich Kummer habe, was allerdings selten vorkommt, denn ich lache viel zu gerne. Im Mai tanzen wir und singen und hängen Blumenkränze in die Zweige. Oh!« Jeanne unterbrach sich plötzlich und wurde verlegen. »Ich rede und rede und habe euch noch gar nicht gedankt. Wer weiß, was diese Burschen mit mir gemacht hätten, wenn ihr mir nicht zur Hilfe gekommen wärt!«

»Wieso bist du ihnen in die Hände gefallen?« fragte Rhonn neugierig. »Was ist passiert?«

»Ich wollte mich mit Mengette am Fluß treffen. Aber sie kam nicht.«

»Wer ist Mengette?«

»Meine Freundin.« Jeanne strich mit den Händen durch ihr aufgelöstes Haar und flocht es zu einem dicken Zopf.

»Und was weiter?« erkundigte sich Mark.

Jeanne zögerte, dann fuhr sie fort. »Als ich so auf Mengette wartete, hatte ich plötzlich den Einfall, daß das Vieh, welches man uns im Juli gestohlen hat, vielleicht auf den Weiden von Maxey grasen könnte. Da bin ich einfach über die Brücke gegangen, um nachzusehen.«

»Das war aber nicht sehr klug von dir«, meinte Mark kopfschüttelnd.

»Nein.« Jeanne blickte schuldbewußt zu Boden. »Es war eine ausgesprochene Dummheit. Drei Burschen aus Maxey entdeckten und verfolgten mich, als sie erkannten, daß ich aus Domrémy stamme.«

Mark betrachtete sie nachdenklich. Sie sah eigentlich nicht aus wie ein Bauernmädchen. Sie war sehr schmal und schien dadurch zerbrechlich. Ihr Gesicht war nicht schön im landläufigen Sinne, wirkte aber durch seine klaren Züge und den offenen Blick sehr anziehend. Es wurde beherrscht von übergroßen dunklen Augen, die ein wenig auseinanderstanden.

»Du hattest Glück, daß wir zufällig vorbeikamen!« sagte er schließlich. »Ein Mädchen wie du darf sich doch nicht ganz allein in feindliches Gebiet wagen. Das war ausgesprochen leichtsinnig!«

Jeanne warf den Kopf in den Nacken und holte tief Luft, als wollte sie damit alles von sich abschütteln.

»Zum Glück ist ja noch einmal alles gutgegangen. Ich bin euch wirklich zu Dank verpflichtet.« Ihr Blick fiel auf Bonjour. »Und natürlich auch eurem Pferd! Es hat seine Sache sehr gut gemacht!«

»Es ist gar nicht unser Pferd!« rief Rhonn und streichelte Bonjours Hals. »Es ist uns zugelaufen. Wir haben keine Ahnung, wem es gehört.«

»Was für ein schönes Tier!« sagte Jeanne und betrachtete es von allen Seiten. »Ich liebe Pferde! Ich wollte, wir hätten noch welche! Aber die hat man uns zuallererst weggenommen. Die werden im Krieg am meisten gebraucht.«

»Es heißt Bonjour!« rief Mark.

»Bonjour?« sie lächelte. »Das ist ein seltsamer Name für ein Pferd.«

»Wir haben es Bonjour genannt, weil wir den Eindruck hatten, daß ihm dieses Wort gefällt.«

»Es ist ein Ritterpferd!« sagte Jeanne mit einem sehnsüchtigen Ausdruck in den Augen.

»Ein Ritterpferd? Woran erkennst du das denn?« wunderte sich Rhonn.

Sie sah von einem zum andern. »Soll das heißen, daß ihr das nicht wißt?« fragte sie erstaunt.

Mark schüttelte den Kopf.

»Nein, wir wissen es nicht. Wir haben, ehrlich gestanden, noch nie ein Ritterpferd gesehen.«

»Man erkennt es an dem Sattel mit der hohen Lehne«, erklärte Jeanne. »Ein Ritter in voller Rüstung ist zu Pferd recht unbeweglich und braucht daher einen Halt. Ihr seht es auch an den großen Steigbügeln! Wären sie kleiner, käme er mit seinen eisenbeschienten Füßen gar nicht hinein.«

»Ach so!« lachte Mark. »Und wir dachten schon, Bonjours ehemaliger Besitzer hätte besonders große Füße gehabt.«

Jeanne sah die beiden Jungen aufmerksam an.

»Ihr seid nicht von hier, nicht wahr?«

»Das stimmt. Wir kommen von sehr weit her«, gab Rhonn zu und glaubte plötzlich einen Schatten von Mißtrauen in ihrem Gesicht zu sehen.

»Aber wir stehen nicht auf der Seite der Engländer«, beeilte sich Mark hinzuzufügen.

»Ich habe mir schon gedacht, daß diese Gegend fremd für euch sein muß, weil ihr den Feenbaum nicht kanntet«, sagte Jeanne lächelnd. »Den kennt hier jedes Kind weit und breit. Wie heißt ihr eigentlich?«

»Ich bin Mark und das ist mein Freund Rhonn.«

»Mark und Rhonn?« wiederholte sie erstaunt. »Diese Namen habe ich noch nie gehört. Meine Eltern rufen mich Jeannette, aber ich habe es lieber, wenn man mich Jeanne nennt.« Sie sah Mark forschend an. »Was hatte das zu bedeuten, als du vorhin sagtest: ›Das ist sie natürlich auch nicht‹?«

Mark bekam einen roten Kopf. »Entschuldige, das war nicht böse gemeint. Es ist nur . . . wir suchen ein ganz bestimmtes Mädchen und mit dem hast du überhaupt keine Ähnlichkeit.«

»Wie soll das Mädchen denn aussehen?« fragte Jeanne neugierig. »Vielleicht kann ich euch helfen, es zu finden.«

»Das wissen wir nicht genau«, erwiderte Rhonn. »Wir wissen nur, daß es Jeanne heißt und aus Domrémy stammt. Vermutlich ist es groß und kräftig.«

»Groß und kräftig bist du nicht«, stellte Mark fest und musterte Jeanne von Kopf bis Fuß. »Bist du ein armes Hirtenmädchen?«

Sie schüttelte den Kopf. »Nein«, sagte sie schlicht. »Ich bin viel bei meiner Mutter zu Hause. Ich kann sehr gut spinnen und nähen. Manchmal helfe ich meinen Brüdern das Vieh auf die Weide zu treiben, aber ich hüte es nicht. Und arm sind wir auch nicht«, fügte sie mit einem gewissen Stolz hinzu. »Mein Vater ist ein sehr angesehener Mann in der Gemeinde und besitzt zwanzig Hektar Land. Wir wohnen in einem Haus, das ganz aus Stein gebaut ist, nicht aus Lehm, wie die meisten Hütten hier. Es steht gleich neben der Kirche, in der ich getauft worden bin. Mein Vater war früher Gemeindevorsteher. Jetzt ist er der Dorfälteste. Er kommt gleich nach dem Bürgermeister.«

»Dein Vater ist der Dorfälteste?« fragte Rhonn überrascht. »Gehst du oft zur Beichte?«

»Ja«, erwiderte Jeanne mit fröhlichem Lachen. »Ich finde, man kann sein Gewissen gar nicht oft genug erleichtern.« Sie wurde wieder ernst. »Woher wißt ihr, daß ich oft zur Beichte gehe, wenn ihr doch fremd hier seid?«

»Eine alte Frau hat es uns erzählt. Wir erkundigten uns nach einem Mädchen, das Jeanne heißt und in Domrémy geboren ist«, antwortete Rhonn nachdenklich. »Wir fragten sie, ob sie ein Mädchen kennt, das anders ist als die andern . . .«

»Und das Stimmen hört!« rief Mark dazwischen. »Aber Stimmen hörst du natürlich nicht.«

Jeanne sah ihn mit vor Staunen geweiteten Augen an. Es schien, als hielte sie die Luft an.

»Stimmen?« flüsterte sie gepreßt. »Was für Stimmen?«

Mark warf Rhonn einen unsicheren Blick zu. Hatte er wieder etwas falsch gemacht?

»Na ja, himmlische Stimmen«, sagte er verlegen. »Stimmen von Heiligen.«

Jeanne starrte von einem zum andern. »Stimmen von Heiligen?« wiederholte sie tonlos.

»Hörst du solche Stimmen?« fragte Rhonn eindringlich. »Bist du das Mädchen, das wir suchen?«

»Woher wißt ihr, daß ich Stimmen höre?« rief Jeanne mit brennenden Augen. »Ich habe doch keinem Menschen ein Sterbenswort davon gesagt. Sprechen meine Stimmen denn auch zu euch?«

Mark stand da, wie angewurzelt, und brachte kein Wort heraus. Das war sie also! Das war die Jungfrau von Orléans! Dieses zarte Mädchen mit den verschreckten, großen Augen, das nicht einmal reiten konnte. Ein Mädchen, das von tanzenden Feen erzählte und stolz darauf war, gut spinnen und nähen zu können. Das sollte diese kriegerische Heilige sein?

Auch Rhonn war sprachlos, und es dauerte eine Weile, ehe er sich wieder gefaßt hatte.

»Nein, Jeanne«, sagte er behutsam, »deine Stimmen sprechen nicht zu uns. Aber wir wissen von einem Mädchen, daß ausersehen ist, Frankreich zu retten.«

»Dann habt ihr also auch davon gehört?« rief Jeanne atemlos.

Mark und Rhonn sahen sie an ohne zu antworten.

»Was meinst du?« fragte Rhonn schließlich mit sanfter Stimme. »Wovon sollen wir gehört haben?«

»Es gibt eine alte Prophezeiung! Es heißt, daß Frankreich durch eine Frau verlorengeht und durch eine Jungfrau gerettet wird«, sagte Jeanne mit geheimnisvoller Miene.

»Die Frau, von der die Rede ist, könnte die böse Königin Isabeau sein, nicht wahr?« rief Mark und holte tief Luft. »Sie ist schuld an dem Krieg und daß Frankreich zwischen zwei Parteien hin- und hergerissen ist.«

Jeanne schien nicht zugehört zu haben. »Es heißt, daß diese Jungfrau aus Lothringen kommt«, sagte sie gedankenversunken.

Mark sah beeindruckt zu Rhonn und dann wieder zu dem Mädchen. »Was sagen die Stimmen, die du zu hören glaubst?«

Jeanne warf trotzig den Kopf zurück. »Ich bilde mir das nicht ein. Ich höre sie wirklich!«

»Hörst du sie jetzt auch?« fragte Rhonn leise.

»Nein, ich höre sie nur, wenn ich allein bin.«

»Wie ist es, wenn du sie hörst, und was sagen sie?«

Jeanne strich sich mit der Hand über die Stirn. Ihr Atem ging stoßweise. »Es . . . es ist so schwer zu beschreiben. Ich höre sie, wenn die Kirchglocken im Dorf läuten, oder wenn der Wind in den Bäumen rauscht. Manchmal rufen sie mich auch über die Felder, wenn ich am Fluß entlanggehe.«

»Was sagen sie denn?« Rhonn hing gebannt an ihren Lippen.

»Sie sagen ... geh, Jeanne! Manchmal rufen sie auch nur meinen Namen Jeanne ... Jeanne ... dann klingt nichts auf der Welt schöner als der Name Jeanne.«

»Ist das alles?«

»Nein. Manchmal vernehme ich ganz deutlich, daß sie rufen: Jeanne, du sollst Frankreich retten – du mußt Frankreich vereinen – du mußt den König krönen!«

»Wann hast du diese Stimmen zum erstenmal gehört?« fragte Rhonn leise.

Jeanne biß sich auf die Lippen. Es hatte den Anschein, als fiele ihr das Sprechen darüber schwer.

»Es war im Sommer, so um die Mittagszeit. Ich war im Garten meines Vaters. Da hörte ich eine Stimme auf der rechten Seite zur Kirche hin. Ich hatte große Angst ...«

»Was sagte sie denn?«

»Sie sagte, daß ich nicht länger hier bleiben solle. ›Sieh, wieviel Jammer und Elend das Königreich Frankreich heimgesucht haben‹, sagte die Stimme.«

»Weißt du, wer diese Stimme ist?« fragte Rhonn.

»Ja, das weiß ich«, sagte Jeanne feierlich. »Es ist der heilige Michael. Aber auch die heilige Katharina und die heilige Margarethe sprechen zu mir. Dann ist es immer sehr hell um mich herum. – Immer ist diese strahlende Helligkeit da, wenn sie mich rufen.«

»Hast du diese Heiligen nur gehört, oder siehst du sie auch?« fragte Mark mit großen Augen.

»Ich höre sie fast jeden Tag und ich sehe sie auch manchmal«, antwortete Jeanne mit großem Ernst. »Aber ich sehe sie nicht ganz, nur ihre Köpfe, sie tragen funkelnde Kronen. Tochter von Gott, rufen sie mir zu ... geh und rette Frankreich!«

»Aber du gehst nicht«, sagte Rhonn und sah sie forschend an.

Jeanne setzte sich zu Boden auf eine Baumwurzel und umschlang ihre Knie. Mark sah, daß sie zitterte.

»Warum gehst du nicht?« fragte Rhonn eindringlich.

»Wie könnte ich das?« rief sie gequält. »Warum gerade ich? Ich kann weder lesen noch schreiben. Ich bin auch nicht von edler Geburt. Ich bin ein einfaches Mädchen, das nicht weiß, wie man Krieg führt! Manchmal packen mich Angst und Zweifel, ob es wirklich die Himmlischen sind, die mich rufen, ob es nicht ...« Sie stockte und ein tiefer Seufzer entrang sich ihrer Brust.

»Ob es nicht ... was?« fragte Rhonn behutsam.

»Ob es nicht Versuchungen des Teufels sind«, flüsterte Jeanne. Ihr Gesicht war totenblaß.

Alle drei schwiegen.

»Liebst du dein Land?« fragte Rhonn nach einer Weile.

Über Jeannes Gesicht ging ein Leuchten. »Ich liebe mein Frankreich über alles! Ich liebe es mehr als mein Leben!« sagte sie mit großer Inbrunst.

»Wie kannst du dann glauben, daß die Stimmen, die dir befehlen, Frankreich zu retten, teuflischen Ursprungs sein könnten?« sagte Rhonn ernst.

Jeanne sah ihn an. In ihren großen, dunklen Augen war ein seltsamer Glanz. Es war, als sähe sie durch ihn hindurch. Sie öffnete den Mund, als wollte sie etwas sagen. Da begannen im Dorf die Kirchenglocken zu läuten. Es klang sehr leise, sehr weit entfernt.

Mark und Rhonn hielten den Atem an.

Jeanne hatte den Kopf zurückgelegt. Sie schien mit ihrem ganzen Körper zu lauschen. Als sie bemerkte, daß die beiden sie anstarrten, stand sie langsam auf. Ihre Bewegungen waren benommen, wie die einer Schlafwandlerin.

»Es ist nichts«, flüsterte sie. »Es sind nicht meine Stimmen. Sie sprechen zu mir nur, wenn ich allein bin. Jetzt höre ich die Kirchenglocken genauso wie ihr.«

Sie erschrak heftig. »Ich muß gehen! Ich müßte längst zu Hause sein!«

»Wir begleiten dich!« rief Rhonn. »Damit dir unterwegs nichts geschieht.«

»O nein, bitte nicht!« sagte Jeanne mit angstvollem Gesicht. »Mein Vater würde mich schelten, wenn ich mit zwei Fremden durchs Dorf ginge.«

»Aber was ist, wenn die drei Burschen dir irgendwo auflauern?« rief Mark besorgt.

»Ich gehe nicht am Fluß entlang. Ich nehme den Weg, der oberhalb der Kapelle von Notre Dame de Bermont von Neufchâteau nach Domrémy führt.« Jeanne war sichtlich von Unruhe gepackt. »Ich muß zurück sein, bevor mein Vater nach Hause kommt!«

»Ist dein Vater so streng?« fragte Rhonn mitfühlend. Jeanne sah gehetzt von einem zum andern.

»Meine Mutter erzählte mir von einem seltsamen Traum meines Vaters. Ihm träumte, ich würde mit den Soldaten davongehen. Zu meinen Brüdern soll er gesagt haben: ›Wenn das, was ich wegen meiner Tochter befürchte, wirklich geschieht, dann wäre es mir lieber, ihr würdet sie ertränken! Und wenn ihr es nicht tätet, dann ertränkte ich sie selbst.‹«

»Hast du deinen Stimmen davon erzählt?«

Jeanne nickte.

»Gaben sie dir eine Antwort?«

»Der heilige Michael sagte: ›Sei ein gutes Mädchen, dann wird Gott dir helfen!‹« Sie hatte Tränen in den Augen. »Aber ich kann nicht einmal reiten.«

Mark mußte schlucken. Er warf einen fragenden Blick zu Rhonn, der hilflos mit den Schultern zuckte. Bonjour stand reglos und sah aufmerksam zu ihnen herüber.

Mark hatte plötzlich einen Einfall.

»Jeanne!« rief er. »Willst du unser Pferd haben? Wir schenken es dir gerne, nicht wahr, Rhonn?«

»Natürlich, das ist eine gute Idee!« sagte dieser und sah anerkennend zu Mark. »Bonjour ist ein wunderbares Pferd, Jeanne. Wir schenken es dir. Auf ihm kannst du reiten lernen!«

Jeanne starrte die beiden an, als hätte sie das, was sie eben gehört hatte, nicht richtig verstanden.

»Ihr wollt mir euer Pferd schenken?« sagte sie fassungslos.

»Ja!« rief Mark und strahlte über das ganze Gesicht. »Wir schenken dir Bonjour. Wir könnten ihn sowieso nicht bei uns behalten.«

»Ist das wirklich wahr?« Jeanne sah ihn ungläubig an.

»Ganz bestimmt!« bekräftigte Rhonn. »Bonjour hat seinen Herrn verloren und ist uns zugelaufen. Wir sind froh, wenn wir einen Platz für ihn finden, wo er es gut hat. Und gut hätte er es doch bei dir, nicht wahr, Jeanne?«

Jeanne war unfähig, etwas zu sagen. Stumm wischte sie sich die Tränen ab, die über ihre Wangen liefen. Sie ging zu Bonjour und zog seinen Kopf zu sich herab. Sie streichelte seine weichen Nüstern und preßte dann ihr Gesicht an seinen Hals.

»Steig auf, Jeanne!« rief Rhonn. »Wir halten dich fest! Lehn dich gegen den Sattel, wie ein Ritter in seiner Rüstung es machen würde, dann kannst du nicht herunterfallen.«

Mark hielt ihr den Steigbügel. »Steig auf, Jeanne! Hab keine Angst!«

Rhonn faßte sie um die Mitte und hob sie hoch. Jeanne wußte kaum, wie ihr geschah, als sie plötzlich oben saß. Mark nahm das Pferd am Zügel, und Bonjour setzte sich behutsam in Bewegung. »Sei ganz ruhig und fürchte dich nicht, Jeanne! Es wird dich nicht abwerfen. Es ist ein gutes Pferd!«

Rhonn gab Bonjour einen leichten Schlag auf die Kruppe.

»Paß gut auf sie auf! Leb wohl, Jeanne!«

»Ich weiß nicht, wie ich euch jemals danken soll«, sagte sie leise und ihre Mundwinkel zuckten. »Vielleicht hört ihr eines Tages, daß ich meine Aufgabe erfüllt habe.«

Ihre Hände zitterten leicht, als Mark ihr den Zügel übergab.

»Leb wohl, Jeanne!« rief Mark und versuchte zu lächeln. »Mögen deine Heiligen dich beschützen!«

Fünftes Kapitel
In Chinon – Ein unterirdischer Graben – Der Narr des Königs – Jeanne d'Arc – Wer ist Karl VII.?

Jeanne hielt sich sehr aufrecht im Sattel. Wie sie da hoch zu Pferd saß und tapfer bemüht war, keine Angst zu zeigen, wirkte sie noch zarter, fast wie ein Kind. Bevor sie an eine Wegbiegung kam und hinter einer Baumgruppe verschwand, drehte sie sich noch einmal in steifer Haltung um und winkte Mark und Rhonn einen Abschiedsgruß zu.

Beide waren viel zu aufgewühlt, um gleich sprechen zu können.

»Mir ist, als hätte ich einen Kloß im Hals«, sagte Mark nach einer Weile und griff sich an die Kehle.

»Mir geht es genauso«, gab Rhonn zu.

»Kannst du dir vorstellen, daß dieses Mädchen in den Krieg zieht?« murmelte Mark bedrückt. »Aus unserer Jeanne soll die streitbare Jungfrau von Orléans werden? Es ist kaum zu glauben, so wie wir sie jetzt kennengelernt haben! Wie schafft sie das bloß?«

»Du mußt bedenken, es dauert noch gut drei Jahre, bis sie wirklich aufbricht! Was kann in drei Jahren alles geschehen! Wie sehr kann sich jemand in dieser Zeit verändern!« sagte Rhonn nachdenklich und sah auf seinen Zettel, auf dem er sich die wichtigsten Daten aus Jeanne d'Arcs Leben notiert hatte.

»Wir haben jetzt das Jahr 1425. Wie sie selbst erzählte, hat sie diesen Sommer, also erst vor kurzem, zum ersten Mal ihre Stimmen gehört. Noch ist sie verwirrt und kann nicht fassen, daß gerade sie es sein soll, die zur Retterin Frankreichs bestimmt ist.«

»Ich kann mir überhaupt nicht vorstellen, wie sie das anfängt«, grübelte Mark. »Sie ist doch viel zu zart für den Krieg. Ein Mädchen wie sie unter den rohen Soldaten!«

»Sie trug ja später nur noch Männerkleidung, um sich ihnen anzugleichen. Das war sehr klug von ihr!« erwiderte Rhonn. »Im Jahre 1428 ist sie inzwischen so sehr vom Glauben an ihre Sendung durchdrungen, daß sie im Dezember ihr Elternhaus verläßt und alles daransetzt, zum König zu gelangen.«

»Das war doch sicher außerordentlich schwer für sie!« rief Mark und runzelte die Stirn. »Allein bis man ihr geglaubt hat. Man hätte sie ja auch genausogut für verrückt halten können.«

»Da muß sie eben schon ganz anders gewesen sein, als wir sie erlebt haben!« rief Rhonn. »Und vergiß nicht, für den König in seiner verzweifelten Lage bedeutete sie die letzte Hoffnung!« Er warf wieder einen Blick auf seinen Zettel. »Mit ungeheurer Überzeugungskraft bringt sie den Stadthauptmann von Vaucouleur, den Ritter Baudricourt, dazu, sie zum König geleiten zu lassen. Am 1. März 1429 trifft sie in Begleitung einiger Soldaten in Chinon ein, wo der König, das heißt der Dauphin, Hoflager hält, und schafft es tatsächlich, daß er sie anhört.«

»Da wäre ich gerne dabeigewesen!« seufzte Mark sehnsüchtig.

»Ist das dein Ernst?« fragte Rhonn überrascht.

»Ja, ich würde sie zu gerne einmal so kennenlernen, wie sie später in die Geschichte eingeht!« sagte Mark mit glänzenden Augen.

»Hör ich recht!« rief Rhonn und mußte lachen. »Jetzt bist du es, der nicht genug von ihr kriegen kann! Ich denke, du wolltest so schnell wie möglich zum Grafen von Saint-Germain!«

»Das stimmt schon.« Mark grinste verlegen. »Aber können wir nicht ganz kurz ... ich meine, würdest du nicht auch selbst gerne sehen, was dann später aus unserer Jeanne geworden ist?«

»An mir soll's nicht liegen!« rief Rhonn begeistert. »Von mir aus, fliegen wir nach Chinon! Vielleicht gelingt es uns dabeizusein, wenn sie den König trifft!«

»Weißt du denn ungefähr, zu welcher Tageszeit diese Begegnung stattfand?« fragte Mark, während sie zu ihrer Maschine liefen.

Rhonn machte die Zeitmaschine sichtbar. »Ich weiß es nicht ganz genau, aber ich vermute, es war am späten Nachmittag.«

»Wie kommst du darauf?« fragte Mark neugierig. Beide brachten die Computerknöpfe an ihren Assimilatoren in die Nullstellung und waren gleich wieder in ihre Raumanzüge gekleidet.

Rhonn zuckte mit den Achseln. »Na ja, es war doch ein festlicher Anlaß, und der ganze Hofstaat war versammelt. Außerdem habe ich es bei meinen Nachforschungen irgendwo gelesen. Wir werden ja sehen, ob ich recht behalte.«

Sie kletterten in die Maschine und schnallten sich an. Während

Rhonn die Daten ins Mikrophon sprach, schloß sich die Einstiegluke. Sie tauchten in die andere Dimension und befanden sich kurz darauf über der mittelalterlichen Stadt Chinon. Der Himmel war blau, es schien ein schöner Tag zu sein. Unter sich sahen sie dichtgedrängte Häuser an einem Fluß, über den eine Brücke führte.

»Was ist das für ein Fluß?« fragte Mark.

»Soviel ich weiß, ist das ein Nebenfluß der Loire«, antwortete Rhonn.

Hoch über der Stadt thronte das Königsschloß inmitten der stark befestigten Burganlage. Daneben befanden sich noch zwei andere schloßähnliche Gebäude.

»Es sieht aus wie eine Stadt für sich!« staunte Mark.

Unten herrschte reges Treiben. Man sah Ritter über Wege und Plätze reiten und reichgekleidete Edelleute zu Fuß, begleitet von ihren Knappen und Pagen. Dazwischen auch einige Damen, in wehenden Schleiergewändern, mit hohen Spitztüten auf dem Kopf, gefolgt von Dienerinnen, die ihnen die Schleppen trugen. Vor allen Eingängen standen Wachen, die mit Hellebarden bewaffnet waren.

»Ich weiß gar nicht, wie wir an denen vorbei ins Schloß kommen sollen«, überlegte Rhonn. »Wenn man nicht viel Glück hat, ist so etwas meistens sehr schwer. Vor allem werde ich erst einmal unsere Maschine einnebeln, damit uns niemand sieht, wenn wir heruntergehen!«

Langsam schwebten sie an fahnengeschmückten Türmen vorbei über Stallungen und eine Kapelle hinweg. In der Nähe der Zugbrücke, außerhalb der Festungsmauern, fanden sie einen mit Gras bewachsenen Platz, der zum Landen gerade groß genug war. Nachdem sie mehrere Kreise gedreht hatten und sich vorsichtig nach allen Seiten umgesehen hatten, setzte Rhonn die Maschine auf.

»Das Dumme ist, daß sie beim Ein- und Aussteigen immer sichtbar ist!« sagte Rhonn. »Wir müssen uns also sehr beeilen!«

»Mach dir keine Sorgen! Es ist kein Mensch zu sehen!« rief Mark, der als erster aus der geöffneten Einstiegluke sprang. Er sah sich aufmerksam um. »Es ist wirklich niemand da.«

»Na hoffentlich!« sagte Rhonn mit ernstem Gesicht. »Es ist nicht ungefährlich, was wir da machen.« Sofort richtete er den Mutanten auf die Zeitmaschine und ließ sie unsichtbar werden.

Mark fröstelte und schlug die Arme um seinen Körper. Natürlich, es war ja März und die Temperatur war niedrig im Vergleich zu dem Sommerwetter, aus dem sie kamen.

»Los, mach schnell! Wir müssen uns verkleiden!« rief Rhonn.

Beide drehten den Computerknopf an ihren Raumanzügen nach rechts bis zum Anschlag und sahen sich dann staunend an.

Diesmal waren sie der höfischen Umgebung angepaßt.

Rhonn trug hellgrüne Seidenstrümpfe und darüber ein dunkelgrünes Wams. Ein orangefarbener, kurzer Samtumhang war mit zwei goldenen Spangen an seinen Schultern befestigt. Auf dem Kopf saß ein kleines, helles Barett, passend zum Umhang.

Mark sah an sich herunter. Er war ganz in Schwarz, wie er erst glaubte. Dann entdeckte er, daß er verschiedene Strümpfe trug. Einer war schwarz, der andere weiß. Der weiße hatte zusätzlich noch schwarze Längsstreifen. Auf dem Kopf trug er eine schwarze Kappe. Auch an seinen Schultern war ein Samtumhang befestigt. Die rechte Seite war schwarz, die linke ebenfalls schwarz-weiß gestreift.

»Sehr elegant!« grinste Rhonn anerkennend.

»So, wie du aussiehst, sollte man dich fürs Fernsehen entdecken!« gab Mark zurück.

Rhonn wurde wieder ernst. »Paß auf!« sagte er eindringlich. »Wenn wir jetzt über den Festungswall geklettert und drüben angelangt sind, müssen wir uns ganz unauffällig benehmen und so tun, als gehörten wir dazu. Wir sind ganz einfach im Gefolge irgendeines Ritters und gerade dabei, uns die Beine zu vertreten. Die kennen hier auch nicht jeden einzelnen Pagen. Hast du verstanden?«

»Alles klar!« rief Mark lachend. Er sah nach oben, um festzustellen, wo man am leichtesten hinaufklettern konnte. Da hörte er einen Aufschrei. Er fuhr herum.

Rhonn hatte sich ein Stück von ihm entfernt und war die Mauer entlanggegangen, um eine Stelle zu finden, wo man sie bequem erklimmen konnte. Dabei war er in ein Loch gestürzt, das er nicht bemerkt hatte, weil es mit Zweigen zugedeckt war.

»Hast du dir weh getan?« rief Mark entsetzt.

»Nein! – Ich bin bloß erschrocken«, stöhnte Rhonn. Er war bis zu den Hüften in vermodertem Blattwerk versunken. Jetzt bückte er sich und war für eine Weile verschwunden. Schließlich tauchte er keuchend wieder auf. »Das ist gar kein Loch. Das ist ein Graben. Es scheint sich um einen unterirdischen Gang zu handeln. Am Ende davon sah ich einen schwachen Lichtschein.«

Mark bekam große Augen. »Es wäre ja fabelhaft, wenn dieser Gang in das Innere der Burganlage führen würde! Dann könnten wir uns die auffällige Kletterei über die Festungsmauer ersparen.«

»Wollen wir ausprobieren, wohin der Gang führt?« fragte Rhonn.

Mark war sofort Feuer und Flamme. »Natürlich! Dann haben wir auch gleich einen schnellen Fluchtweg, wenn wir wieder zu unserer Maschine wollen!«

Er ließ sich vorsichtig zu Rhonn hinab. Da unten war tatsächlich ein Gang, den man in gebückter Haltung durchlaufen konnte. Es roch nach Moder und war ziemlich dunkel. Sie tasteten sich schweigend auf den Lichtschein am anderen Ende des Ganges zu.

»Hoffentlich sehen wir nachher nicht allzu schmutzig aus«, flüsterte Rhonn mit gerümpfter Nase.

Plötzlich stieß Mark mit dem Fuß an einen Gegenstand. Er bückte sich und hob ihn auf.

»Rhonn!« rief er mit unterdrückter Stimme. »Ich habe etwas gefunden.«

»Psst, sei leise!« warnte der. »Nimm es mit, aber laß uns erst sehen, wo wir hinkommen. Wir müssen aufpassen, daß wir nicht gleich einer Wache begegnen, wenn wir aus dem Graben kriechen. Wir dürfen uns auf keinen Fall verdächtig machen!«

Mark befühlte den Gegenstand in seiner Hand, den er im Dunkeln nicht erkennen konnte. Er schien aus Leder zu sein und mit etwas Hartem gefüllt.

Rhonn war inzwischen am Ende des Ganges angelangt. Der Lichtschein drang durch eine Öffnung, die ungefähr so groß war wie das Loch auf der anderen Seite. Auch hier waren Zweige zur Tarnung darübergelegt.

Rhonn blieb erst einmal horchend stehen. Von draußen waren keine Geräusche zu hören. Jedenfalls keine, die aus unmittelbarer Nähe kamen. Vorsichtig schob er die Zweige beiseite und spähte hinaus. Es war keine Wache zu sehen und auch sonst niemand. Rhonn stützte sich mit den Armen ab und sprang hinauf. Er sah sich noch einmal nach allen Seiten um. Der unterirdische Graben hatte sie, wie vermutet, in das Innere der Befestigungsanlage geführt. Das Loch, aus dem er eben geklettert war, befand sich so wie das andere direkt an der Burgmauer. Links erkannte er die Kapelle, über die sie vorhin geflogen waren, und rechts, etwas weiter entfernt, sah er die Zugbrücke.

»Du kannst herauskommen! Die Luft ist rein!« rief Rhonn und streckte Mark die Hand entgegen, um ihn hochzuziehen.

»Du siehst aus, als hättest du im Sandkasten gespielt«, grinste Rhonn und sah Mark von oben bis unten an. Beide sahen ziemlich verdreckt aus.

Mark zeigte lachend auf Rhonns Kopfbedeckung. »Du hast ein paar flotte Spinnweben am Hut! Trägt man das jetzt bei Hof?«

Sie säuberten sich gründlich, indem sie sich gegenseitig den Schmutz abklopften und die alten Blätter aus ihren Kostümen schüttelten.

»Zeig mal, was du gefunden hast!« rief Rhonn, als sie wieder einigermaßen ordentlich aussahen.

Mark reichte Rhonn den Gegenstand, den er in der Hand hielt. Es war ein dunkelbrauner Beutel aus sehr dickem Leder. Sie lösten den Riemen, mit dem er oben verschnürt war, und sahen neugierig hinein.

»Goldstücke!« staunte Mark beeindruckt. »Da sind ja richtige Goldstücke drin!«

Rhonn betrachtete sie nachdenklich. »Die können uns vielleicht sehr nützlich sein. Wie viele sind es denn?«

»Eine ganze Menge«, antwortete Mark.

»Wir nehmen uns jeder eins davon, und dann wirfst du den Beutel zurück ins Loch!« bestimmte Rhonn.

Mark machte ein enttäuschtes Gesicht. »Aber warum denn wegwerfen? Laß uns den Beutel doch behalten!«

»Das kommt nicht in Frage!« entschied Rhonn mit fester Stimme. »Überleg doch mal! Der Beutel wurde entweder geklaut und in dem Geheimgang versteckt, oder einer hat ihn dort verloren. Dieser Geldbeutel ist groß und auffällig. Wenn ihn jemand wiedererkennt, sind wir geliefert, weil es dann womöglich heißt, wir hätten ihn gestohlen.«

Mark verstand. Er hätte seinen Fund zwar lieber behalten, sah aber ein, daß das zu gefährlich wäre. Sie nahmen sich jeder ein Goldstück heraus, dann warfen sie den Beutel samt seinem Inhalt zurück in den Graben.

»Wie merken wir uns das Loch, durch das wir zurück müssen?« erkundigte sich Mark, nachdem er sein Goldstück in eine Tasche seines Wamses gesteckt hatte.

Rhonn überlegte kurz. Dann nahm er sein Barett vom Kopf und warf es wie zufällig ins Gras.

»Und was ist, wenn einer das gute Stück wegnimmt?« gab Mark zu bedenken.

»Keine Sorge! Wir finden die Stelle schon wieder. Merk es dir auch! Links ist eine Kapelle und rechts die Zugbrücke.«

Mark sah sich um. »Was machen wir jetzt?«

»Wir gehen jetzt so selbstverständlich wie möglich zur Zugbrücke und tun so, als gehörten wir hierher«, erwiderte Rhonn.

»Warum zur Zugbrücke?« fragte Mark, während sie gemächlich losschlenderten.

»Weil dort der Haupteingang zur ganzen Burganlage ist. Jeder, der ins Schloß will, muß erst einmal über die Zugbrücke kommen. Also auch Jeanne.« Rhonn grinste. »Es ist schließlich nicht anzunehmen, daß sie durch den Geheimgang gekrochen kommt, wie wir.«

Sie spazierten an zwei Wachen vorbei, die keine Notiz von ihnen nahmen. Mark fühlte sich unbehaglich, war aber bemüht, ein unbefangenes Gesicht zu machen.

»Na, siehst du«, sagte Rhonn leise, »wir fallen überhaupt nicht auf.« Er zeigte auf die Zugbrücke. »Sie ist heruntergelassen. Es wird also jemand erwartet.«

Rechts und links der Zugbrücke zog sich die stark befestigte Burgmauer entlang. Dahinter befanden sich Wachhäuser und Türme. Das Eingangstor zum Vorhof des Schlosses war mit einem schweren Eisengitter, das von oben herabgelassen war, versperrt. Niemand konnte hindurch. Zusätzlich standen Wachen an beiden Seiten.

Mark und Rhonn setzten sich auf einen Steinwall, von wo aus sie alles gut überblicken konnten, die Zugbrücke und den Weg, der aus der Niederung der Stadt hinauf zum Schloß führte.

»He, ihr Milchbärte!« erklang plötzlich eine unangenehme Stimme hinter ihnen. »Was sitzt ihr da und haltet Maulaffen feil!«

Die beiden Jungen fuhren erschrocken herum. Es war niemand zu sehen. Statt dessen vernahmen sie jetzt ein leises Klingeln, als würden Glöckchen aneinandergeschlagen.

Sie sahen hinauf, ob Stimme und Geräusch vielleicht aus einem der Türme über ihnen kämen.

»Ganz falsch! Da bin ich nicht!«

Wieder ertönte das merkwürdige Klingeln.

»Es hört sich an wie Schellengeläut«, flüsterte Mark.

»Es ist Schellengeläut«, gab Rhonn ebenso leise zurück und zeigte auf etwas Rotes, das hinter einem Mauervorsprung auftauchte. Es war eine Narrenkappe, an deren Seiten kleine goldene Schellen hingen.

»Das muß der Hofnarr sein. Vor dem haben wir nichts zu befürchten«, sagte Rhonn in gedämpftem Ton. »Komm hervor!« rief er belustigt. »Wir haben dich schon gesehen!«

Einen Augenblick blieb es ganz still, dann schoß eine buntgekleidete Gestalt um die Ecke. Es war ein Mann von zwergenhaftem Wuchs. Vielleicht war es auch der riesige Buckel auf seinem Rücken, der ihn niederdrückte und so klein erscheinen ließ. Auf seinem sonst schmächtigen Körper saß ein viel zu großer Kopf. Die Beine waren dünn und zu kurz im Vergleich zu den langen Armen, die so unbeteiligt herabbaumelten, als gehörten sie zu einem anderen.

»Ich bin Jacó, der Narr!« sagte er und machte eine übertriebene Verbeugung. Dann stolzierte er auf und ab, indem er einen Hahn auf dem Hühnerhof nachahmte.

»Ich sage immer gleich, wer ich bin, damit man mich nicht für den König hält.«

Mark starrte die Gestalt mit großen Augen an. Er konnte sich nicht erinnern, jemals etwas so Häßliches gesehen zu haben. Besonders abstoßend fand er das Gesicht mit dem dünnlippigen Mund, der langen Nase und den böse glitzernden Augen.

Der Narr pflanzte sich vor Mark auf. »Na, wie gefalle ich dir?« rief er, als könnte er Gedanken lesen. Er drehte sich auf einem Bein hüpfend im Kreis und schlug die Arme auf und nieder, wie ein Vogel, der davonflattern will.

»Nenn mich nicht Mißgeburt!« drohte er kichernd. »Das wäre Majestätsbeleidigung! Der König sieht mir nämlich sehr ähnlich. Das sagen alle, die einen scharfen Blick haben.«

»Der König sieht dir ähnlich?« fragte Rhonn mit ungläubigem Gesicht. »Das soll wohl ein Scherz sein!«

»Ich würde mir nie erlauben, mit dem Ansehen des Königs zu scherzen«, sagte Jacó mit gespielt beleidigter Miene. Er setzte sich jetzt ebenfalls auf die Mauer. »Obwohl . . .«, er tat geheimnisvoll, ». . . der König pfuscht mir recht oft ins Handwerk. Oft muß ich befürchten, daß er mir mein Brot stiehlt, so viel wird über ihn gelacht!« Der Narr legte seinen Kopf schief und grinste unverschämt.

»Wart ihr etwa auch unartig?« fragte er unvermittelt. »Hat man euch auch an die Luft gesetzt?«

Rhonn mußte lachen. »Nein, wieso? Hat man dich denn an die Luft gesetzt?«

Jacós Gesicht verfinsterte sich schlagartig.

»Ich habe einen Witz darüber gemacht, daß der ehrenwerte Dauphin mehr auf seinen fetten Günstling hört als auf seine schmalbrüstige Gattin, die Herzogin Marie von Anjou. Aber man weiß ja nie, wie die hohen Herrschaften gelaunt sind«, fuhr er böse fort. »Hast du Pech, setzt es Prügel. Hast du Glück, gibt es Gelächter und vielleicht ein Goldstück, das sie dir zuwerfen. Heute gab es einen Tritt in den Hintern!«

Mark warf Rhonn einen unbehaglichen Blick zu. Der Narr mit seinem Geschwätz war ihm unangenehm, auch wäre er lieber mit Rhonn alleine gewesen, aber Jacó machte keinerlei Anstalten, sich zu entfernen. Mit einem erwartungsvollen Funkeln in den Augen sah er zwischen Mark und Rhonn hin und her, als wartete er darauf, daß einer von ihnen etwas sagte.

»Es sieht so aus, als würdest du den König nicht besonders gerne haben«, bemerkte Rhonn mit ernstem Gesicht. Der Narr sprang wieder von der Brüstung herunter.

»Es ist ein großes Ärgernis, wenn Könige sich wie Narren benehmen!« rief er wütend. Er machte eine Verrenkung, indem er den rechten Arm nach hinten drehte und auf seinen Buckel zeigte. »Das hier hätte mich nicht davon abhalten können, ein guter König zu sein, wenn ich, der Narr, von königlichem Geblüt wäre!« sagte er bitter und ließ den Arm wieder sinken.

»Heute kommt dieses verrückte Frauenzimmer und will unseren erhabenen Karl auf den rechten Weg bringen! Dabei haßt er doch alles, was seine Bequemlichkeit stört. Seit Jahren führt er seine Heere nicht mehr selbst an. Dafür gibt er Geld mit vollen Händen aus, das ihm nicht gehört. Erst gestern hat er sich 20 000 Livres vom dicken La Trémoille gepumpt!«

»Der dicke La Trémoille?« erkundigte sich Rhonn vorsichtig. »Das ist der Günstling des Königs, nicht wahr?«

»Gewiß, gewiß«, sagte Jacó verächtlich. »Das ist er jetzt. Früher war er der Liebhaber seiner Mutter, der liederlichen Königin Isabeau. Aber die ist inzwischen noch dicker als der dicke La Trémoille. Erst gestern hat er übrigens dem König ein edles Pferd geschenkt. Das steht jetzt im Stall und wird eines Tages an Altersschwäche krepieren, denn reiten mag er auch nicht, der gute Karl.«

»Er mag nicht reiten?« entfuhr es Mark wider Willen.

»Nein, das mag er nicht. Er hat Angst vorm Reiten«, kicherte Jacó und seine Augen glitzerten böse. »Er hat auch Angst vor Holzbrücken und Angst vor Fremden und Angst davor, angestarrt zu werden! Wirklich, ein bemerkenswerter Fürst, dem da auf seinen wackeligen Thron geholfen werden soll!«

Rhonn warf Mark einen schnellen Blick zu, dann wandte er sich wieder dem Narren zu. »Was willst du damit sagen?«

Jacó trat von einem Bein auf das andere und wurde ernst. »Ich will damit sagen, daß ich nicht begreifen kann, warum ein armseliges Bauernmädchen sich in den Kopf gesetzt hat, aus diesem Jammerlappen einen König zu machen.« Sein Gesicht bekam wieder einen hämischen Ausdruck.

»Alles ist heute so ernst, weil dieses verdammte Weibsstück kommt, das mit den Soldaten herumzieht und angeblich himmlische Stimmen hört oder ähnliches Schnickschnack. Wenn das meine Tochter wäre, würde ich ihr eine gehörige Tracht Prügel verabreichen. Aber dem Himmel sei Dank, ich habe keine Tochter! Also muß ich mir auch über ihren Lebenswandel keine Gedanken machen.«

»Weißt du genau, daß dieses Mädchen heute kommt?« fragte Mark eindringlich. – »Ja, ich weiß es genau«, antwortete der Narr mißmutig. Seine bösartige Heiterkeit schien ihn auf einmal verlassen zu haben. »Sie ist mit ihrem Gefolge unten in der Stadt in einem Gasthaus abgestiegen. Heute Mittag schickte sie einen Boten zum König, den sie übrigens nur Dauphin nennt, und ließ verkünden, daß sie heute kommt. Und noch etwas ließ sie ausrichten. – Sie würde den Dauphin unter allen anderen am Hof herausfinden.«

»Das hat sie gesagt?« rief Mark ungläubig. »Aber sie kennt ihn doch gar nicht, oder hat sie ihn schon einmal gesehen?«

»Nein, bestimmt nicht«, erwiderte Jacó nachdenklich. »Das ist ganz ausgeschlossen. Sie kann von Glück sagen, daß sie überhaupt bei Hof empfangen wird. Ich nehme an, man läßt sie aus purer Neugier kommen.«

»Aus Neugier?«

»Ja, aus Neugier!« grinste der Narr spöttisch und rieb sich die Hände. »Das wird ein schönes Spektakel werden, auf das jetzt schon alle gespannt sind. Man wird sie natürlich hereinlegen. Man wird sie zu einem falschen Mann führen und sagen, das sei der König.«

Auf der Zugbrücke entstand plötzlich Lärm. Die Wachen liefen zusammen und schrien sich etwas zu, um sich dann erneut zu postieren.

Vom Tal herauf erklang schnelles Pferdegetrappel. Der Aufschlag der Hufe auf dem noch hartgefrorenen Boden war weithin zu hören.

Jacó sprang neugierig auf die Mauer, um besser hinuntersehen zu können. »Es sind Soldaten, soweit ich das erkennen kann!« rief er. »Aber das Mädchen ist nicht dabei.«

Mark und Rhonn verfolgten gebannt das Schauspiel, das sich ihnen bot. In gestrecktem Galopp jagte eine Schar von sechs Reitern den Weg zum Schloß herauf.

»Die können aber reiten!« rief Mark begeistert. »Wie die Teufel! Und seht nur dort! Der Anführer auf dem Schimmel! Der ist noch schneller als die anderen. Sie haben Mühe, an ihm dran zu bleiben!«

»Das ist Jeanne!« schrie Rhonn mit leuchtenden Augen.

»Quatsch, das ist sie nicht! Das ist ein Mann, das sieht man doch! So etwas von Reiten habe ich überhaupt noch nicht gesehen!« rief Mark hingerissen.

Jetzt hatte die Reiterschar die Zugbrücke erreicht. Die sich aufbäumenden Pferde wurden gezügelt und zum Stehen gebracht. Der Anführer auf dem Schimmel löste sich von den anderen und ritt langsam auf die Wachen zu, die auf der Mitte der Zugbrücke mit gesenkten Hellebarden die Ankömmlinge erwarteten.

Mark starrte auf den Reiter, dessen Pferd jetzt kleine, tänzelnde Schritte machte, und seine Augen wurden immer größer. Das war kein Mann! – Die Gestalt, die sich da mit hocherhobenem Kopf näherte, war – Jeanne!

Mark verschlug es buchstäblich die Sprache.
Auch Rhonn brachte zunächst kein Wort heraus.
»Jeanne!« sagte er endlich leise. »Ich habe recht gehabt. Es ist wirklich Jeanne!«
Staunend betrachteten sie das Mädchen, mit dem eine so große Veränderung vorgegangen war, daß es mit der Jeanne von einst kaum noch Ähnlichkeit hatte.
Jeanne war gewachsen und ihre Schultern waren breit geworden. Sie war ganz in Schwarz und wie ein Mann gekleidet. Sie trug einen glänzenden Brustpanzer und ein Schwert an der Seite. Ihre Haare waren kurz geschnitten, so daß sie wie ein Page aussah.
Eine Wache stellte sich ihr in den Weg.
»Halt! Wer bist du? Und was ist dein Begehr?«
»Ich bin Jeanne d'Arc!« rief sie selbstbewußt mit blitzenden Augen. »Der Herr des Himmels schickt mich zum Dauphin, und das, was ich ihm zu sagen habe, ist nur für seine Ohren bestimmt!«
Aus einer Seitenpforte, die links der Zugbrücke geöffnet wurde, trat ein reichgekleideter Mann und ging gemessenen Schrittes auf Jeanne zu.
»Oh, welche Ehre!« sagte Jacó spöttisch. Er war bemüht, sich nicht anmerken zu lassen, daß er von Jeannes Erscheinung beeindruckt war. »Das ist der Großmeister des königlichen Haushaltes, der Graf von Vendôme. Er wird das Mädchen jetzt zum König führen. Gehabt euch wohl! Ich muß mich beeilen, wenn ich das große Schauspiel miterleben will. Im Thronsaal sind sicher schon alle versammelt. Ich bin wirklich gespannt, ob sie errät, wer von den Anwesenden der König ist.«
»Ich denke, man hat dich hinausgeworfen!« rief Rhonn und hielt den Narren am Rockschoß fest.
»Das ist schon richtig! Bei so einem bedeutsamen Anlaß will man unsereinen natürlich nicht dabeihaben«, sagte Jacó erbittert. »Aber ich laß mich nicht einfach aussperren! Ich sehe mir die Sache von oben an!«
»Was heißt von oben?«
»Von der Galerie. Sie verbindet die Privatgemächer des Königs mit der großen Halle. Ich kenne einen geheimen Weg dort hinauf. Da alle unten sind, wird keiner oben sein. Also kann ich mich dort verstecken und alles in Ruhe beobachten. Laßt mich jetzt gehen!«

»Bitte, nimm uns mit!« rief Mark und packte den Narren am Arm. »Wir möchten auch so gerne dabeisein!«

»Ich denke nicht daran!« entgegnete Jacó und versuchte sich freizumachen.

»Warum denn nicht? Wir sind ganz leise!«

»Kommt nicht in Frage! Zu dritt wird man leichter entdeckt als allein.«

Mark ließ nicht locker. »Du kannst ein Goldstück haben, wenn du uns mitnimmst!«

In die Augen des Narren trat ein begehrliches Funkeln.

»Zeig mir erst, ob du eins hast!«

Mark kramte das Goldstück aus der Tasche und gab es Jacó.

»Von mir kannst du auch eins bekommen!« rief Rhonn und hielt Jacó sein Goldstück unter die Nase. Dieser schnappte gierig danach.

»Hinterher!« grinste Rhonn und steckte das Goldstück wieder ein.

»Also schön«, sagte Jacó mit scheelem Blick. »Kommt mit, aber seid gefälligst leise, verstanden!«

Inzwischen war Jeanne mit großer Leichtigkeit vom Pferd gesprungen. »Fürchtet nichts!« rief sie ihrem Gefolge zu. »Ich führe aus, was mir befohlen ist, und meine Heiligen sagen mir, was ich tun soll.« Nach einer leichten Verneigung ergriff sie die höfisch dargereichte Hand des Grafen von Vendôme.

Unter scheppernden Getöse wurde das schwere Eisengitter nach oben gezogen, und die Wachen gaben den Eingang zum Schloßhof frei.

»Schnell jetzt! Wir müssen uns beeilen!« Der Narr machte Mark und Rhonn ein Zeichen, daß sie ihm folgen sollten, und rannte los, ohne sich noch einmal nach ihnen umzusehen. Er verschwand hinter dem Mauervorsprung, von wo er gekommen war. Die beiden Jungen hatten Mühe, ihm auf den Fersen zu bleiben. Diese Schnelligkeit hätten sie den kurzen, dünnen Beinen des Narren nicht zugetraut.

Jacó öffnete eine mit Eisen beschlagene Tür und sprang ein paar Steinstufen hinab, die zu einem düsteren Gewölbe führten. Als sie einen engen, langen Gang entlangliefen, hörten sie, wie die Tür mit einem dumpfen Klang hinter ihnen ins Schloß fiel.

›Hier finden wir nie wieder heraus!‹ schoß es Mark durch den Kopf.

Am Ende des Ganges blieb Jacó keuchend stehen. Eine Mauer versperrte ihnen den Weg und es gab weder links noch rechts eine Abzweigung. Mit geschlossenen Augen tastete Jacó die Mauer ab. Plötzlich öffnete sich geräuschlos eine Tür, die vorher nicht zu sehen gewesen war. Vor ihnen lag eine Wendeltreppe, die steil nach oben führte.

»Es gibt nur wenige, außer mir, die diese Geheimtür kennen«, flüsterte der Narr mit selbstgefälliger Miene. »Seid vorsichtig, wenn ihr die Treppe hinaufsteigt. Sie ist aus Holz und die Stufen knarren manchmal. Haltet außerdem den Mund! Die Wendeltreppe führt direkt hinauf zur Galerie.«

»Das ist wohl ein geheimer Fluchtweg!« staunte Mark. Jacó legte warnend den Zeigefinger an die Lippen. Dann nickte er. »Der verstorbene König hat ihn anlegen lassen. Er hatte immer Angst vor irgendwelchen Verschwörungen oder Mordanschlägen.«

Rhonn gab dem Narren einen leichten Rippenstoß. »Du solltest besser deine Klingelmütze ablegen!« sagte er leise. »Du willst doch sicher nicht, daß uns das Schellengeläut verrät!«

Wortlos nahm Jacó seine Narrenkappe ab und versteckte sie unter der ersten Treppenstufe. Dann kletterte er so leise er konnte, gefolgt von den zwei Jungen die Treppe hinauf.

Bald vernahmen sie Stimmengewirr und das Klirren von Waffen, Geräusche, die um so lauter wurden, je höher sie kamen.

»Wir sind gleich oben«, flüsterte Jacó. »Laßt uns jetzt auf allen vieren kriechen, damit wir nicht gesehen werden.«

Endlich waren sie auf der Galerie. Sie war, wie die Wendeltreppe, ganz aus Holz, zog sich balkonartig über eine ganze Seite der darunterliegenden Halle und war durch ein geschnitztes Geländer abgesichert.

Vorsichtig richteten die drei sich auf und spähten durch die Zwischenräume der Holzbalken.

Es war ein überaus eindrucksvolles Bild, das sich ihnen bot.

In dem von fünfzig Fackeln erleuchteten Saal, der reich mit Wandteppichen geschmückt war, hatte sich der gesamte Hofstaat versammelt. In einem riesigen Kamin loderten gewaltige Scheite.

»Wie viele Menschen haben in dieser Halle Platz?« erkundigte sich Rhonn mit leiser Stimme.

»Etwa dreihundert«, antwortete der Narr. »Und so viele werden es auch sein.«

Jetzt ging eine Bewegung durch die Menge und das Klirren der Waffen wurde lauter. Der Eingang, der gegenüber der Wand mit dem Kamin lag, wurde freigegeben. Die Edelleute wichen nach beiden Seiten aus und schufen so eine Gasse, durch die Jeanne und der Graf von Vendôme in die Mitte des Saales schritten.

Jeanne war keine Aufregung anzumerken. Durch ein Nicken ihres Kopfes grüßte sie die Anwesenden. Dann blieb sie stehen und sah sich erwartungsvoll um.

Ein prächtig gekleideter, hochgewachsener Mann, der einen mit Hermelin besetzten roten Mantel trug, näherte sich ihr mit leutseligem Lächeln.

»Ich bin dein König, Jeanne! Was willst du von mir?«

Jeanne sah ihn durchdringend an. »Du bist es nicht!« sagte sie kurz und wandte sich ab.

»Sie hat recht«, flüsterte Jacó überrascht. »Es ist der Graf von Clermont, ein Vetter des Königs.«

Durch die Menge ging ein Raunen. Die Luft im Saal war stickig und heiß. Die Fackeln verbreiteten beißenden Rauch, der in weißen Schwaden zur Decke stieg und Mark zum Husten reizte, was er nur mühsam unterdrücken konnte.

Ein Ritter, der eine breite Schärpe über seiner weißen Rüstung trug, stand in einiger Entfernung, umgeben von einer Gruppe von Edelleuten, die einen Halbkreis um ihn bildeten.

»Du hast die Probe bestanden, Jeanne!« rief er. »Komm zu mir, ich bin dein König! Sage mir, was du mir zu sagen hast!«

Atemlose Stille breitete sich aus, in der nur das Knistern der brennenden Holzscheite im Kamin zu vernehmen war.

Jeanne sah den Ritter an, ohne sich von der Stelle zu rühren, bis dieser seinen Blick senkte.

»Auch du bist es nicht!« rief sie mit klarer Stimme. Sie wirkte ruhig und gelassen, aber sie lächelte nicht, als jetzt Beifall aufbrandete.

Die weiter hinten standen, drängten zur Mitte, um das Mädchen besser sehen zu können.

In dem allgemeinen Tumult öffnete sich beinahe unbemerkt eine Tür, die sich neben dem Kamin befand. Ein dicker Mann mit feistem Gesicht schob sich hindurch.

»Das ist der Günstling des Königs, Georges la Trémoille«, flüsterte

Jacó aufgeregt. »Und die Gestalt, die sich hinter seinem breiten Rücken verbirgt, das ist der König!«

Mark und Rhonn reckten die Köpfe. Wäre nicht alles so ernst gewesen, hätten sie am liebsten laut aufgelacht. Der Narr hatte bei aller bösartigen Übertreibung gar nicht so unrecht gehabt, als er vorhin behauptet hatte, der König sähe ihm ähnlich. Er hatte zwar keinen Buckel, aber auch er wirkte schmächtig. Ein Eindruck, der durch die vorgebeugte Haltung und die herabhängenden Schultern noch verstärkt wurde. Mit schiefgelegtem Kopf lugte der König verstohlen hinter dem Dicken hervor und löste sich dann mit ein paar schlurfenden Schritten von ihm. Er hatte eine Hängenase und kleine Augen. Die mißmutig herabgezogenen Mundwinkel verliehen ihm ein sauertöpfisches Aussehen. Dennoch war in seinem Gesicht eine gewisse Neugier zu erkennen.

Jeanne, die mit dem Rücken zum Kamin gestanden hatte, drehte sich langsam um.

Mark hielt den Atem an und fragte sich, was sie wohl beim Anblick dieser unköniglichen Gestalt empfinden mochte. Ob sie darin wirklich den König erkennen würde, der für sie ihr geliebtes Frankreich verkörperte und für den sie kämpfen und ihr Leben einsetzen wollte? Um das Verwirrspiel noch größer zu machen, war der König außerdem viel unauffälliger gekleidet als die Höflinge um ihn herum.

Jeanne ging mit festen Schritten auf ihn zu und sank dann vor ihm in die Knie.

»Gnädiger Herr Dauphin, Gott gebe dir ein gutes Leben!«

Der König wich zaghaft zurück. »Ich bin nicht der König«, sagte er mit dünner Stimme und zeigte auf den breitbeinig dastehenden La Trémoille. »Der da ist es!«

Jeanne erhob sich. »Edler Dauphin, ich weiß, daß du es bist und kein anderer!« Ihre Augen leuchteten, als sie fortfuhr. »Ich sage dir, daß du der wahre Erbe Frankreichs und der legitime Sohn des Königs bist. Der Herr des Himmels tut dir durch mich kund, daß du in der Stadt Reims gesalbt und gekrönt wirst. Ich werde dich zum Sieger über deine Feinde machen!«

Wenn der König es angeblich nicht ertragen konnte, angestarrt zu werden, so hatte er sich bis jetzt nichts anmerken lassen. Aufmerksam hatte er die Worte des Mädchens in sich aufgenommen. Nun suchte er mit unsicherem Lächeln eine Antwort zu finden, da fühlte er, daß alle Augen auf ihn gerichtet waren. Er runzelte die Stirn und machte eine abwehrende Kopfbewegung, als wollte er damit seine Höflinge verscheuchen.

»Geht weg! Ich will allein mit ihr sprechen! Ihr sollt alle weggehen!« rief er in weinerlichem Ton. Als ihn weiterhin alles anstarrte, ergriff er plötzlich Jeannes Hand und zog sie zur Galerie.

Jacó geriet in Panik. »Wir müssen sofort verschwinden! Los! – Schnell!« Mark hätte ihm nie die Kraft zugetraut, mit der er ihn und Rhonn jetzt vom Geländer wegzerrte.

»Nun macht schon, ihr verdammten Bengel!« zischte der Narr wütend. »Sie kommen hierher. Ich will euretwegen keine Tracht Prügel beziehen, wenn wir hier vor des Königs Gemächern gefunden werden!«

Ehe sie so recht begriffen, wie ihnen geschah, wurden die beiden Jungen mit heftigen Stößen die schmale Wendeltreppe hinuntergedrängt. Unten angelangt, packte Jacó Rhonn vorne an seinem Wams.

»Gib mir jetzt das Goldstück, das du mir versprochen hast!« flüsterte er heiser.

Rhonn schlug ihm auf die Finger und machte sich frei.

»Ich gebe es dir erst, wenn du uns dahin zurückgebracht hast, wo wir hergekommen sind. Allein finden wir den Weg nicht!«

»Ich habe keine Lust mehr, hinauszugehen«, maulte Jacó und fischte seine Narrenkappe, die er unter der Treppe versteckt hatte, hervor. »Außerdem will ich sehen, wie das mit diesem Frauenzimmer und unserem prächtigen König weitergeht.«

Rhonn griff sich den Narren am Schlafittchen und schüttelte ihn.

»Hör zu, du Mißgeburt! Du bringst uns jetzt auf der Stelle zurück. Sonst kannst du die Prügel, vor denen du Angst hast, von uns bekommen!«

»Nun mach schon!« rief Mark mit Nachdruck. »Wir meinen es ernst!«

Jacó sah sie mit scheelem Blick an. »Na schön«, knurrte er böse. »Aber dann will ich mein Goldstück haben.«

Er öffnete wieder die Geheimtür, die den Gang versperrte, durch den sie gekommen waren. Es mußte draußen inzwischen dunkel geworden sein, denn man sah nicht mehr die Hand vor Augen. Sie hielten sich aneinander fest und tasteten sich langsam durch das finstere unterirdische Gewölbe. Hoffentlich würde der hinterhältige Narr sie wirklich heil nach draußen bringen. Mark kam die Zeit endlos lang vor, aber dann erreichten sie schließlich doch die steinernen Stufen, die zu der eisenbeschlagenen Tür hinaufführten, durch die man ins Freie kam.

Draußen war es inzwischen tatsächlich stockdunkel geworden. Sterne waren am Himmel zu sehen und die Luft war empfindlich kalt.

»Ach, du meine Güte!« stöhnte Mark und sah Rhonn verzweifelt an. »In dieser Finsternis finden wir niemals die Mütze wieder, die vor dem Loch liegt.«

»Was redest du für ein einfältiges Zeug!« fauchte der Narr. »Ich habe meine Kappe doch längst. Gebt mir jetzt mein Goldstück!«

»Er meint nicht deine, sondern meine Kopfbedeckung«, sagte Rhonn. Er sah hinüber zur Zugbrücke, die von Fackeln erleuchtet war. Auch die Wachen trugen Fackeln in den Händen, aber der Lichtschein reichte nicht aus, das Loch vor der Festungsmauer zu finden, das viel weiter entfernt lag.

»Hör zu, Jacó!« sagte Rhonn in nettem Ton. »Wir müssen diese Gegend jetzt verlassen und wollen doch nicht im Bösen voneinander scheiden. Es tut mir leid, wenn wir eben etwas unfreundlich zu dir waren. Du bekommst das Goldstück und noch dazu einen ganzen Beutel voll Gold, wenn du jetzt hinüber zu den Wachen gehst und uns eine Fackel holst.«

»Was wollt ihr mit einer Fackel?« fragte der Narr mißtrauisch und griff sofort gierig nach dem Goldstück, das Rhonn ihm reichte.

»Wir wollen damit den Eingang zu einem Graben suchen, durch den wir gekommen sind. Dort ist auch der Beutel mit dem Gold versteckt, den du bekommen sollst«, antwortete Rhonn wahrheitsgemäß.

»Ihr stellt euch das so einfach vor!« schnaubte Jacó. »Was soll ich denn den Wachen sagen, wozu ich eine Fackel haben will?«

Rhonn riß ihm mit einer schnellen Bewegung die Narrenkappe vom Kopf.

»Du sagst ihnen, daß du deine Klingelmütze suchen mußt, weil du sie verloren hast. Und zum Dank für die Fackel gibst du ihnen ein Goldstück!« Er gab Jacó einen sanften Stoß. »Nun los, Freundchen! Du machst das schon!«

Der Narr sah gehässig von einem zum andern, dann drehte er sich wortlos um und lief davon.

»Ob er wiederkommt?« rief Mark zweifelnd.

»Keine Sorge«, sagte Rhonn leise. »Der denkt jetzt nur noch an das Gold, das wir ihm versprochen haben.«

Rhonn behielt recht. Jacó kam zurück mit einer Fackel in der Hand. Schweigend liefen sie die Mauer entlang, bis sie etwas Helles auf dem Boden liegen sahen.

»Hier ist es!« rief Mark und hob Rhonns orangefarbenes Barett auf, das noch an derselben Stelle lag, wo er es hingeworfen hatte. Nun fanden sie auch mit Leichtigkeit das Loch zu dem Graben, durch den sie gekommen waren.

Mark ließ sich hinab und suchte nach dem Lederbeutel mit den Goldstücken.

Rhonn gab Jacó die Narrenkappe wieder und sprang ebenfalls hinunter.

Der Narr stand unbeweglich, nur seine Augen funkelten. Das flakkernde Licht der Fackel ließ sein Gesicht verzerrt erscheinen.

»Leb wohl, Jacó!« rief Rhonn und warf ihm den Beutel zu, den Mark inzwischen gefunden hatte. »Es wäre nett von dir, wenn du uns noch ein wenig leuchten würdest, bis wir auf der anderen Seite angelangt sind.«

Jacó schnappte sich den Beutel, drehte sich auf dem Absatz um und rannte davon. »Brecht euch den Hals!« schrie er in einiger Entfernung und hüpfte mit der Fackel auf und ab. Man hörte sein meckerndes Gelächter und sah ihn noch ein paar wilde Sprünge machen. Dann verschwand er hinter dem Gemäuer, und völlige Dunkelheit breitete sich aus.

SECHSTES KAPITEL
Schloß Chambord – Roger, der Diener – Das Gemälde der Königin – Der Graf von Saint-Germain – Heilloses Durcheinander! – Das Rätsel um Nofretetes linkes Auge

»So ein widerlicher Bursche!« schimpfte Mark und hielt sich an Rhonn fest, weil er nichts mehr sah. Wie blinde Maulwürfe tappten sie durch den Graben und tasteten sich dann an der Mauer entlang weiter, bis sie zu der Stelle kamen, wo die unsichtbare Zeitmaschine stehen mußte.

»Ich bin eigentlich ganz froh, daß wir den Narren getroffen haben«, sagte Rhonn nachdenklich, als sie sich schon hoch oben in der Luft befanden.

»Wieso denn?« Mark war immer noch empört. »Hast du den Kerl etwa lustig gefunden? – Ich kann überhaupt nicht begreifen, daß man sich so jemanden als Narren hält. Ich könnte über ihn nicht lachen! Im Gegenteil, mich würde er nur traurig machen.«

»Mich auch«, gab Rhonn zu. »Aber die Menschen in dieser Zeit hatten wohl eine andere Art von Humor. Im Grunde ist das doch ein ganz armer Teufel! Entweder wird über ihn gelacht, oder er wird getreten und herumgestoßen. Außerdem ist er mißgestaltet. Das alles läßt ihn verbittert und böse sein. Mir hat er die ganze Zeit ein bißchen leid getan.«

»So gesehen hast du recht!« lenkte Mark ein. »Trotzdem begreife ich nicht, warum du froh bist, daß wir ihn getroffen haben. Ich hätte gut auf ihn verzichten können und wäre lieber mit dir allein gewesen.«

»Wenn er nicht gewesen wäre, hätten wir Jeannes Begegnung mit dem König nicht miterleben können! Er hat uns schließlich mitgenommen. Und dann bin ich auch, offen gesagt, froh darüber, daß unser Aufbruch so übereilt und unerfreulich war.«

Mark verstand nicht. »Warum bist du darüber froh?«

»Weil uns dadurch nicht zum Bewußtsein kam, daß wir von Jeanne

Abschied genommen haben«, sagte Rhonn leise. »Wir hatten keine Zeit darüber nachzudenken, daß wir sie nicht wiedersehen werden.«

Mark schluckte. »Rhonn, ich muß dir etwas sagen.«

»Was?«

»Ich bin sehr glücklich, daß wir hier waren und Jeanne kennengelernt haben! Sie ist . . . ich meine, mir ist es ganz egal, daß sie später heiliggesprochen wird. Sie ist ganz einfach ein wunderbares Mädchen. – Könnte man sie nicht doch noch warnen vor dem, was ihr bevorsteht?«

Rhonn schüttelte den Kopf. »Wir dürfen nicht in die Geschichte eingreifen. Außerdem würde sie sich durch nichts beirren lassen, ihren Weg zu gehen. Da bin ich ganz sicher. Und eines muß man sich zum Trost immer vor Augen halten, was für sie selbst am wichtigsten war, das große Ziel, das ihr gesetzt war, sie wird es erreichen! Frankreich wird durch sie gerettet!«

Beide schwiegen, während Rhonn noch einmal eine große Schleife über Chinon flog. Dann drehte er ab und folgte dem Lauf des Flusses, dessen schwarze Wasseroberfläche trotz der Dunkelheit hin und wieder aufglitzerte.

»Was machst du jetzt?« fragte Mark neugierig.

»Ich fliege die Loire entlang.«

»Warum?«

»Ich bin gerade im Begriff, das Versprechen einzulösen, das ich dir gegeben habe«, sagte Rhonn lächelnd. »Wir fliegen zum Grafen von Saint-Germain.«

Mit einemmal fiel von Mark alles ab, was ihn zuletzt bedrückt hatte. Er begann über das ganze Gesicht zu strahlen. Sein größter Wunsch würde in Erfüllung gehen. Er würde auf so vieles, das ihn bewegte, eine Antwort bekommen. Nichts konnte aufregender sein, als diesem geheimnisvollen Mann gegenüberzutreten zu dürfen! Mark sah Rhonn mit einem glücklichen Blick an.

»Fliegen wir nach Paris?«

»Nein, nach Chambord. Dieses Schloß wurde früher vom Herzog Moritz von Sachsen bewohnt, der es als Marschall von Frankreich zu hohen Ehren brachte. Der französische König Ludwig XV. hat es dem Grafen von Saint-Germain zur Verfügung gestellt. Es liegt zwischen Chinon und Orléans, nicht allzuweit von Paris entfernt. Der Graf hat zwar auch eine Wohnung in Paris, aber wenn er in Frankreich ist, hält er sich am liebsten in Chambord auf, weil er dort ungestört seinen verschiedenen Experimenten nachgehen kann. Wir haben ihn schon öfter dort besucht.«

Mark war tief beeindruckt. »Du kennst ihn also wirklich persönlich?«

»O ja, ich bin ihm schon einige Male mit meinem Vater zusammen begegnet«, antwortete Rhonn. »Er ist außerordentlich liebenswürdig und zweifellos eine der geheimnisvollsten Persönlichkeiten, die es gibt.«

Mark gab sich einen Ruck. »Du hast einmal gesagt, er sei einer von euch! Wer wurde dann eigentlich in Eckernförde zu Grabe getragen?«

Rhonns Gesicht wurde verschlossen. »Ich bezeichnete ihn insofern als einen von uns, als er genauso wie wir Zeitreisen macht. – Du weißt, daß ich nicht über alles sprechen darf.«

»Dann ist er also gar nicht in Eckernförde gestorben!« rief Mark. »Ich habe mir schon soviel den Kopf darüber zerbrochen, wie das damals eigentlich war. Bitte sag es mir doch!«

Rhonn schwieg.

»Kannst du nicht wenigstens eine kleine Andeutung machen?« bettelte Mark. »Wir sind doch Freunde! Du kannst dich auf mich verlassen, daß ich zu niemandem darüber rede!«

»Ist denn überhaupt jemand zu Grabe getragen worden?« sagte Rhonn schließlich mit undurchdringlicher Miene. »Könnte es nicht sein, daß nur ein Name beerdigt wurde, nicht aber der Träger dieses Namens, der noch dazu den Namen sehr oft gewechselt hat?«

»So etwas habe ich mir schon gedacht!« rief Mark mit glänzenden Augen. »Dann war der Sarg also damals leer?«

»Das hast du gesagt, nicht ich!« grinste Rhonn. Beide mußten lachen und sahen sich verständnisinnig an.

»Wißt ihr denn übrigens, wer der Graf wirklich ist? Das Rätsel seiner Abstammung konnte doch angeblich nie gelöst werden«, nahm Mark seine Nachforschungen wieder auf.

Rhonn wurde ernst. »Ob du mir das jetzt glaubst oder nicht, darüber kann ich dir beim besten Willen nichts sagen. Auch wir haben das nie herausfinden können. Das gilt auch für das Alter des Grafen. Diese

Äußerlichkeiten scheinen mir allerdings auch ziemlich unwichtig zu sein bei jemandem, dessen Identität ein normales Menschenleben überdauert. Irgendwann einmal hat er dieses geheimnisvolle Elixier entdeckt, mit dessen Hilfe er nicht mehr alterte. Man hört immer nur von denjenigen, die ihre Erfindungen und mehr oder weniger großen Entdeckungen der Allgemeinheit zugänglich machen«, fuhr Rhonn nachdenklich fort. »Aber von Menschen, die irgendwelchen Geheimnissen auf die Spur gekommen sind, dies aber nicht an die große Glocke hängen, von denen erfährt man natürlich nichts. – Es hat durch alle Jahrhunderte immer wieder sogenannte Eingeweihte gegeben, die ihr Wissen für sich behielten, denen es genügte, daß sie ganz allein im Besitze dieses Wissens waren. Für mich ist es ganz klar, daß der Graf von Saint-Germain zu diesen Eingeweihten gehört. Und ich finde es gut, daß er seine Geheimnisse für sich behalten hat.«

Mark hatte gebannt zugehört. »Warum findest du das gut?« fragte er jetzt erstaunt.

»Das liegt doch wirklich auf der Hand!« erwiderte Rhonn mit Bestimmtheit. »Es wäre nicht auszudenken, was geschehen würde, wenn dieses wunderbare Elixier in schlechte Hände käme!«

»Oder wenn jeder einfach Gold machen und Edelsteine herstellen könnte«, ergänzte Mark nachdenklich. »Wenn ich dich also richtig verstanden habe, wäre es besser, wenn manche Entdeckungen geheim geblieben wären!«

»Ja, das meine ich«, seufzte Rhonn. »Aber wer weiß vorher schon so genau, was für die Menschheit gut oder schlecht ist, und bis sich das herausgestellt hat, ist es oft schon zu spät. Der Graf von Saint-Germain hat sein Wissen nie verraten, aber viel Gutes damit getan!«

»In dem Buch, das ich über ihn gelesen habe, stand, daß er so ziemlich alles konnte«, sagte Mark bewundernd. Rhonn lächelte geheimnisvoll. »Kannst du dir vorstellen, daß man eine solche Fülle von Fähigkeiten während der Dauer eines einzigen Menschenlebens erwirbt?«

Mark schüttelte den Kopf und verstummte.

»In welches Jahr fliegen wir eigentlich?« erkundigte er sich nach einer Weile gespannt. »Ich habe unter anderem auch gelesen, daß der Graf sehr viel auf Reisen war und manchmal sogar für längere Zeit verschwand, ohne daß man dann wußte, wo er sich aufhielt.«

»Dann besuchte er vermutlich gerade ein anderes Jahrhundert«, sagte Rhonn ganz selbstverständlich. »Wir fliegen jetzt in das Jahr 1759. Dieses Jahr nehmen wir immer, wenn wir den Grafen besuchen, denn da war er, bis auf ein paar kurze Unterbrechungen, fast durchgehend in Frankreich. Die Jahreszeit spielt keine Rolle. Ich schlage vor, daß wir in den Sommer zurückkehren!«

»Gute Idee!« rief Mark. »Der März in Chinon war noch ziemlich kalt. Ich habe es viel lieber, wenn es draußen warm ist.«

Rhonn sprach die Daten in das Mikrophon des Computers. Mark schloß die Augen und lehnte sich bequem in seinen Sessel zurück, während sie durch die andere Dimension in das Jahr 1759 flogen.

»Wir sind da!« rief Rhonn.

Mark sah hinaus. Draußen war es genauso finster wie gerade vorher über Chinon im Jahre 1429.

»Warum bleibt es dunkel?« fragte er verwirrt.

»Keine Angst!« rief Rhonn beruhigend. »Wenn wir hierher nach Chambord kommen, ist es immer dunkel. Das ist mit dem Grafen so verabredet. Da er schon einige Male mit uns mitgeflogen ist, befürchtet er, daß seine zahlreiche Dienerschaft etwas bemerken könnte. Deshalb kommen wir nie am Tage hierher, sondern immer nachts. Wir sehen dann von oben, ob der Teil des Schlosses, der von dem Grafen bewohnt wird, erleuchtet ist. Wenn ja, dann bedeutet das seine Anwesenheit in Chambord oder zumindest, daß er erwartet wird.«

»Er ist also da!« rief Mark erfreut. »Vom Schloß selbst kann ich nicht viel erkennen, aber ich sehe Lichter da unten.«

»Ja, wir haben Glück! Er ist in Chambord«, rief Rhonn und ließ die Maschine hinabgleiten.

Sie schwebten langsam an den erleuchteten Fenstern vorbei. Mark sah schwere Samtportieren und glitzernde Lüster aus Kristall, auf denen Kerzen brannten.

Plötzlich erinnerte sich Mark an die Brosche seiner Mutter, die er neben der Garageneinfahrt gefunden hatte. Er erzählte Rhonn davon.

»Nimm sie doch mit!« sagte dieser lachend. »Vielleicht ist der Graf in Stimmung und verwandelt die falschen Steine in echte!« Er landete die Maschine. Ringsherum war alles dunkel.

»Dieser Teil des Schlosses ist unbewohnt«, erklärte er. »Hier sieht uns niemand. Wir können unbesorgt ein- und aussteigen.«

»Du kennst dich hier gut aus, nicht wahr?« staunte Mark.

»Das ist nicht schwer, ich war ja schon öfter hier! Vergiß die Brosche nicht!« rief Rhonn, bevor er hinaussprang.

Mark holte das Schmuckstück aus einer Hosentasche seiner Jeans, die er mit seinen anderen Sachen auf den Boden der Zeitmaschine gelegt hatte. Dann kletterte er aus der Einstiegluke ins Freie.

Draußen war es nicht ganz so dunkel, wie er zuerst angenommen hatte. Ein bleicher Mond stand am Himmel und tauchte alles in ein blasses, unwirkliches Licht. Es war eine warme Sommernacht. Ein lauer Wind wehte und ließ das Laub der Bäume leise rascheln. Mark hielt seine Nase schnuppernd in die Luft. Es duftete nach Blüten. Irgendwo plätscherte ein Brunnen, hin und wieder war der Schrei eines Nachtvogels zu vernehmen.

Mark fühlte sich an jene Sommernacht erinnert, in der er und Rhonn sich zum erstenmal begegnet waren.

Rhonn richtete den Mutanten auf die Zeitmaschine.

»Warum willst du sie unsichtbar machen?« wunderte sich Mark. »Du hast doch gesagt, daß uns hier niemand sieht.«

»Sicher ist sicher!« sagte Rhonn und ließ die Maschine verschwinden. Dann wandte er sich zum Gehen.

»Halt!« rief Mark leise und hielt Rhonn zurück. »Müssen wir uns nicht umziehen, ich meine, verwandeln?«

Rhonn schlug sich gegen die Stirn. »Natürlich müssen wir das! Ich hätte es in der Dunkelheit beinahe vergessen.«

Beide drehten an dem Computerknopf und sahen, daß sich ihre Raumanzüge augenblicklich verwandelten. Sie konnten aber nicht genau erkennen, wie sie jetzt gekleidet waren.

»Ich bin gespannt, was wir diesmal anhaben«, flüsterte Mark.

»Komm mit, wir werden es gleich wissen!« erwiderte Rhonn und eilte zielstrebig dem erleuchteten Trakt des Schlosses entgegen.

Vor einem hohen Portal machte er halt. Er ergriff einen vergoldeten Türklopfer, der sich in der Mitte der reichverzierten Torflügel befand, und ließ ihn fünfmal gegen die Tür fallen. Das Hallen der Schläge war weithin zu hören und dröhnte dumpf durch das Innere des Schlosses.

Mark erschrak. »Hoffentlich stören wir nicht«, flüsterte er ängstlich.

Nach einer Weile vernahm man von drinnen das Geräusch sich nähernder Schritte. Ein Schlüssel wurde herumgedreht, dann öffnete sich mit einem langgezogenen Knarren die schwere Tür.

Ein schwarzgekleideter Diener trat einen Schritt heraus und leuchtete den beiden Jungen mit einer Laterne ins Gesicht.

»Was wollt ihr?«

»Wir möchten zu Roger«, antwortete Rhonn höflich.

Der Bedienstete sah mit unbewegtem Gesicht von einem zum anderen.

»Kommt herein und wartet hier!«

Mark und Rhonn betraten eine Halle, während der Mann die Türe hinter ihnen schloß. Dann entfernte er sich durch einen Gang, der zu einer Freitreppe führte. Am Fuße der Treppe, neben einer Säule, hing ein Klingelzug. Der Diener läutete ebenfalls fünfmal und verschwand dann durch eine kleine Tür, die sich auf der rechten Seite befand.

»Wer ist Roger?« flüsterte Mark mit großen Augen, als sie allein waren.

»Roger ist der Kammerdiener des Grafen«, gab Rhonn leise zurück. »Er ist in alles eingeweiht.«

Sie betrachteten sich gegenseitig.

»Wir haben gepuderte Perücken auf«, grinste Mark. Beide trugen Schnallenschuhe, weiße Strümpfe und Kniehosen. Darüber jeweils einen Schoßrock mit Spitzenmanschetten, Mark in Braun und Rhonn in Silbergrau.

»Du siehst aus, als wolltest du zum Fasching«, amüsierte sich Rhonn.

»So etwas Ähnliches hatten wir doch auch in Wien an, als wir Mozart besuchten, stimmt's?«

»Ja, aber diesmal sind wir eleganter. Wir befinden uns ja auch auf einem Schloß!«

Mark wurde wieder ernst. »Macht dieser Roger auch Zeitreisen?«

»Ich weiß es nicht genau«, antwortete Rhonn. »Mit uns ist er noch nie mitgekommen.«

»Was meintest du dann damit, als du sagtest, er sei in alles eingeweiht?« wollte Mark wissen.

»Das bedeutet, daß er Anweisung hat, uns jederzeit zum Grafen zu führen, wenn wir hierherkommen. Außerdem gibt es da noch eine Geschichte, die uns der Graf selbst einmal erzählt hat.«

»Über Roger?«

»Ja, über Roger. Eine neugierige Dame zog ihn einmal beiseite und fragte, ob es wahr sei, daß der Graf ein Alter von viertausend Jahren hätte. Darauf soll der Diener würdevoll geantwortet haben: ›Darüber kann ich mir kein Urteil erlauben. Ich stehe erst mehrere hundert Jahre in seinen Diensten!‹«

Mark mußte lauthals lachen. Rhonn gab ihm einen Rippenstoß.

»Da kommt er!«

Mark fuhr zusammen. »Wer, der Graf?«

Rhonn zeigte auf die Treppe. »Nein, Roger!«

Auf dem oberen Treppenabsatz war eine Gestalt erschienen. Es war ein älterer Lakai in einer goldbetreßten Livree. In der linken Hand hielt er einen mehrarmigen, brennenden Leuchter. Gemessenen Schrittes kam er die Stufen herab und ging dann auf die beiden Jungen zu. Nachdem er sich verbeugt hatte, sah er Rhonn fragend an.

»Guten Abend, Roger«, sagte dieser herzlich. »Würdest du uns bitte dem Grafen melden und uns dann zu ihm führen?«

Roger stand reglos. »Ich bedaure außerordentlich, daß ich Ihrem Wunsche nicht entsprechen kann, junger Herr.« Er sah prüfend zu Mark und fuhr dann fort: »Seine Gnaden, der Herr Graf, belieben nicht anwesend zu sein.«

Rhonn runzelte die Stirn. »Aber wir haben doch Licht gesehen!« rief er verwundert. »Also dachten wir, er sei hier in Chambord!«

»Seine Gnaden waren zu einem Souper geladen, das die Marquise von Pompadour vor zwei Tagen in Versailles für einen erlauchten Kreis gegeben hat. Der Herr Graf wird heute noch zurückerwartet, aber die Stunde seines Eintreffens ist mir nicht bekannt.«

Rhonn warf einen schnellen Blick zu Mark, der ein enttäuschtes Gesicht machte.

»Dürfen wir warten, Roger?«

»Gewiß, junger Herr«, erwiderte der Lakai nach kurzem Zögern. »Darf ich mir die Frage erlauben, ob Ihr Herr Vater mitgekommen ist?«

»Nein«, antwortete Rhonn. »Wir sind ohne ihn da. Dies ist übrigens mein Freund Mark. Danke, daß wir bleiben dürfen!«

Roger machte eine gemessene Verbeugung. »Darf ich die jungen Herren bitten, mir zu folgen. Ich werde Sie in die Gemächer des Herrn Grafen geleiten!« Er drehte sich um und schritt mit ruhiger Gelassenheit den Gang entlang und die Freitreppe empor.

Die beiden Jungen folgten ihm stumm. Hinter seinem Rücken knuffte Mark mit vergnügtem Gesicht Rhonn in die Seite. Er hatte schon befürchtet, daß aus der heißersehnten Begegnung mit dem Grafen nichts werden würde. Jetzt hätte er am liebsten vor Freude einen Luftsprung gemacht.

Oben angelangt, sahen sie einen breiten Korridor vor sich, dessen Fußboden mit Teppichen ausgelegt war. In regelmäßigen Abständen brannten auch hier unzählige Kerzen in schweren Kandelabern. Zu beiden Seiten hingen überlebensgroße Gemälde, meist von ernst blickenden Männern und Frauen. Hin und wieder waren auch Kinder abgebildet.

»Aha, das ist die Ahnengalerie«, flüsterte Mark beeindruckt. Er ging mit rückwärts gedrehtem Kopf weiter, weil er seinen Blick nicht von einem finster aussehenden Krieger wenden konnte, der in heldischer Pose hoch zu Roß saß. ›Vielleicht war dies Moritz von Sachsen, der frühere Besitzer des Schlosses‹, überlegte Mark. Da stieß er mit Getöse gegen etwas Hartes.

»Ich bitte vielmals um Entschuldigung!« murmelte er verlegen, als er sah, daß er beinahe einen Ritter in voller Rüstung umgerannt hatte.

Rhonn packte Mark am Arm und zog ihn weiter.

»Sei nicht albern!« zischte er ihm zu und grinste. »Da ist doch niemand drin! Die Rüstung ist leer.«

Roger öffnete jetzt eine mit goldenen Ornamenten verzierte Tür und ließ die beiden Jungen eintreten. Eine ganze Zimmerflucht lag vor ihnen. Mark sah mehrere ineinander übergehende Räume, die ebenfalls von Kerzen hell erleuchtet waren. Die Fenster waren zum Teil geöffnet, und der leichte Luftzug von draußen ließ die Flammen der Kerzen ein wenig flackern.

Roger schloß die Fenster und zog die Samtvorhänge zu. Dann entfernte er sich mit einer respektvollen Verbeugung.

»Macht es dir etwas aus, daß wir warten müssen?« fragte Rhonn, als sie allein waren.

»Überhaupt nicht!« beeilte sich Mark zu versichern. »Ich bin froh, daß wir hier sind.«

Rhonn machte eine einladende Handbewegung. »Willst du dich nicht setzen?«

»Nein, danke. Ich möchte lieber ein bißchen herumschauen«, erwiderte Mark. »Meinst du, daß das erlaubt ist?«

»Warum nicht! Das hier sind ja die Empfangsräume. Das Laboratorium des Grafen, in dem er seine Experimente macht, könnten wir ohne ihn und seine Erlaubnis sowieso nicht betreten. Außerdem ist es bestimmt verschlossen. Aber hier in diesen Räumen können wir uns ruhig umsehen.«

Der Salon war mit kostbaren Möbeln ausgestattet. Wertvolle Gobelins zierten die Wände, und vor einem Kamin, in welchem jetzt an diesem warmen Sommerabend allerdings kein Feuer brannte, lagen Tigerfelle.

Mark entdeckte eine kleine, niedrige Tür, die von einem Vorhang halb verdeckt war. Er drückte vorsichtig die Klinke hinunter. Aber die Tür war versperrt und ließ sich nicht öffnen.

Rhonn war inzwischen schon in das nächste Zimmer gegangen.

»Komm her!« rief er. »Hier ist die Bibliothek. Da gibt es allerhand zu sehen!«

Mark ging eilig hinterher. Der ganze Raum war ringsum voll von Regalen, die in die Wände eingelassen waren und vom Boden bis zur Decke reichten. Sie waren über und über mit Büchern und Folianten gefüllt. Auf einem großen Tisch lagen alte Schriftrollen und Pergamente.

»Was ist das?« fragte Mark und zeigte auf eine eigenartig geformte Wurzel, die wie ein grotesk verrenkter Zwerg aussah.

»Faß sie lieber nicht an!« rief Rhonn. »Das ist eine Alraune.«

»Eine Alraune?« staunte Mark. »Den Namen habe ich schon gehört, aber ich habe noch nie eine gesehen.«

»Man findet sie auch sehr selten«, erklärte Rhonn und betrachtete sie mit einer gewissen Scheu. »Es sind angeblich Zauberwurzeln, und man schreibt ihnen magische Kräfte zu.«

Mark hatte bereits eine neue Entdeckung gemacht.

In einem Nebenraum befanden sich mehrere Staffeleien, auf denen Frauenbildnisse standen. Mark kniff die Augen zusammen und versuchte zu ergründen, was an diesen Gemälden anders war als an denen, die er bisher in seinem Leben gesehen hatte.

Die abgebildeten Frauen waren allesamt schön, entstammten aber, was ihre Kleidung betraf, verschiedenen Epochen. Das war deutlich festzustellen. Mark sah von einem Bild zum anderen und dachte angestrengt nach, was es war, das ihn auf so seltsame Weise fesselte. Jetzt endlich hatte er es gefunden.

Es waren die Augen! – Die Augen waren so lebendig gemalt, als sähen sie einen direkt an. Es war ein warmer Glanz in ihnen, ein Funkeln des Blickes, wie Mark es noch nie gesehen hatte.

Aber die Augen waren es nicht allein. Da war noch etwas Verblüffendes! Jede der Frauen war mit Edelsteinen geschmückt, und diese Steine leuchteten in einem Feuer, als befänden sich an dieser Stelle wirkliche Rubine, Smaragde und Saphire. Da gab es ein Diadem aus Perlen und Diamanten, das so täuschend echt wirkte, daß man vermeinte, es seiner Trägerin vom Kopf nehmen zu können.

Rhonn war an Marks Seite getreten.

»Fantastisch, nicht wahr!« sagte er beeindruckt. »Das müssen die Farben sein, mit denen der Graf experimentiert. Er stellt sie in einem Geheimverfahren her. Niemand weiß, wie er diese Leuchtkraft, diese Intensität erreicht. Ich habe schon öfter von diesen Farben gehört, aber die Bilder habe ich noch nie gesehen. Ich hatte keine Ahnung, daß der Graf auch selbst malt.«

»Hast du eine Ahnung, wer diese Frauen sind?« fragte Mark neugierig.

Rhonn schüttelte den Kopf. »Ich kenne keine von ihnen. – Ihrer ganzen Aufmachung nach scheint es sich um hochgestellte Persönlichkeiten zu handeln.«

»Was mag das sein?« Mark deutete auf eine Staffelei, die umgeben von den anderen in der Mitte stand. Über das Gemälde war ein schwarzes Tuch von schwerer, glänzender Seide geworfen, so daß man nicht erkennen konnte, was es darstellte.

»Es handelt sich wahrscheinlich um ein Bild, das noch nicht fertig ist«, überlegte Rhonn.

»Ich möchte zu gerne wissen, was es ist! Wollen wir nachsehen?«

»Ich weiß nicht recht ...«, zögerte Rhonn. Aber dann wurde auch er von Neugier gepackt. Er trat neben die Staffelei und hob vorsichtig einen Zipfel des Tuches hoch.

»Siehst du schon etwas?«

»Nein!« rief Mark mit gespannter Miene. »Du mußt noch mehr von dem Bild frei machen!«

Rhonn zog das Tuch noch ein Stück zurück und versuchte selbst einen Blick auf das Gemälde zu erhaschen. Da rutschte das Tuch von seinem eigenen Gewicht gezogen nach hinten und glitt zu Boden.

Die beiden Jungen erschraken. Doch dann nahm sie das, was sie nun sahen, so sehr gefangen, daß sie vergaßen, das Tuch aufzuheben. Mit offenem Mund starrten sie in atemlosem Staunen auf die enthüllte Leinwand.

Ihren Blicken preisgegeben war ein Frauenbildnis von unbeschreiblicher Schönheit. Es war, wie Rhonn vermutet hatte, noch nicht vollendet, aber es war deutlich zu erkennen, daß es sich um eine Königin handelte. Um eine Königin aus dem alten Ägypten! Das Kleid, das sie trug, war von zartblauer Farbe. Darüber lag ein breiter goldener Kragen, der anscheinend mit Edelsteinen besetzt war, die aber vorerst nur aus einer farblichen Andeutung bestanden. Das Haupt war mit einem goldenen Stirnreif geschmückt. In seiner Mitte befand sich die doppelte Uräusschlange, das Symbol der Königswürde. Das Antlitz, von mädchenhaftem Liebreiz, wurde von zwei großen mandelförmigen Augen beherrscht. Die Augen waren stark geschminkt, aber auch hier war es wieder, als lebten diese Augen, als sähen sie den Beschauer direkt an.

Mark war von diesem Blick bis ins Innerste getroffen. Gleichzeitig schien ihm das Gesicht seltsam vertraut zu sein. Je länger er es betrachtete, desto sicherer war er, daß er es schon einmal gesehen hatte. Daß er diese Königin kannte. Aber woher? Mark zermarterte sich den Kopf. Wo hatte er dieses Gesicht schon gesehen, diesen anmutigen, schlanken Hals?

»Gefällt euch das Bild?«

Eine tiefe, warm klingende Stimme riß ihn aus seinen Gedanken. Weder er noch Rhonn hatten gehört, daß jemand eingetreten war. Beide hatten auf einmal das Gefühl, bei etwas Verbotenem ertappt worden zu sein. Sie fuhren erschrocken herum und brachten kein Wort heraus.

Hinter ihnen stand eine schlanke, hochgewachsene Gestalt.
Mark wußte: Das war er! Das mußte er sein! So konnte nur der aussehen, von dem er so oft geträumt, den er sich so oft im Geiste vorgestellt hatte: Der Graf von Saint-Germain!

Es war ein etwa fünfzigjähriger Mann, mit erlesenem Geschmack gekleidet. Es stimmte also! schoß es Mark durch den Kopf. Jeder, der dem Grafen begegnet war, hatte ihn als fünfzigjährigen Mann beschrieben. Vielleicht lag das an dem unendlich wissenden Ausdruck seiner Augen, denn sonst hätte man ihn, seinem Aussehen nach, auch für jünger halten können. Er trug einen reichbestickten Anzug aus dunkelroter Seide. Sein Gesicht zeigte edle durchgeistigte Züge. Die schwarzen Augen und die gebräunte Haut bildeten einen interessanten Kontrast zu seiner weißgepuderten Perücke. Seinen Mund umspielte ein feines, ironisches Lächeln.

»Ich meine es ernst, wenn ich meiner Hoffnung Ausdruck verleihe, daß euch dieses Bild gefallen möge! Ich bin nur ein Dilettant auf dem Gebiet der Malerei. Ich beklage mein Unvermögen, der Schönheit dieser Frau gerecht zu werden.«

Rhonn hatte endlich seine Sprache wiedergefunden.

»Es ist . . . es ist wunderschön!« stammelte er und hob verlegen das Tuch auf. »Bitte verzeihen Sie, daß wir uns auch dieses verhüllte Bild angesehen haben.«

»Ich mache kein Geheimnis aus meiner Malerei«, sagte der Graf liebenswürdig. »Wenn ich dieses Bild bedeckte, so deshalb, weil ich mit dem Ergebnis unzufrieden bin.«

Er trat auf Rhonn zu und legte ihm die Hand auf die Schulter.

»Ich freue mich, dich zu sehen! Ist dein Vater auch mitgekommen?« – »Nein«, antwortete Rhonn. »Wir sind allein gekommen. Wir, das heißt mein Freund Mark und ich.«

Mark stand immer noch da wie angewurzelt und starrte den Grafen in stummer Bewunderung an. Es schien, als könnte er es immer noch nicht fassen, ihm nun endlich gegenüberzustehen.

»Ich sehe deinen Freund zum ersten Mal«, sagte der Graf mit gewinnendem Lächeln und sah aufmerksam von Rhonn zu Mark.

»Wir kennen uns noch nicht lange«, fuhr Rhonn fort. »Er kommt aus einer anderen Zeit. Er ist sozusagen dreihundert Jahre jünger. Aber er ist mein bester Freund!«

»Es gibt eine spanische Redensart«, sprach der Graf, zu Rhonn gewandt. »Sie besagt: Deine Freunde sind auch meine Freunde!« Er streckte Mark die Hand entgegen.

»Sei mir willkommen!«

Der Graf hatte eine alles bezwingende Herzlichkeit, die jede Befangenheit schnell verfliegen ließ.

»Ihr seid also Freunde und macht zusammen Zeitreisen! Was führt euch zu mir?«

Rhonn erzählte, wie er und Mark sich kennengelernt hatten. Von ihren gemeinsamen Abenteuern. Wie schwer es gewesen war, Jeanne d'Arc zu finden, und daß es Marks größter Wunsch gewesen sei, dem Grafen leibhaftig zu begegnen, nachdem er schon so viel über ihn gehört und gelesen hatte.

»Hoffentlich sind deine Erwartungen nicht zu hoch geschraubt, mein junger Freund«, sagte der Graf liebenswürdig. »Ich würde es bedauern, wenn ich ihnen nicht entspräche. – Die Wirklichkeit ist oft enttäuschend!«

Mark wußte nicht, was er darauf erwidern sollte, weil ihm das Herz so voll war. Er suchte nach Worten.

»Ganz bestimmt nicht!« rief er mit glühenden Wangen und wünschte sich insgeheim, besser ausdrücken zu können, was er empfand. Noch nie war er von der Ausstrahlung eines Menschen derartig gefangengenommen worden, fühlte er sich so ganz und gar eingehüllt von dessen Gegenwart. Und soweit er im Augenblick überhaupt fähig war zu denken, versuchte er zu ergründen, was es war, das ihn so sehr in seinen Bann schlug.

War es die tiefe, wohlklingende Stimme des Grafen? Die zurückhaltende Eleganz seines Äußeren und seiner Bewegungen – oder diese alles überbrückende Liebenswürdigkeit seines Wesens? Oder waren es diese Augen, aus denen so viel Weisheit und zugleich Güte sprachen?

Seine Stimme holte Mark aus seinen Gedanken zurück. »Es scheint, du hast etwas verloren!«

Mark sah verwirrt zu Boden. Neben seinen Füßen lag die Brosche seiner Mutter. Sie mußte ihm versehentlich aus der Tasche gefallen sein, und er hatte es in seiner Aufregung nicht bemerkt. Verlegen bückte er sich und hob sie auf.

»Ich würde das Schmuckstück gerne genauer sehen«, sagte der Graf freundlich.

Mark reichte ihm die Brosche, die er gerade einstecken wollte, und bekam einen roten Kopf. Er warf einen hilflosen Blick zu Rhonn, doch dieser nickte ihm aufmunternd zu.

Der Graf hielt die Brosche zwischen Daumen und Zeigefinger und betrachtete sie eingehend, indem er sie hin und her wendete und gegen das Licht hielt.

»Eine kleine Kostbarkeit!« sagte er nachdenklich. »Ein sehr wertvolles Stück – wenn es echt wäre!« fügte er amüsiert hinzu. »Gehört diese Brosche dir?«

»Nein, sie gehört meiner Mutter«, antwortete Mark verlegen. Jetzt, da der Graf die Brosche tatsächlich in Händen hielt, war ihm die Sache peinlich. Er wünschte, er hätte das Ding in der Maschine gelassen.

»Meine Mutter hat die Brosche im Garten verloren. Ich habe sie heute morgen dort gefunden. Ich weiß, daß sie nicht echt ist.«

»Dann wollen wir einmal sehen, was sich daraus machen läßt!« sagte der Graf mit feinem Lächeln.

Marks Augen wurden groß. »Dann können Sie... es ist also wahr... wirklich wahr, was ich gelesen habe!« stammelte er.

Der Graf zog belustigt die Augenbrauen hoch.

»Ich weiß nicht, was du gelesen hast.«

»Daß... daß Sie falsche Steine in echte verwandeln und aus unedlen Metallen Gold machen können!«

»Gewiß!« sagte der Graf einfach. »Diesen Kenntnissen verdanke ich meinen nicht unbeträchtlichen Reichtum und die Möglichkeit, meinen vielen Interessen sorgenfrei nachgehen zu können. Seit neuestem beschäftige ich mich auch mit dem Schmelzen von Edelsteinen.«

»Wie haben Sie herausgefunden, daß man das überhaupt kann?« fragte Rhonn staunend.

Das Gesicht des Grafen wurde ernst.

»Die großen Entdeckungen werden nur dem zuteil, der reist. Ich verdanke die Entdeckung des Schmelzens von Edelsteinen meiner zweiten Reise nach Indien. Auf meiner ersten Reise habe ich nur sehr geringe Kenntnisse von diesem wunderbaren Geheimnis erworben. Ich habe gerade mehrere kleine Opale zu einem einzigen großen Stein verschmolzen. Kommt mit in mein Labor, ich werde ihn euch zeigen!«

Der Graf durchquerte die Räume, durch die Mark und Rhonn gekommen waren, und die beiden Jungen folgten ihm erwartungsvoll. Er warf Mark einen interessierten Blick zu.

»Ist dein Vater auch Wissenschaftler?«

»Nein, Konzertpianist. Aber ich selbst möchte später gerne Forscher, also Wissenschaftler werden.«

Vor der kleinen verschlossenen Tür im ersten Salon, die Mark vorhin schon aufgefallen war, blieben sie stehen. Der Graf öffnete sie mit einem Schlüssel, den er an einer goldenen Uhrkette trug.

Die Tür sprang auf, und Mark prallte zurück.

In dem hell erleuchteten Gewölbe, das sich ihren Blicken jetzt darbot, herrschte ein unbeschreibliches Durcheinander. Mark war sicher, noch niemals eine derartig wilde Unordnung gesehen zu haben.

In der Mitte des Raumes stand ein langer Tisch, der mit einem Berg von Papieren und Pergamenten bedeckt war. Aus einem riesigen Apparat mit vielen gewundenen Röhren, anscheinend eine Destillieranlage, tropften Flüssigkeiten in leuchtenden Farben in verschiedene Glasbehälter. In den Wandregalen befanden sich ebensolche Gläser, bereits fertig abgefüllt, und eine Unzahl von verschlossenen Phiolen, die in Zinngestellen aufbewahrt wurden. Auf übereinandergestapelten Büchern standen große und kleine Gefäße, von denen die meisten zugedeckt waren. Überall gab es kleine Öfen, auf denen Schmelztiegel standen. Körbe, die bis zum Rand mit getrockneten Pflanzen gefüllt waren, versperrten wie Hindernisse den Weg. Eine hohe Tafel, die an einer Wand lehnte, war mit den eigenartigen Buchstaben einer Schrift bedeckt, die Mark nicht kannte. Ebensowenig konnte er sich vorstellen, was die seltsamen Figuren und Zahlenreihen auf den vielen kleinen Schiefertafeln zu bedeuten hatten.

Sollte dieses wirre Durcheinander, dieses totale Chaos wirklich das Laboratorium des Grafen sein?

»Du bist entsetzt über die Unordnung, die hier herrscht, nicht wahr?« sagte der Graf lächelnd, als könnte er Marks Gedanken erraten.

Dieser schnappte nach Luft und blickte zu Rhonn, der sich ebenfalls erstaunt umsah.

»Diese Unordnung ist nur scheinbar und durch eine absolute Notwendigkeit begründet«, fuhr der Graf fort. »Unzählige Male hat man schon versucht, mir meine Geheimnisse zu entreißen. Wie oft wurde meine Dienerschaft von hochgestellten Persönlichkeiten bestochen ... Zwar trage ich den Schlüssel zu diesem Laboratorium stets bei mir, aber vor einem gewaltsamen Aufbrechen seiner Tür durch verbrecherische Hände kann ich mich nicht schützen. Der einzige, dem ich wirklich vertrauen kann, ist Roger. Er ist schon lange bei mir und würde ein unerlaubtes Eindringen unter Einsatz seines Lebens zu verhindern trachten. Doch auch er könnte letzten Endes gegen Diebe, die zum Äußersten entschlossen sind, nichts ausrichten. Der einzig wirksame Schutz ist also dieses völlige Durcheinander, in dem nur ich selbst mich zurechtfinden kann.«

Die beiden Jungen hatten gebannt zugehört und kaum gewagt, sich zu rühren.

Mark gab sich einen Ruck.

»Ist es wirklich wahr, daß Sie den Stein der Weisen besitzen und damit auch das geheimnisvolle Lebenselixier? Schenkt es wirklich ewige Jugend, wie man behauptet?«

Er und Rhonn hielten den Atem an in Erwartung der Antwort des Grafen.

Dieser wendete sich ab und schwieg.

Mark hatte schon Angst, den Grafen durch die Neugier seiner Fragen verletzt zu haben. Er biß sich auf die Lippen und sah unsicher zu Rhonn. Da wandte der Graf sich um, und Mark stellte erleichtert fest, daß sein Gesicht wieder die heitere Liebenswürdigkeit ausstrahlte.

»Ich kann mich nicht rühmen, im Besitze dieses Wunderwassers zu sein«, sagte der Graf bescheiden. »Mein Elixier hat nicht die Kraft zu verjüngen, wohl aber die Fähigkeit, den Menschen in seinem Zustand zu erhalten. Das ist ein großer Unterschied!«

»Darum also hat jeder, der Sie traf, Sie als einen Mann von fünfzig Jahren beschrieben«, sagte Rhonn, von den Ausführungen des Grafen beeindruckt.

»Das bedeutet also, daß ich immer ein Junge von zwölf Jahren bleiben würde, wenn ich jetzt von dem Elixier tränke?« rief Mark mit leuchtenden Augen.

Der Graf sah ihn durchdringend an. Ein kleines, spöttisches Lächeln umspielte seinen Mund.

»Möchtest du das etwa?«

»Oh, nein... nein!« stammelte Mark erschrocken.

Der Graf legte seine Arme um die Schultern der beiden Jungen. »Ihr werdet verstehen, daß ich nicht über alles sprechen möchte! Nur soviel: Die Herstellung dieses Elixiers ist nicht nur außerordentlich schwierig, sondern auch ungeheuer kostspielig – und nur sehr wenigen Eingeweihten ist sie bekannt. Es genügt auch nicht, nur ein einziges Mal davon zu trinken. Ich selbst befolge außerdem eine strenge Diät und trinke dazu nur von einem Tee, den ich selbst aus Sennesblättern herstelle, und ich möchte nochmals betonen, daß dieses Elixier nicht verjüngt, auch nicht den Reifeprozeß eines Menschen aufhält, wohl aber sein Altern, von dem Augenblick an, in dem er es nimmt.«

Der Graf griff in den Halsausschnitt seines spitzenbesetzten Hemdes und zog eine goldene Kette heraus. Ein länglicher Gegenstand war daran befestigt. Es war eine kleine Phiole aus Kristall, ebenfalls in Gold eingefaßt. Darin befand sich eine glasklare farblose Flüssigkeit.

»Ich trage stets etwas davon bei mir.«

Mark und Rhonn schauten in ehrfürchtigem Staunen auf das winzige Gefäß mit dem wunderbaren Elixier.

»Ich hoffe, daß ich eure Neugier ein wenig zufriedenstellen konnte«, sagte der Graf in herzlichem Ton und ließ die Kette mitsamt ihrem kostbaren Anhänger wieder unter sein Hemd zurückgleiten.

»Und nun zeige ich euch zwei besonders gelungene Experimente meiner Edelsteinverschmelzung!« rief er dann. In seiner Stimme schwang ein fast jungenhafter Stolz mit.

Er holte eine unscheinbare Holzkassette hervor, die sich hinter Büchern, Töpfen und Gläsern versteckt in einem der Wandregale befand. Er öffnete sie und zeigte den staunenden Jungen einen riesigen Opal und einen taubeneigroßen Saphir.

»Den Saphir werde ich dem König schenken! Vielleicht reißt ihn das etwas aus seiner Lethargie! Ihr müßt wissen, daß der gute Ludwig sich meistens unbeschreiblich langweilt. Seine Geliebte, die Marquise von Pompadour, übrigens eine bemerkenswerte Frau, hat ständig damit zu tun, sich immer neue Kurzweil für ihn auszudenken. Nun wünscht sie, ich soll ihm ein eigenes Laboratorium in Schloß Trianon einrichten, da er sich anscheinend ein wenig für die Alchimie interessiert«, sagte der Graf lachend. Dann wandte er sich Mark zu.

»Aber nun wollen wir sehen, was sich aus der Brosche deiner Mutter machen läßt! Ich gehe doch sicher richtig in der Annahme, daß sie Freude daran hätte, ein Schmuckstück mit echten Steinen zu besitzen. Wäre es nicht eine gelungene Überraschung, wenn du ihr die Brosche mit der Bemerkung überreichst, daß sie aus einem erlesenen Smaragd und wertvollen Brillanten besteht?«

Der Graf trat an einen kleinen steinernen Bottich und nahm einen schweren Deckel ab, der ebenfalls aus Stein war. Darin befand sich eine brodelnde Flüssigkeit, die aussah, als würde sie kochen, obwohl unter dem Bottich kein Feuer war. Der Graf ließ die Brosche vorsichtig hineingleiten und schob sofort wieder den Deckel darüber.

»Die Flüssigkeit darf sowenig wie möglich mit Luft in Berührung kommen«, erklärte er.

»Wie soll ich meiner Mutter denn beibringen, daß die Brosche auf einmal echt ist?« fragte Mark verwirrt. »Ich kann doch niemandem erzählen, daß ich mit Rhonn Zeitreisen mache und hier bei Ihnen war. Kein Mensch würde mir das alles glauben!«

Der Graf warf Mark einen amüsierten Blick zu.

»Da mußt du dir eben etwas einfallen lassen, mein junger Freund! Und nun wollen wir das Labor verlassen! Die Brosche soll eine Weile in der Flüssigkeit liegenbleiben. Laßt uns wieder in den Salon gehen!«

»Wer sind die Frauen, die Sie auf den Gemälden dargestellt haben?« erkundigte sich Rhonn neugierig. »Ich hatte den Eindruck, daß sie berühmt sind, aber ich erkannte keine einzige von ihnen.«

»Von diesen Frauen sind nur einige im landläufigen Sinn berühmt. Aber alle haben zu ihrer Zeit einen unauslöschlichen Eindruck auf mich gemacht, und so habe ich mich bemüht, auf diese Weise die Erinnerung an sie festzuhalten«, sagte der Graf versonnen, während sie in den Raum zurückkehrten, in dem sich die Bilder befanden. Erklärend ging er von einer Staffelei zur anderen.

»Dies hier ist die Kaiserin Theodora von Byzanz, und das da ist Herodias, die Gemahlin des Vierfürsten von Galiläa.« Er zeigte auf eine hoheitsvolle Erscheinung in golddurchwirktem Gewand. »Von dieser Frau habt ihr gewiß noch nicht gehört. Es ist Oktavia, die kluge und tugendhafte Gemahlin eines römischen Statthalters. Ich hatte die Ehre, des öfteren Gast in ihrem Hause zu sein...«

»Wenn ich nur wüßte, woher ich diese ägyptische Königin kenne?«

rätselte Mark, dessen Blicke immer wieder magisch von jenem Bild in der Mitte angezogen wurden.

Der Graf stellte sich neben ihn. »Du glaubst sie zu kennen?«

»Nicht persönlich natürlich«, beeilte sich Mark zu versichern, obwohl der Graf bestimmt nicht erstaunt gewesen wäre, das Gegenteil zu hören.

»Ich habe ihr Gesicht oft gesehen, aber es fällt mir beim besten Willen nicht ein, wo.«

In die Augen des Grafen trat ein schwärmerischer Ausdruck. »Sie war die schönste und verführerischste Königin aller Zeiten!«

»Meinen Sie Kleopatra?« fragte Mark unsicher.

Der Graf hob überrascht die Augenbrauen. »Wie kommst du auf Kleopatra? Ich habe Kleopatra gekannt. Sie war zweifellos sehr reizvoll, aber schön im eigentlichen Sinn fand ich sie nicht. Für meinen Geschmack hatte sie eine zu große Nase! Oh, nein! Ich meine eine andere! Eine Frau, die nicht ihresgleichen hatte, die in absoluter Vollendung Schönheit, Anmut und Intelligenz in sich vereinte. Sie war der gefeierte Mittelpunkt eines Weltreiches, das ihr zu Füßen lag. Als große königliche Gemahlin regierte sie gleichberechtigt an der Seite des Pharaos Echnaton, des mächtigsten Herrschers der damaligen Welt.«

Jetzt wußte Rhonn, wer gemeint war. »Die berühmte Königin, von der Sie sprechen, ist Nofretete, nicht wahr?«

Der Graf schien mit seinen Gedanken weit weg zu sein. Dann nickte er.

»Ja, es ist Nofretete. Ihr Name bedeutet – die Schöne, die da kommt! – Alle Dichter haben sie besungen. Die bedeutendsten Künstler verewigten sie in Stein. Das Volk liebte sie und jubelte ihr zu, wo immer sie sich zeigte.«

Auf einmal fiel es Mark wie Schuppen von den Augen. Jetzt wußte er, weshalb ihm das Gesicht der schönen Königin vertraut erschienen war. Er kannte es von den vielen Abbildungen ihrer weltberühmten Büste. Diesem farbigen Meisterwerk war er sogar erst vor kurzem gegenübergestanden. Sein Vater hatte ihn auf eine große ägyptische Ausstellung der sogenannten Amarnazeit mitgenommen. Lange hatten sie vor dem gläsernen Schaukasten die zeitlose Schönheit des anmutigen Frauenkopfes bewundert. Es gab wohl niemanden, der nicht schon einmal von dieser berühmtesten Büste der Weltgeschichte gehört oder gelesen und nicht wenigstens eine Fotografie von ihr gesehen hatte. Sie war ein naturgetreues Abbild dieser schönsten aller Königinnen und zeigte ein zartes Gesicht mit makellos reiner, goldbfarbener Pfirsichhaut. Auf dem stolzen kleinen Kopf trug sie eine blaue Kronenhaube, die in der Mitte mit der königlichen Uräusschlange geschmückt war. Die vollen Lippen waren rot geschminkt, die schöngeschwungenen Augenbrauen und die Umrandung der Augen mit schwarzer Farbe nachgezeichnet.

Plötzlich wußte Mark, warum er die Königin auf dem Bild nicht gleich erkannt hatte. Hier strahlten ihm zwei dunkle, mandelförmige Augen entgegen. Die Büste hingegen hatte nur ein einziges Auge. Es bestand aus einer dunkelbraun gefärbten Einlage aus Bergkristall. Das linke fehlte. Die schönste der Frauen war auf einem Auge blind!

Mark hatte den Kunstkatalog gründlich studiert.

Die Büste war am 6. Dezember 1912 bei Ausgrabungen in Amarna gefunden worden. Marks Vater hatte erzählt, daß man zuerst geglaubt habe, die Einlage des anderen Auges sei herausgefallen. Die Fundstelle und ihre Umgebung wurde systematisch durchsucht, der Schutt vieler Jahrhunderte vorsichtig beiseite geräumt, der Wüstensand, der alles bedeckte, gründlich gesiebt. Umsonst! Die Einlage blieb unauffindbar.

Später stellte man nach eingehenden Untersuchungen an der Büste fest, daß das Auge niemals vorhanden gewesen war. Die Stelle, wo es hätte eingesetzt werden sollen, war nicht dafür präpariert. Die linke weiße Augenhöhle zeigte keine Spuren von Bearbeitung.

Warum hatte die Königin auf dem Bild des Grafen zwei Augen, während auf ihrer Büste eines fehlte?

Mark kämpfte mit sich, ob er es wagen konnte, den Grafen nach dem Geheimnis des fehlenden Auges zu fragen. Vielleicht wußte er den Grund. Vielleicht war der Graf der schönen Nofretete, wie so vielen anderen Persönlichkeiten der Vergangenheit, schon begegnet. Sonst hätte er ja wohl auch kaum ihr Bild gemalt.

In Mark siegte die Neugier.

»Kannten Sie Nofretete?« fragte er zaghaft.

»Kennen wäre zuviel gesagt«, antwortete der Graf. »Ich sah sie einmal, wie sie engumschlungen mit ihrem königlichen Gemahl auf seinem goldenen Streitwagen durch die prächtigen Straßen ihrer Stadt fuhr. Eine unübersehbare Menschenmenge jubelte ihr zu und verhinderte, daß ich in ihre Nähe gelangen konnte. Niemals werde ich das Glitzern der edelsteinbesetzten Kleider des Herrscherpaares vergessen. Ich erkannte die Königin an ihrer blauen Kronenhaube, aber ihr Gesicht sah ich natürlich nur undeutlich.«

Der Graf blickte wehmütig auf das Bild. »Dabei wäre es ein leichtes, die schöne Nofretete wirklich kennenzulernen. Es ist meine eigene Schuld, daß ich ihr bisher noch nicht begegnet bin!«

Rhonn schnappte nach Luft. »Es wäre ein leichtes für Sie, Nofretete kennenzulernen? Wie ist das möglich?«

Der Graf schwieg. Er sah traurig aus. Dann entschloß er sich, Rhonns Frage zu beantworten.

»Mit Thutmosis, dem berühmten Oberbildhauer aus Ägypten, dem größten Künstler jener Zeit, verbindet mich Freundschaft. Diese konnte ich noch vertiefen, als ich ihm eine Auswahl meiner schönsten Farben schenkte, deren Zusammensetzung und Qualität ihm unbekannt waren. Bei unserer letzten Begegnung sprach er davon, daß er in Kürze mit der Arbeit zu einer lebensechten, farbigen Büste aus Kalkstein und Gips beginnen werde. Die Königin selbst habe ihm den Auftrag dazu erteilt. Seine Werkstatt war angefüllt mit Zeichnungen und Farbskizzen. Auf den meisten war Nofretete mit ihrer leuchtendblauen Kronenhaube abgebildet. Thutmosis erzählte mir, daß sie diese Kopfbedeckung, unter der sie ihr langes schwarzes Haar verbirgt, am liebsten trüge. Blau war die Farbe der Götter und also auch der Pharaonen, die ihre Abstammung von den Göttern herleiteten.

Thutmosis sagte auch, daß die Königin bald täglich in seine Werkstatt kommen werde, um ihm für die Büste Modell zu sitzen. Er lud mich ein, einer solchen Sitzung beizuwohnen. Zum Abschied schenkte er mir eine seiner Skizzen, und ich versprach ihm dafür neue Farben. Nach dieser Skizze malte ich das Bild hier. Aber um es zu meiner Zufriedenheit vollenden zu können, müßte ich die Königin einmal aus der Nähe sehen. Zu vieles hinderte mich jedoch bisher, mein Versprechen wahrzumachen und Thutmosis erneut zu besuchen. Obwohl es mein größter Wunsch wäre, der schönen Nofretete leibhaftig gegenüberzustehen.«

Der Graf zeigte den beiden Jungen eine Papyrusrolle, die unter der

Staffelei lag. Die Skizze, die sich darauf befand, zeigte den bis ins kleinste genauen Entwurf der weltberühmten Büste Nofretetes.

Mark sah mit Erstaunen, daß hier beide Augen eingezeichnet waren. Es war wirklich sonderbar! Warum fehlte das linke Auge an der fertiggestellten Büste, wenn es auf der Skizze vorhanden war? Hatte Thutmosis vergessen, es einzusetzen, oder steckte möglicherweise sogar Absicht dahinter? War die Königin vielleicht zu einem späteren Zeitpunkt auf dem einen Auge erblindet, und hatte der Bildhauer es deshalb auf seiner Büste weggelassen, weil er um eine naturgetreue Nachbildung bemüht war?

Mark wollte es jetzt wissen. »Auf der Büste, die man am 6. Dezember 1912 fand und die dieser Skizze hier ganz genau gleicht, fehlt das linke Auge!« sagte er nachdenklich.

»Nanu, woher weißt du denn dieses Datum so genau?« grinste Rhonn. »Daten sind doch sonst nicht deine Stärke!«

»Ich habe es mir gemerkt, weil meine Schwester Judy am 6. Dezember Geburtstag hat«, sagte Mark leicht gekränkt. »Außerdem achte ich jetzt natürlich viel mehr auf Jahreszahlen als früher. Mein Vater erzählte mir, daß bis heute nicht geklärt werden konnte, warum Nofretete auf einem Auge blind ist.«

Rhonn wurde wieder ernst. »Das stimmt! Sogar bis in meine Zeit haben Geschichtsforscher und Kunsthistoriker versucht herauszufinden, warum die berühmte Büste der Königin nur ein Auge hat.«

»Ich kenne den Grund dafür!« sagte der Graf kurz.

»Sie kennen ihn?« riefen Mark und Rhonn wie aus einem Mund.

»Ja.«

»Aber warum haben Sie dann niemals darüber gesprochen und die Geschichtsforscher und Kunsthistoriker aufgeklärt?« staunte Mark, der nicht begreifen konnte, wie jemand mit seinem Wissen hinterm Berg halten konnte, wenn alle Welt scharf darauf war, es zu erfahren.

»Was hätte das für einen Sinn!« meinte der Graf versonnen. »Geschichte wird nur geglaubt, wenn sie durch einwandfreie Beweise untermauert ist, die die Wissenschaftler anerkennen. Beweise aber gibt es nicht für das, was ich in Erfahrung bringen konnte. Es existiert auch nicht die geringste Aufzeichnung darüber.«

»Wie ist es möglich, daß es darüber nichts Schriftliches gibt?« fragte Mark mit ungläubigem Gesicht.

»Es handelt sich doch um ein großes Kunstwerk und eine berühmte Königin?« ergänzte Rhonn verwundert.

»Das ist ganz einfach zu verstehen.« sagte der Graf geduldig. »Weil zu der Zeit, als mir das Geheimnis der Büste enthüllt wurde, alle Welt damit beschäftigt war, jede Erinnerung an die schöne Nofretete auszulöschen. Überall im Lande wurden ihre Statuen, ihre Bilder zerstört. Ihre Namenskartuschen auf Steinmonumenten und Schrifttafeln wurden abgeschlagen.

Nicht anders erging es Echnaton, dem Pharao, dessen Gemahlin sie war. Ihrer beider Name sollte für immer ausgelöscht sein, ihr Andenken für immer von der Erde verschwinden. Nichts sollte mehr Zeugnis ablegen von diesem Herrscherpaar der glanzvollsten Epoche Ägyptens. Nicht einmal als die ›verfluchten Ketzerkönige‹, wie sie zuletzt genannt wurden, sollten sie in die Geschichte eingehen.«

Mark und Rhonn machten entsetzte Gesichter.

»Aber warum nur? Wie konnte das geschehen? Warum auf einmal so viel Haß? Sie haben doch erzählt, wie beliebt Nofretete und Echnaton waren!«

Der Graf schwieg. Sein Blick war abwesend ins Leere gerichtet.

Plötzlich durchzuckte ihn eine Idee. Seine Gestalt straffte sich. »Wo befindet sich eure Zeitmaschine? Weit von hier?«

»Nein, o nein«, antwortete Rhonn verblüfft. »Sie steht da, wo wir sie immer abstellen, wenn wir Sie besuchen.«

»Es ist schon eine Weile her, seit ich meine letzte Zeitreise gemacht habe!« rief der Graf mit blitzenden Augen. »Kommt mit mir an den Nil! – Ich zeige euch Achetaton, die goldglänzende Sonnenstadt der schönsten Königin, die jemals gelebt hat! Unterwegs werde ich eure Fragen beantworten. Kommt mit mir in das 14. Jahrhundert vor Chr. In das Jahrhundert Nofretetes!«

Siebtes Kapitel
Die Traumstadt des Pharao – Thutmosis, Oberbildhauer von Ägypten – Ein Koffer voller Farben – Die schöne Königin vom Nil – Mark in großer Gefahr

Die beiden Jungen jubelten.

Der Graf würde sie mitnehmen! Das bedeutete, daß sie noch eine Weile mit ihm zusammen sein durften, um neue Dinge zu erfahren und Menschen einer lange versunkenen Zeit kennenzulernen.

Plötzlich fiel ein Schatten auf Marks Vorfreude, als der Graf das Zimmer verlassen hatte, um sich, wie er sagte, für die Reise umzukleiden.

»Werde ich denn heute abend rechtzeitig zurück sein, bevor meine Eltern aus der Oper nach Hause kommen?« erkundigte er sich besorgt.

»Mach dir, um Himmels willen, keine Gedanken deswegen! Eine solche Gelegenheit wie jetzt bietet sich uns so schnell nicht wieder!« rief Rhonn begeistert. »Ich habe dir schon früher einmal gesagt, daß auf unseren Reisen in der anderen Dimension Zeitbegriffe herrschen, die von den Zeitabläufen, wie du sie in der realen Welt kennst, völlig verschieden sind. Sie sind vergleichbar mit unseren Träumen, die sich ebenfalls auf einer anderen zeitlichen Ebene abspielen. Du hast doch auch schon oft erlebt, daß ein Traum sich scheinbar über einen langen Zeitraum erstreckte. In Wirklichkeit aber dauerte er nur wenige Minuten.«

Mark war beruhigt. »Stimmt! Das hatte ich vergessen. Du hast es mir bei unserer ersten Reise schon einmal erklärt.«

»Du wirst also rechtzeitig zurück sein«, versprach Rhonn.

»Warum geht der Graf sich umkleiden?« wollte Mark wissen.

»Was für eine Frage!« rief Rhonn lachend. »Er muß doch seinen Assimilator anlegen.«

»Hat er denn einen?«

»Er besitzt nicht nur einen, sondern mehrere! Ich nehme an, daß die

Zeitmaschine, die er sonst benutzt, sich nicht hier, sondern in der Nähe seiner Wohnung in Paris befindet. Sonst hätte er nicht nach unserer gefragt.«

Als der Graf wieder eintrat, sah er sehr verändert aus. Er war jetzt mit dem metallisch glänzenden Raumanzug bekleidet. Die Perücke, die er zuvor getragen hatte, fehlte. Sein eigenes Haar war dicht und schwarz und von einigen weißen Strähnen durchzogen.

In seiner rechten Hand trug er einen Koffer von mittlerer Größe mit Silberbeschlägen verziert.

»Darin sind die Tiegel mit den Farben, die ich Thutmosis versprochen habe«, sagte er lächelnd, als er die fragenden Blicke der beiden Jungen bemerkte.

Bevor sie das Schloß verließen, hüllte sich der Graf in einen langen schwarzen Mantel, um seinen Raumanzug zu verdecken.

Niemand begegnete ihnen, als sie in der mondhellen Nacht zu der Zeitmaschine gingen. Rhonn machte sie sichtbar, und ohne besondere Eile stiegen sie ein. Zuerst der Graf, dann Mark und zuletzt Rhonn.

»Vielleicht möchten Sie selbst die Maschine fliegen?« fragte Rhonn zuvorkommend an den Grafen gewandt.

»Sehr gerne, wenn du sie mir überlassen willst!« antwortete der Graf sichtlich erfreut.

Es war mit Abstand die weiteste Zeitreise, die Mark nun erleben durfte. Im Gegensatz zu Rhonn war er noch nie in Ägypten gewesen. Außerdem galt es diesmal, mehr als dreitausend Jahre zu überbrücken. Sie flogen in ein Land, in eine Zeit, die zu den großartigsten und zugleich geheimnisvollsten Epochen der Menschheitsgeschichte gehörte.

Als sie aus der anderen Dimension auftauchten, umgab sie gleißende Helligkeit, so daß sie zunächst geblendet die Augen schließen mußten, aber langsam gewöhnten sie sich an das grelle Sonnenlicht, das den afrikanischen Himmel fast weiß erscheinen ließ.

Mark fühlte sein Herz bis zum Halse schlagen.

»Wo sind wir? – In welchem Jahr befinden wir uns?« fragte er atemlos, da er beim Start nicht verstanden hatte, welche Daten der Graf dem Computer der Zeitmaschine eingegeben hatte.

»Nach ägyptischer Zeitrechnung haben wir Achet, die Zeit der Überschwemmung«, erklärte er. »Sie dauert vom 15. Juni bis 15.

Oktober. Die ägyptischen Monate beginnen nicht am ersten, sondern jeweils am 15. Tag nach unserer Monatseinteilung. Ich habe den ersten Tag des Monats Choiak gewählt. Das entspricht unserem 15. September. Es ist das Jahr 1355 vor Chr. Seht hinunter! Wir fliegen über Ägyptens Küste, da wo der Nil in einem weitverzweigten Delta ins Mittelmeer fließt. Natürlich hätte ich die Maschine auch gleich über Achetaton schweben lassen können, aber ich möchte euch zunächst einen Eindruck vom Ägypten dieser Zeit vermitteln. Damit ihr besser versteht, was ich euch dann erzählen werde.

Die 18. Dynastie, der Echnaton und Nofretete entstammen, ist die reichste und kultivierteste, die es je gegeben hat. Es ist anzunehmen, daß nur das versunkene Atlantis eine ähnliche kulturelle Blüte und Prachtentfaltung kannte. Aber das wissen wir nicht genau. Wir können es nur vermuten.

Ägypten ist auf dem Höhepunkt seiner Macht und das absolute Zentrum der damaligen Welt. Es ist ein langgezogenes, schmales Land, das zu beiden Seiten von Wüste umgeben ist. Das breite grün glitzernde Band, über das wir fliegen, ist der alles Leben spendende Nil. Beinahe alle historischen Stätten liegen am Nilufer oder nur wenige Kilometer davon entfernt.«

»Dort drüben auf der rechten Seite sind die Pyramiden!« schrie Mark aufgeregt. Es hielt ihn vor Begeisterung kaum noch auf seinem Sitz. Auch Rhonn wurde davon angesteckt, obwohl er den überwältigenden Anblick der riesigen Steinbauten schon kannte.

»Ihr müßt euch vorstellen, daß die geheimnisvollen Pyramiden zur Zeit von Echnaton und Nofretete bereits über tausend Jahre alt sind!« fuhr der Graf in seinen Ausführungen fort, nachdem er einige Male die Spitzen der gewaltigen Bauwerke umkreist hatte. Einsam und mächtig ragten sie in den Himmel und warfen einen steilen Schatten in den Wüstensand.

»Wir fliegen jetzt nilaufwärts von Unterägypten in Richtung Oberägypten. Beide Länder sind dem Pharao untertan. Links seht ihr die ehemalige Hauptstadt Memphis und auf der gegenüberliegenden Seite des Flusses die herrliche Stufenpyramide von Sakkara, die zu den sieben Weltwundern gehört.«

Hingerissen wußte Mark nicht, wohin er zuerst schauen sollte. Auch der Fluß bot ein prächtiges Bild. Überall sah man kunstvoll verzierte

Barken mit bunten, viereckigen Segeln. Die vielen Kanäle, die zum Nil führten und für die Bewässerung sorgten, hatten das Land, so weit man schauen konnte, in einen blühenden Garten verwandelt. Grün leuchteten die gefiederten Papyrusstauden an den Ufern. Hin und wieder flogen Enten und andere Wasservögel aus dem Schilf auf. Weizen und Maisfelder wechselten sich ab mit Obst und Gemüsegärten. Dazwischen gab es Blumen, immer wieder Blumen in den schönsten Farben.

Mark gefielen die langhörnigen Rinder, die so aussahen wie die spanischen Kampfstiere, besonders gut. Er sah Schafe, Ziegen und Schweineherden auf den üppigen Weiden, Hütten aus Lehm und Schilf und die braunen Rücken der Fellachen, die den fetten, schwarzen Boden bearbeiteten.

Der Graf hatte die Zeitmaschine inzwischen unsichtbar gemacht, damit sie unentdeckt in nicht allzu großer Höhe fliegen konnten.

»Unser Ziel, das goldene Achetaton, liegt in Mittelägypten zwischen Memphis und der Königsstadt Theben. Das war die glänzende Hauptstadt Ägyptens, dessen Stellung als Weltmacht unangefochten war. Die Grenzen des Reiches verliefen vom Euphrat in Nordsyrien bis zum Sudan im Süden. Und viele Länder entrichteten Huldigung und Tribut.

Der Norden schickte Gold, der Süden einen nie versiegenden Strom schwarzer Sklaven. Aus Punt kamen Weihrauch und kostbare Duftstoffe und aus dem Libanon das wertvolle Zedernholz.«

Gebannt lauschten Mark und Rhonn den Erzählungen des Grafen. Eine wunderbare, versunkene Welt tat sich ihnen auf und erwachte zu neuem Leben.

»Das hunderttorige Theben, wie der griechische Dichter Homer es nannte, war dem Sonnengott Amun geweiht. Amun war der Hauptgott der vielen Götter Ägyptens. Seinen Tempeln und seiner mächtigen Priesterschaft floß ein Drittel aller Einkünfte des Landes zu. Unter der Herrschaft des Gottes Amun war das gewaltige Reich zu seiner höchsten Blüte gelangt. Seit vielen Jahren herrschte Frieden, und der Wohlstand konnte ungestört wachsen. Die Pharaonen der 18. Dynastie konnten sich der Errichtung der schönsten Bauwerke zuwenden.«

Der Graf schwieg einen Augenblick und sah auf den träge dahinfließenden Nil, dessen grünbraune Fluten über die Ufer getreten waren. Dann fuhr er fort:

»Und nun will ich euch die höchst seltsame Geschichte der Stadt Achetaton und ihres Herrscherpaares erzählen:

Der Pharao und seine schöne Gemahlin liebten sich innig. Sie hatten sich der Wahrheit verschworen und schufen eine neue Religion.

Echnaton lehnte die vielen untereinander rivalisierenden Gottheiten Ägyptens ab. Immer mehr formte sich in ihm das Bild eines einzigen Gottes, der aus seiner unendlichen Weisheit und Güte heraus alles erschaffen hatte.

Wie konnte der als heilig geltende Skarabäus ein Gott sein, wo er doch gewöhnlichen Mist zu kleinen Kugeln formte, die er vor sich herrollte. Ein pillendrehender Käfer, den man zertreten konnte!

Der allesspendende Nil wurde durch ein häßliches dickes Nilpferd symbolisiert, das die Göttin Opet darstellte. Sollte diesem plumpen, stumpfsinnigen Tier wirklich all der Reichtum, all die Fruchtbarkeit zu danken sein, die der Nil mit seinen Überschwemmungen mit sich brachte?

Und es gab den Totengott Osiris, der von seinem schrecklichen Bruder Seth alle Jahre wieder ermordet und zerstückelt wurde. Die Göttin Isis sammelte dann weinend die Teile auf und setzte sie zusammen, so daß Osiris neu erstand. Seine Wiederbelebung leitete den Frühling ein und wurde mit großen Festen und Mysterienspielen gefeiert. Steckte hinter diesen grausamen Vorgängen wirklich ein Gott? Woher kam dann die Liebe, die Echnaton in seinem Herzen verspürte?

Jede Stadt, jeder Landstrich verehrte andere Götter. Auf menschlich geformten Leibern saßen die Köpfe von Falken, Sperbern und Schakalen, wenn man von Ma'at, der Göttin der Gerechtigkeit, absieht, die überhaupt kein Gesicht hatte. Es gab die kuhköpfige Hathor und die Katzengöttin Bastet. Amun, der Hauptgott, war unersättlich. In seinem Namen belogen die habgierigen Amunpriester das Volk.

Nein, der einzige Gott, an den Echnaton glaubte, war ein Gott der Liebe und der Wahrheit. Er vertrieb die Amunpriester aus ihren Tempeln und verlangte, daß fortan nur noch einem Gott gehuldigt werde. Er verkündete eine neue Religion der Schönheit und der Güte, und die treibende Kraft dieses neuen Glaubens war Echnatons Gemahlin, Nofretete. Es war der Sonnengott Aton, dem die beiden ihr Leben weihten.«

Mark und Rhonn hatten gespannt zugehört.

»Eines verstehe ich nicht«, sagte Rhonn nach einer Weile nachdenklich. »Worin liegt der Unterschied zwischen dem Sonnengott Amun und dem Sonnengott Aton? Sie verkörperten doch beide dasselbe!«

»Es gibt einen großen, alles trennenden Unterschied!« erwiderte der Graf nach einigem Überlegen. »Jedoch selbst die gebildetsten Ägypter hatten zunächst Schwierigkeiten, sich zurechtzufinden. Ich will versuchen, es euch so kurz wie möglich zu erklären: Der Gott Amun war ganz einfach die Verkörperung der Sonne und so ziemlich jedermann verständlich.

Aton hingegen wurde durch die leuchtende Sonnenscheibe symbolisiert und bedeutete die schöpferische Kraft, die hinter allem Sein steht, war also ein rein geistiger Begriff.«

Mark versuchte sich die Worte des Grafen genau einzuprägen, um später in Ruhe darüber nachdenken zu können. Jetzt stürmten zu viele Eindrücke auf ihn ein.

»Echnaton beschloß, seinem Gott eine Stadt zu bauen, die an Pracht und Schönheit alles bisher Dagewesene in den Schatten stellen würde! In dieser Stadt sollte es weder Armut noch Häßlichkeit geben. Kein menschlicher Fuß sollte den heiligen Boden bisher betreten, kein anderer Gott jemals ein Stück davon besessen haben!

Und nun geschah etwas absolut Einmaliges, das in der Geschichte ohne Beispiel ist! Eine Stadt, die in der Fantasie erdacht und auf dem Reißbrett konstruiert war, nahm in verhältnismäßig kurzer Zeit Gestalt an.

Die größten Künstler des Landes, die besten Baumeister und Steinmetzen schufen mit den wertvollsten und kostbarsten Materialien, die man eilends von überallher herbeischaffte, eine Stadt von nie dagewesener Vollkommenheit.

Echnaton weihte sie seinem Gott Aton und nannte sie nach seinem Namen Achetaton, das bedeutet Horizont des Aton. Nur fünf Jahre waren seit dem Gründungsbeschluß vergangen. 1355 vor Christus, in dem Jahr, in dem wir uns jetzt befinden, ist die Stadt vollendet. Echnaton erklärte sie zur neuen Hauptstadt, nachdem er mit seiner Gemahlin Nofretete die alte Hauptstadt Theben verlassen hatte.«

Der Graf schwieg einen Augenblick, dann zeigte er hinunter.

»Wir sind da! Unter uns liegt die Sonnenstadt Achetaton, die schönste Stadt, die jemals erbaut wurde!«

Mark und Rhonn hingen gebannt an den Lippen des Grafen, um sich nur ja nichts von seinen Erzählungen entgehen zu lassen. Jetzt blickten sie hinunter.

In einem weiten Talkessel, der an drei Seiten von Bergen begrenzt war, lag die goldene Stadt am Nil. Es war ein Bild von unbeschreiblicher Pracht. Mark hielt die Luft an, und auch Rhonn verschlug es die Sprache.

Langsam ließ der Graf die Maschine über eine gewaltige Tempelanlage gleiten.

»Das ist der berühmte Tempel des Aton, und dort drüben, nur durch einen großen Platz davon getrennt, liegen die königlichen Paläste und Gärten.«

Sie flogen über hochragende Obelisken, deren goldene Verschalungen, ebenso wie die Goldtüren der großen und kleinen Tempel aus kostbarem Marmor im Sonnenlicht glänzten. Edelsteinverzierte Statuen aus Gold und Silber und Malachit schmückten die breiten Straßen. Dazwischen gab es herrliche Parks mit künstlich angelegten Seen, Blumenteichen und weitläufigen Tiergehegen. Am Ufer des Nils lagen die Landhäuser und Paläste der Reichen und des Adels.

»Die große Palmenallee, die parallel zum Nil verläuft, nennt sich Straße der Könige«, erklärte der Graf. »Sie verbindet die Residenz der Königin, den nördlichen Palast, mit dem Süden der Stadt. Sie ist so breit, daß vier Gespanne nebeneinander fahren können. Östlich davon, an der Straße der Oberpriester, liegen die reichen Privatvillen der Hofbeamten des Pharaos, und nicht weit davon entfernt befinden sich das Haus und die Werkstätten des königlichen Oberbildhauers Thutmosis.«

»Ist das alles wirklich pures Gold?« staunte Mark, geblendet von all dem Glanz, der sich dem Auge bot.

»Gewiß! Vieles ist sicher aus reinem Gold«, antwortete der Graf lächelnd. »Gold ist in reichlichen Mengen vorhanden, und man mißt ihm längst nicht den Wert bei wie in späteren Zeiten. Es ist fast eine Art Gebrauchsmetall, dem Gott Aton geweiht, weil es die Farbe der Sonne hat. Das Eisen, das erst vor kurzem entdeckt wurde, gilt als viel wertvoller. Viele Gegenstände sind aber auch aus Elektrum.«

»Was ist Elektrum?« wunderte sich Mark. »Ich habe dieses Wort noch nie gehört.«

»Elektrum ist eine Mischung aus Gold, Silber und Kupfer. Es wird gerne zur Herstellung von Streitwagen und Waffen benutzt, denn es ist härter als reines Gold«, erklärte der Graf.

Rhonn zeigte hinunter.

»Was mögen die vielen Menschenansammlungen zu bedeuten haben?«

»Ja, tatsächlich! Überall stehen Leute, die die Straßen säumen. Es sieht aus, als warteten sie auf etwas!« rief Mark.

Nun fiel es auch dem Grafen auf. »Ihr habt recht. Vielleicht erwarten sie ein Schauspiel, einen Umzug oder eine Prozession. Keine Angst! Obwohl wir verhältnismäßig tief fliegen, können sie uns im Augenblick nicht sehen, weil die Maschine noch unsichtbar ist. Aber das ändert sich, wenn wir landen. Dann könnte es für uns gefährlich werden. Ich möchte jedoch möglichst nahe bei den Werkstätten des Thutmosis heruntergehen, denn ein weiter Weg durch die Stadt oder von außerhalb wäre bei der glühenden afrikanischen Sonne beschwerlich.«

Der Graf schwenkte von den Tempeln und Königspalästen hinüber zu den östlichen Vororten. Je weiter sie sich von den Hauptstraßen entfernten, desto weniger Menschen waren zu sehen. Über blühende Gärten und prächtige Häuser schwebten sie langsam in eine Seitenstraße, in der mehrere zusammenhängende Gebäude lagen.

»Das ist die sogenannte Straße des Bildhauers, wo Thutmosis zugleich wohnt und arbeitet.«

Hinter den in leuchtendem Gelb angestrichenen Häusern lag ein großer, parkähnlicher Garten. Auch hier gab es einen künstlich angelegten Teich, auf dem Lotosblüten schwammen. Zwischen Granatapfelbäumen, verschiedenen Arten von Palmen und rot blühenden Ziersträuchern standen unzählige Skulpturen, Säulen und Reliefs in fertigem und unfertigem Zustand. Sie und eine Menge noch völlig unbehauener Blöcke aus Marmor und Kalkstein ließen erkennen, daß hier die Werkstätten eines vielbeschäftigten Bildhauers lagen. Der Park selbst schien wie ausgestorben. Wenn Thutmosis und seine Gehilfen da waren, dann mußten sie sich im Hause aufhalten.

»Wir haben Glück! Es ist niemand zu sehen!« rief der Graf. »Ich mache jetzt die Maschine sichtbar, damit wir landen können. Beeilt euch beim Aussteigen, damit wir nicht doch durch Zufall entdeckt werden, und vergeßt nicht, sofort den Computerknopf eures Assimilators zu betätigen.«

»Dann weiß Thutmosis also nicht, daß Sie mit einer Zeitmaschine aus einer anderen Zeit kommen?« forschte Rhonn.

»Nein, das weiß er nicht«, sagte der Graf kurz. Sein sonst so liebenswürdiges Gesicht wirkte für einen Augenblick verschlossen.

»Ich kenne ihn übrigens noch aus Theben«, fuhr er schließlich fort. »Wundert euch nicht, wenn er mich Aymar nennt! Er kennt mich nur unter diesem Namen.«

›Aymar?‹ schoß es Mark durch den Kopf. Den Namen kannte er doch irgendwoher. Aymar! Wo war ihm dieser Name denn schon begegnet? Plötzlich fiel es ihm ein. In dem Buch, das er über den Grafen gelesen hatte, war dieser Name als einer von den vielen genannt gewesen, die der Graf zu benützen pflegte. Seltsam! Wie alt war der Graf wirklich? Wo kam er her? Selbst Rhonn wußte es nicht. Ob man den Schleier, der über diesem Geheimnis lag, jemals lüften konnte?

Der Graf landete die Maschine nahe dem Blumenteich neben einem hohen, breit ausladenden Baum. Seine weidenartig herabhängenden Äste waren über und über mit blauen Blütentrauben bedeckt und gaben einen gewissen Schutz vor unerwünschten Blicken aus der Richtung des Hauses.

Rhonn sprang als erster heraus und nahm den silberbeschlagenen Koffer in Empfang, den Mark ihm herunterreichte, bevor er selbst aus der Maschine kletterte. Zuletzt folgte der Graf, nachdem er seinen langen, schwarzen Mantel zurückgelassen hatte.

Es dauerte nur wenige Sekunden, bis Rhonn die Zeitmaschine unsichtbar gemacht und alle drei sich mit Hilfe ihrer Assimilatoren verwandelt hatten.

Hingerissen bestaunte Mark die Veränderung, die mit dem Grafen vor sich gegangen war. Er war jetzt in ein langwallendes, bauschiges Gewand aus gelber und weißer Seide gehüllt. Der Saum und die weiten Ärmel waren mit Goldborten verziert. Ein golddurchwirktes Tuch war um seinen Kopf geschlungen. Um den Hals trug der Graf mehrere Ketten aus Gold und Silber mit Amuletten. Dazwischen entdeckte Mark auch die kleine Phiole aus Kristall mit dem geheimnisvollen Elixier.

»Sie sehen einfach toll aus!« entfuhr es ihm, worüber der Graf laut lachen mußte.

»Wir sind diesmal anscheinend als Zwillinge unterwegs«, grinste Rhonn, nachdem er sich und Mark eingehend betrachtet hatte.

Sie waren diesmal tatsächlich beide gleich gekleidet. Sie trugen Lendenschurze aus weißem plissiertem Leinen. Ihre Oberkörper waren nackt. Die Schultern wurden von breiten Halskragen aus braunem Leder bedeckt. Auf dem Kopf saß jeweils eine enganliegende Kappe, die ebenfalls braun war. Ihre Füße steckten in leichten Strohsandalen.

Mark sog begierig die betäubend süßen Düfte der verschiedenen Blüten ein. Um sich herum erblickte er Pflanzen von seltener Schönheit, die er noch nie gesehen hatte. Die Ägypter schienen Blumen zu lieben, weil sie so viel davon in ihren Gärten hatten.

Eine flirrende Hitze lag über dem Park. Es wehte ein heißer Wind, der keine Kühlung brachte.

An Maulbeerfeigenbäumen und Akazien vorbei schritten sie langsam auf das Haus zu. Rhonn hatte es sich nicht nehmen lassen, den Koffer des Grafen zu tragen.

Der Garten war von keiner Mauer umschlossen. Es gab nur eine lebende Hecke aus Oleanderbüschen, durch die man auf die Straße hinaustreten konnte.

»Ich halte es für angemessener, wenn wir das Haus durch den Haupteingang betreten«, sagte der Graf.

Von der Straße kommend, gelangten sie an ein Tor aus Bronze, das von Steinen eingefaßt war. Genau über der Mitte waren eine runde Scheibe und mehrere Hieroglyphen eingemeißelt.

»Das ist das Atonzeichen«, erklärte der Graf. »Und die Hieroglyphen bedeuten Namen und Beruf desjenigen, der hier wohnt. Thutmosis, Oberbildhauer des Königs, dem Aton wohlgefällig.«

Der Graf ergriff einen aus Elfenbein geschnitzten Klöppel, der an der Seite hing, und schlug damit gegen das Tor. Ein tiefer, vibrierender Ton erschallte.

Das Tor war gar nicht verschlossen gewesen. Nun wurde es von einem dunkelhäutigen Sklaven aufgestoßen, der sich tief verbeugte. Es sah aus, als kenne er den Grafen, denn er sagte: »Willkommen, Herr!« und verschwand sofort wieder, anscheinend, um ihn anzumelden oder um jemanden zu holen.

Der Wechsel von dem grellen Sonnenlicht draußen zu dem Halbdunkel im Inneren des Hauses, in das sie jetzt eintraten, war so groß, daß Mark zunächst kaum etwas sehen konnte.

Nach kurzer Zeit kehrte der Sklave zurück und geleitete sie in eine sehr große, lichtdurchflutete Halle, deren Fenster und Türen auf der einen Seite in den Garten hinausführten, während eine andere Seite sich zu einem Innenhof hin öffnete. Die übrigen Wände waren mit herrlichen Malereien bedeckt. Es schien sich trotz der riesigen Ausmaße um eine Art Wohnhalle zu handeln, in der aber auch gearbeitet wurde. Überall standen prächtige Blumenarrangements. Neben reichgeschnitzten Möbeln lagen große Kissen, die zum Sitzen und Liegen einluden. Auf kleinen Tischen standen Schalen mit frischem Obst und kandierten Früchten.

An den Wänden lehnten Reliefs. Auf dem blanken Steinfußboden lagen Meißel und Bohrköpfe. Zwischen Büsten und Statuen befanden sich Gefäße aus Alabaster und Marmorbottiche, die mit Wasser gefüllt waren.

Mark erblickte draußen im Innenhof neben einem Brunnen mehrere Gehilfen des Bildhauers, die mit der Arbeit an der lebensgroßen Statue eines Pferdes beschäftigt waren.

Aus einer Seitentür kam jetzt ein Mann. Er war mit einem weißen Faltenrock bekleidet, der von den Hüften bis zu den Fußknöcheln reichte. Sein muskulöser Oberkörper war nackt und sein Schädel kahlrasiert. Um den Hals trug er eine breite goldene Kette mit einem kostbaren Amulett aus Gold, Silber und Lapislazuli. Es hatte die Größe einer Brustplatte. – Mit ausgebreiteten Armen ging Thutmosis auf den Grafen zu und umarmte ihn.

»Sei mir willkommen, mein edler Freund! – Mögest du wie die Sonne Millionen Jahre leben! Aton sei gepriesen, der deine Schritte zu mir lenkt!«

»Ich grüße dich, großer Thutmosis! Mögest du ewig leben so wie dein Ruhm, der nie vergehen wird!« erwiderte der Graf.

So blumenreich die Begrüßung der beiden Mäner war, so echt war die Herzlichkeit.

Der Graf schob Mark und Rhonn auf Thutmosis zu und stellte sie ihm namentlich vor.

Thutmosis berührte sie an der Schulter. »Seid auch ihr mir willkommen!« Er sah ihnen interessiert ins Gesicht.

»Welch eine seltsame Laune der Natur!« rief er zum Grafen gewandt. »Der eine hat blaue, der andere grüne Augen!«

»Meine beiden jungen Freunde stammen aus einem fernen Land im Norden. Dort sind diese Augenfarben keine Seltenheit«, sagte der Graf lächelnd.

Thutmosis klatschte in die Hände. Der Sklave brachte ein Tablett, auf dem vier geschliffene Gläser standen.

»Nehmt ein bescheidenes Erfrischungsgetränk!« rief Thutmosis. »Es ist ein leichter Wein, vermischt mit dem Saft von Limonen und reinem Quellwasser aus den Bergen. Der Chamsin macht Durst und dörrt die Kehle aus.«

Mark sah zu Rhonn. »Was ist der Chamsin?« fragte er leise.

Thutmosis setzte sein Glas ab, das er in einem Zug geleert hatte.

»Hast du noch nie etwas von diesem heißen Wüstenwind gehört? Seit Tagen schon weht der Chamsin, nimmt den Gliedern die Kraft, macht das Hirn benommen und raubt der Nacht den Schlaf.«

Als alle getrunken hatten, wandte Thutmosis seine Aufmerksamkeit wieder ungeteilt dem Grafen zu.

»Woher kommst du, mein Freund? Oder nein ...«, unterbrach er sich lachend selbst, »... ich werde dir diese Frage nicht stellen, denn ich weiß, du liebst sie nicht. Aber ich kann dein Herz mit einer guten Nachricht erfreuen! Unsere erhabene Königin, sie lebe ewig, ließ ihr Kommen ankündigen. Meine Werkstatt und ich sind bereit, sie zu empfangen. Es muß sich schon herumgesprochen haben, daß die schönste der Schönen heute ihren Palast verläßt, denn einer meiner Diener berichtete mir von Massenansammlungen in der Stadt.«

Darum also waren die Straßen voller Menschen, dachte Mark. Sie alle waren gekommen, um einen Blick auf die Königin zu erhaschen! Sein Herz begann heftig zu klopfen. Auch er würde sie sehen dürfen! Er, sein Freund Rhonn und der Graf würden die legendäre Pharaonin hier in der Werkstatt des Bildhauers leibhaftig zu Gesicht bekommen! Vielleicht war das alles nur ein wunderschöner Traum? Mark kniff sich verstohlen in den Arm und stellte tief aufatmend fest, daß er nicht träumte.

In den Augen des Grafen stand freudige Überraschung. »Kommen wir dir nicht ungelegen, großer Thutmosis?« fragte er jetzt bescheiden. »Wird unsere Anwesenheit nicht stören?«

Thutmosis schüttelte lachend den Kopf.

»Eure Anwesenheit, verzeih, wenn ich es so ohne Umschweife sage, eure Anwesenheit wird gar nicht auffallen, denn die göttliche Nofretete kommt nicht allein. Sie bringt zwar nicht ihr großes Gefolge mit, wie das bei offiziellen Anlässen der Brauch ist, aber selbst bei einem Besuch von beinahe vertrautem Charakter werden sie immer noch an die zweihundert Personen begleiten.«

»Dann darf ich also meiner Freude freien Lauf lassen und dir für deine Einladung danken, mein Freund«, sagte der Graf bewegt. »Ich will dir nicht verhehlen, daß mir ein langgehegter Wunschttraum in Erfüllung geht.«

»Ich darf mir schmeicheln, das Wohlwollen der Königin zu besitzen«, fuhr Thutmosis lächelnd fort. »Ständig werden mir neue Aufträge von ihr zuteil, so daß ich oft an mehreren Stücken gleichzeitig arbeite. Sie verfolgt die Entstehung meiner Werke und die Fortschritte, mit einem fast freundschaftlichen Interesse. Darum erweist sie mir des öfteren die Gnade ihres Besuches – und natürlich auch, um mir Modell zu sitzen. Letzteres allerdings langweilt sie, und sie hält meistens nur wenige Minuten still, in denen ich ganz schnell arbeiten muß, um die Züge ihres vollendet schönen Gesichtes festzuhalten.«

»Ich komme nicht mit leeren Händen«, sagte der Graf und nahm Rhonn den Koffer ab. »Ich habe neue Farben mitgebracht und würde mich glücklich schätzen, wenn es mir gelänge, dir damit eine Freude zu bereiten!«

Er öffnete den Koffer und stellte die Farbtiegel auf einen Tisch. Thutmosis sah in jedes einzelne Gefäß.

»Oh, diese wunderbaren Farben!« rief er entzückt. »Nie sah ich ein so tiefes Blau, ein so lebendiges Grün! Das Rot hat das Feuer von Granatapfelblüten und das Gelb die Leuchtkraft der Sonne!« Er verstaute die Farbtiegel wie Kostbarkeiten in einer mit Edelsteinen geschmückten Truhe.

»Ich danke dir, mein Freund! Du hast mir ein unverdientes, großes Geschenk gemacht. Bist du ein Zauberer, daß es dir gelingt, solch außergewöhnliche Farben herzustellen? Ein großer Gelehrter oder beides zugleich?«

»Laß mich etwas von deinen neuesten Werken sehen!« bat der Graf, um den Dank und die Komplimente des Künstlers abzuwehren. »Hast du schon mit der geplanten Arbeit an der Büste der Königin begonnen?«

»Ja, die Form ist fertig, bis auf einige Feinheiten, aber der Kopf ist noch nicht bemalt. Nur das Blau der Kronenhaube ist schon aufgetragen. Außerdem arbeite ich zur Zeit an einem großen Kalksteinrelief, das den Pharao, die Königin und ihre Töchter bei der Opferung zeigt. Aton hält seine wohltuenden Strahlenhände schützend über die königliche Familie.«

Thutmosis eilte erklärend durch seine riesige Werkstätte und zeigte auf Kunstwerke, die ihm besonders am Herzen lagen, während der Graf und die beiden Jungen ihm voller Bewunderung folgten.

»Seht diese Büste!« Thutmosis blieb vor dem imposanten Porträt einer alten Frau stehen. »Das ist Königin Teje, die Mutter unseres erhabenen Pharaos. Sie sieht darauf aus, wie sie wirklich ist. Alt! Nicht mehr zeitlos und idealisiert, wie das früher gewünscht war. Jetzt wird Wahrhaftigkeit der Darstellung und des Ausdrucks verlangt. Der Pharao, er lebe ewig, befiehlt es so. Diese Wahrhaftigkeit ist ein Bestandteil unseres neuen Glaubens und bedeutet eine große Umstellung meiner Arbeitsweise!«

Plötzlich hörten sie von draußen Lärm und Unruhe. Der Sklave, der vorher die Getränke gebracht hatte, stürzte herein, gefolgt von einigen Dienern und Gehilfen des Bildhauers.

»Sie kommt!« schrie er. »Die erhabene Königin naht mit dem Großwesir und ihrem Gefolge!«

»Öffnet das Tor!« rief Thutmosis. »Schafft Platz, daß die Sänfte hereingetragen werden kann!«

Eine ungeheure Aufregung bemächtigte sich aller Anwesenden. Ein Sklave sprengte duftende Essenzen auf den Boden, ein anderer streute Blüten darüber. Thutmosis eilte durch seine Werkstatt, rückte da an einer Statue und stellte dort eine Schale mit Obst oder Leckereien zurecht. Er überprüfte noch einmal mit sachkundigem Blick die kunstvoll angeordneten Blumenarrangements und ließ dann ein Gestell hereintragen, auf dem die noch unfertige Büste der Königin stand. Die Gehilfen zogen die Vorhänge auf, die den Vorraum des Hauses von der Werkstatt trennten. Das Bronzetor wurde aufgestoßen und gab den Blick auf die Straße frei.

Zunächst sah man eine Doppelreihe von zwanzig Bogenschützen, ihnen folgten weißgekleidete Mädchen, einige sangen und klatschten in die Hände, andere spielten Instrumente. Es war eine eigenartige Musik, die da erklang. Marks Ohren war sie völlig fremd.

»Was ist das für eine große Rassel, die das eine Mädchen dort schüttelt?« fragte er aufgeregt.

»Das ist ein altägyptisches Instrument, ein Sistrum!« rief Rhonn und reckte den Hals.

Hinter den Mädchen ging ein Blinder mit langen weißen Haaren. Er trug eine Harfe unter dem Arm und wurde von einem Skalven an der Hand geführt. Dann folgten gemessenen Schrittes zwei reichgekleidete Männer, die sich ihrer hoch angesehenen Stellung durchaus bewußt zu sein schienen. Der eine war der Großwesir, der andere der Schreiber. In der dunklen Perücke des letzteren steckte eine Rohrfeder, so daß sein Stand für jedermann erkennbar war. Zwei schwarze Sklaven trugen Papyrusrollen, Federkasten und Palette, damit er jedes Wort der Königin in kunstvollen Hieroglyphen festhalten konnte.

Jetzt nahte die prunkvolle Sänfte der Königin. Die goldenen Tragestangen lagen auf den Schultern von zwölf nubischen Sklaven, von denen sechs vorne und sechs hinten gingen. Ihre dunkelhäutigen Leiber glänzten in der Sonne. Sie waren bis auf einen Lendenschurz aus Leopardenfell nackt.

Neben der Sänfte schritten zwei Wedelträger, die mit großen weißen Straußenfedern der Königin Kühlung zufächelten. Die Sänfte war nach allen Seiten hin offen. Auf einem herrlich geschnitzten Thron saß Nofretete. Sie trug ihre blaue Kronenhaube auf dem anmutigen Kopf und ein weißes, fast durchsichtiges Gewand. Um ihre nackten Schultern schmiegte sich ein breiter goldener Halskragen, mit Blumenornamenten aus Edelsteinen. Ihre makellose helle Haut ließ sie wie eine Fremde unter den dunkelhäutigen Ägyptern erscheinen. In ihren Händen hielt sie die Insignien der Königswürde. In ihrer starren Haltung wirkte Nofretete wie ein Götterbildnis. Ihr Gesicht war ernst und maskenhaft, die schwarzumrandeten Augen blickten geradeaus.

Weihrauchschwenkende Diener verbreiteten einen betäubenden Duft. Hinter der Sänfte schritten Hofdamen und vornehme Ägypter. Den Abschluß bildeten wiederum Bogenschützen, deren drohendes Aussehen die jubelnden Menschen, die dem Aufzug der Königin gefolgt waren, in respektvoller Entfernung hielt.

Die Sänfte mit der Königin wurde jetzt ins Haus getragen. Ihr voran schritt der Großwesir. Die Bogenschützen bildeten eine Kette und riegelten die ganze Vorderfront des Hauses ab.

Thutmosis und seine Gehilfen, ebenso die Sklaven, die zu seinem Haus gehörten, warfen sich zu Boden. Mark, Rhonn und der Graf folgten ihrem Beispiel.

Auf ein Zeichen des Großwesirs wurde die Sänfte vor einer Wand in der großen Halle abgesetzt und die Wedelträger nahmen Aufstellung zu beiden Seiten des Thrones.

»Gepriesen sei Nofretete, die große königliche Gemahlin unseres göttlichen Pharaos, die Herrin beider Länder, geliebt von Aton! Sie lebe ewig!« rief der Großwesir mit lauter Stimme.

»Sie lebe ewig!« antworteten alle, die immer noch mit dem Gesicht nach unten auf dem Boden lagen. Es klang wie ein Gebet.

Langsam erhob sich Thutmosis und näherte sich dem Thron.

»Erhabene Herrscherin, ich grüße dich in Demut und Bewunderung! Mögest du wie die Sonne Millionen Jahre leben!«

Das mit den Millionen Jahren schien eine allgemeine Begrüßungsfloskel zu sein, dachte Mark, denn er hörte sie bereits zum zweiten Mal. Gerne hätte er gewußt, ob er nun auch schon aufstehen durfte. Als er sich der Länge nach hingeworfen hatte, war ihm die Kappe vom Kopf gefallen und ein Stück von ihm weggerollt. Während er vorsichtig nach ihr angelte, wäre beinahe ein großes Tier auf seine Hand getreten. Es wurde an einem Lederhalsband langsam an ihm vorbei in die Richtung des Thrones geführt.

Schnell zuckte Mark zurück.

»Sieh mal den riesigen gelben Hund!« flüsterte er und stieß Rhonn, der neben ihm lag, in die Seite.

Dieser hob seinen Kopf gerade so hoch, daß er etwas sehen konnte.

»Das ist kein Hund«, gab Rhonn leise zurück. »Das ist ein Löwe!«

Mit einem entsetzten Aufschrei sprang Mark auf seine Füße und sah sich um. Der Löwe lag friedlich wie eine Hauskatze an der linken Seite der Königin auf den Stufen des Thrones. Er trug weder einen Maulkorb, noch hielt jemand das Lederband, das jetzt lose von seinem Hals herunterbaumelte. Der Löwe war frei, wie Mark schreckensbleich feststellte.

Es schien, als hielten alle Anwesenden die Luft an. Langsam richteten sie sich auf, die Blicke starr auf Mark geheftet. Dieser hätte viel darum gegeben, wenn sich die Erde unter ihm aufgetan hätte, um ihn vor all den Blicken schützend zu verschlingen. Ach, wäre das Ganze doch ein Traum, aus dem man erwachen konnte, zu Hause im gemütlichen Bett!

Er sah sich hastig um. Das beste wäre, so schnell wie möglich einen Ausgang zu finden, durch den man entfliehen konnte. Was aber, wenn die Bestie seine Angst witterte und sich auf ihn stürzte? Mark hatte von einem Raubtierdompteur gehört, der im Zirkus von seinen Löwen angefallen worden war, weil er plötzlich Furcht gezeigt hatte. Wer weiß, wie lange die Bestie hier noch so ruhig liegenblieb, überlegte Mark verzweifelt. Wer würde ihn retten, wenn sich der Löwe in einem einzigen, wilden Satz auf ihn stürzte?

Während all diese Gedanken durch seinen Kopf schossen, wurde Mark auf einmal gewahr, daß die Königin ihn ansah. Der Blick ihrer großen mandelförmigen Augen war unverwandt auf ihn gerichtet. Die maskenhafte Starre war aus ihrem Gesicht gewichen, und ein kleines, verwundertes Lächeln umspielte ihren schönen Mund.

»Aton hat seinen Scheitel berührt«, sagte sie in die Stille hinein. Ihre Stimme klang süß und zärtlich.

Mark griff sich verwirrt an den Kopf.

»Was ist mit meinem Scheitel?« stammelte er und sah hilfesuchend zu Rhonn.

»Setz deine Kappe wieder auf!« zischte dieser. »Sie meint deine blonden Haare. So etwas sieht man hier nicht alle Tage!«

Mark stand unbeweglich und zitterte am ganzen Körper. Er traute sich nicht, sich nach der Kappe zu bücken. Vielleicht würde das den Löwen reizen.

Plötzlich erklang zarte Musik in dem großen Raum. Der blinde alte Mann hatte begonnen, leise auf seiner Harfe zu spielen.

Immer noch ruhte der Blick der Königin auf Mark.

»Deine Augen haben die Farbe des Himmels! Komm zu mir, ich will sie aus der Nähe sehen!«

Mark errötete bis an die Haarwurzeln. Das ist das Ende, dachte er von Entsetzen gepackt, denn der Weg zur Königin führte auch unweigerlich auf das Raubtier zu.

»Die erhabene Königin wünscht, daß du dich nähern mögest!« rief der Großwesir mit strenger Stimme, als Mark sich nicht von der Stelle rührte.

Mark griff sich an die Kehle. Kam ihm denn niemand zu Hilfe?

»Fürchtest du dich vor dem Löwen?« fragte Nofretete mit ihrer wohlklingenden Stimme.

Mark nickte. Er war unfähig, auch nur ein Wort herauszubringen.

Die Königin lächelte. »Es ist mein Audienzlöwe. Er ist immer an meiner Seite. Du mußt keine Angst haben! Er ist so zahm wie ein Hündchen. Du kannst ihn streicheln, wenn du willst. Er wird dir nichts tun. Meine Töchter spielen mit ihm.«

Mark holte tief Luft. Wenn Mädchen keine Furcht vor dem Löwen zeigten, dann wollte er erst recht nicht als Feigling dastehen. Mit zusammengebissenen Zähnen ging er mit Todesverachtung auf den Thron zu.

Der Löwe blinzelte ihn mit seinen gelben Augen an. Er hatte seinen mächtigen Kopf auf die Vordertatzen gelegt und lag ganz still.

Nofretete erhob sich. Sie war schlank und zierlich und kaum größer als Mark.

»Du hast Mut gezeigt, das gefällt mir.« Sie strich mit ihrer kleinen schmalen Hand sehr zart über Marks Haar, dann sah sie ihm lange in die Augen.

»Sie sind wirklich ganz blau!« sagte die Königin staunend. Sie war tatsächlich von atemberaubender Schönheit. Jetzt wirkte sie beinahe mädchenhaft und nicht mehr wie ein unnahbares Götterbild.

Mark hatte weiche Knie. Es war nicht nur die Angst vor dem Löwen, die er fast vergessen hatte, sondern auch die Nähe der Königin, die ihn verwirrte.

Sie setzte sich wieder. »Komm zu mir!«

Als Mark verlegen stehenblieb, ergriff sie seine Hand und zog ihn neben sich auf den Thron.

»Ich will ihn haben!« rief sie zu Thutmosis gewandt.

Dieser wurde bleich. »Was meinst du damit, o Erhabene?«

»Gib ihn mir!« sagte sie sanft. »Er gleicht Aton. Ich werde ihn an meinem Hofe zusammen mit den königlichen Prinzessinen erziehen lassen. Er wird später ein hohes Priesteramt erhalten.«

»Verzeih, große Königin!« stammelte Thutmosis. »Der Knabe gehört mir nicht. Er kam in Begleitung eines Freundes.«

Nofretete klatschte ungeduldig in die Hände.
»Wo ist dieser Freund? Ich will ihn sprechen!«
Thutmosis fuhr sich nervös über seinen kahlen Schädel.
»Hier, das ist er!« Er zeigte auf den Grafen von Saint-Germain, der sich erhoben hatte. »Das ist Aymar, ein großer Gelehrter, ein Weiser, ein weitgereister Mann, den ich Freund nennen darf, obwohl er um viele geheimnisvolle Dinge weiß, die mir unbekannt sind.«
Der Graf fiel aufs Knie und neigte seinen Kopf.
»Komm näher!« befahl die Königin.
Der Graf stand auf und ging auf den Thron zu.
»Der Knabe gehört also dir? Gib ihn mir!«
»Große Königin, mögest du wie die Sonne Millionen Jahre leben! Der Segen Atons ruhe auf dir! Der Knabe, dem du dein Wohlwollen schenkst, gehört auch mir nicht. Er entstammt einem fernen Land, dessen Boden noch keines Ägypters Fuß betreten hat.«
»Das ist unmöglich!« rief die Königin unwillig. »Die ganze Welt ist uns untertan. Selbst die Reiche Asiens, die wir noch nicht völlig unterworfen haben, schicken uns Tribut. Es gibt kein Land auf Erden, das den Soldaten des Pharaos nicht zugänglich wäre!«
»Das Land, das ich meine, liegt jenseits des Meeres.«
Das Gesicht der Königin war ernst. »Von welchem Meer sprichst du? Ist es das liebliche blaue, das die Wasser des heiligen Nils in sich aufnimmt, oder meinst du den großen gefährlichen Ozean im Westen, der in gewaltigen Atemzügen, die man Ebbe und Flut nennt, seine geheimnisvollen grünen Wasser an den Strand wirft und wieder zurückzieht. Hinter dem, wie man weiß, die Erde aufhört?«
»Man kann das Land im fernen Norden über beide Meere erreichen«, erwiderte der Graf in furchtloser Haltung. Er warf Mark, der kreidebleich neben der Königin saß, einen beruhigenden Blick zu.
»Mein junger Freund kommt aus einer völlig anderen Welt. Er wird dahin zurückkehren wollen, in den Schoß seiner Familie.«
»Das größte Glück, das einer Familie zuteil werden kann, ist die Erziehung ihres Sohnes am Hofe des großmächtigen Pharaos von Ägypten!« rief der Großwesir empört. »Wie kannst du es wagen, Fremder, der Königin zu widersprechen!«
Auf ein Zeichen von ihm traten Bogenschützen ein, die sich mit unbewegten Gesichtern in abwartender Haltung aufstellten.

Der Graf ließ sich dadurch aber nicht einschüchtern. Ruhigen Schrittes ging er noch näher auf den Thron zu. Er beachtete weder den Löwen noch die feindselige Haltung des Großwesirs.

»Anbetungswürdige Königin, ich muß meinen jungen Freund, der mir vertrauensvoll in dieses Land gefolgt ist, zurückbringen! Wenn du ihn gehen läßt, wenn du ihn mir wiedergibst, werde ich dir ein Geschenk machen, das an Kostbarkeit nicht seinesgleichen hat, das alle Macht und alle Reichtümer des Pharaos dir nicht kaufen können!«

»Was könntest du mir geben, das ich nicht längst besitze?« rief die Königin stolz.

»Unvergängliche Jugend«, sagte der Graf so leise, daß nur Nofretete es hören konnte.

Die Königin sah ihn mit einem unergründlichen Blick an. »Unvergängliche Jugend – das gibt es nicht«, entgegnete sie schließlich ebenso leise. Mit einem kaum merkbaren Schütteln ihres schönen Kopfes schloß sie für einen Moment die Augen. Als sie sie wieder öffnete, brannte eine nur mühsam beherrschte Erregung in ihnen.

»Wenn Aton mir ein langes Leben schenkt, wird er mir dafür die Jugend nehmen und meine Schönheit dahinwelken lassen.« Ein schmerzlicher Zug im Gesicht der gottgleich verehrten Königin ließ erkennen, daß auch sie eine Frau war, die sich ihrer irdischen Vergänglichkeit bewußt war.

»Ein Mittel kann verhindern, daß die Zeit deine Schönheit zerstört, mein Mittel läßt dich nicht altern«, sagte der Graf in beschwörendem Ton.

Nofretete zuckte zusammen, als fröre sie trotz der Hitze. Als habe der Graf einen Blick in ihr Innerstes getan und dort ihre geheimsten Wünsche erspäht. Sie rang um Fassung. Dann winkte sie Thutmosis zu sich heran.

»Kann ich ihm und seinen Worten trauen?« fragte sie, während sie den Grafen nicht aus den Augen ließ.

Thutmosis warf sich auf die Knie. »Was immer er dir gesagt haben mag, erhabene Herrscherin, ich bürge für jedes seiner Worte mit meinem Leben!«

Nofretete streckte dem Grafen ihre Hand entgegen.

»Gib mir dein Mittel!«

Der Graf stand unbeweglich, dann neigte er sein Haupt. »Ich bitte dich um den Jungen.«

Mark zitterte. Würde die Königin ihn freilassen oder ihn und den Grafen von den Bogenschützen ergreifen lassen? Vor Marks Augen begann alles zu verschwimmen. Wie hinter einer Nebelwand vernahm er die Stimme des Grafen.

»Bei den segenspendenden Strahlen des gütigen Aton, gib mir den Jungen zurück!«

Niemand sprach ein Wort in der großen Halle. Außer den schwebenden Klängen, die der alte Mann seiner Harfe entlockte, war nichts zu hören.

»Geh!« sagte Nofretete leise zu Mark, ohne ihn noch einmal anzusehen. Dieser erhob sich hastig und flüchtete an die Seite des Grafen. Vielleicht war die schnelle Bewegung daran schuld, daß der Löwe sich plötzlich aufrichtete und seine Mähne schüttelte. Mark ängstigte sich jedoch seltsamerweise nicht mehr vor ihm. Neben dem Grafen fühlte er sich sicher.

Der Graf löste die kleine Phiole aus Kristall von seiner goldenen Kette und reichte sie der Königin.

»Nimm dieses Elixier. Es ist das Mittel, von dem ich sprach.«

Er legte seinen Arm um Mark, und beide entfernten sich rückwärtsgehend, nachdem sie sich tief verbeugt hatten.

Nofretete preßte ihre kleine Hand so fest um die Phiole, daß die Knöchel ihrer Finger weiß hervortraten. Dann wurde ihre Haltung wieder starr und unnahbar.

Thutmosis entwickelte jetzt eine rege Betriebsamkeit. Er klatschte in die Hände, als wollte er damit die lähmende Stille verscheuchen.

»Bringt das Altarbild für den großen Atontempel, das die königliche Familie bei der Opferung zeigt! Mögest du, erhabene Königin, mir die Gnade erweisen, deine Blicke darauf ruhen zu lassen, während ich mit der Arbeit an deiner Büste fortfahre!«

In die Dienerschaft des Bildhauers kam Leben. Einige schleppten das große Kalksteinrelief herbei, andere das Gestell, auf dem sich die Büste der Königin befand. Ein Sklave brachte das Handwerkszeug des Künstlers.

»Gestattest du, daß wir in den Garten gehen, mein Freund?« fragte der Graf leise, als er mit Mark an Thutmosis vorbeikam.

»Geht nur, geht!« flüsterte dieser hastig. »Hütet euch vor dem Großwesir!«

Während Thutmosis bemüht war, die allgemeine Aufmerksamkeit auf sich und seine Werke zu lenken, bewegten sich der Graf und Mark so unauffällig wie möglich auf eine der Türen zu, die hinaus in den Garten führten.

Rhonn erwartete sie bereits dort. Er hatte die Situation begriffen und sogar daran gedacht, den Koffer des Grafen mitzunehmen.

Langsam traten sie ins Freie hinaus, so als wollten sie nur ein wenig Luft schnappen. Auch hier standen Bogenschützen, aber nicht so viele wie an der Vorderseite des Hauses.

Ruhig und beherrscht ging der Graf mit den beiden Jungen an den Soldaten vorbei.

»Nicht rennen, das würde auffallen!« warnte er leise, als Mark und Rhonn plötzlich schneller werden wollten.

Erst als sie sich ein gutes Stück von dem Haus entfernt hatten, beschleunigten sie ihre Schritte.

Als sie den blau blühenden Baum erreichten, wo die unsichtbar gemachte Maschine stand, wußten alle drei, daß es jetzt auf größte Eile ankam. Ohne die Zeit mit Worten zu verlieren, trafen sie all die Vorbereitungen, die für den Start nötig waren. Die Einstiegluke schloß sich, und mit der ihr eigenen hohen Geschwindigkeit schoß die Zeitmaschine zum Himmel hinauf. Sie waren in Sicherheit!

ACHTES KAPITEL
*Der Untergang von Achetaton – Die Rückkehr –
Ärger mit Judy – Das Geschenk des Grafen*

»Welch ein Glück, daß alles gutgegangen ist!« rief Rhonn, als sie über der Stadt schwebten. »Daß du so mutig auf den Löwen zugegangen bist, fand ich einfach toll!« sagte er anerkennend zu Mark. »Mir ist fast das Herz stehengeblieben!«

»Mir auch«, gestand Mark wahrheitsgemäß.

»War es sehr schlimm für dich?« fragte der Graf teilnehmend.

»Nein«, sagte Mark tapfer lächelnd. »Als Sie dann bei mir waren, hatte ich überhaupt keine Angst mehr.« Er blickte verlegen zu Boden. »Es tut mir nur wirklich sehr leid, daß Sie meinetwegen solche Unannehmlichkeiten hatten!«

Der Graf machte ein erstauntes Gesicht.

»Unannehmlichkeiten? Wovon sprichst du?«

»Ich meine, wenn ich die blöde Kappe nicht verloren hätte, wäre die Königin auch nicht auf meine blonden Haare aufmerksam geworden, und Sie hätten ihr doch das kostbare Elixier nicht geben müssen, um mich damit freizukaufen.«

»Sie haben der Königin das geheimnisvolle Elixier, das immerwährende Jugend verleiht, überlassen?« rief Rhonn beeindruckt und sah den Grafen mit großen Augen an. »Das also war es, worüber Sie so leise mit ihr sprachen! Ich konnte von meinem Platz aus nicht verstehen, um was es ging.«

Mark sah unglücklich aus. »Sie sagten doch, daß die Herstellung des Elixiers nicht nur sehr schwierig, sondern auch sehr kostspielig sei!«

Der Graf lächelte versonnen.

»Gewiß, aber es wird mir wieder gelingen! Mach dir keine Gedanken über den Verlust des Elixiers! Ohne den Vorfall mit deiner Kappe hätte ich wohl nie die Möglichkeit erhalten, der schönen Königin so nahe zu kommen, ihr so unmittelbar in die Augen sehen zu dürfen. Die Erfüllung dieses langgehegten Wunsches läßt mich den Verlust des Elixiers verschmerzen!«

Mark atmete erleichtert auf.

»Werft noch einmal einen Blick auf die herrliche Stadt, bevor wir zurückfliegen!« rief der Graf. In seinen Augen war ein wehmütiger Glanz. »Nachdem man dieses Wunderwerk an Schönheit, an Vollendung, wie ich schon sagte, in verhältnismäßig kurzer Zeit errichtet hatte, wurde es nach zwanzig Jahren gewaltsam zerstört.«

»Achetaton wurde gewaltsam zerstört?« rief Mark fassungslos.

»Aus welchem Grund?« fragte Rhonn entsetzt.

Das Gesicht des Grafen war voller Trauer. »Das Ende ist schnell erzählt. So ungewöhnlich wie das Entstehen der Stadt war auch ihr Untergang! Es ist beinahe überflüssig zu sagen, daß Echnaton, der königliche Gemahl Nofretetes, sich die Priester des von ihm entthronten und verstoßenen Gottes Amun zu Todfeinden gemacht hatte.

Zunächst mußten sie stillhalten und zähneknirschend mit ansehen, wie ihnen nach und nach alles weggenommen und diesem neuen Gott Aton gegeben wurde. Aber ihr Haß wuchs, und sie sannen auf nachhaltige Rache. Sie waren geschickt genug abzuwarten, bis ihre Zeit gekommen war! Es war ja nicht allein damit getan, einen unbequemen Pharao zu beseitigen. Man mußte auch die von ihm geschaffene Religion und diesen neuen Gott ein für allemal vernichten und dem Volk den Glauben daran aus dem Herzen reißen.

Das konnte nur geschehen, wenn dieser neue Gott in der Person des Pharaos Unglück über Ägypten brachte! Die Priester waren klug genug einzusehen, daß das nicht von heute auf morgen ging. Dazu waren Echnaton und Nofretete zu beliebt. Aber man konnte mit einem heimtückischen Plan nachhelfen!

Nach sieben Jahren ungetrübten Glückes, in denen Echnaton mit Nofretete in Achetaton lebte und von da aus über sein Weltreich herrschte, ging mit dem König eine seltsame Veränderung vor sich.

Es war nicht nur sein Körper, der auf späteren Abbildungen eigenartig aufgedunsen und verfettet dargestellt wurde. Auch sein einst so strahlender Geist verfiel! War eine unbekannte schwere Krankheit daran schuld? Oder wurde dem König über Jahre ein langsam, aber tödlich wirkendes Gift verabreicht, das ihn von Tag zu Tag teilnahmsloser werden ließ? Es wird wohl nie genau geklärt werden können, aber ich bin sicher, daß Echnaton nicht durch eine Krankheit zugrunde ging, sondern durch ein Gift, das sein Aussehen und seine Persönlichkeit völlig veränderte!«

Mark und Rhonn hörten mit großen Augen zu.

»Der große Planer und Reformer fiel in Lethargie und vernachlässigte seine Regierungsgeschäfte«, fuhr der Graf fort. »An den Grenzen seines gewaltigen Reiches begann es zu kriseln, aber das kümmerte den Pharao nicht. Es kam zu feindlichen Überfällen auf die Länder seiner Vasallen, aber Echnaton dachte gar nicht daran, ihnen zu Hilfe zu eilen, und ließ ihre flehenden Briefe unbeantwortet. Seine Entschlußkraft war bis zur Handlungsunfähigkeit gelähmt.

Zuletzt trennte er sich auch noch von seiner einst so geliebten Gemahlin Nofretete, die fortan allein und verbannt in ihrem herrlichen Palast lebte. Echnaton machte seinen jüngeren Halbbruder zu seinem Mitregenten und führte an dessen Seite ein Schattendasein, bis er, schon zu Lebzeiten halb vergessen und verfemt, starb.

Die Amunpriester aber, die ihren Einfluß in Ägypten nie ganz verloren hatten, triumphierten. Ihre Rache war vollkommen!

Aton, der neue Gott, hatte Ägypten kein Glück gebracht, im Gegensatz zu Amun, unter dem das Land groß und mächtig geworden war. Unter Aton waren die Grenzen verunsichert, war der Friede gefährdet und das ehemals so blühende Reich in sich geschwächt. Verbrechen, Korruption und Sittenlosigkeit breiteten sich aus.

Nach dem Tode des nun vielgeschmähten Ketzerkönigs Echnaton kehrte Ägypten zu seiner Vielgötterei zurück, und Amun wurde als Hauptgott wieder in seine alten Rechte eingesetzt. Die Priester hatten gesiegt und waren mächtiger als zuvor.

Ein ehrgeiziger General namens Haremhab bemächtigte sich des Pharaonenthrones, nachdem er Tutenchamun, den letzten Sproß der 18. Dynastie, ermorden ließ. Als erstes hielt er um die Hand der verwitweten Königin an. Durch eine Vermählung mit ihr wollte er seinen unberechtigten Anspruch auf den Thron legitimieren. Aber die stolze Nofretete wollte sich nicht mit einem Emporkömmling verbinden, der noch dazu ihren Glauben mißachtete. Unerschütterlich hielt sie an der Verehrung ihres einzigen Gottes fest.

Haremhab, der Soldatenpharao, wie man ihn nannte, nahm furchtbare Rache. Unterstützt von den Amunpriestern, begann er einen Vernichtungsfeldzug ohnegleichen.

Nichts sollte mehr an Echnaton und Nofretete, die verhaßten Ketzerkönige, erinnern. Ihre schönsten Bauwerke wurden dem Erdboden gleichgemacht. Wo immer man ihre Abbilder fand, zerschlug man sie, löschte man ihre Namen aus.

Achetaton, die goldene Traumstadt, wurde von ihren Bewohnern verlassen und verfiel. Was nicht zerstört oder geplündert worden war, versank unter dem gelben Wüstensand, der im Laufe der Jahrtausende alles bedeckte.«

Nachdenklich sahen Mark und Rhonn auf die blühende Stadt unter sich. In wenigen Jahren würde diese reichste und schönste Metropole der damaligen Welt vernichtet werden.

Der Graf ließ die Maschine etwas herabsinken und flog einen großen Bogen über Achetaton und die grünen Ufer des Nils. Ein letztes Mal sahen sie die goldenen Tempel und Obelisken in der Sonne blitzen, sahen sie die Blütenpracht der herrlichen Gärten. Dann kehrten sie zurück in das 18. Jahrhundert nach Chambord.

Es war Nacht, wie bei ihrem Abflug. Nach der strahlenden Helle, nach all dem Glanz, der sie umgeben hatte, war es schwer, sich an die Dunkelheit zu gewöhnen.

Mark fühlte sich benommen. Er war nicht nur aufgewühlt von dem, was er gehört und gesehen hatte, sondern er wurde sich auch voller Wehmut bewußt, daß ihre Trennung von dem Grafen unmittelbar bevorstand. Wie sehr hatte er sich gewünscht, den Grafen kennenzulernen und soviel wie möglich über ihn zu erfahren. Nun würde er sie schon wieder verlassen. Die Zeit war nur allzu schnell vergangen.

»Danke!« sagte er leise. »Danke, daß Sie uns mitgenommen haben, daß ich dabeisein durfte. Es war ein wunderbares Erlebnis!«

»Das war es auch für mich!« sagte der Graf liebenswürdig.

Plötzlich fiel Mark etwas ein, wodurch sich der Abschied noch etwas hinauszögern ließ. Das Rätsel um Nofretetes linkes Auge! Der Graf hatte gesagt, er wüßte, warum es auf der Büste fehlte. Zaghaft erinnerte Mark ihn an sein Versprechen, auch davon zu erzählen.

»Verzeiht, wenn ich mich kurz fasse!« sagte der Graf. Seine Bewegungen und die Art, wie er jetzt sprach, waren langsamer als sonst.

»Ihr wißt selbst aus Erfahrung, daß man bei der Rückkehr von einer Zeitreise von großer Müdigkeit erfaßt wird. Mir geht es nicht anders, sonst hätte ich euch gerne noch zu mir ins Schloß gebeten. Aber seid versichert, daß ich mich freuen werde, euch wiederzusehen!« Der Graf hielt einen Augenblick inne, um sich zu konzentrieren.

»Ich will euch die Geschichte erzählen, bevor ich euch verlasse. Ich erfuhr sie von einem Gehilfen des Thutmosis, der es später ebenfalls zu Ruhm und Ansehen brachte.

Thutmosis hatte sich unsterblich in die Königin verliebt. Während sie ihm Modell saß, kam er ihr näher, als es sonst einem Sterblichen vergönnt war, und doch blieb sie ihm immer unerreichbar. Für ihn gewann das Abbild, das er streichelnd berühren konnte, so viel Leben, daß er sich nie mehr davon trennen wollte. Solange ein Werk nicht vollendet war, durfte es im Besitz des Künstlers bleiben, und Thutmosis erfand immer neue Gründe, die Fertigstellung hinauszuzögern. Inzwischen liebte er die Königin mit einer alles verzehrenden Leidenschaft. Die Liebe, die Bewunderung und die Zärtlichkeit, die er für diese Frau empfand, ist in der Büste verewigt, die er von ihr schuf. Zuletzt fehlte nur noch das linke Auge, das er einfach nicht einsetzte, um sich nicht von seinem Kunstwerk trennen zu müssen.

Als er erfuhr, daß Haremhab mit seinen Soldatenhorden auch in seine Werkstatt kommen würde, um dort alles zu zerschlagen, was an das Königspaar erinnerte, versteckte Thutmosis die Büste. Es war zu gefährlich, sie wegzuschaffen. Er bettete sie behutsam mit dem Gesicht nach unten in Sand. Darüber häufte er Schutt und Gesteinsabfälle, wovon er genügend in seiner Werkstatt hatte. So hat dieses wunderbare Kunstwerk die Zeiten überdauert. Er selbst kehrte in die alte Hauptstadt Theben zurück, wohin viele Künstler aus Achetaton geflüchtet waren, um sich eine neue Existenz aufzubauen.«

»Warum hat er dann später die Büste nicht nach Theben geholt?« fragte Rhonn.

»Er kam nicht mehr dazu. Nach einer langen, schweren Krankheit, von der er sich nicht mehr erholte, starb der größte Bildhauer Ägyptens.«

Der Graf schloß für einige Sekunden die Augen und schwieg. Dann ließ er langsam die Maschine zur Erde hinuntergleiten und landete auf dem Platz vor dem unbewohnten Teil des Schlosses.

Er lehnte sich aufatmend in seinem Sessel zurück, bevor er sich mit einiger Anstrengung erhob.

»Ich darf nicht vergessen, dir die Brosche wiederzugeben«, sagte der Graf zu Mark, während er sich in seinen schwarzen Mantel hüllte.

»Haben Sie es denn bei sich?« fragte Mark überrascht. »Ich habe gar nicht mehr daran gedacht.«

»Ja, ich hole sie aus meinem Laboratorium, bevor ich den Assimilator anlegte«, erwiderte der Graf, dem man die Müdigkeit jetzt deutlich anmerkte. Er ergriff seinen Koffer, nahm die funkelnde Brosche aus einem mit Samt ausgeschlagenen Kästchen und reichte sie Mark, der sie mit großen Augen betrachtete. Die Seine glitzerten geheimnisvoll im Schein der Armaturenbeleuchtung der Zeitmaschine.

»Möge sie deiner Mutter viel Freude bereiten!« Bevor Mark sich bedanken konnte, schwang sich der Graf durch die Einstiegluke hinaus ins Freie.

»Lebt wohl! Denkt daran, daß ihr mir immer willkommen seid!« rief er zum Abschied. Dann wandte er sich zum Gehen. Wenig später hatte die Dunkelheit die Gestalt im wehenden schwarzen Mantel verschluckt.

Mark sah schweigend hinaus, als könnte er mit seinen Augen die Nacht durchdringen, als hoffte er, einen letzten Blick auf den Grafen werfen zu können.

»Sei nicht traurig«, sagte Rhonn, der genau wußte, wieviel seinem Freund die Begegnung mit dem Grafen bedeutet hatte. »Wir besuchen ihn wieder. Du hast ja selbst gehört, daß wir ihm immer willkommen sind!«

Mark nickte stumm. Über sein Gesicht ging ein Aufleuchten.

»Weißt du, worüber ich froh bin?« sagte er nach einer Weile, nachdem er tief Luft geholt hatte.

»Nein, ich habe keine Ahnung, woran du gerade denkst.«

»Ich bin froh, daß es den Amunpriestern und diesem Soldatenpharao nicht gelungen ist, das Andenken an Nofretete und Echnaton für immer auszulöschen. Heute heißt der Ort, wo Achetaton sich einmal befand, Amarna. Man hat bei Ausgrabungen dort sehr vieles wieder zum Vorschein gebracht. Zerschlagene Statuen und Bilder sowie Scherben von Schrifttafeln wurden gefunden und wieder zusammengesetzt. Sicher ist eine Menge verlorengegangen, aber es blieb noch genug erhalten, daß man daraus das Leben von Nofretete und Echnaton rekonstruieren konnte. Wie schon gesagt, ich habe mit meinem Vater eine große Kunstausstellung der Amarnazeit besucht. Damals bedeutete mir das alles jedoch nicht allzuviel, weil ich die Zusammenhänge nicht kannte. Da fällt mir übrigens etwas auf – jetzt, wo ich darüber nachdenke!«

»Was?« fragte Rhonn neugierig.

»Erinnerst du dich an die Büste der alten Königin Teje, die uns Thutmosis zeigte?«

»Ja, warum?«

»Von Nofretete sind, abgesehen von ihrer berühmten Büste, eine ganze Menge Abbildungen erhalten geblieben. Aber keine zeigt sie als ältere Frau! Dabei hat sie bestimmt noch eine ganze Weile gelebt, sonst hätte dieser Haremhab doch nicht nach Echnatons Tod um ihre Hand anhalten können. Man weiß also, daß sie älter wurde, aber auf keiner Abbildung ist zu erkennen, daß sie wirklich älter aussah oder nur das geringste von ihrer Schönheit eingebüßt hätte.«

»Es gibt ja genug Fotos von diesen Abbildungen«, sagte Rhonn, von Marks Ausführungen beeindruckt. »Ich werde sie mir zu Hause alle daraufhin ansehen.«

»Das werde ich auch machen!« rief Mark. Er starrte vor sich hin.

»Ist es dir recht, wenn wir jetzt zurückfliegen und über unsere Erlebnisse erst mal ein wenig nachdenken?« fragte Rhonn behutsam.

Mark sah ihn lächelnd an und nickte zustimmend.

»Gute Idee! Ich könnte jetzt nichts Neues mehr verkraften.«

»Also gut, dann starten wir!« Rhonn nahm wieder seinen Platz ein, den er zuvor dem Grafen überlassen hatte.

»Kannst du es so einrichten, daß wir zwar bei Dunkelheit ankommen, meine Eltern jedoch noch nicht von ihrem Opernbesuch zurück sind? Judy kommt sowieso erst später«, bat Mark.

»Wird gemacht!« Rhonn machte ein belustigtes Gesicht.

»Du willst wohl heute niemandem mehr begegnen?«

»Stimmt!« grinste Mark. »Dazu werde ich sicher viel zu müde sein. Außerdem kannst du dann auch unbesorgt bei uns im Garten runtergehen, wenn niemand zu Hause ist.« Er lehnte sich bequem zurück und schloß die Augen.

Als Rhonn die Zeitmaschine tatsächlich im Garten hinter dem Haus gelandet hatte, so wie damals, als er zum ersten Mal gekommen war, sah er, daß Mark eingeschlafen war.

Rhonn hatte große Mühe, ihn wachzurütteln.

»He, wach auf, wir sind da!«

Mark war so müde, daß er beinahe nicht aus seinem Sessel hochgekommen wäre, nur daß er diesmal nicht über diese Müdigkeit erschrak. Mühsam versuchte er die Augen aufzubekommen, er konnte sich kaum auf den Beinen halten.

Rhonn half ihm, so gut er konnte, beim Aussteigen und trug seine Segeltuchtasche, nachdem es Mark gelungen war, wie im Traum den Assimilator abzulegen und seine eigenen Sachen wieder anzuziehen.

»Wirst du . . . wirst du wiederkommen?« gähnte er.

»Natürlich komme ich wieder!« sagte Rhonn leise lachend.

»Jetzt schlaf dich erst richtig aus und verlier die Brosche nicht!«

»Keine . . . keine Sorge!« stammelte Mark. »Ich würde dich ja so gerne . . . so gerne einmal in deiner Zeit besuchen!«

»Mal sehen, was sich machen läßt«, hörte er Rhonn wie aus weiter Ferne sagen.

Dann fand sich Mark plötzlich in seinem Zimmer wieder. Irgendwie mußte er durch das offene Fenster hineingekommen sein. Er knipste die Lampe auf seinem Nachttisch an und legte mit aller Sorgfalt die Brosche neben die Lampe. Dann fiel er auf sein Bett und in einen tiefen, traumlosen Schlaf.

Als Mark am nächsten Morgen erwachte, dachte er sofort an die Brosche. Er rekelte sich noch eine Weile wohlig in seinem Bett, dann streckte er die Hand aus und tastete die Stelle neben der Lampe ab, wo die Brosche liegen mußte.

Er fand sie nicht.

Mark fuhr hoch. Wo war die Brosche? Er hatte sie doch auf den Nachttisch gelegt. Auch wenn er gestern abend todmüde gewesen war, daran konnte er sich noch ganz genau erinnern. Er hatte sie neben die Lampe gelegt und dabei versucht nachzudenken, wie er seiner Mutter beibringen sollte, daß aus dem falschen Schmuck ein echter geworden war. Jetzt war die Brosche verschwunden. Hatte er sie am Ende gar nicht auf den Nachttisch gelegt? Hatte er sich das in seiner Müdigkeit nur eingebildet? Er sah an sich herunter. Er hatte sich nicht einmal ausgezogen, sondern in seinen Kleidern geschlafen. Er durchsuchte seine Hosentaschen. Nichts! Mark griff sich an den Kopf. Nachher würde er den ganzen Garten nach der Brosche absuchen. Aber jetzt wollte er erst einmal frühstücken. Er hatte einen Bärenhunger!

»Haben wir noch irgendwo den Katalog von der Ägyptischen Ausstellung?« fragte Mark seinen Vater, als er später am Frühstückstisch saß.

»Nein, ich glaube nicht«, sagte Marks Vater überrascht.

»Schade, ich hätte gerne etwas nachgesehen.«

»Was möchtest du denn wissen? Vielleicht kann ich dir helfen.«

»Mark machte ein nachdenkliches Gesicht.

»Ich wüßte gerne, in welchem Museum sich die Mumie von Nofretete befindet.«

»Das kann ich dir auch ohne Katalog sagen. In keinem! Soviel ich weiß, hat man weder ihr Grab noch ihre Mumie jemals gefunden. Seltsam, nicht wahr!«

Mark sah seinen Vater mit offenem Mund an.

»Wo hast du eigentlich Mutters Brosche gefunden?« erkundigte sich Judy und schmierte Marmelade auf ihr Brötchen.

Mark ließ beinahe seine Kaffeetasse fallen.

»Woher weißt du, daß ich sie gefunden habe?«

»Ich ging heute nacht in dein Zimmer. Du lagst in deinen Kleidern eingeschlafen auf dem Bett und hattest das Licht brennen lassen. Da sah ich die Brosche auf dem Nachttisch liegen.«

»Wo ist sie jetzt?« fragte Mark in mühsam unterdrückter Erregung.

»Na, ich habe sie mitgenommen«, sagte Judy gedehnt.

Mark hätte sich vor Zorn beinahe verschluckt.

»Du hast meine Brosche einfach mitgenommen?«

»Was heißt hier deine Brosche? Es ist doch Mutters Brosche!«

»Ja, aber ich habe sie gefunden! Also gebe *ich* sie Mutter zurück!« schrie Mark wütend. »Hol sofort die Brosche und komm gefälligst nicht nachts in mein Zimmer!«

Judy schnappte nach Luft. »Sag mal, spinnst du? Warum brüllst du denn so?«

»Ich will sofort die Brosche wiederhaben!«

»Kinder, was soll denn die Aufregung?« schaltete sich Marks Mutter schlichtend ein. »Das hat doch wirklich Zeit bis nach dem Frühstück!« Sie wandte sich an Judy. »Ich finde allerdings auch, daß du

Mark die Brosche nicht einfach hättest wegnehmen dürfen, wenn er sie doch gefunden hat.«

»Na schön, ich hole sie«, sagte Judy mit gekränkter Miene. »Ich dachte nicht, daß die Sache so wichtig wäre. Die Brosche ist ja schließlich nicht echt. Ich wollte dich schon fragen, Mutter, ob du sie mir schenkst, weil du sie fast nie trägst.«

»Das kommt überhaupt nicht in Frage!« rief Mark erbost.

»Was hat er denn heute? Er ist ja unerträglich!« sagte Judy kopfschüttelnd. Sie ging nach oben und kam mit der Brosche zurück.

»Hier hast du sie wieder!« Judy gab Mark einen versöhnlichen Knuff in die Seite. »Tut mir leid, Bruderherz, wenn du dich geärgert hast!«

»In Ordnung!« sagte Mark besänftigt und steckte aufatmend die Brosche ein.

Nach dem Frühstück nahm Mark seine Mutter auf die Seite. »Ich ... ich weiß nicht, wie ich es dir sagen soll!« druckste er herum.

»Was denn, Junge? Du benimmst dich heute morgen wirklich seltsam.«

Mark gab seiner Mutter die Brosche. »Sie ist echt!«

»Ausgeschlossen!« rief sie lachend, nachdem sie ihn verblüfft angesehen hatte. »Es ist Modeschmuck! Ich habe die Brosche selbst in einer Parfümerie gekauft. Sie war zwar nicht ganz billig, aber wenn sie echt wäre, hätte ich sie nie bezahlen können.«

»Du mußt mir glauben, daß sie echt ist!« rief Mark beschwörend. »Ich weiß es ganz bestimmt!«

»Woher willst du das wissen?«

»Ich weiß es einfach!«

»Unsinn!« rief die Mutter. Aber sie lachte jetzt nicht mehr. Dazu war Marks Verhalten zu merkwürdig.

»Du kannst es doch nachprüfen lassen! Bitte laß die Brosche von einem Fachmann prüfen!« bettelte Mark.

»Na schön«, sagte seine Mutter, als sie mit wachsender Verwunderung feststellte, wie ernst es ihm war. »Auf die Gefahr hin, mich lächerlich zu machen, werde ich heute einen Juwelier fragen, ob die Brosche echt ist. Ich wollte sowieso Vaters Uhr wegbringen, weil sie nachgeht.«

Mark ging tagsüber zum Baden an den Baggersee. Ab und zu dachte er mit Herzklopfen an die Brosche. Aber es stand für ihn außer Frage, daß der Graf die Steine und das Metall umgewandelt hatte, daß die Brosche jetzt echt war. »Möge sie deiner Mutter viel Freude bereiten.« Immer wieder klangen die Worte des Grafen in Marks Ohren. Er hatte keinen Grund, an diesen Worten zu zweifeln. Er glaubte an sie wie an alles, was der Graf gesagt hatte, mit schier grenzenlosem Vertrauen.

Als Mark am späten Nachmittag nach Hause kam, erwartete ihn seine Mutter bereits mit blassem Gesicht. Sie ging unruhig im Garten auf und ab und trug seltsamerweise ihre Handtasche unter dem Arm.

»Komm, wir gehen in dein Zimmer! Ich habe mit dir zu reden!«

Mark sah sie überrascht an. Was war geschehen?

Stumm ging sie vor ihm her. Mit zitternden Händen nahm sie die Brosche aus ihrer Handtasche und legte sie auf Marks Tisch.

»Die Brosche ist echt!« sagte sie, nachdem sie die Zimmertür geschlossen hatte.

Mark holte tief Luft. »Das sagte ich dir doch!«

»Wo und wann hast du sie gefunden?« fragte seine Mutter eindringlich.

»Ich fand sie gestern morgen neben der Garageneinfahrt«, antwortete Mark wahrheitsgemäß.

»Ich verstehe das alles nicht!« rief seine Mutter gequält. »Als ich die Brosche kaufte, wußte ich ganz genau, daß die Steine falsch waren. Der Juwelier, dem ich sie zeigte, sagte aber, daß sie echt sind – und besonders schön obendrein.«

Mark sah seiner Mutter mit einem offenen Blick in die Augen. »Dann freu dich doch darüber!«

»Woher weißt du, daß die Brosche echt ist? Bitte sag es mir!«

»Ich weiß es eben.« Mehr war aus Mark nicht herauszubringen, sosehr seine Mutter auch in ihn drang.

Sie gab auf.

»Ich werde morgen in die Parfümerie gehen und die Brosche zurückbringen«, seufzte sie.

»Aber warum denn?« fuhr Mark auf. »Du hast sie doch bezahlt!«

»Ja, aber nicht ihrem Wert entsprechend.«

»Bist du seither noch einmal in der Parfümerie gewesen?« fragte Mark und zwang sich zur Ruhe.

»Natürlich, ich gehe oft dorthin.«

»Hat dort irgend jemand jemals wieder von der Brosche gesprochen? Ich meine, daß der Preis ein Irrtum war und du entweder mehr bezahlen oder die Brosche zurückgeben müßtest?«

»Nein nie«, sagte Marks Mutter mit großen Augen.

»Na also! Dann gehört die Brosche dir! Du hast sie gekauft und bezahlt, und niemand hat sie zurückverlangt. Es ist niemand geschädigt worden. Du kannst die Brosche also behalten!« sagte Mark und strahlte über das ganze Gesicht.